惟你安能如初见

叁三 著

江苏凤凰文艺出版社
JIANGSU PHOENIX LITERATURE AND ART PUBLISHING, LTD

图书在版编目（CIP）数据

惟你安能如初见 / 叁三著 . -- 南京 : 江苏凤凰文艺出版社 , 2019.11
ISBN 978-7-5594-4083-9

Ⅰ . ①惟… Ⅱ . ①叁… Ⅲ . ①长篇小说 – 中国 – 当代
Ⅳ . ① I247.5

中国版本图书馆 CIP 数据核字 (2019) 第 225611 号

惟你安能如初见

叁三　著

出 版 人	张在健
责任编辑	刘洲原
特约编辑	马小蚊
装帧设计	刘　丹
责任印制	刘　巍
出版发行	江苏凤凰文艺出版社
	南京市中央路 165 号，邮编：210009
网　　址	http://www.jswenyi.com
印　　刷	合肥华云印务有限责任公司
开　　本	880 毫米 ×1230 毫米 1/32
印　　张	9.75
字　　数	318 千字
版　　次	2019 年 11 月第 1 版　2019 年 11 月第 1 次印刷
书　　号	ISBN 978-7-5594-4083-9
定　　价	36.80 元

目录 Contents

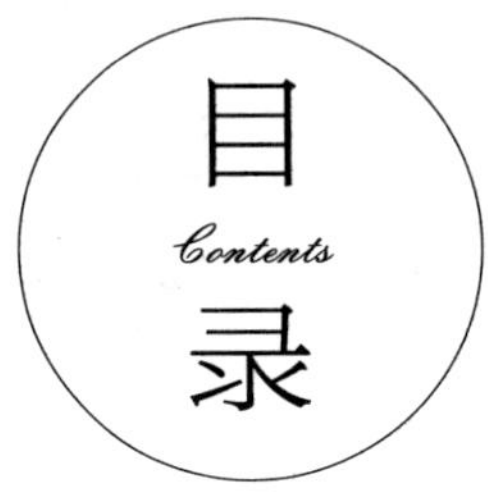

Chapter 1

睽违十年，他回来了

这一定是个多事之秋。

安思危心里是这样想的，她看向哭得伤心欲绝的薛洁清，抿了抿唇艰难说道："别结了吧。"

"还结什么！我再跟你说一遍，这就是个彻头彻尾的烂人！"熊贝借口支开了化妆师等人，火气冲到了头顶，"我真的搞不懂，你到底是有多想不开才要嫁给这种人？"

薛洁清哭花了眼妆，哭成了泪人。今天是她和宋晨的婚礼，在丽思卡尔顿酒店风风光光大摆 88 桌酒席。可就在刚才有个微信号主动加了她，发来宋晨和一个女人的亲密视频，薛洁清当即崩溃。

视频仍在继续播放着，一男一女开始有了对话。

女人故意嗲声嗲气地问："你爱我还是爱你老婆？"

男人毫不掩饰地说："在这里我比较爱你。"

女人故作艰难状："爱我为什么你还要和她结婚？"

"因为我比较喜欢找刺激。"

一瞬间薛洁清好似整个人被丢进了深海里面。冷，冷得手在发抖，牙齿也不住地打战，握都握不住手机。

"当初我怎么劝你的，找男朋友要慎重一点，你呢？找来找去都是些差劲的男人！这次好了，干脆找了一个最差劲的！”熊贝咬牙切齿地在房间里踱步，责问着，“他到底给你灌了什么迷魂汤，迷得你眼都瞎了？”

薛洁清崩溃之余还剩一丝理智，抓过手机回复了一句“你是谁”，却没有发送成功，对方显然已将她拉入了黑名单。

熊贝心下有了数，给她分析：“发消息的就是那个女人，你信不信？视频一看就是偷拍的，把姓宋的暴露无遗，自己却只露个背面，真是有心机！”

此时的薛洁清多想冲出去把手机摔宋晨脸上叫他好好看看，可是这样做能解决什么？他一定会矢口否认。宋晨是个情场高手，当初两人相识于派对，单纯的薛洁清哪招架得住他娴熟而猛烈的攻势，当晚就被迷得七荤八素的。

开始他表现得专一，时间久了便按捺不住性子。但是薛洁清好骗又好哄，从来都是相信他的。熊贝一直提醒着她，女人不要把自己的身段放得太低，越低越是助长了男人肆意妄为的野心。

曾经她不听劝，如今幡然醒悟，却付出了巨大代价。她软弱天真，从来就拿不出与宋晨抗衡的勇气，宁愿自己做一只鸵鸟，将头深深地埋进土里，以为这样就可以躲避伤害。

安思危上前抱住哭得颤抖的薛洁清：“你听我说，如果这次你选择原谅他，那你就不是只哭这一天，而是得哭一辈子。”

她低声说：“知道一辈子有多长吗？比你想象的还要长得多，所以你还想耗尽一辈子去守一个守不住的人吗？”

安思危的声音离她很近，一字一句如饮醍醐。

“他不爱你，至少没那么爱你。”

这是薛洁清一直以来都不肯承认的事实，为了维护一段感情她可以选择装聋作哑，但是今天这个视频叫她避无可避。

薛洁清流干了眼泪，哑着嗓子问：“你们说我傻不傻？”

“能不傻吗？”熊贝气得肺都要炸了，“简直无药可救！”

“咚咚咚——”门外传来宋晨的声音，“洁清？薛洁清？开开门。”

他的声音简直令人作呕，薛洁清拼命抑制住胃里的翻腾，回想起视频中宋晨的所作所为，没忍住，“哇”地一下抱着垃圾桶吐了。

她真的觉得恶心。

熊贝把门开了一点缝隙，宋晨知道熊贝一向看不惯他，摆个臭脸是常事儿，所以不在意地问："我老婆呢？"

他半个身子正往里探，想看清楚里头的人，可熊贝用脚抵着门偏不让他进来，怒气冲冲地说："你有那么多老婆，我怎么知道你说的是哪一个？"

宋晨一愣，随即反应过来，指着她说："你有毛病吧！在这里胡说八道些什么！"

"我有没有胡说，你自己心里有数。"

宋晨本想发作，可到底是不想让别人看笑话："今天是我的好日子，我不和你吵。"

熊贝重重地关上门，压低声音咒骂道："厚脸皮的东西，我真想一巴掌抽死他！"

安思危并没有太多激动或者愤怒的情绪，只是睨了眼被摔在地上的手机，对薛洁清说："不想做傻瓜现在还来得及。"

薛洁青面色苍白，不知哪里来的勇气，决绝地说："我要逃婚！"

搁在古代，她们可以假扮新娘助她逃婚，反正到了入洞房的那一刻才会掀起盖头来。但是现在的新娘想逃婚，没有被顶替的可能。

"这样，小熊先预约一辆车，洁清把妆卸了换身衣服，趁没人注意你的时候就走，我一会儿出去引开宋晨。"

安思危的视线落在一旁的笔记本电脑上，突然有了个主意："想不想出一口恶气？"

熊贝闻之眼睛发亮："是不是有办法整他？"

"办法是有，但可能会闹得鸡飞狗跳。"

安思危说有办法那就一定有办法，她向来是最冷静的一个人，不像熊贝喜欢意气用事，也不似薛洁清那般天真没有主意。

"要闹就闹他个天翻地覆，还留着那点良心干什么，傻瓜我也是当够了。"

薛洁清明白这一走与宋晨再无以后，所以宁愿撕破脸也要让负心男一辈子都不好过，这样她才会好过一点。

申城的结婚风俗是中午前新郎去女方家接新娘，一路过关斩将抱得美人归，然后拜别女方父母去到男方家，给长辈敬茶再互喂一碗红枣花生桂圆莲子羹，寓意着早生贵子。

婚宴是在晚上开始的，选一个好时间，比如18:18分，而现在正是预热阶段，大屏幕上滚动着宋晨和薛洁清的婚纱照，宾客们陆陆续续就座，纷纷赞叹这一对璧人。

本来新郎新娘应该和到来的宾客一一合照，但是薛洁清说自己胃疼，进了休息室后一直未出来，宋晨没有想太多，双方家长也在忙着接待客人。

这会儿安思危从休息室里出来，穿着香槟色的伴娘礼服，一身抹胸长裙衬得身段唯美。她踩着钻扣绸缎高跟鞋缓缓向婚宴大厅走去，一路不乏各种窥探的眼光投向她。

这是个美人，还是越看越美的那种。

巴掌般小的脸，额头饱满，一双漂亮的杏眼瞳孔是琥珀色的。鼻子小而挺直，鼻尖翘翘的，嘴唇自然地抿成一个弧度，表情冷又淡，却是带着几分古典的美。

她的脖子光滑紧致，如天鹅颈般纤细修长，特别是那对锁骨，精致又好看。

还有，她很白，白得发光。以至于她颈项上戴着的一个小巧精致的音符吊坠，也闪出别样的光泽。

所有人的视线都不禁被她的出现吸引住，都说请伴娘不能请比自己漂亮的，纵然新娘姿色也是清丽可人，但这个伴娘举手投足间的清冷气质更是艳压群芳。

宋晨正与身边友人聊着天，他看起来心情很好，一脸得意地在吹牛："等会儿还有位重量级的嘉宾朋友来参加我的婚礼，一般人可请不动他。"

"重量级？"友人好奇，"谁啊？这么神秘？"

"等他来了你们就知道了。"宋晨故意卖关子，见安思危走来便问了句，"洁清怎么还在里头？"

安思危没有回话，只是意味深长地看了他一眼。

"宋公子这是摆了 88 桌？砸重金了啊。"

她环顾偌大的婚宴厅，决定要挫一挫眼前这人的气焰："我忘了，不摆这么多桌，你的那些前女友们得坐哪儿去？桌底下？可不是吗，都是些上不了台面的女人。"

宋晨的脸色气得一阵发白，他知道安思危平日里不好说话，岂料还能在婚礼上这么呛他，当下语气也不善了："你什么意思？有你这样讲话的吗？不给我面子，至少给薛洁清一点面子吧？"

她冷笑出声："面子？多少钱一斤？我卖点儿给你？"

宋晨有些招架不住了，想不通今天到底是哪里得罪了她们，刚看过熊贝的臭脸，现在又被安思危冷嘲热讽，心想着请她们来参加婚礼真是倒了大霉。

碍于大婚之日宋晨不想惹事端，拂袖愤愤然走开。

过了十来分钟，远处的熊贝朝她比了个“OK”的手势，意思是薛洁清已经离开。安思危从手包里摸出一个U盘，神不知鬼不觉地把原先用于播放结婚照的U盘替换了。

下一秒宋晨和某女郎的视频赫然出现在大屏幕上。不堪入耳的声音充斥着整个宴会厅，代替了原本播放着的歌曲，惊呆了在场所有宾客。

薛家到此时才发现新娘不见了，哭天喊地揪着男方要说法，而宋家死活不承认，两方家庭大打出手，掀桌的、摔碗的，吵红了眼。

熊贝举着手机把这一幕录了下来，薛洁清走前说不想错过这场好戏，人生头一次干下这么荒唐又解恨的事情，她得留下这次的伟大战绩做个了断。

宋晨回到宴会厅才发现出大事情了，当看见大屏幕上的视频时他惊得眼珠子都快掉了出来，失控吼叫：“这是谁搞的鬼！”

顾不得旁人的指指点点，他惊慌地拔去了电源线，将U盘掷到地上狠狠地踩了几脚，脑子里只想着第一时间找出陷害他的人，而不是去看看新娘在哪里，新娘有没有哭。

薛洁清的离开是对的，这样自私的人不值得托付终生。她信奉爱情至上，宁愿直接跳下这座悬崖摔得粉身碎骨，也不愿亲眼见证自己在他心里的分量如此微不足道。他没有那么爱她，这才是最令她伤心的。

场面一度失控，这真是近几年来最难堪的婚礼和脸皮最厚的新郎。

在一片混乱中，有一道目光悄无声息地跟随着安思危。她似乎感应到了什么，回头与之对视。目光交汇中，仿佛又看见了那一日站在讲台前睥睨众生的少年。

他轻轻一挑眉，天空都失了色。

“安思危。”仿若隔了半个世纪之久，他终于跨步向她走去，就这么喊出了她的名字。

“安思危。”毫无防备，距离被拉近。

“安思危。”他好像叫上瘾了，这已经是第三遍了。

是从遥远的十年前穿越而来，记忆中的少年每次都这样连名带姓地喊她。他喜欢先叫一声安字，顿一下再喊思危，如今眼前这个人依然如此。这个人，在她以为再也见不到的时候，又突然毫无预兆地闯入了她的世界。

安思危曾经设想过无数遍这样的相遇场景，如果他出现，如果她看见，她一定会面颊潮红、手指颤抖、热泪盈眶。她一定会朝着他奔跑而去，大声呼喊他的名字，想把阻隔在他们之间的距离撕裂。

可是现在，她拼命地克制着不知该惊喜还是愤怒的情绪，尽量让自己看起来不失态，而那些在午夜梦回想了又想的开场白，最后都没有说出口。

终于，她有了不一样的表情，平静地开口："我们认识吗？"

"何止认识。"男人笑了起来，话里藏话，扣人心弦。

他看向安思危颈间的项链，眼神变得愈发温柔，他伸手抚摸那个音符吊坠，指尖带着难以言喻的依恋："你还戴着它。"

吊坠贴着安思危的皮肤，沾了她的体温，当他的手指触碰到一缕暖意时，这些年固若金汤的内心防线一瞬间便瓦解了。

他臣服于她，没有防线。

安思危感受到他指尖的冰凉染上她颈间的皮肤时，微微战栗。一抬头，瞥见他右耳上闪现出相同的光泽，蓦地失了神。

"凌少！"宋晨狼狈地从混乱中挤过来，尴尬地说，"今天对不住了，新娘……新娘跑了！"这位"凌少"就是他之前洋洋得意宣称的自己请来的重量级的朋友。

宋晨眼珠子骨碌一转，发现安思危的神情不自然，当即便怒气冲冲地向她质问："是不是你们搞的鬼？薛洁清去哪里了？"

"你问我？"安思危回过神来，毫不客气地讽刺，"真是稀奇，我人在这里，怎么拐跑你的新娘？"

她这么一说，那个叫凌少的男人又笑了。他的注意力显然不在这场糟糕的婚礼上，他来这里只有一个目的，只为了一个人。

宋晨气不过抓住安思危的手臂咆哮："你说！你一定知道的！薛洁清到底去了哪里！"

这个动作让男人顷刻间面露怒意，在安思危还没来得及甩开宋晨时，他已经反手扭过宋晨的胳膊。

"疼疼疼……"宋晨求饶半跪了下来。

"我是不是忘了告诉你？"男人的声音里透着警告意味，只有看着安思危时面部轮廓才会变得温柔，他说，“有的人你连碰都不能碰一下。”

他右耳上戴着的音符耳钉，和她颈间的音符吊坠，相映生辉。安思危的心脏猛然间跳得飞快，她清楚地意识到这个人是真的出现了。

不是虚幻。

不是妄想。

不是自己的白日梦。

这个人如十年前般的嚣张跋扈，一如既往地把客场当成自己的主场。这个人的名字在她心里百转千回，再也藏不住。

是的，他回来了。

安思危扯住他的领带拉向自己，声线微微颤抖着道:“来参加这种人的婚礼，你变得比以前更瞎了。”

“还有……”她的声音瞬间化为哽咽，“回来就好，凌初。”

凌初。

暌违逾十年，郎艳独绝，世无其二。

尚宇集团的室内设计在业界首屈一指，引得很多业主慕名而去，并纷纷点名那位明星设计总监，宁愿排队等上数月乃至半年也一定要请她来设计。

助理齐娜正在向她汇报工作进度：“老大，长风别墅的何先生想约你下午谈方案，问你有没有安排？”

“让他等着，我最近都没有时间。”安思危忙得焦头烂额，扶了扶眼镜，“对了，替我联系上周来咨询的一对小夫妻，那套一室户的方案已经出了。”

尚宇内部分为工装和家装两个板块，工装包括大型商业空间、市政公共空间、五星级酒店等，家装只接大平层和别墅豪宅的高端设计，其他户型入不了这些大咖设计师的眼。

安思危向来特立独行，她只管负责设计，从来不过问项目上面的事儿，一个项目能赚多少并不是她关心的问题，倒是每季度还会接一单小户型亲自进行设计。别人都看不懂，以她在业内的地位，没必要接这么小的单子，不赚钱还倒贴时间，可她就是喜欢。

齐娜跟着安思危有一年了，在她手下干活说实话挺惨的，特别是助理们天天跟着日夜颠倒加班。但是大家也都甘之如饴，因为跟着她不仅能学到东西，拿到的提成也多，最重要的是她乐意提拔新人。

“丁顺那边怎么样？进度到哪一步了？”

“苦得很。”

安思危盯着施工图，习以为常地道：“客户不满意？”

“这已经是我们改的第五版了，他还是不满意。”齐娜都替丁顺叫屈，“好吧，客户是上帝，可这个上帝一定是处女座，丁顺改得都快吐血了！”

安思危摘下眼镜，揉了揉眉心：“我记得当时谈这个项目的时候，是由他的助理接手的，最好联系到客户本人，我去和他见个面。”

“我们也尝试联系过，他好像常年待在国外，但听说最近要回国了。”齐娜“啧啧”两声，“现在的有钱人真是看不懂，随随便便花一个亿买什么空中别墅，还不回来住，真是人傻钱多。”

“不管这个人在不在国内，这个项目都是全公司上下现在最为关注的，不能出一点点的差错。”

“是啊，死对头华远也在盯着这块大肥肉。”

安思危的流星眉轻轻往上一扬，这是她表示自己势在必得的一贯表情。

“去叫丁顺进来。”越是棘手，越是激起了她的斗志。

不消片刻，一个顶着一头自然卷发的男生走进来，愁眉苦脸地喊她：“师父啊……”

丁顺大四实习起就开始跟着安思危，勤勤恳恳又专业性强，她也想着，如果丁顺做得好，他今年就可以借由这个跳板顺利坐上主案设计师的位置，但必须得等眼前这个方案完成。

“怎么？很难对付？”看他无精打采的样子就知道昨晚又熬通宵了。

丁顺一副油尽灯枯的表情：“我感觉自己分分钟要猝死了……”

安思危嗤笑他没出息：“难搞的客户咱们见得还少？”

“可是师父，那个人真不是一般的难搞，他从来不直接与我沟通，必须得通过他的助理，助理又只和我电话联系，这让人怎么干活。”丁顺说得急，喘了口气，“鸡蛋里挑骨头的客户我见得也够多了，行吧，我就给他设计，可是，连他的助理都鄙视我的专业能力，他凭啥啊他！”

“就凭他能买下那个房子。”安思危一针见血。

做他们这行的，有钱人见得太多，动辄几千万甚至上亿的豪宅，个个财大气粗。有的人，他会听取设计师的意见；而有的人，要求设计师必须全听他的。

在安思危的眼里，交流也是必须要建立在彼此尊重的基础上。她和客户的关系不过就是甲方和乙方，不存在谁高于谁之上。何况，她还是业界出了名的难约。

江景壹号那个楼盘在申城已经炒到接近20万一平，且都是400平方起的大平层，怪不得连华远也眼馋地想来掺一脚。她思忖着前期放在这个方案上的精力少了些，看来必须由她亲自盯着了。

“客户本人不是要回国了吗？联系到他后，我和你一起去。”

“谢谢师父！”丁顺感激涕零。

晚上安思危留在公司加班，熊贝举着奶茶风风火火地赶到，将其中一杯递给她：“红茶玛奇朵，去冰，三分甜，加珍珠果粒。”

“还是你最懂我。”

熊贝故作谄媚道：“安总监，给您的外卖小妹给个好评呗。”

安思危嘟起嘴示意她看过来：“烈焰红唇要不要？”

熊贝当即眼冒星星：“限量款，抢破脑袋都抢不到，你竟然已经涂上了？”

安思危从手提包里摸出一支全新的口红，在她眼前晃了晃。熊贝一把抢过，激动得直给飞吻：“你说我怎么就这么爱你呢！”

如此火爆的限量款，不发个朋友圈炫耀一下怎么行，她拿着口红开始自拍。

熊贝长了一张美艳的网红脸，是某航空公司的乘务长。

每次飞完航班，总会有男人给她塞名片求联系方式，在飞机上她笑脸相迎，下了飞机后又是另一副面孔，经常打电话给安思危：“真恶心！又被个油腻的中年男人盯上了，呕。”

今天她也是落地后就直接过来安思危这边，心不在焉地吐槽了会儿航班上的八卦，最后还是说回到了薛洁清。

“我一直以为她在感情世界里胆小懦弱，没想到真有勇气搞这么一出逃婚大作战。”

“她不是胆小，她只是太爱宋晨了。”安思危一语道破，“是爱让她变得胆小。”

薛洁清这次摔得太狠，她们始料未及，纵然知道宋晨平时花花肠子风流样，却没想到他竟然还能干出这么不知检点的事情来。

"话说……"熊贝又换了个眼神，暧昧地望向安思危，感兴趣地问，"你老实交代，那天为你出手教训宋晨的大帅哥是谁？"

"那天有帅哥吗？"

"别给我装糊涂啊，虽然隔得远，但我都看见了。"

安思危不以为然："他帅吗？"

"这还不叫帅？我觉得已经帅得惨绝人寰了好吗！"熊贝瞪了她一眼，催促着，"快点说，你们什么时候认识的？"

"不记得了。"

"好你个安思危，连我都要瞒！"熊贝跳起来做出要掐她的样子，威胁道："今天不说清楚休想出这个门，听到没？"

"十年未见的高中同学。"

冷不丁的一句话是她显然没料到的："啥？这么有缘？"

"是孽缘吧。"

听话里的意思这两人关系肯定不寻常，熊贝试探着问："你们……有故事？"

安思危点在鼠标上的手指顿了一下，接着说道："读书的时候他有一个外号叫作'恶霸凌'。"

"怎么，他很霸道吗？"

其实安思危还有后半句话没有说，虽然他被叫作"恶霸凌"，但对她却很温柔。

见她不语，熊贝转移话题："哎哟，我说你就是要求太高，活该还是单身。"

安思危无语。

"算了算了，等老纪回来向你求婚吧，就别想着你那个高中同学了，人家说不定孩子都会打酱油了，还是老纪靠谱。"

安思危翻了个白眼。

"说真的，给人家一个机会呀，他追了你这么久实在不容易。"

熊贝这个红娘从大学当到现在，愣是没把线牵下来，不由心生感慨："这么多年下来就算是一根木头都会被感动吧，你怎么就能忍心一直拒绝人家？"

见她摆出一副充耳不闻的样子，熊贝叹气道："狠心的女人，只是可怜了老纪，再等下去，真是要从小青年变成个老头子了。"

安思危再也听不下去，挥手赶人："行行行，您老就别给我念经了，还是赶紧回家敷面膜睡美容觉吧。”

熊贝是没机会做成红娘的了，因为安思危真是油盐不进的人，她固执得可怕。可谁都不知道她究竟在执着什么。

“那我走了，你可别加班到太晚，熬夜容易老，女人就这么一张皮，要爱惜知道吗？”熊贝苦口婆心地叮嘱她，临走前又冷不丁冒出一句，“亲爱的，我怎么感觉你将要恋爱了？”

“跟鬼吗？”

“老纪啊，或者……”熊贝抛了个媚眼，说，“你那个帅哥同学。”

片刻的沉寂。

随后，办公室里爆发出一句：“——神经熊！”

几天后，安思危陪同丁顺去见传说中最挑剔的上帝，约在了对方指定的地点。他们到得早，丁顺坐立不安，担心地问：“师父，你说他会不会给你面子？”

安思危端起咖啡杯，慢条斯理地啜了口，说出的话就像给丁顺打了一针强心剂：“你要担心的是我会不会给他面子。”

小徒弟崇拜地望着安思危，是的，这是他的师父，也是他的偶像，尚宇的明星设计总监。毕业于一流的名牌大学，读的是它最好的建筑专业；拒绝了研究生保送名额和国内建筑设计院的邀请，剑走偏锋选择了室内设计这一行。

当所有人为之惋惜、不看好她的时候，她在 24 岁拿到了亚太区室内设计大奖，25 岁夺得 IF 设计大奖，多少公司挤破脑袋想要签下这个奇才，却只有尚宇做到了。

安思危在这个业界，年纪虽轻却也是一个传奇。

“师父，你看，前方是不是有神仙下凡了？”

顺着徒弟的视线看去，就见有个男人站在门口，正午的阳光透过淡薄的云层，反射出的刺眼光线令她倏地眯起了眼，而那个男人仿若是穿过一圈神圣的金黄色的光晕而来。

他逐渐走近，身影随之在她的瞳孔里变得越来越清晰。

原来，不是阳光刺眼，而是这个人太耀眼。他长身玉立，就是走路的姿势有点儿嚣张，走近了一瞧，嘿，这张脸更嚣张。

“真巧。”凌初咧嘴一笑，露出他整齐漂亮的一口白牙。

自那次婚宴相遇之后，他们并没有再见过面，安思危只得不动声色地问：“来喝咖啡？”

凌初选了安思危对面的位子坐下，拿起马克杯在她留下唇印的地方喝了一口摩卡，故意舔了舔嘴唇说：“味道……还不错。”

这个回味般的动作若是换成别人，那一定像个神经病，可他来做却是致命的诱惑。丁顺咽了咽口水：人间极品，这个男人的皮相简直太高级了，怕是不小心下凡的神仙吧。

徒弟不确定地问：“LING 先生？”

当时谈方案，他用的就是“LING”这个名字。安思危从来没有想过，“LING”就是“凌”。原来，他实际出现的时间比婚礼上出现的时间还要早。

“会当凌绝顶的凌。”他扬眉纠正。

丁顺紧张地直冒汗：“凌先生，给您介绍一下，这是我们的安总监。”

他又压低声音在安思危耳边说：“师父，这位就是凌先生。”

她当然知道这位是凌先生，宋晨还喊他凌少。

凌先生，凌少，这些称谓都不是她认识的那个少年。

心里滑过异样的情绪，搅得她忽然间心烦意乱，于是故意变了声调问：“噢？就是那个鸡蛋里挑骨头的凌先生？”

这一问可把丁顺吓得不轻，赶紧救场：“人家凌先生也是追求完美……”

“说吧，你想要什么样的设计？”安思危不愿在此地多逗留，只当他是客户，摆出谈判的架势来，开门见山道，“我们公司肯定能满足你各种怪异的需求。”

凌初看着面前这个犀利的女人，果然什么样的安思危都很可爱。

“我的需求是要你……”她瞪了他一眼，他故意拖长音道，“全权负责。”

“我会负责的。”

“我是说从实地勘察量房，到出方案、画图、跑工地，所有程序全由你一个人完成。”

丁顺一听，这不是为难人吗，鼓起勇气反对：“凌先生，您知道她是谁吗？您怎么能让我们设计总监去做这些事情？”

凌初一语双关：“我当然知道她是谁。”

这个条件她干脆地一口拒绝：“你的提议我不会接受。”

“那看来我们的合作谈不成了。”

“您另请高明吧。”

“我是没问题，这边谈完还得接着跟华远谈。”他故意当面提起他们的老对手，随后诡秘一笑，“只不过，这单搞砸后，你的卷毛小徒弟怕是名声不好听了吧。”

被点到名的丁顺心头警铃大作，什么情况？现在长这么帅的人都是这么可怕的吗？

听出话里的威胁，安思危敛眸道：“你就只会这样？”

“心疼？”凌初蓦地站起身，大长腿挡住安思危的视线，居高临下地看着她，一副咄咄逼人状，“心疼的话你来替啊。”

这句话纠缠着她的思绪回到了十年前。

少年时的凌初眼里一片阴鸷，他将她逼近角落，勾起嘲讽笑意也是这样说：“心疼？心疼的话你来替啊。”

安思危摇摇头，命令自己不要再回想起从前，那些回忆应该被封印，从他消失以后。

就在恍惚间，凌初忽然拉起她的手往外走。

丁顺目瞪口呆，连声唤着：“哎……师父师父……”

怎么师父就被这位凌先生带走了？劫色？谁劫谁的色？有故事……

卷毛小徒弟满脑袋的问号在漂浮着，却怎么也无法将师父和这位凌先生联系到一块儿，因为他的师父可是从不近男色的。

“你带我去哪里？”安思危想抽回自己的手，却被他紧紧握住。

“放手，凌初。”她在身后喊他，他却依旧牵着她的手往前走。

凌初将安思危带进自己的车里，按了上锁键，让她无处可逃。

安思危急于下车，她使劲地拍打着车门，惊慌之余抬头怒视他：“你凭什么把我锁在这里？”

他的眼里有着拼命在抑制的某种情绪，只强调一句：“就凭我是凌初。”

不是凌少，不是凌先生，不是那些她不喜欢的称谓。

他只是凌初。

高高在上的凌初，喜欢她的凌初，会保护她的凌初，说要一直和她在一起的凌初，却又突然消失不见的凌初。

她多高兴能再看见他，高兴得泪眼模糊。可是，以为这辈子再也见不到的人，突然又出现在眼前，她该如何消化这样的情绪？天知道，在那场混乱的婚宴上与他对视的那一眼，是得用尽多少力气才让自己看起来波澜不惊。

不至于发疯。

这些天如同深处梦境，好像这个人的出现只是因为自己太过思念才产生的幻觉，她甚至不敢仔细去看他的样子，就怕看真切了又不见了，所以宁愿这是一场梦，就当是一场会醒的白日梦，只有这样才不至于太难过。

因为，她怕再一次失去他。

“安思危。”凌初叫她时的语气顿了一下，这一声不再是重逢时的欣喜和试探，这一声满是他的投降，“我回来了。”

“所以呢？”她的手紧紧地扣着车座椅，一贯的冷漠脸开始变得有些愤怒，“你想表达什么？当年你说‘不会走’，也像今天说‘回来了’一样坚定。”

凌初的喉结滑动了一下，那不是紧张，他只是有点高兴，高兴于安思危终于打破了自己故作平稳的情绪，说：“我还是喜欢你这个样子，生气的时候脸都皱了起来，怪可爱的。”

“如果你想谈论这种什么模样可不可爱的话题，请你让我下车。”

凌初笑了起来，是从喉咙里面发出来的压抑了很久的笑声，和安思危在一起的时候，他的嘴角总是情不自禁想要上扬。

十年前是这样，十年后的今天还是。

“那我们不如来谈论一下，宁拆十座庙，不毁一桩婚的典故吧。”

安思危被他明晃晃的讽刺击中，用冷漠的口吻说：“这和你没有关系。”

“我千里迢迢从国外回来，为了参加婚礼想要喝个喜酒，新娘却在你的帮助下逃跑了。”凌初看着她，促狭地问，“这个损失总跟你有关系吧？”

“强词夺理。”

“就当是，所以这个损失你要怎么补偿？”

安思危脱口而出：“你这人怎么能这么没脸没皮！”

车里的空气顿时安静下来，静得仿佛能听见彼此心脏的跳动声，只因为心里都还有个从前。

“你以前也这么说我。”凌初想着真是遥远，“十七岁的时候。”

十七岁，那是安思危心头碰不得的一段时光。

想了，会疼。

不想，又念。

她总是在矛盾中挣扎着，想要忘记，却又舍不得。

久而久之，十七岁成了她心上不可触碰的话题。安思危一直在等待这一天，她知道迟早有一天记忆中的少年会变得模糊，变得不那么重要。当她看见他的时候心脏不会跳得飞快，脸颊不会再通红。

那只是一段最好的时光里遗留下来的最放肆的青春，刻着少年的名字和少女的爱情，最后他一走，她的少女心就此夭折。

“谁还会记得十七岁时候的事情。”她是那样倔强地说，“我早就忘了。”

“没关系，我记得就可以。”他说得如此虔诚，眼里仿佛坠入了万千颗星星。

安思危撇过头去，置若罔闻：“我还有事情要处理，你的设计丁顺会继续跟进的。”

“噢？我可不喜欢那个小卷毛。”

“你喜欢人家做的设计就可以，用不着你去喜欢他。”

凌初继续道：“你徒弟的手绘都还没有那个时候你教的小朋友画得好。”

安思危别过头，语气缓慢又带着倔强：“凌初，我们不要再说从前了，都过去了，你懂吗？”

凌初的手原本搭在方向盘上，此时他收回手点着自己的胸口说：“可我这里过不去。”

空气再度凝滞，隐藏着的某种情绪呼之欲出，就在这时有人敲了敲车窗，凌初眯眼瞧过去，只见车外有个男人的身形，目测来者不善。

滑下车窗，露出男人的脸，清秀得不食人间烟火。

安思危诧异：“你怎么在这儿？出差回来了？”

“正巧路过。”他的声音宛如这初秋里的午后阳光，干燥又温暖。

他看向坐在驾驶座的凌初，平和地说：“你好，我是纪闵盛。”

他还没说完，凌初就喊了一声：“你身边净是些小白脸。”

“纪闵盛，安思危的男朋友。”他重复了一遍自己的名字，并作自我介绍。

凌初勾起唇角的同时轻挑眉，他并没有去看纪闵盛，或者说压根就没有把这样的角色放在眼里，只是倾身靠近安思危，嘴唇贴着她耳朵，说：“长本事了啊。”

安思危因他的贴近一阵战栗。

“男朋友？”凌初的眼里透出玩味，哂笑道，“这是哪门子的冒牌男朋友？”

“我要下车，你让我下车。”

此刻安思危只想逃离这两个男人炽热的视线，可凌初却握住了她的手。她不知道，这十年间他发了疯似的想要见到她，用尽了所有的办法想要回来。如今，好不容易回来了，他又怎会轻易让她走。

“思危，我们该回去了。”纪闵盛的声音依然不疾不徐。

凌初轻斜着头瞥了眼站在车外的男人，对着安思危说：“我不记得我说过，除了我你还可以和别人谈恋爱。”

她皱了皱眉，似乎很不解这句话的意思。

“所以……”凌初笑，“安思危，你是在脚踏两条船吗？”

安静几秒后，车内猛地爆出一句：“你在胡说什么！”

凌初又笑了。

那些为了见她而面临的难关，都变得没那么难了。

那个被说成冷血的自己，也因她而感知到血液里流淌的温暖。

“回来真好。”他说。

这里有安思危，是真的好。

Chapter 2

对不起，我来晚了

闹中取静的复兴西路上，一排茂盛的梧桐树下有家不起眼的小店，门口悬着一个灯笼，写着“橼”字，在暮色中透出幽静的白光和神秘感。

树影斑驳，从远处看去像是一幅淡水墨画。

来客拉开日式木门，映入眼帘的空间并不大，甚至有点挤，吧台位置零星坐了几个人，其中并排坐着的一男一女最引人注目。明亮的暖色灯光下，安思危的皮肤细腻又透亮，说她肤如凝脂一点都不过分。

“今天真的是碰巧路过？”

纪闵盛给自己倒了一小杯清酒，笑着说：“不是应该问我为什么会提前回来吗？”

这些天有太多的不知所措，她确实忘了纪闵盛应该下周才从法国出差回来。

“那边的事情都办完了？”

“还没有，只是第六感告诉我应该快点回来。”他半认真半玩笑地道，“男人的第六感有时也很准。”

“第六感？”

“就是我再不回来你要被人抢走了。”

主厨是个日本人，正在桧木的案台上一刀刀切着金枪鱼，安思危忽然就想，人是不是也跟这桌板上被宰的鱼一样呢？很多时候，生活总会出其不意，是惊喜也是惊慌。

主厨把做好的金枪鱼寿司摆在他们面前，这里的器皿也是非常讲究，都是根据菜品的结构、颜色去搭配的。安思危时常来这里，她喜欢安静的空间，这儿地方小，人也少，正合适。

她喝了口茶，手指搭在杯身，顺着花纹纹路在描绘，淡淡地说："我和他没关系。"

纪闵盛是个聪明人，他当然知道那个突然出现的男人对于安思危来说是特别的，也是重要的。因为这些年他从未见过她有今天这样多的情绪。安思危一直都是个有点冷漠的人，她不爱笑，高冷得像一座寒气袭人的冰山。

在纪闵盛的印象中，有时她就算是笑，也总是淡淡的、浅浅的，像微风吹过湖面，不会掀起海啸。可是，今天在听到那句"回来真好"时，他看见安思危的眼里有了不一样的东西，连笑容都变得不一样了。

冰山在融化。

大学时期，纪闵盛是金融系的高才生，也是学生会主席，为人知止而谦和。多少女生觊觎着这位优秀的男神，可他的眼里却只有那个拒人于千里之外的冰美人。

第一次听闻她的名字，是宿舍的一个哥们说建筑系终于盼来了个美女，美则美矣，就是太冷了点儿。纪闵盛没有当回事，不过建筑系缺美女倒是真的。

没过几天，宣传部部长在他跟前发牢骚，部里缺人，向新生发出了邀请，结果却被那个建筑系美女一口拒绝。

又是建筑系美女?

后来在图书馆与她擦肩而过，书本不慎滑落下来，他帮忙拾起，却在看到书名时愣了一下，《建筑：形式、空间和秩序》，巧了，还是建筑系的。安思危弯下腰，拿过他手里的书本，夹在耳后的碎发划过脸颊，一刹那，纪闵盛看得痴了，那是他见过最美的侧颜。

她淡淡地说了句谢谢，从此却深深地印在了他心尖。尽管知道感情的事不能强求，但若叫他现在就放弃，也是不愿意的。已经走到了这里，为了能够站在安思危的身边，他已经义无反顾地迈出了 999 步。

余下的那一步，不在他。

安思危托腮看着主厨做下一道菜，她说："下午的时候谢谢你。"

凌初的出现太突然，从婚礼上逃走的不只是薛洁清，还有她。

纪闵盛侧头，眉眼温润如玉，皆是笑意："我说过，只要你需要，我都在的。"

当纪闵盛自我介绍说是安思危的男朋友时，他多么希望这不是用谎话来解围，可惜，凌初说得对，他是冒牌男朋友。"冒牌"两个字，犹如一根针扎在他的心上。

但都没关系，这是他的一厢情愿，也是他的一腔爱情。

安思危没有再说什么，两人继续享受美食，这个夜晚与往常一样，与风花雪月无关。

薛洁清在微信朋友圈发了一条新的动态，文字配上照片，一句"小美女要回来了"。

熊贝在薛洁清的朋友圈动态下留言："回来做啥？继续玩啊。"

安思危调侃道："可能是玩不起了。"

熊贝回复安思危："所以是老美女了。"

安思危对着手机笑了起来，没留意到自己的一举一动正被谁尽收眼底。

"咚咚——"办公室敞开的门被敲了两下。

"老大，这位先生……"齐娜想说拦不住，皮相一流的男人她没有勇气拦下。

安思危抬眼间便落入对方的一双眸子里，漆黑到一望无际。

"我知道了。"她敛了神色。

齐娜没敢久留，识相地关上了办公室的门。而一墙之外已是八卦的天地，大家热议着这名俊美绝伦的男子与设计总监究竟是什么关系。

同事甲："你们这群女人见到帅哥就犯花痴，追咱们总监的男人多了去了，有啥好稀奇的？"

同事乙："你懂什么，这男人一看就大有来头，还长得这么帅，天呐，总监真是艳福不浅。"

同事丙："我觉得还是寰贸的纪总胜算最大吧？"

"NO——NO——"齐娜摇了摇手指，"现在这位有过之而无不及。"

她刚刚特别留意到安思危的表情，那绝不是对着一般客户或者追求者该有的表情，反倒是像撞见了前男友那般慌乱。

"你们想啥？"丁顺打着呵欠从电脑前探出头，"他就是江景壹号的业主，我们这次的大客户——凌先生。"

整个申城，真正一线临江的房子只有三幢，汤悦的A栋和D栋，另外一幢就是江景壹号，总价亿元左右。

在这个寸土寸金的城市，名下能拥有数套房产的人多如牛毛，申城从来不缺有钱人，可真正能买下临江那三处房子的，还是凤毛麟角。

大家纷纷闭嘴，这个八卦一聊就是上亿，他们可不敢拿土豪客户开玩笑。

而此刻被议论的男主角正似笑非笑地看着女主角："我们又见面了。"

是的，又。

安思危故作镇定地问："凌先生大驾光临是来谈工作？"

但闪躲的眼神还是出卖了她，面对这个人的出现她现在竟然会不知所措。

"谈工作多无趣。"凌初走上前一步，双手撑着办公桌，弯腰直视她，"我和你只谈恋爱。"

"……"安思危避开他的视线，直言："凌先生是无聊到大白天想要无赖？"

"你有见过无赖长这么帅的？"

"以前就见识到了。"

"以前"这俩字令凌初笑了起来，他伸手拍了拍安思危的头顶，这个动作一如往昔，"我的女朋友怎么这么可爱？"

安思危猛地一怔，因他这句话而跌入回忆中。

在最青春的时候，他和她都曾暗自期盼着，将来要以这样的身份站在彼此身边，只是十年已过，回忆里的青春只剩下几缕斜阳，而那段从未浮出水面的爱恋也在无望的等待中生出了罅隙。

"我不是你的女朋友。"她纠正，想起他说她脚踏两条船的话，又道："所以你无权干涉我，请你去找你的前女友，或者是前前女友，前前前……"

她打住，意识到自己说了太多的前字，怎么听自己都像是个打翻醋瓶的"现任女友"。

凌初不解释，反倒是感兴趣地问："你就这么希望我恋情丰富？"

"丰富与否也是凌先生的私事。"

一口一声"凌先生"，她似乎只想与他划清界限。

"你以前可不这样叫我。"

"我与凌先生并不熟。"

安思危的内心是矛盾的。与他待在同一空间里真的要命，可她又不想下逐客令，等了这么久只为了再相见，见面了却每一秒都难熬，仿佛有千万只虫蚁在啃噬着她的心脏。

甚至，安思危都不敢仔仔细细地好好看一看他。

从前他是美如冠玉的少年，如今已然蜕变成一个气宇不凡的英俊男人，五官也被岁月雕琢得愈发立体分明，还带着一点霸气，有曾经“恶霸凌”的影子。

老天在美貌方面真的对他太偏爱，年轮在他身上更是镀了一层会发光的东西，让人看他一眼就失魂落魄，所以安思危不敢看他，怕自己再无理智。

一别经年，他们之间留下了太多的空白格。

安思危的心里生出了许多的纠结和疑问，她却没有勇气一一问出口。她不确定面前的凌初还是否是当时的凌初，也害怕万一听到的是她承受不了的回答。

十年的距离隔得如此遥远，若不是真心喜欢过，再相遇的时候又怎会如他们这般想见不敢见，生怕心里惦念的那个人早已不复当年模样。

可是，他没有变。

凌初硬生生地压下了想上前紧紧抱住她的冲动，每见她一次，他都必须用力克制着自己。对安思危他从来都是捧在手里怕摔了，含在嘴里怕化了，看在眼里怕丢了。

是该感谢岁月厚爱他心尖上的姑娘，所以才能在婚宴的人群中只一眼便认出了她，明眸善睐，顾盼生辉，一如当初。

“下周校庆，你会去吧？”

安思危的心一疼，那是他们再没回去过的地方。

其实上个月她便已收到了邀请函，原本还想找个借口推脱，而今，她却在去与不去之间开始纠结，心中的天秤更是一点点倒向了去的那一方，可嘴上还是倔强地说：“我不一定会去。”

他不意外听到这个回答，只说：“不管你去不去，我都等你。”

御林中学是申城最好的一所私立学校，建校时间虽不长，但师资和设备都是顶尖一流，能够进入御林的一般是两类学生，要么靠本事，要么靠家世。

安思危在公司交代完事情就去了学校，她被邀请在下午做一场演讲。

她毕业后就再没有回来过，几次匆匆路过也只是远远地望一眼，这里有太多的回忆与不舍，她不敢踏入。

十年了，第一次回来。

教学楼翻新了，场地扩大了，操场的塑胶跑道红得那样鲜艳。

那时候老师课上转身面向黑板时，身后的同学们会偷偷传纸条，凌初坐在后面用笔去拨她的马尾，扫在颈后逗得她很痒，他偷笑着说一句："安思危，你上课也太认真了。"

满心满眼的回忆扑面而来。她的学生时代，她最好的青春、最喜欢的人，都留在了这所学校里。可惜物是人非。

我们阻挡不了时间的脚步，可当一切都变了模样时，初心还在就好。安思危怀着这般心情转了一圈后，遇上了宁越泽，好久没见，两人相视一笑。

"怎么样？最近工作忙吗？"

"还行，一直都是老样子，大律师呢？"

宁越泽耸耸肩："也差不多。"

高中时期安思危对他印象最深的是，这家伙明明可以靠家世，却非得靠自己的本事。世上最可怕的是，比你有钱的人还比你努力，宁越泽就是这样的人。

他今天也是受邀来演讲的，当年的尖子生们如今都功成名就。

"安同学！宁同学！"一声欣喜的呼唤。

两人转身一瞧："张老师！"

老张当年是他们的班主任，带这帮学生整整三年，他最喜欢的就是安思危和宁越泽，优秀得太出众。

"张老师，好久不见了，您身体还好吧？"安思危迎上去，歉意地说，"工作太忙，都抽不出时间来看望您。"

老张乐呵呵："身体好是好，就是退休在家里闲得慌，这不，过来凑凑热闹，正好也见见你们。"

宁越泽开玩笑道："现在的学生都不好带，太调皮了，张老师还是在家享福的好，省得操那份心。"

"我教过的学生里面，就你们那届最调皮！"老张想起来什么，即刻开始吹胡子瞪眼，"特别是那个凌初！就没人治得了他！也就只有安思危才能让他服帖！"

简直是他教学生涯的噩梦。

宁越泽笑笑："是啊，也只有安思危了。"

“不知道那小子现在在哪儿？做什么？”老张摇头叹气，“哎，当年怎么一声不吭就退学了。”

安思危沉默地别过头去。

“走吧，活动马上要开始了。”宁越泽适时地说。

学校礼堂已是人满为患，他们在前排位置坐下，主持人宣布校庆正式开始。

“韩瑞要结婚了。”

安思危：“嗯，他给我发消息了，让我准备个大红包。”

“一个人去？”

“不然呢？”

宁越泽：“你不是有个老纪吗？”

“……”安思危差点被自己的口水呛到，“又是听熊贝说的？”

这个叛徒，自从有次见到宁越泽后，就被迷得不行，而且除了她还能有谁把纪闵盛叫成老纪。

宁越泽俊逸的脸上戴了一副金丝边眼镜，镜片闪出诡秘的光来，低笑一声：“小迷妹。”

安思危觉得自己刚刚被迫看了一场恩爱秀。

“你的小迷妹今天不该去飞航班，应该在台下挥舞着荧光棒看你惊才风逸的演讲，为你呐喊助威才对。”真是气死她了，等这个叛徒回来就和她绝交。

宁越泽打头阵，风度翩翩地上台演讲。安思危真的可以想象，如果熊贝在的话，礼堂回响的不是掌声，该是她的尖叫声了。真是，恋上这么个大律师，哪天被卖了还乐呵呵地替人数钱。

几番下来，终于轮到了安思危。

主持人用着播音腔激动地道：“下面有请当年本市高考状元，来谈一谈她的高中三年和学习心得，掌声热烈欢迎安思危！”

她今天穿了一身黑色的职业正装，脚下的高跟鞋更显得双腿修长，头发利落地梳了个马尾，年轻又干练。

台下的小男生们原本听得昏昏欲睡，这会儿已是蠢蠢欲动。

“确定是高考状元？长这么漂亮学习还那么好，不科学！”

“说她才二十岁我都信！学姐保养得可真好啊！”

“来来来，我们赌一把，看谁先要到学姐的微信号，怎么样？”

站在最后一排的男子被掩在阴影之下，他蔑睨了一眼那些乳臭未干的高中生们，想当年他在学校叱咤风云的时候，这帮高中生还没断奶。看来是该给他们科普一下，这个学校当年除了有高考状元外，还有一个令人闻风丧胆的“恶霸凌”。

“其实，我也没有什么学习心得，学习关键还是靠自觉。”安思危落落大方地站在台上，没有备稿，即兴发挥。

“读好书很重要，可以让你去到巍巍学府，认识更厉害的人。御林就是一所人才辈出的学校，这也是当年我为什么选择来这里的原因之一。我从来没有想过，除了学习之外我会投入另一件事，我的目标向来很明确，我认为尽早给自己定下一个目标是对的。不要求你们都去争第一，学习上尽力而为就好。每个人都有自己的极限和可能性，只是，能考第一为什么要去考第二呢？”

安思危的演讲自信从容，娓娓而谈。

“也许你们觉得现在很苦，备战高考确实是一件很辛苦，且很煎熬的事。但是当你们有一天离校园越来越远时，再回头看看，你们一定会觉得之前受的苦都是值得的。只有这样经历过了，才能够清楚地知道未来在哪里。”

场下响起掌声，有一个学弟大声问道：“请问学姐有没有过放弃的念头？”

她抬起头顿了一下，继而回答他，只是接下来话筒里的声音变得越来越轻：“你们知道世上不可能的事情有很多，就像企鹅不可能生活在北极，小怪兽不可能打败奥特曼，蒙娜丽莎不可能掉眼泪，机器猫不可能带你穿梭时光……所以，我也不可能总能坚持得住。”

全场屏住呼吸安静了下来，大家从原先的面面相觑，变成忽然好想听安思危讲故事。

“我也曾有过想要放弃的念头，也丢失过走下去的信念。以前我总以为我的方向就是你，你在的地方就是我要去到的地方，可惜我的‘方向’丢下我消失了。我花了好久才重新找回自己，可是现在呢？我竟然又有些犹豫了。如果有时光机就好了，如果可以任意穿梭就好了，我想回到当年拉住你，是不是一切就能恢复原样了？”

安思危觉得自己入了魔障，这段日子因为凌初的再次出现，她的内心压抑着太多的情绪释放不了，她拼了命地工作，想要靠忙碌来麻痹神经，可还是没有用，只要一静下来，她就能听见自己满脑子在叫嚣着想要去见那个人。

不可以，她强迫自己冷静，命令自己放下。

不可以，他们分开太久，已经是不可能了。

结果，一回到这里，所有的坚持都破了功。她真的是死心眼。

安思危咬着牙，双手握拳支撑着演讲台，她感觉全身都疼，脑袋疼、五脏六腑疼，疼得不知该哭还是该笑。

高考状元？都讲的什么？丢不丢人。

她深吸一口气，头抬起的瞬间却猛地被人抱在了怀里。

又像是一场梦。

只是这一刻，她懒得再去辨真假，懒得再推开这个人。这个人长得可真是好看，眉眼、鼻子、嘴唇、下巴都是心里的模样，当年绝美少年的模样。

眼前仿佛真的出现了时光机。

那一年，冬日午后，什么都是懒洋洋的，连男生女生的心都在阳光下晒得像只小猫一般餍足。

凌初双手抄着校裤口袋，大长腿踩着楼梯上来。他的身后跟着宁越泽和韩瑞。看见安思危时，他忽然停下脚步，害得韩瑞一鼻子撞到他背后，低声埋怨了一句。

安思危闻声回头，视线扫过凌初时，又是一副学霸瞧不上差生的讨厌劲儿。

正是那一眼，让凌初的心里萌生了一个小心思。

时光机又穿梭了回来。

安思危怔怔地看着凌初从她手里拿过话筒，在学校的大礼堂，在御林的全体师生面前，他的轮廓变得那么深，他低头注视着她说："不可能的事情有很多，可我一定能和你在一起。"

怀里的这份温度正在提醒着他，他再也不用靠想象来拥抱一个人，这样触手可及曾是多么奢侈的一件事。凌初想，这十年间踽踽独行，自己所受的苦难若都是为了这一天，就都值得了。

静默片刻。

台下掌声雷动。

御林的学弟学妹们这下可算明白了，传说当年有一个学长，颜如宋玉貌比潘安，可外号却叫"恶霸凌"。这个恶"恶霸凌"如同洪水猛兽，人人都怕他，就一班的某个学姐不怕他。

宁越泽大步一跨，抢走主持人的话筒，报幕：“有请当年的男女主角，为我们来讲一个关于救赎和成长的故事，大家掌声欢迎。”

主持人一脸迷茫。

防不胜防的校方哑口无言。

还来不及反应的学生瞠目结舌。

安静几秒后，学生们纷纷站起来齐声喊：“在一起！在一起！亲一个！亲一个！”

整个礼堂乱哄哄，有老师在喊：“快快快，把幕布放下来！”

万一这会儿真来个拥吻什么的那还得了。

幕布缓缓放了下来，安思危还处于震惊中。

她到底在做什么？

刚刚说了些什么？

她是不是有神经病？

“我……我刚才……我是昨天加班太晚没睡几个小时脑子都糊了，我不应该……”她慌慌张张地想回归正常。

“不是回来了？”

“啊？”脑子糊了的人看来不止她，“你说什么？”

凌初微微低着头，舞台的光线下，他连发色都变得好温柔。

“不是回来了？”他抬眸看着安思危，不想再错过她的分分秒秒，“是我来晚了。”

这是一个关于救赎和成长的故事，我们曾经都有过的青春年华，只是很多人都不知道后来发生了什么。

凌初再一次说：“是我来晚了。”

Chapter 3

十年前

十年前。

为了把全市中考第一的安思危招入本校，御林中学和市二中展开了激烈的竞争。

二中是市重点，公立学校中最有声望的，但是御林开出的条件相当诱人，三年学费全免，并嘉奖一笔数目可观的奖学金。

最后安思危选择御林中学的原因，仅仅是因为离家比较近一点而已。原以为自己可以这样安安静静地度过高中三年，直到那个少年的出现，她渴望的平静人生也就此开始偏离了轨道。

高三的某天，有个少年跟着班主任老张走进教室，一米八五的个头，五官精致，墨黑的头发轻轻遮着额头，耳朵上戴了个小巧精致的银色耳钉，定睛一瞧，是个音符。

整个人看起来邪魅不已，他微微抬眼扫视众人，一副睥睨天下的姿态。

同学们在底下窃窃私语，老张清了清嗓子宣布："凌初同学从今天开始就转来我们一班了，希望大家友好相处。"

这句话好似投下了一颗炸弹，把方圆百里夷为了平地。

因为凌初，等同于恶霸的名字。他被全校公认为是最张狂的学生，所有人都说没有凌初做不出来的事情。他会因为一言不合就与同学发生冲突，也会在课上突然播放林肯公园的歌曲，老师和同学们全视他为洪水猛兽。

纵观御林有很多家世好的学生，可跟凌初比起来，都成了能被他一脚踩死的蚂蚁。凌氏集团背景雄厚，这些年更是将产业扩展到国外，可谓风光无限，富甲一方。但凡凌初闯下的祸一律都是用钱来善后，因为对凌家来说能给他的也只剩下钱。

少年面无表情地走下讲台，踢了踢某张课桌，惹得那名男生惊慌地收拾书包让出位子来，老张见状也只能无奈地摇了摇头："位子选定后就不许换了，否则会给其他同学造成困扰。"

安思危翻书的动作顿了顿，听见身后的少年冷哼了一声。

凌初坐在了她的后面。

"安思危，你出来一下。"老张示意她去外面谈话，委以重任，"从现在开始由你来负责辅导凌初，争取让他模拟考试的分数能好看一点。"

这无疑是道晴天霹雳，她不敢置信地问："您的意思是要我帮他补课？"

老张也颇为难："是啊，这是校长交代下来的。"

"可是我……"

老张表情凝重地拍了拍她的肩膀："就放学后意思意思给他补习一下吧，耽误不了多少时间的，哪怕做做样子也行。"

高三如此关键的一年，老张自然不希望自己最看重的学生受到任何影响，但凌家是学校最大的股东，容不得老张拒绝。

回到教室，见凌初身边围着他的俩发小——宁越泽和甘棠。

宁越泽是理科才子，家世好、成绩好、长得好，真是"三好学生"，虽然不免傲气但对人还算随和，在学校人气极高。

甘棠是白富美，为人和气又善良，这样的女孩所到之处应该很受欢迎才是，可她却偏偏很不受女生们的待见。也许是因为她长得太漂亮，也许是因为她的身边总是站着凌初。

甘棠小声打听："老张找你什么事儿？"

安思危看了眼坐在窗边的少年，有些无奈："让我给新同学补习功课。"

少年微微挑起了眉，似笑非笑。

同学们纷纷向可怜的班长大人投去"你要保重"的眼神，给凌初补习？开玩笑，这种活儿也敢接。

少年跷着二郎腿，瞟了一眼这个班的学习氛围，眼里尽是不屑："怎么？怕我扯了你们一班的后腿？"

御林中学每季度会有分班考试，高三一班又是全校重点理科班，只有年级前 38 名才能进。但是凌初的成绩很差，每次都是垫底，却能这样堂而皇之地来到一班，很多人心里其实是不服气的。

宁越泽推了推眼镜，似乎在解围："只要你考试不睡觉，我们班平均分就不会被扯下了。"

"睡觉？"安思危终于明白为什么他的分数这么难看了。

"有意见？"

她才无畏于面前的少年是不是恶霸，语气照样波澜不惊："你高兴就好。"

大家纷纷吓了一跳，心想班长大人真是吃了熊心豹子胆了，还没有人敢在凌初面前这样说话。

"有意思。"少年的表情起了微微的变化，眯眼看向安思危时眼神透着些许兴趣。

不想惹麻烦却偏偏遇上了一个大麻烦，之前虽不同班，可对于他的传闻也是听了不少的，大抵知道凌初是怎样一个人，她却万万没想到自己有一天也会遭遇上他。

是幸还是不幸呢？

凌初戴上耳机懒洋洋地看向窗外，午后的阳光正好洒了他一身，这个被称作恶霸的少年拥有这世上绝美的侧颜。

此时的安思危还不知道命运的轮盘已经开始转动起来，悄无声息地准备碾碎掉每一寸时光。终有一日他们都会输给这场青春，输给这场青春里面的自己。

放学后，安思危整理书包回家，少年拿起笔戳了戳她的手臂，冷冷开口："喂，不是说要给我补课吗？"

"今天不行，我还有事情。"她动作麻利地收拾课本，回头说："明天行不行？"

"不行。"

"为什么？"

"没有为什么。"他起身倚靠在课桌上，理所当然地道，"我说不行那就是不行。"

安思危："不行的理由？"

"理由？"凌初屈身靠近她，冷笑道，"我是不是忘了告诉你，还没有人能从我这儿要到理由。"

对上他冷冽的眼眸时，安思危不由得后退了一步，这不该是一个十七岁少年应有的眼神，他看谁都几乎带着毁灭性的冲动，如一头凶猛的猎豹，仿佛随时随地会扑上去撕咬对方，直至要了人的命。

"凌初。"宁越泽上前制止，似乎是怕他做出什么出格的事情来，提醒道，"别吓唬女同学。"

安思危背上书包说："我真得走了。"

凌初当没听见，把课本丢在桌上示意补课可以开始了，倒是一旁看戏的同学们紧张起来。就在安思危还没有反应过来时，凌初突然起身一把关上教室的门，她的书包也被他夺了去。

少年眼里的戾气正在逐渐扩散。他打开书包，慢慢举高手臂，课本笔盒全部哗啦啦地滚落在地上。

"你不是要走吗？"他随手把书包丢在装满垃圾的纸篓里，懒洋洋地靠着门框，"捡起来就可以走了。"

场面一时令人窒息，宁越泽拾起书包拍了拍灰尘，看向那个丝毫没有内疚感的少年，想说些什么，最终还是没有说出口。

安思危一声不吭地蹲下身去捡书本，她脸色惨白得厉害，因发抖而抿紧的嘴唇泄露着此时的恐惧，眼神却是固执的，她抬起头看着他："所以，现在我可以走了吗？"

他给了一个"随你便"的眼神。

宁越泽赶紧把书包递给安思危，帮忙解释："这小子人不坏的，就是情绪不稳定，别在意。"

她没有对这句安慰做出任何回应，沉默地离开教室。

望着少女离去的背影，甘棠有些困惑："凌初，你在二班好好的，为什么突然要转来我们班？"

"因为你们一班更好玩。"

他说完视线落在课桌底下的一个白色信封上，甘棠也注意到了，好奇地想拿来看："是什么？"

凌初没说什么，直接把信收了起来，因为这是从安思危书包里掉出来的。

第二天放学后安思危留了下来，她不提昨天的事情，摊开习题说："以后每个周二、周四我会给你补习，但先说好，我只有一个小时的时间。"

这个女生胆子有点大，原以为会像别人一样申请座位调离，没想到她仍旧坐在原位，放学后还如约给他补课。

"你先做题，有什么不懂就问我。"安思危交代了一下，便自顾自地看书。

凌初盯着她的后背，好奇她怎么可以坐得如此笔直。昨天见她那么倔强的样子，反而起了想要激怒她的念头，很有趣，好久没这么有趣过了。

"喂。"他用笔戳戳她的后背。

安思危背脊一僵，不知他又想做什么。

"那两个人是找你的？"

她这才注意到门外站着姚遥和张栎，是二班的学生，也是她初中时的同学。两人碍于之前和凌初同班，知道他的性格，迟迟不敢进教室，只得在门外徘徊。

凌初刚进御林的时候，因为这张脸引起了很大的轰动，甚至还吸引了很多外校的女生，她们苦苦等在校门口，只为看一眼御林的绝美少年。

有去给他递情书的，他看都没看就直接撕了扔垃圾桶；还有鼓足勇气跟他搭讪的，他说了一句"丑八怪，滚开！"，从此再也没有女生敢靠近他，"恶霸凌"的名声一夕之间传遍整个学校。

所以在御林经常能看到这样的画面，但凡有长得帅一点的男生走过，女生们虽不一定会夸张地尖叫，但多多少少也会花痴一下；只有"恶霸凌"走过时，全体女生噤若寒蝉。

她低头检查他的题集，果然一字未写："你这样，学习是提不高的，我陪着你也是浪费时间。"

见她又开始收拾书包，他提醒着："一个小时还没到。"

"我觉得你并不想补课，不是吗？"

凌初却眼眸一转看向门外，懒懒地说："那个小白脸是不是在等你？"

"小白脸？"

"门口那个。"

他说的是张栎。

她听了皱眉：“人家有名字。”

“我就爱叫他小白脸。”

安思危不再理他，走出去问：“有事吗？”

姚遥小心翼翼地向教室内望了一眼：“听说你在给‘恶霸凌’补课？”

“恶霸凌？”

“嗯！”姚遥重重地点头，“大家背地里都是这么叫他的。”

凌初不知什么时候走了过来，手里拿着个信封，安思危只觉得有点儿眼熟，戒备地问：“你又想干吗？”

他扬了扬手里的信，戏弄道：“写个信还要你来管？”

他走到教室门口，正准备回去的姚遥吓得连连后退，眼神充满惶恐。她伸手想拉一拉身旁张栎的袖口，可凌初却不经意地弯起手臂扶了扶书包肩带。

“呐，这个给你。”凌初眼里透着显而易见的恶作剧意味，好似在威胁，“要是不收下来我可能会生气。”

姚遥缩了缩脖子，她很怕凌初，不敢拒绝，只得哆哆嗦嗦地伸手接住。

凌初很满意她的表现，回头见安思危瞪着自己，便笑得更嚣张了，走过她身边时微微俯身说：“真想见识一下你们穷人的友谊。”

安思危气结，世界上怎么会有他这样恶心的人。

高三一班最近出乎意料的太平，但以凌初为半径的地盘依旧没人敢靠近，大家都说他是一头正在冬眠的猎豹，而眼下不过是暴风雨前的片刻宁静。

“不好了！凌初！”教室里冲进来一个男生，火急火燎的样子，“韩瑞跟人打起来了！体育馆来了一帮混混！”

凌初本来还趴在课桌上睡觉，一听出了事即刻往外走，宁越泽也跟了出去。

因为韩瑞也是他的发小，铁哥们儿。

同学们在议论纷纷，甘棠挪去安思危那儿：“我担心他们会出事，要不要去看看？”

安思危无动于衷地背着英语单词，她翻过一页英语书，不以为然：“他们能出什么事？”

“他们当然不会出事，怕就怕对方会出事。”甘棠再也不管安思危愿不愿意，直接拉起她往体育馆跑去。

中午是篮球队练习的时间，韩瑞是队长，恰逢今天教练不在，此时的体育馆已经乱成了一团。为首的混混染了一头金毛，嘴里嚼着口香糖，上下打量着凌初：“你……就是这个小子的老大？”

凭着作为混混的直觉，他笃定这少年一定不是善茬，因为高中生哪有这么嚣张的？一看也是道上混的。这会儿韩瑞的脸上受了点小伤，他伸出中指对着金毛：“你只配一个字——滚！”

“呸！”金毛显然不能忍受被挑衅，他气得把口香糖吐到了地上，“你想被揍是不是？”

凌初没有注意到甘棠拉着不情不愿的安思危偷溜了进来，他背对着众人警告：“谁都不许把今天这事儿说出去。”

金毛感觉自己被无视了，不耐烦地又问了一遍：“你到底是不是这小子的老大？”

“他是我兄弟。”

“哟，很上道啊！”金毛跺着脚，弹了弹烟灰，自以为动作很帅，“这个小子做了什么事你知道吗？”

“做了什么？”凌初这会儿出人意料地没有先动手，只是皮笑肉不笑地挑衅着金毛，“说来给爷听听。”

金毛也不准备再跟凌初绕弯子，夹着烟头指了指韩瑞：“他抢了我球场的地盘，所以你说怎么办吧？”

“怎么办？就这么办！”韩瑞可不是软柿子，挺直腰杆站在前面完全不肯让一步，还不忘喊道，“宁越泽也别光站着看好戏！”

别看宁越泽平时戴副眼镜斯斯文文的，面对这种情况也活脱脱成了一个斯文败类。安思危从没想过，这个被全校女生仰慕着的理科才子竟然也会来助威，而且气势还不输韩瑞。

“凌初，那金毛就交给你了！”韩瑞隔空喊，“替哥好好收拾！哥请你吃大餐！”

“什么？”金毛气得毛都快炸开了，他抓起脚边的篮球狠狠地朝韩瑞砸去，吼了声，“你找死是不是！”

韩瑞这会儿如同打了鸡血般，身手矫捷得很，轻易躲过了那只飞来的篮球，岂料甘棠发出一声尖叫：“呀！安思危！”

篮球不偏不倚地正巧砸中了某个还没反应过来的少女。大家一致看向倒在地上流鼻血的安思危，一时有些慌张。凌初瞳孔倏地收紧，几个字儿从牙缝里挤出来，令人不寒而栗。

“是谁允许她进来的？”

没人敢吱声，就连打架的几个小混混也因凌初突变的脸色而停下手，只有安思危躺在地上，捂着出血的鼻子还不知发生了什么。

“糟了，快去拉住他！”甘棠刚喊出声就见凌初已经来到金毛身前，脸上传来的痛意令金毛整个人都傻了，躲都躲不过。

他吓得屁滚尿流跪地求饶：“哎哟！大哥饶命！”

安思危晕乎乎地坐起身，用尽所有力气喊：“凌初！住手！”

这一刻她终于明白过来甘棠的担心，凌初确实不会出事，但在他拳头之下的人却很有可能会受重伤。

这个少年前一秒还在不正经地说着话，后一秒却可以突然发起疯来，挥出去的拳头又重又狠，身体似乎已经不受大脑控制，如此的可怕。

大家屏息地看着这头发了疯的猎豹终于停下了动作，他深吸一口气放开了金毛。韩瑞和宁越泽这会儿已是累得瘫倒在地上大口喘着气，要知道拦着凌初可比打一架还累人。

那些小混混们倒还记得扛起奄奄一息的金毛：“怎么回事？老大挺住！”

甘棠也是赶紧扶起安思危，见她尚未止血，担心地问：“怎么样？头晕吗？能不能站起来？”

安思危刚想说话，忽地整个人被拉起背在了背上，她吓得心脏都跳到了嗓子眼，慌乱地喊：“快放我下来！”

却在对上少年冰凉无光的眸子时，瞬间没了声音。

他背着她往外走，生硬地说：“现在去医务室。”

安思危反应过来，开始激烈地挣扎，捂着鼻子哼唧道：“我可以自己走，你放我下来！”

“别动。”凌初冷冷地睨着她，“还想不想止血了？”

她继续挣扎：“我要下来！快让我下来！”

无视她的反抗，凌初径直走向医务室，铁青着脸冷哼：“信不信我把你扔出去？”

“好！我求你快点扔！”话音刚落，他一脚踏进医务室，不带半点怜香惜玉地将她重重扔在病床上。

安思危尖叫一声，鼻子险些撞上墙壁，她翻了个身，怒瞪一脸事不关己的少年，指责道：“你存心的是不是？”

这时走进来一个穿着白大褂的女医生，是学校医务室的特聘，咋舌问：“凌同学，不会是你打了她吧？”

仿佛是听了个大笑话，他嗤之以鼻：“我是不会打女人的。”

李医生又转而问安思危：“那是怎么回事？”

“唔……是我不小心摔了一跤，把鼻子磕破了，就这样。”

少女流着鼻血红着脸，说着没人会相信的谎话。

李医生也并未揭穿她，检查了一下说：“还好没什么大碍，躺一会儿就能止血了，放心吧。”

凌初一听没事就要走，李医生喊住他：“凌同学，你留这儿帮忙看着，我现在得去医院办点事儿。”

他睨了眼躺在床上一动不动的安思危，鼻子上贴了张创可贴，模样有些滑稽，校服上还蹭了血渍，有点刺眼。

就这么看着她的一瞬间，他决定留下来，挑了医务室里距离床铺最远的位置坐下，随后沉默地听着李医生越来越弱的脚步声。

约莫过了十来分钟，房间里仍是一片静寂，安思危保持着原有的姿势躺着未动，凌初忍不住望了她一眼，却讶异地发现少女似乎已经睡着了。

窗外边有两个学生在争执着什么，说话声过大，凌初皱了皱眉，走去窗边瞪着他俩低声警告：“喂！”

两人惊慌地闻声看去，只见这个传说中的恶霸做了个静音的指示，又挥了挥手示意他们走开一点，随后关上窗看了一眼少女，好像没有被打扰到。

他不确定地上前两步，猫着身子有些做贼的感觉，不自觉再走近两步，伸手往她面前晃了晃，少女没有任何反应，竟然是真的睡着了。

凌初觉得不可思议，低下头近距离看着她，那长长的睫毛垂在下眼睑上，像一把小扇子形成了一个好看的弧度。视线慢慢再往下移，看见她的鼻翼处沾着一点点血迹，怪碍眼的。

他缓慢伸出手，还没意识到自己在做什么时，手指尴尬地停在半空，与睁开眼的少女猛然间对视。

安思危怔忪地盯着他格外挺直的鼻子，一脸防备："你想干什么？"

"没想干什么。"

"那你靠这么近干什么？"

凌初故意低下头近距离与她对视，安思危瞪大眼睛不敢呼吸，生怕一个不小心就会与他有任何接触。

少年冷冷地打量着她，在看见她满是紧张的浅瞳里生出一丝厌恶时，他恢复了往日轻狂的姿态，讥笑道："你说我能干什么？"

安思危的身体在微微颤抖，因为她又看见了他眼睛里住着的那头凶猛豹子，好像随时会要人性命，可她还是无所畏惧地与他对视，说："我不是你，不知道你想干什么。"

"安思危。"这是他第一次叫她的名字，看着眼前少女满是戒备的眼睛，真有趣，比之前任何时候都有趣，"你很怕我？"

"我为什么要怕你？"

他玩味地看着她："因为我扔了你的书包，因为我在你面前打架，因为所有人都说要远离凌初。"

"我知道大家都怕你，但是我不怕你，也没有怕你的必要。"尽管心里很慌张，可她连眉头都未皱一下，平静地说，"因为我们都只有十七岁。"

她就这样看着他，看着他眼睛里的豹子在逐渐消失，直到瞳孔深处映着的是自己的一双眼睛。

少年忽然间笑了，他拿出一张纸递给她，让她擦去鼻间的血迹。

"安思危。"叫她名字的时候，凌初拉开两人的距离，"我不知道我会对你做出些什么事来。"

剩下的话他没有出口——所以离他远一点，越远越好，就摆明了地厌恶他，说怕他，跟所有人一样祈祷凌初快点死去，快一点死才好。

安思危怔忪地望着眼前的少年，她看见了什么？那双漆黑的瞳孔仿佛是个无穷尽的黑洞，里面填满了绝望。

她看见的居然是他对死的欲望。

为什么希望自己死掉？

少年关上医务室的门，瘦高的背影嵌在长长的走廊里，孤独又冷傲，也许走一个世纪都走不到所谓的尽头。他眯眼望向天空，凌初，只能做那个所有人都不喜欢的凌初，和已经死在过去的凌初。

打架的事情老张还是知道了，放学前他在班里告诫了一番，并没有点名批评。不过大家也是心知肚明，批评了也没什么用，没人管得了他。

一到放学，安思危又是急匆匆地整理书包。

凌初懒懒地睇着她："说好补课的？"

"今天是周五。"她只允诺每周二、周四给他补习。

"你就这么对待自己的救命恩人？"

"是你非带我去医务室的。"说完她觉得用词不当，重新纠正，"是强行，在没经过我同意的情况下。"

凌初的白衬衫上也沾了些许血迹，他指了指衣服，讽刺道："你看看，这是谁的血？"

安思危下意识地摸了摸鼻子："你想怎么样？"

凌初看了眼她的动作，心想：这小鼻子长得可真够精致的，还好没被篮球砸歪。

"我想怎么样？"他起身贴近她，安思危不由得防备地后退了一步。凌初促狭一笑，慢慢解开衬衫的扣子，当众在教室脱衣。

安思危瞪眼看着他赤裸上身，慌忙别过头，大骂："你有病啊！"

"怎么？你是活在古代吗？没见过男人赤膊？"凌初故意走到她眼前，挡着她的视线，白色背心紧贴在他的身上，精瘦的身材没有一丝赘肉，腹肌线条清晰可见，一切都刚刚好。

韩瑞在门口惊呼："你要不要这么开放！"

宁越泽淡定得很，他发现了一个不得了的细节，那就是凌初最近话变多了，特别是面对着安思危时。

甘棠却看不下去了："你就让人家回去吧，她今天流了那么多的血。"

凌初把衬衫丢到安思危的脑袋上，撂下句："回去洗了吧。"

安思危气呼呼地把衣服塞进书包里，也不管会不会弄皱，像是在冲着无辜的衬衫发脾气。只要碰上凌初，她总是没有办法冷静。

往日的冷淡形象不复存在，情绪完全暴露，他不经意地弯了唇角，这才是这个年纪的女生该有的样子，装那么老成干什么。

凌初套上校服，韩瑞啧啧称赞："这身材真是……到底是练格斗的！"

格斗？难怪下手这么狠。

她又是一副嫌弃的表情。

城市的另一角，少女下车走向马路对面的向日葵幼儿园，门卫老伯与她非常熟稔，见她走得快笑眯眯道："不急的，你妈妈在教室里等着。"

安思危回头道谢，脚步却并未放慢。

傍晚时分的幼儿园很清静，孩子们早已回家，保洁阿姨在做最后的打扫。安思危穿过五颜六色的滑滑梯，越过葱绿的草坪，在楼梯的拐角拾起被遗忘的玩具，走廊尽头的教室里传来钢琴声，她驻足在玻璃窗前凝视那道柔软的背影，唇边噙着笑意。

因为，那是她的母亲——沈琴。

她没有上前打开教室的门，只是静静地望着，钢琴声悦耳动听，每个音符都敲在她的心头。渐渐地，钢琴声开始变得细碎凌乱。

安思危这才走进教室，上前握住沈琴的手，听得她长叹一声："妈妈已经不会弹琴了。"

"没关系，还是弹得那么好听。"

这样一双纤细优雅很是适合弹钢琴的手，掌心内却长着厚厚的茧，安思危轻轻地对她说："妈妈，我们回家吧。"

家，是唯一的归宿。

父亲去世得早，她自小与母亲相依为命，母亲是她生命中的全部。父亲是因肺癌走的，病魔毫不留情地摧毁了原本幸福完整的家庭，也夺走了那么爱她的爸爸。

六岁的孩子当时还不懂什么叫生离死别，只知道爸爸没了，再也见不到他了。每次只有在睡梦中爸爸才会出现，会像往常那般将她高高举起，会亲她的小脸蛋，故意用胡须扎她痒痒，然后说："安安，爸爸带你去动物园看长颈鹿好不好？"

她高兴得手舞足蹈，可是一眨眼爸爸又突然消失不见了。她从梦中醒来，哭着喊爸爸快回来，妈妈就会紧紧抱住她轻声宽慰："安安不哭，不哭。"

那时她把头埋在沈琴怀里，没有看见她说不哭时自己却也在偷偷掉着泪，在安思危眼里，母亲是这世上最善良、最温柔的人，她独自扛起了这个家，竭尽所能地付出一切来爱她。

小时候，老师会问同学们长大后的梦想是什么，同学们各式各样的回答都有，轮到安思危时，她轻声又坚定地说："长大后想成为我妈妈那样勇敢又努力的人。"

时至如今，她的梦想依然没有变。

姑姑曾与她说过，母亲是生于大户人家里的千金小姐，年轻时与一穷二白的教书先生相爱，那个教书先生就是安思危的父亲。两人不顾家人的反对执意要在一起，而且当时沈琴已经有了身孕，家里更是一气之下与她断绝了关系。

母亲却从未提起这些事情，安思危也没有见过外公外婆的模样，只是有时候能听见她长长的叹气声，她不知道那是不是母亲的一个遗憾，但是她想母亲一定是不后悔与父亲在一起的。

所谓爱情，安思危并不懂，十七岁的心里也容不得爱情来作祟。她只知道如若母亲当年没有跟父亲走，那么母亲将会是一名高雅的钢琴演奏家，可是现在却成了一个提前退休的幼儿园老师。

这也许就是云泥之别的爱情，父亲与母亲好不容易走到了一起，却没有走过白头，终究还是敌不过命运。

安思危拉着沈琴的手走在回家的路上，当指尖触到她掌心的茧子时，她的心里似流过了凉凉的东西，难过到不行。

如果母亲当年没有跟父亲走该多好。

没有走该多好，哪怕安思危不会生于这世上都没有关系；没有走该多好，母亲就不会看不见这个世界，看不见黑白琴键。

半年前，沈琴出了一场车祸。

那天晚上，她给钢琴班的小朋友上完课，骑自行车回家的途中被车子撞倒，身上多处碰伤，最严重的是因受到撞击导致双目失明，而事故原因是肇事司机酒驾。

一夕间犹如天崩地裂，车祸的发生对安思危打击太大，父亲走的时候，因为她年纪还小，体会不到对死亡的恐惧，所以没有过多的感受。可这场突如其来的车祸却让她意识到，原来死亡距离一个人是这么近，差一点她就会失去了世界上最重要的人。

那段日子她们过得苦不堪言。沈琴住院期间，安思危白天上学，两个姑姑来轮流帮忙，晚上她坚持自己看护陪夜，悉心照料着沈琴。出院后，沈琴感觉自己恢复得还行，想着总不能太麻烦婆家，便和安思危商量，想试着自己一个人待在家。

安思危说什么都不答应。就在一筹莫展时，沈琴工作的那所幼儿园的园长是沈琴的至交，她来家里探望沈琴时，提出让沈琴回到幼儿园。虽然不能继续工作，但白天可以在园里待着，那个地方对沈琴来说是熟悉的，又有其他老师照看着，总比在家里天天发呆的好。

接受了这个提议后，安思危每天早上先把沈琴送去幼儿园，放学后再把她接回家，从来都是不敢耽搁一分钟的。因为她怕妈妈等急了，怕妈妈一不小心会摔倒，怕园里的人都走了妈妈一个人会孤单。

这样漫长的日复一日，再艰难她都不觉得累，只要最重要的人还在，怎样都是好的。

母亲看不见了，她就是她的眼睛。

此刻，暮霭褪去，晚霞烧红了整片天空。

凌初坐在车里等着绿灯亮，漫不经心地朝窗外瞥了一眼，看见马路对面的少女牵着一个拄着盲人拐杖的妇女，正在小心翼翼地过马路。

她们朝这个方向慢慢走来，不知说了什么，少女扬起嘴角笑了，那一刻，所有的路人都仿佛凭空消失了一般，少年的眼里就只剩下了那抹笑。

原来，她也是会笑的。

原来，她还能笑得这么好看。

Chapter 4

因为讨厌了才会一直记得

周六中午，凌初被韩瑞拉去市四中看美女。

他拖着懒散的步子，打着呵欠："你确定她们都是美女？"

"你看你这人，我谁都没叫就叫上你了，还挑三拣四的！"

离四中还剩两条马路的距离，左前方路口围了几个人，好像是起了点骚乱。

其中有个戴着一顶白色鸭舌帽的女孩背影有点熟悉，凌初眯眼看了下，发现不对劲，问一旁的韩瑞："我们学校是不是有志愿者会在周末站马路执勤？"

"好像有。"韩瑞招手，"哎……你干吗去？"

凌初往起了骚乱的左前方走去。

近年来，申城为了创建文明城市，十字路口的东、南、西、北四个方向分别站有交通志愿者，头戴小白帽，身着志愿服马甲，手拿交通指挥旗维持交通秩序，劝导不文明交通行为。

各学校为了锻炼学生的志愿者精神，也纷纷加入其中，在周末会让学生到马路站岗一个小时，这周，正好轮到了安思危她们。

刚刚有个男青年乱穿马路，安思危把他拦了下来，告知他要看好红绿灯，怎料对方见着她清丽的容貌后，竟纠缠不休起来："小姑娘，几岁了？怎么也学人家站马路？"

安思危冷着脸，帽檐压得低低的，不作声。

“站这太阳底下多晒啊，走，哥哥请你喝饮料。”青年说着竟动手要扯过她的手臂。

见安思危不动，他猥琐地说：“怎么不走？还怕哥哥吃了你？”

大白天的当街遇上流氓了？青年的样子看着就不像是正经人，怕是打定了主意要纠缠安思危。

就在这个时候，一个牛仔少年横空出世。几缕头发嚣张地在空中飞扬，蹬着双黑色马丁短靴，伸出手就推了青年一把，青年没站稳“嗷”的一声扑倒在地上。

一系列动作太快，就像一阵旋风，把众人都看傻了。

“谁……谁敢推我！”青年艰难地翻了个身。

少年居高临下地蔑视他，仰着下巴说：“我。”

“你谁啊你！”青年扶着腰，痛得龇牙咧嘴，“要你多管闲事！”

少年一字一句地道：“她的事就归我管。”

这番见义勇为令路人都不禁想为少年鼓掌。

男青年看围过来的人越来越多，揉着屁股赶紧开溜。

韩瑞追在后头骂了一声：“就这点素质，出来丢什么人！”

安思危没想到他俩会出现：“你们怎么会来？”

她这一问，韩瑞突然想起自己是来干什么的了：“哎呀！来不及了！”

“什么来不及？”

凌初：“他要去四中看美女。”

韩瑞：“明明是我们一起去！”

凌初：“谁答应你了？”

韩瑞：“安思危在，你怎么就耍赖？”

凌初一时说不出话，随后撇清：“跟她有什么关系？”

韩瑞着急去看美女，哪顾得上凌初是什么心思，急道：“不管你了！我先去了！”

一旁的安思危都听不懂他们在说些什么。

“愣着干吗？”凌初个高，轻轻松松拿下她的小白帽，又命令道，“把马甲脱了。”

她不明所以地看看他。

"快点。"

不知道他要做什么，所以安思危没有动。

他等得不耐烦，直接上手，"嘶"的一下把穿在她身上的志愿者马甲拉链拉开，随后扯下套在了自己身上，动作一气呵成。

"你回去。"凌初挥了挥手，让她离人行道远点儿，"我来执勤。"

安思危终于明白了他的用意，却不肯要他帮忙。

"我的任务我自己可以完成。"

凌初手执交通指挥旗，像模像样地说："今天我还就要当当这个志愿者。"

安思危不与他争辩，也没有离开，只是并肩与他站在了一起。

凌初一言不发地又把帽子扣回她头顶上，替她挡住了大中午的太阳。这么白的脸蛋，怎么可以晒黑，少年的心思也是单纯。

两人静默，过了一会儿，安思危开口说："谢谢。"

"谢什么？"

"没什么。"

凌初低头看不见她帽檐下的表情，调侃道："我知道你是谢我英雄救美。"

哪有人自我感觉这么好的，安思危反问："你不是号称'恶霸凌'吗？"

"所以道谢恶霸的方式得更特别一些。"

"怎么特别？"

凌初想了想："还是古人聪明，以身相许最有用了。"

安思危淡定地提醒："这位同学，别做梦了。"

"扑哧"，他笑开了怀。

连她琥珀色的眼眸里也有了笑意。

这个十字路口的一角，空气都有点儿甜了。

上午的课结束，大家都饿得直奔食堂。

韩瑞连扒了两口米饭，抬头间瞄到一个身影，用胳膊肘撞了撞凌初，鼓着腮帮子道："快看，你们班的安美女。"

"什么美女？"

"当然是安思危，不然还有谁？"韩瑞说得理所应当，凌初不屑地喊了一声，拿筷子的手却顿了一下。

安思危正在排队取餐，她点了番茄炒蛋、糖醋小排骨和三鲜汤，旁边的人用力挤过来险些将她撞倒，张栎敏捷地搀了她一把，凌初眯起眼来，这个动作让他觉得格外碍眼。

凌初喝完最后一口酸奶，韩瑞仍在叽叽喳喳地说话，他拿起一只炸鸡腿往韩瑞嘴里一塞："吃饭都堵不上你的嘴。"

可怜的韩瑞嘴里塞着鸡腿，支支吾吾想骂他都骂不成。

安思危坐的地方离他们不远，抬眼时正巧对上凌初犀利的视线，随后赶紧撇开。吃完饭回教室的途中，安思危在走廊上碰见了姚遥，她低着头像是在刻意躲着谁。

张栎问："姚遥，你中午去吃饭了吗？"

这时韩瑞一行人也从楼梯拐角处走来，撞了个正着。

凌初上前挡住姚遥的去路，吓得她后退了一大步，像是只可怜的小兔子即将要被凶猛的猎豹给叼了去似的，凌初看得有些想笑："给你的信看了吗？"

听到他这句话时她脸色发白，低头死死咬住嘴唇，泪水开始在眼眶里打转。

"你觉得内容写得好不好？"

"什么信？"韩瑞跳了起来，颇激动地说，"凌初你脑子进水了？你给她写信？发什么神经！她长得又不好看！"

"你小子闭嘴行不行？"宁越泽不由得扶额，看来中午的炸鸡腿还是没能堵上这小子的嘴。

在那么多双眼睛的注视下，被当众说长得不好看，这份羞辱令姚遥双手掩面不禁哭了出来。

"都是你！"她反应激烈，把一切的错都归咎于安思危，指控道，"那是张栎写给你的信，你明明知道的却还让凌初给我！"

安思危一头雾水："信？"

姚遥哭得十分委屈："我是没你漂亮，也没你聪明，可你为什么要这样来羞辱我？"

思及至此，她回想起那日傍晚凌初诡异的所作所为，终于明白事情的始末，原来这也是为什么最近姚遥看见她总是反常地躲避的原因。

"我并不知道那封信是谁给我的，也没有看过里面的内容，我原本就打算丢掉这种无聊的东西。"

凌初闻之扬了扬眉。

而安思危的这番话令张栎的表情变得尴尬又挫败。

看热闹的同学逐渐多了起来，把走廊围得水泄不通，韩瑞像赶苍蝇般地赶他们走："都看什么看！一边儿去！走走走！"

甘棠皱着眉，似在担忧。

"凌初，已经很久没有对一件事情有兴趣了。"宁越泽却淡定地看着这番局面，欣慰地说，"这是好事儿，他终于活得有点人气了。"

安思危站在一脸事不关己的肇事者面前："你应该道歉。"

"我从来不道歉。"凌初用下巴点了点，指向另一个在旁不吱声的人，"该道歉的是他。"

张栎暴露在众人的视线中，可爱的娃娃脸此时却变得有些扭曲，声音尖锐："凭什么要我来道歉？"

宁越泽接话道："因为你这人没安好心。"

宁越泽这么一点醒，韩瑞也跟着起哄："对，像你这样的人，走出去是要被揍的！"

张栎心虚地回应："我……我没有！"

韩瑞扬了扬拳头，警告意味十足。

而姚遥本想逃离现场，却被凌初再次拦住："怎么？想走？"

安思危上前挡在她的身前，眉头微皱："凌初，你别太过分了。"

原本经过做志愿者那天的事情后，对他的看法还有了些许改观，可刚刚的一切都证明了他还是那个让人讨厌的凌初，如假包换。

"这就是你们穷人廉价的友谊？"他轻蔑地撇撇嘴，"这么不堪一击你还要维护？"

"你没资格瞧不起穷人。"

"我今天就是要找她麻烦，你心疼？"凌初居高临下地看着她，一步步将她逼近墙角，唇边勾起琢磨不透的笑意，"心疼的话你来替啊。"

右耳的音符，一瞬间晃了她的眼。

"你是不是有病？"她紧握拳头，险些失控。

"啧，"他用着不知是认真还是戏谑的语气当众宣布，"从现在开始，安思危是我罩的，除了我谁都不能凶她。"

凌初又看向瑟瑟发抖的姚遥，眼神带着明晃晃的威胁，随即转头对着安思危说道：“或者……你想让我找她麻烦？”

姚遥害怕得直哆嗦，她近乎乞求般地看着安思危，可刚刚自己还误会了她。

也许凌初说对了一点，这真是廉价的友谊。

安思危明白他的目标是自己，也没必要连累别人成为炮灰，深吸一口气说：“你知道这样只会让我更讨厌你。”

她和凌初光是名字就注定了是两条永不相交的平行线，他却非得出现，将她的生活搅得一团乱。可此刻这个人人口中忌惮的“恶霸凌”，眼里终于有了一丝笑意，是谁都不曾见过的一番美景。

“讨厌我才好啊。”

很久以后回想起他这一句话，她才明白过来是什么意思。

因为讨厌了才会一直记得。

原本是件极简单的事情，可谁知竟然会发酵成流言蜚语。

御林的优秀学生和‘恶霸凌’扯上了关系，这两个人的身份太过悬殊，御林现在传出的流言版本就有三四个。

韩瑞说：“我是真善良，不然靠卖内幕消息也能发财。”

但实际上迟钝的他也不太清楚凌初和安思危到底是怎么一回事儿，所以这两天老是追在凌初屁股后头问：“你到底是什么时候和安美女搅和在一起的？”

“搅和”这两个字显然令某人听了相当不悦：“我说你能不能换个好点儿的词？真是没文化。”

韩瑞一脸得逞的坏笑：“我说错了，是建立友谊，所以是什么时候建立友谊的？”

凌初掏了掏耳朵，懒得理他：“等爷心情好了再告诉你。”

“我呸，你现在心情还能不好？”韩瑞是赤裸裸地羡慕，酸溜溜地说，“见色忘友！”

就在这时有个同学跑来告诉他们：“不好了，安思危在办公室被教导主任训了。”

教导主任是个很古板的老头儿，最看不得学校里出现不好的风气。

安思危是他最看好的学生，最近有关于她的不好的流言传进了他的耳朵，他怒其不争："我一直以为你最清楚自己要的是什么、眼下应该做什么，可现在你是在犯什么糊涂？"

安思危低着头一言不发。

老张也在一旁象征性地训斥："我只是让你放学给他补补课，你说你怎么就闹腾出这些事？多么影响学校的风气！"

老张故意吓唬道："学校三令五申要正校风，一旦发现破坏校纪校规那是要被开除的，你们却一个个都当作耳边风！他是纨绔子弟，就算不学无术也有他家人给他铺路，你呢？你们家也可以吗？"

教导主任心痛得很，他不能拿凌初怎么样，但他可以去感化安思危："你是这么好的学生，凌初和你是两个不同世界的人。听老师的话，赶紧和他撇清关系，现在悬崖勒马还来得及！"

话音刚落，只听见"砰"的一声，办公室的门被推开。

是凌初。

他的视线定在安思危身上，她依旧垂眸在听着训话，他甚至怀疑她是不是都快睡着了。

"安思危。"

少女睫毛微颤。

看到他，受了惊吓的教导主任马上呵斥道："你干什么，还在谈话呢！"

"安思危没有错，我要带她走。"

"她不能走！"

"不能走？"凌初阴冷一笑，"她没做错什么为什么不能走？我还偏要带走了。"

他紧紧地盯着教导主任，大有你不放人我就一直瞪着你的架势。

"你你你……"教导主任"你"了半天，抚着胸口险些被气得犯心脏病，但最终还是放两人回去了。

出了办公室，安思危快步向前，想甩开他，她压根就不想见到这个人。

可少年不死心，一直跟在她眼角边晃荡，安思危爆发了。

"你这人怎么能这么没脸没皮？"

"对，我还就是没脸没皮了。"他却回答得理直气壮。

"你是认真的吗？"她认定凌初的行为只是男生幼稚的恶作剧，更像是一种招惹。

他的表情恍惚了半分钟，随后吊儿郎当地道：“下周末请你去看电影。”

“没空。”

他才不管她有没有空，往她手里塞电影票：“下午2点大光明电影院，到时我在门口等你。”

“我不会去的。”

他甚是不在意，直接走人，留了个背影给她。

安思危把电影票捏成一团重重地扔在地上，走了没几步，想了想又折回去拾起来，因为，她不能乱扔垃圾。

姚遥转学了，就这样悄无声息地离开了御林。安思危是在体育课上知道的。和二班一起进行800米测试，当老师报到姚遥的名字时，同学们纷纷说她已经转学。

站在队列中的凌初仍然没有丝毫内疚感，姚遥是谁？对他来说不过是甲、乙、丙、丁中的一个。他没有在意，所以也疏忽了来自某处的愤怒的眼神。

他的注意力全集中在安思危身上，看似完美的高冷少女，其实跑800米不行，这应该是她唯一的弱点了。

“分数不达标的同学，这次有个惩罚游戏等着你们。”

体育老师的话顿时引来了学生们的集体哀号。

甘棠哭丧着脸说：“怎么办？我最恨800米了！完全跑不动啊！”

安思危眼角抽搐，咬咬牙：“跑吧。”

随着一声哨子吹响，一班的女生们在起跑线上分散开，安思危冲刺是可以的，但就是开头冲太快，跑了200米速度就渐渐慢下来了。她穿着蓝白校服，撩起袖子露出半截雪白的手臂，鬓边的碎发在飞扬，脑后的马尾晃啊晃，晃得凌初心脏加速跳动。

“啊啾！”他打了个喷嚏。

韩瑞问：“怎么啦？感冒了还是谁骂你了？”

凌初不自在地揉了揉鼻子，没有回他。

“棠棠怕是要垫底。”韩瑞说着又咦了一声，“安美女怎么也越跑越慢？”

宁越泽分析：“她俩属于冲刺型选手，但耐力不够。”

两圈下来，女生们都累得瘫倒成一片，安思危跑得脸红扑扑的。她喘着气喝了口水，接下来该轮到男生们了。

大家速度都很快，除了凌初慢悠悠地小跑着。

明眼人都看得出他是故意的，连体育老师都在吹着哨子喊："凌初！你小子是在逛街啊？别偷懒！给我快点跑起来！"

可他还是只比乌龟速度稍微快一点点。

结果分数自然不达标，老师纳闷得很，罚他先玩游戏。

"这个游戏名叫'两人三足'，等下我会把你们分成两个人一组，将一组中一个人的左腿和另一个人的右腿绑在一起，你们往前跑 100 米，速度最快的一组我就算你们这次测试合格怎么样？"

同学们开始蠢蠢欲动起来，老师点名："凌初、安思危你们准备一下。"

此刻，她简直有点生无可恋。

凌初却是一副得意的表情。但若以他刚才跑步的龟速来看，他俩必输无疑。

两人的脚被绑在了一起，身体也挨得十分近。凌初还能闻到她身上清淡的香味，和那件舍不得穿的白衬衫的味道一样，可能这是世界上最好闻的洗衣液了吧。

"预备——"

随着体育老师的音调扬起，少年侧头在她耳边说："放心，我怎么可能会让你输。"

"开始！"

阳光下，加速跳动的心不止他的那一颗。

还有她的。

Chapter 5

他也只是一个十七岁少年，并不坏

凌初的补习被中止了，老张这么通知安思危的时候，她终于松了一口气。

放学后，轮到她和甘棠留下来打扫教室。安思危轻哼着小曲儿，踮起脚尖想把黑板的高处擦干净，却在此时有人从背后靠了上来，凌初一手撑在放粉笔的架子上，一手夺过她手里的黑板擦。

“你好像很开心？”声音从头顶上方传下来，“嗯？”

安思危原本放松的表情一下子紧绷起来。

“不给我补课就这么开心？连小曲儿都哼了出来。”

安思危没动，也没回答他。

“安思危，我们去把垃圾倒了吧。”谢天谢地，甘棠的声音出现得太及时。

安思危几乎是有些狼狈地想要逃走：“你让一让，我要去倒垃圾了。”

凌初替她把黑板上方的粉笔字擦干净，手一放还真的让开了。其实垃圾不用两个人去倒，一个人就够了，甘棠无疑是在帮她脱身。

“小时候我第一次见他们，韩瑞调皮捣蛋，宁越泽在看《十万个为什么》，凌初趴在地上画画。你一定想不到当时的韩瑞还欺负过凌初。”

甘棠和安思危并肩走着，突然就说起了从前。

她浅笑：“可能现在韩瑞都不敢记得有过那样的事情，不然他一定会被凌初揍。但我记得，因为那个时候的凌初真的很可爱，我从来没见过那么可爱的小男孩，好像是一个住在外星球的小王子。”

“可是后来，小王子的星球陨落了，他变了一个样子，变得沉默、孤独、乖戾，变得我们都不认识了，变得……很可怜。”仿佛在讲述一个悲伤的故事，甘棠渐渐收起唇边的笑意，难过地说，“小王子变成了一个很可怜的人，没有人爱他了，连他的爸爸妈妈都不爱他。”

“他看着很坏，大家都叫他‘恶霸凌’，是，我承认他的性格乖张偏执，可他并不是坏孩子。当初他在二班把同学打伤，是因为那个男生有暴力倾向，男生名叫严侃，有一个妹妹，他经常变着花样欺负他妹妹。那次他妹妹来给他送东西但是送错了，他就把她一路推到楼梯口，要不是凌初正好经过，她一定会被推下楼。”

说到这，甘棠看着安思危，说道：“凌初动手打人是不对，但你觉得那个男生是完全无辜的吗？这种人如果不尝一下痛的滋味，他是不会知道将暴力宣泄在别人身上的痛。”

傍晚的冷风吹起安思危的长发，她面无表情地停下脚步。

“我不是善心泛滥的人，所以我觉得那个男生确实该打。但我不提倡私下使用暴力解决问题的做法。”

冬日的白天时长变短，天边还剩最后一抹夕阳的余光，她们一前一后站在石阶上，校园只余零零散散的几个人，冷冷清清的。

甘棠笑了一声，这次是释怀的笑，笑的时候伸手抹了抹自己的眼角：“我终于知道他为什么这么喜欢招惹你了，为什么又变得和以前一样可爱了。”

原来一直是她白担心，宁越泽早就看出来了，所以不再制止凌初的任性。他是该好好任性一下了，只有这样子的凌初才让人感觉是真实活着的。

安思危皱了皱眉，一脸的嫌弃：“我不觉得他可爱。”

“好吧，不管怎么样，再长的故事都会有结尾。”甘棠走进教学楼，步子都欢快了起来。

“也许吧。”她跟在后头应了声。

“一定是的。”甘棠回头，笑逐颜开，“所以故事的结尾，小王子又找到了属于自己的星球。”

平安夜的晚上，沈琴听着电台，安思危陪着坐在一旁看书，客厅的电话机突然响了起来。

“安思危？”竟然是宁越泽的声音。

“是我，怎么了？”

“你今天有见到凌初吗？”

“没有见过他。”

宁越泽说：“那我再问问其他人，不好意思，打扰你了。”

安思危还能听见一旁韩瑞的声音，好像是在问那小子到底跑哪儿去了。她一头雾水地挂上电话，然后从书包里翻出卷子，这时候，一张被揉皱了的小纸团掉了出来，弯腰捡起的瞬间，动作定住。

是电影票。

“下午 2 点大光明电影院，我在门口等你。”

记忆搜索到似乎有一天凌初给了她这张票，可她明明扔了的，怎么还在书包里？再一瞧日期还是今天的。她看了一眼墙上的钟，早就过了电影放映的时间了，想来人也不会还等在那里。

安思危重新翻过书本，又过了十分钟，她再次拿起电影票，对沈琴说：“妈妈，我有点事要出去一下，去找个同学。”

沈琴并没有过问太多，只嘱咐：“外头冷，帽子围巾都戴着。”

“好。”她应着，套上羽绒服出门。

南方的冬天潮湿又阴冷，寒风刮在脸上有刺痛的感觉，地上已经积了一层厚厚的白雪。鞋子踩在上面发出细碎的“咯吱”声，路很滑，安思危走得又快，一个没注意狠狠地摔了一跤。

她闷哼一声，艰难地爬起来。好在衣服穿得多，没怎么摔疼，只是手掌撑地时磕破了皮，血迹渗了出来。她也没在意，继续赶路。

电影院离家比较近，约莫走了 20 来分钟，她在斑马线处停住。这个红灯时间有点久，要倒数 60 秒，她踮起脚尖往影院门口张望着，那个飞扬跋扈的身影似乎并不在这里，心里刚松了一口气时，却又瞥见角落隐蔽处还有个身影。

这一分钟在她的生命里变得格外漫长。

少年穿得很单薄，T 恤外只套了一件黑色的皮衣，露出光洁修长的脖颈，双手抄着口袋，背靠着墙面，没有什么表情。路人总会回头多看两眼，倒不是好奇他为什么一直站那儿，只因为他长得太过好看，像是从漫画里面走出来的少年。

也许，就是从这一幕开始，她终于卸下了对他的防备。

红灯变成绿灯，安思危快速地朝他奔去，生怕下一秒这个少年会冻死在雪天里。她一边跑一边喊：“凌初你是不是神经病！”

突然传来的声音令他倍感不真切，以为是自己产生了幻听，可是一抬头，却见那个本不该出现的少女正向这里跑来。

这次是真的她，不是幻想中的。

还没来得及做出什么反应，少女已经解开自己的围巾，一边给他围上，一边骂骂咧咧：“我看你是真的傻！都说了不会来了，还等着干什么？不知道今天有多冷吗？冻死你算了！感冒发烧可别算我头上，我是不会照顾你的！”

听着她一顿噼里啪啦的骂，身体好像变得没有那么冷了，围巾的温度也挡住了冷冽的寒风。

安思危的脸蛋被冻得红扑扑的，他却只是静静地凝视着她。第一次，感觉心里面好像有了点暖暖的东西在复苏，是10岁之前还曾拥有，10岁过后却再也没有的东西。

看见他的嘴唇都冻得有些发紫了，她不忍心地问：“你就一直等在这里吗？怎么穿得这么少？冷不冷？”

“不冷。”他立了立领子，酷酷地说，“请你看电影当然要穿得帅气一点。”

安思危翻了个白眼：“……我看你是被冻傻了。”

凌初低头注意到她手掌的伤，天气冷血迹已经凝固了，又看见她裤子上有摔过的痕迹，担忧地问：“疼不疼？”

“不碍事儿。”

他拍了拍她的膝盖，温柔地说：“痛痛都飞走咯。”

小的时候摔了跤，父亲也会这样蹲下来拍拍她的膝盖，然后说：“痛痛都飞走咯，安安不疼咯。”

而凌初是除了父亲之外，第二个对她这样说的人。

安思危心头一暖，忽然间有了异样的情绪，以前从没有过的，好像自己没那么讨厌他了。

他也只是一个十七岁少年，虽然脾气有点大，行事有些冲动，可心地并不坏。

“我以为今天等不到你了。”

"其实你知道我不会来。"所以安思危不明白，"为什么还要傻等下去？"

"也许有奇迹呢。"少年的眼里有星星，"我愿意等一个奇迹，例如现在，例如你。"

安思危望着他一时间说不出话来。从他转班过来开始，每一天都莫名其妙地围绕在自己身边，并且霸道不讲理，处处爱招惹她。

说出来的每句话都好像在开玩笑，她从来都没有当真过。可是现在，他说得这么虔诚，连标点符号都是认真的。

这一刻，她的内心竟然有了一丝感动。

少年手里还拿着电影票："虽然没看成，但这张票我得留着。"

"可以看其他的。"她双手捂了捂冻得发红的脸。

也许是没想到她会这么说，少年反应变得有些慢，一时没接得上话。

"走吧。"她正想进电影院，看见凌初把头缩进了围巾里，疑惑道："你干吗？"

"我冷。"他发出闷闷的鼻音，听起来像是真的感冒了。

这个样子的凌初是她没有见过的。他从来都是最嚣张跋扈的那一个，是大家得罪不起的"恶霸凌"，可现在当他褪去了这样的外壳，却变得有些可怜。

"小王子变成了一个很可怜的人，没有人爱他了……"甘棠的话在她耳边回响起，她磐石般坚硬的心在这一刻终于软了下来，加快步子往电影院里走："冷死你活该。"

僵硬了许久的身体终于找到了温暖所在，他轻声笑了："谢谢你能过来。"

雪花零零散散飘了下来，落在发丝上、衣服上，积落在脚边。

这是凌初和安思危十七岁的青春，是那年冬天唯一的一场雪。

由于在雪天里等待过久，少年真的感冒了。

他硬撑着来学校，可下午的时候发起了烧，却又固执地不肯去医院，安思危只好送他回家。偌大的房子，只有管家、保姆和司机，再没有其他人。

管家钟叔负责凌初的日常生活，得知他感冒加重很是自责，马上打电话叫来家庭医生。

安思危见有人照顾他，便放心了不少，小声对他说："那我先回去了。"

凌初不想让她走，伸手揪住她的衣袖，鼻音重得像个小孩儿在撒娇："不行。"

明明该是拽上天的样子，现在却学会装可怜了。

“那你先把药吃了。”

他听话地点点头，这个样子倒有些可爱。

除了宁越泽他们有时会主动过来，钟叔倒是第一次见到凌初把同学带回家，还是个女同学。

“钟叔，这是小安同学，也是我的班长。”凌初眼里有着藏不住的笑意，一脸骄傲地介绍。

钟叔不禁湿了眼眶，这样的小初多好啊，他是有多少年没有看见他这样真心的笑过了？

这个少女的出现就是一个奇迹。

“你还是好好休息。”安思危看他眉飞色舞的样子，哪像是个发烧生病的人。

他吃过药有些困意，却还在强撑着：“我睡着了，你就要走吗？”

“我不走，你睡吧。”她从书包里拿出试卷准备刷题，承诺道，“等你睡醒我再回去。”

听她这么说，他终于抵不住困意放心地去睡了。

保姆张姨给安思危端来鲜榨的橙汁和一些小点心，对着她左瞧瞧右看看，由衷赞叹：“现在的小姑娘都长得这么好看的呀。”

张姨见过甘棠，那也是一个漂亮的女孩子，常来凌家玩，乖巧又有礼貌。安思危却美得清冷些，带着点古典气质的鹅蛋脸上，满满的胶原蛋白，唇若涂脂，齿如瓠犀，一双杏眸清澈潋滟。

不笑时与人隔了千万里，一笑却倾城。

“真是好。”张姨越看越喜欢，“小初多交点朋友是好事儿，先生太太又不在家，他总是一个人闷在房间里，现在变得比以前开朗多了。”

“这么大的房子住着不冷清吗？”

“冷清，怎么会不冷清？”张姨无奈地叹着气，“先生太太常年在国外，很少回来，即便回来了也不住这儿的。”

“为什么？”

张姨似有难言之隐：“唉，只能说当年的事情作孽，可怜了小初这孩子。”

一个人住在独栋别墅里，钟叔安排衣食起居、张姨细心照料、司机出门接送，却没有父母的关爱，这是多么孤独的生活状态。

安思危回想起甘棠说的话，心里觉得闷闷的。

卧室与书房之间隔着一道屏风，她起身向里屋走去，望了一眼熟睡中的少年。心里想着，真正的凌初应该是什么样子的呢？

没有接触他之前，只知道他打架、闹事，是人人口中的坏学生。后来，事实证明他就是那种坏学生，扔她的书包，会去打架，又让姚遥和张栎无地自容。

但是在马路执勤的那一天，他会突然出现；在教导主任训斥她的时候，他能带着她离开；在她没有去的电影院门口，他孤独地从白天等到夜晚。

所以哪一个才是真正的凌初呢？

安思危注意到他的床头摆放着一张小女孩的照片，大约四五岁的模样，梳着两个羊角辫，拿着一只米老鼠气球，笑起来灿若星辰，竟与凌初有几分相似。

这个小女孩是谁？

这么一想时才惊觉自己无权窥探他的隐私，又匆忙返回书房。

凌初醒来的时候已接近傍晚，也许是药物的作用，也许是因为有安思危在，这一觉他睡得格外沉。

有多久没有像今天这样好好睡一觉了？他望着天花板眨了眨眼睛，已经数不清自己有多少个失眠的日子了。每一个夜晚，都好像有无数的蚂蚁在啃噬他的身体、大脑和神经，他不能闭上眼，一闭上眼全是那幅血淋淋的画面。

他无法原谅这个世界，最无法原谅的是他自己。

他有什么资格活得安稳幸福呢？他应该活在地狱，应该被千刀万剐，应该去死啊！可是，他竟然越来越舍不得，血液里面流淌的温暖让他越来越依恋。所以能不能以一个新的姿态活着？现在的他，一定可以保护好重要的人，一定能拼尽全力。

凌初起身看向那个正在心无旁骛地看书的少女，她总是坐得很笔直，腰杆挺得跟一把尺一样标准，似乎都没有累的时候。

其实，他很早就知道她的名字。

第一次听闻时就想到了四个字——居安思危。一进御林便名声大噪，中考第一的成绩任谁都想多看她两眼，沾一沾学霸的光。就连屈居第二的宁越泽只有在谈及她时，才会甘拜下风。

可她总是冷冷的样子，话不多、笑容也少。几次擦肩而过，都不像别人那样怕他。印象最深刻的就是她尤其的白，在一群女生中间特别出挑，远远看去人群中格外耀眼的人就是她了。

高冷的学霸，还是一个长得特别好看的高冷的学霸，这是他私自给她贴的标签。高中前两年的时光，他们没有说过一句话，却互相知道对方的存在，被众人定义为超乎完美与格外不完美。

理应是这样的。身份悬殊的两人，做两条永不相交的平行线就好。

直到有一天，他看见一则新闻，有个人贩子抱着一个在挣扎的小女孩，被路过的女高中生救下，人贩子急了眼对她不停地拳打脚踢，她却还是紧紧地抱着孩子不放。这番举动引来了巡逻的警察，人贩子被抓住，小女孩终于平安无事。

新闻媒体没有曝光那名女高中生的长相，只说是一名见义勇为的学生。

凌初是在经过向日葵幼儿园的围栏外时看见她的。因为受伤，她请了一周的假，正在和小朋友们玩游戏。而那个被差点拐卖的小女孩也在其中，甜甜地笑着扑入她怀里，那正是沈琴班里的小朋友。

她秀丽的脸上青一块紫一块，却开心地与孩子们玩在一起，原来那个报道中见义勇为救下小女孩的人是安思危。

那一刻，他的心里发酵出一种奇怪的念头，多少年了都忘不掉那场悲剧的发生，却在见到这样的她时，全身冰冷的血液居然有了一点暖意。

所以，他故意申请转班，指名要安思危来给自己补习，想尽办法去招惹她、接近她，想和她说说话，想让她看见自己。可是，他不懂得怎么和女生相处，只能用着最笨拙、最恶劣的方式来引起她的注意。

即便被讨厌，但至少她能记住他了。

他不自觉地想惹她生气，看她发火。她的善良和勇敢，她偶尔笑起来的模样，就连她冷冰冰的表情都让他觉得心安，让他感受到生命是鲜活的。

安思危放下笔，抬头扭了扭脖颈，却见凌初在看着她，诧异地问："你醒了？什么时候醒的？"

他柔声回道："刚醒。"

安思危不放心地伸手探了探他的额头："嗯……好像是退烧了。"

他无辜地眨巴着眼睛："你的手这么凉，怎么摸得出我还烧不烧？"

被他这么一说，安思危觉得也有点道理，可还没等她说什么凌初又叫了她一声。

"安思危。"

“嗯？”安思危疑惑地看着他。

“你为什么叫这个名字？”

她露出骄傲的神态来：“爸爸给我取的，他说‘居安思危，思则有备，有备无患’，所以我叫安思危。”

“可是爸爸已经去世了。”她垂眸，说着在母亲面前一直不忍说的话：“我很想他。”

空气中有难掩的悲伤弥漫开来，凌初用手揪住自己的左胸口，心脏处隐隐泛疼，一直都好不了。

“我知道。”他用着很低的声音说，“他们只是去了另一个地方，那个地方春暖花开，比这儿好。”

安思危沉浸在自己的情绪中，没有注意到他为什么说的是“他们”，那个“他们”还有谁。

凌初敛了神色，看了一眼窗外的夕阳：“不早了，我送你回家吧。”

在路上的时候，他问：“你每天放学急着走，就是为了去向日葵幼儿园？”

“嗯。”她点头应了声，没有多做解释。

到了幼儿园后，凌初跟着她往里头走，当看见安思危的母亲时，一瞬间他全都懂了。

“这是我的妈妈。”安思危丝毫不避讳，大方介绍。

沈琴看不见女儿在与谁说话，猜测道：“你的同学？”

“阿姨好，我叫凌初，会当凌绝顶的凌，初见的初。”

纵使知道对面的人看不见，他还是有些腼腆地挠挠头，不好意思地说：“我是安思危的同学。”

现在的他，哪还有半点当初扔安思危书包时的蛮横样子。

沈琴毕竟是出身于大户人家的，仪态端庄又不失亲切，笑着回：“你好啊，小初。”

这一声“小初”，竟让他感觉眼眶有点热热的。

“阿姨，我送你们回去吧。”

“我们就住对面，方便得很，穿过马路就是了。”安思危催他回家，“你身体还不舒服，快点回去。”

凌初看了眼对面的小区，估算了距离确实挺近的，便礼貌地和沈琴道别。

Chapter 6

那时候，蓝天下的笑颜很令人心动

沈琴失明前，每个月都会去福利院教小朋友们弹钢琴，后来她看不见了，安思危便延续了这个习惯，只不过她教的是画画。

凌初知道后叫上发小们，在周末跟着安思危一起过去了。福利院一下子来了几个哥哥姐姐，小朋友们可开心了，围着他们又蹦又跳，笑脸动人。

“安姐姐，我们好想你！”

安思危摸摸他们的头，笑着问：“你们最近乖不乖？”

孩子们争宠般地举手回：“我最乖！我最乖！我我我！”

“今天有新的哥哥姐姐加入，来陪你们一起玩。”安思危逐一介绍，“这个高高壮壮的哥哥叫韩瑞，是我们的篮球队队长；戴眼镜的哥哥叫宁越泽，数学特别厉害；这个漂亮小姐姐叫甘棠，会唱歌会跳舞，这个……”

“这个哥哥……”安思危介绍到凌初的时候停顿了下来，这个哥哥好像没什么特长，总不能说打架很厉害吧？

“这个哥哥长得帅！”有一个小女孩已经跑到凌初跟前了，甜甜地说，“我要和这个哥哥一起玩！”

凌初相当满意：“小朋友，有眼光，以后肯定有前途。”

谁说长得帅不是特长？

韩瑞抱着篮球不服了：“我们俩也挺帅的啊！”

宁越泽马上撇清关系："别算上我，我和你不是一起的。"

甘棠早已对他们的幼稚免疫，拍了拍手说："有想唱歌的小朋友来我这里！"

韩瑞跟着抢生意，吆喝道："来来来，想打篮球的到我这儿报到！"

宁越泽也不甘示弱："小朋友们如果不想和四肢发达、头脑简单的韩瑞哥哥一样，就来我这里好好学习、天天向上，一定会变得很聪明。"

孩子们一哄而上。

安思危心头暖暖的，多亏了凌初有办法，以前每次来福利院都冷冷清清的，现在多好。安思危拿出画板，和小朋友们在草坪上席地而坐，"我们今天一起画新来的哥哥姐姐，好不好？"

凌初从没见她画过画，好奇地翻了翻素描画册，吃惊地说："你还会画画？"

"随便画着玩儿的。"

"你能不能有一两个弱点？"

"有啊，800 米。"

"还有呢？"

"唔……"好像还真没什么弱点了。

"哥哥，你瞧我画的好不好看？"有一个小朋友兴冲冲地把画板递给凌初。

画上面一个大头小人儿横着眼叉着腰，一副要揍人的表情。

凌初问："这是韩瑞吗？"

小朋友摇头："是哥哥你呀！好看吗？"

好看才怪，凌初满脸黑线。

"我脑袋有这么大吗？还只有三根头发？"他觉得很委屈，可他还不能凶小朋友，"关键是我完美的身材比例为什么被画成这样身长腿短的？"

安思危偷笑："嗯……我怎么觉得挺像的。"

"像吗？"

"简直就是真人。"

刚说完她就后悔了，因为凌初做出张牙舞爪的样子要来抓她。他们绕着小朋友跑起来，欢声笑语溢满这片天地。

那时候的天空特别蓝，蓝得令人心醉。

而蓝天下闪闪发亮的笑颜，也令人心动。

"哥哥，你会不会弹钢琴？"有个小女孩从甘棠那边跑过来，怯怯地上前问道。

她叫牧言，特别喜欢音乐，尤其是钢琴。可福利院没有这么好的资源，以前沈琴过来给他们上音乐课时，她听得最认真。因为喜欢，牧言见谁都会问会不会弹琴，眼神里面充满了期盼。

凌初看着她的时候有点恍惚，仿佛和从前的一个小小身影有了重叠。

“我会。”

“太好了！”牧言欢快地拉住他的手臂，想带他去一个地方，用着很得意的语气说，“我们这里有一台钢琴噢！”

孩子们跟着一块儿去了音乐教室，那里摆放着一架老旧的钢琴，却也是牧言唯一的快乐源泉。安思危并不知道凌初还会这项技能，一开始有点不太相信，但看着他坐在钢琴前，突然就相信了，也许他真的会。

那个样子，就跟母亲准备弹琴时一样，背影和黑白琴键仿佛融为了一体。

越来越多的小朋友挤进了教室，连韩瑞他们都过来了。

“凌初……”甘棠欲言又止，想说却又怕说。

有些东西隔得太久，久到连他们都忘了，可是有个人永远不会忘。他的手指骨节分明又纤长，在琴键上不断地按下又抬起，成了一道跳跃的风景。

一首《致爱丽丝》，贝多芬的作品。右手轻巧地弹奏出装饰音和附点十六分音符，旋律活跃起来，眼前仿佛出现了一个小女孩明朗而欢快的笑声，凌初两手交替地分解和弦演奏，犹如同她在亲密对话。

“哥哥，你知道吗？天上的云朵是棉花糖做的！”

“那月亮是什么做的？”

“哥哥，你知道吗？我最喜欢你啦！比喜欢我们班的小胖还要喜欢你！”

“原来第一帅就是那个小胖子？”

琴声戛然而止，他的手指垂在琴键上，微微颤抖着。

“哥哥，你弹得真好听！”牧言围在他身旁转圈圈，激动得鼓掌欢呼，“好厉害！”

小朋友们对任何事物都是感到新鲜有趣的，这会儿又都吵着要学钢琴，纷纷围了上去，牧言被挤到边上。

她注意到凌初耳朵上有个音符形状的东西，好奇地问：“哥哥，那是音符吗？就是我们学五线谱的音符吗？”她细细的小手指着他的右耳。

凌初喉咙干涩，发不出任何的声音。

安思危摸了摸牧言的小脸蛋：“让哥哥休息一会儿，好吗？”

今天的凌初又是她没有见过的样子，他似有很多的心事藏在了琴音里，一弹琴便收不住。他看起来很难过，她却不知该如何安慰他。那个音符耳钉从她见到他开始，他就一直随身戴着，安思危也曾好奇过，可是她不想过多地去问他的过去。

如果他不说，那她就不问，这也是一种默契。

故事中的小王子到底经历了什么她并不知晓，她只知道今后她想要陪着他，陪他一起寻找不会陨落的星球。

这一刻，大家都缄默不语。

离开福利院后，氛围还是有点沉闷。他们一路走到了市中心，甘棠首先打破沉默：“我们去拍照吧！”

商场引进了几台从日本进口的大头贴机器，甘棠喜欢这些可爱的东西，但身边没有要好的女生可以一起分享，这次正好安思危在，便兴奋地拉起她的手：“我们去拍大头贴好不好？”

安思危从来没有玩过这个东西，她对着照相机总是板着脸笑不出来，学生证上的照片就拍得冷冰冰的。

奈何甘棠太热情，她盛情难却。两人对着机器捣鼓了许久，拍了一会儿后，甘棠又把三个男生也叫了进来。

凌初瞪着花里胡哨的屏幕中的自己，皱着脸问：“这是什么破玩意儿？”

宁越泽也说：“感觉不怎么适合我。”

“你们是陪衬的，重要的是我们两个女生。”甘棠才不管他们乐不乐意，“快点准备好姿势，一，二，三，茄子！”

最后，除了她和韩瑞比着“V”字笑得傻乎乎的，其他人都是一副杀手的表情。

还剩最后一张的时候，甘棠突然想到：“对了，凌初，你们俩拍一张合照吧。”

他看了看安思危：“好。”

屏幕里就只剩下他们两个人，安思危选了一款简单的贴纸，两人并肩站着，姿势僵硬，不苟言笑。

“怎么有点像在拍结婚照的感觉？”

“……”被他一说，安思危更觉得尴尬了，“那我站前一点吧。”

“还是就这样吧。”凌初拦住她的步子，低低地说了一句话，她脸一红，突然就笑了。

笑得眉眼弯弯，笑得凌初照相时都忘了看屏幕，只看了她。

大头贴打印出来的时候，凌初唯独把这张要了。

而最后拍照时他说的那句话是：“安思危，你还是笑起来好看。”

御林与二中今天有一场篮球比赛，下了课凌初叫上安思危一起去体育馆：“走，看我打球去。”

此刻的体育馆已座无虚席，凌初和安思危的到来引起一阵惊叹，连二中的学生也看愣了。要知道“恶霸凌”的名号如雷贯耳，向来是不许别人靠近自己的，现在却成了一个小女生的跟班，这也算是那年的一道奇观了。

“凌初，好久不见。”二中的篮球队队长一开口就招来小女生们抑制不住的尖叫，他声线迷人，长相俊美，一双桃花眼勾得人魂不守舍。

“哟，满少。”两人默契地在空中击掌，对视时几乎有火光迸射。

凌初挑衅意味十足：“今天你得悠着点儿了，看看这里是谁的地盘。”

向璟满，二中的风云人物，人气特别高，凌初可讨厌他了，因为大家都说他俩帅得不分上下。

向璟满看了眼安思危，这是那个传说中的少女。传说她是学霸中的精英，还长得挺好看，而且她让那个“恶霸凌”变得没那么讨厌了。

“你的事情我都听说了。”向璟满意有所指。

“彼此彼此。”

他促狭地说：“我可什么都没有，哪来的彼此彼此？”

凌初毫不留情的反击：“算了，你的眼里只有你妹妹，全世界都知道。”

凌初这么说的时候，向璟满的目光飘向看台的第一排，有个少女正一脸不耐烦地坐在那儿，仿佛来这里是被逼无奈，白眼都快翻到了天上去。他苦涩一笑，自己是万人迷又如何，在那个少女眼里他什么都不是。

比赛开始前，凌初让安思危坐在看台下，支支吾吾地问：“你觉得……谁比……较帅？”

“谁和谁？”

“我和……”他觉得有点难以启齿。

安思危明白过来，被他这副扭捏的样子逗笑了，直言：“你比较帅。”

“恶霸凌”难得地脸红了，像个幼稚园小朋友得到了小红花般一脸的骄傲满足。

向璟满这个名字她听说过，在二中是明星一般的存在，连食堂打饭的阿姨都是他的支持者。但她还是偏向凌初的，赛场上的他英姿飒爽，和韩瑞配合默契，一个眼神或是一个运球动作都能帅得天翻地覆。

她不是一个看脸的人，也从不喜欢对着帅哥犯花痴，现在能有这般私心，全是因为那个下雪天影院门口一直等待着的孤独的身影，毫无防备地、直直地撞击了她的心脏。

她做不到像场边的女生们那样拼尽全力地加油呐喊，她只是紧紧地握住手中的矿泉水瓶，视线随着场上那个奔跑跳跃的身影而移动，连带着心都在跳得飞快。

十七岁的青春里面又多了一些画面，画面里全是少年意气风发的样子。

随着凌初一记三分球远射命中，哨声吹响，上半场结束。

中场休息，这会儿学校的啦啦队正在场上表演，甘棠是其中一员。她们的队服是薄荷绿的露脐装，搭配白色百褶短裙，既青春又可爱。

甘棠的身材好，引得青春期的男孩儿们目光紧紧追随着她。女生们却不喜欢这种美得太张扬又会抢风头的人，私底下都很嫉妒她。

一个女生酸道：“真不知道她是吃什么发育的？跳舞的时候你看那胸部一抖一抖的，都快垂下来了。”

几个女生在看完啦啦队的表演后，聚在女厕所门口肆无忌惮地取笑着正在洗手的甘棠。她似乎已经习惯了，不回应也不反击，只是沉默地低着头，不希望别人看见她的脸。

很多时候，她宁愿自己身材臃肿，长得难看一些，也许只有这样才可以交到一两个朋友吧。

安思危猛地推开厕所隔门，大家面面相觑地看着她一脸冷漠地从里头走出来。以她的性格平时是不屑理会这样的行径的，但是她看不得这些人当着甘棠的面进行人身攻击，因为这种行为已经构成了校园欺凌。

“有时间在这里嫉妒别人，不如多看几页书努力提升一下自己的品格。”

她放慢语速，一字一句说得很清楚，“否则你们只会越来越丑。”

这个“丑”字深深地戳中了某些人自卑的心理。因为自卑所以嫉妒，而嫉妒使她们面目全非。

女生甲不服：“关你什么事！我们又没说你，你激动什么！”

女生乙假惺惺：“还是别说了，她现在有凌初罩着，身份不一样了。”

女生丙冷嘲热讽：“不是学霸吗？不是很清高吗？还不是一样仗势欺人！”

女生乙故作小声：“因为她妈是个盲人，所以她也装瞎了眼。”

话音刚落，只听一声响，女生乙脸上结结实实地挨了一耳光。

安思危面无表情地说：“你家教太差，我替你妈管管你。”

“你……你敢打我！”女生乙尖叫一声，失去控制扑了上去。

凌初这时候正准备上场，当甘棠跑来求救说安思危与人打起来时，他都怀疑自己是不是听错了。

安思危打架？

这怎么可能？

当赶到现场时，就见她以一抗三处于劣势，女生乙正在揪她的头发，凌初一个箭步上去推开了对方。他动作极快，令所有人都来不及反应，女生乙已被重重地撞在走廊的护栏上。

凌初眼里的那头凶猛豹子再次苏醒，又变成了曾经的“恶霸凌”。他的手死死抓着栏杆，仿佛下一秒就要招呼到那女生身上去。

安思危看着眼睛发红的他，终于哭了出来：“凌初，你冷静点……”

声音由远至近传进耳朵里，他的双眼慢慢恢复焦距，下意识地松开了手。他回过身愣愣地看着她，真的，刚才看到她被欺负，他的心都要跳到嗓子眼了。

那个坚强又倔强，永远站得笔直从容的安思危，就算是他欺负她的时候都没有掉过眼泪，可现在却低下头哭得肩膀颤抖。

他不愿意再看见她的眼泪，安思危是个骄傲的人，他要让她的背一直挺立下去。

女生乙倒在地上拍着胸脯惊魂未定，感觉自己差一点就要见阎王了。

看见女生乙的样子，其他两个女生吓得膝盖都软了，终于意识到闯了大祸，闹事的她们怕极了，怎么都没想到凌初会这样护着安思危。

他可是“恶霸凌”！

女生丙不敢得罪凌初，将矛头指向女生乙：“是她说安思危的妈妈是盲人！”

听到那两个字时安思危颤了一下。

凌初知道她不会无缘无故与人争吵，淡然的性格都不屑于多说一句话。能到打架的地步，该是受了怎样的委屈。

凌初的心里压不住如浪潮般翻涌的怒火，撂下狠话：“我不想再看见你们，你们知道该怎么做。”

如若不是刚才安思危出声阻拦，他怕是会对她们动手了。

“以后谁再敢找安思危的麻烦，我会不惜一切代价让你们知道一个事实。”他不只是对闹事者说，更是对众人，“那就是我已经够坏了，不介意再坏一点。”

这就是令御林师生闻风丧胆的“恶霸凌”，明天起他又得恶名昭著了。

可是有什么关系，那些人又跟他有什么关系。

他只想保护对于自己来说最重要的人。

围观的群众渐渐散去，凌初带着安思危来到天台，她哭过后的眼睛湿漉漉又亮晶晶的：“谢谢。”

“谢什么，我不为你出头，谁为你出头。”一句话逗得她破涕而笑，凌初觉得她的笑容，比任何嘉奖和礼物都来得珍贵。

“对不起，我没有及时赶到。”

安思危摇了摇头：“我可能太冲动，但不后悔，因为我不允许任何人诋毁我的妈妈。”

“放心，以后我会保护你的。”

安思危的心一瞬间被填充得满满。父亲去世得早，从小她便要求自己独立，坚强是她的躯壳，可现在却有个人对她说“我会保护你”，这五个字的分量是有多么重。

“可你之前还欺负我。”

听见她的控诉，他轻笑出声：“以前的事不算数，我当时想让你看见我。”

安思危“扑哧”一声也笑了出来：“你就不怕我真的讨厌你？”

“不怕。”他信心十足，“毕竟我这么帅的人，世上能有几个？”

安思危仰起头看着他：“凌初，你会离开这里吗？”

他低下头看进她亮亮的眼睛里，声音轻而坚决：“我不会走。”

安思危，我再坏还是会对你好的，注定的，都是注定的。

这句话他没有来得及说出来，却不知一藏竟藏了十年。

期末考试的成绩出来了，安思危依然以强势的姿态霸占榜首。同学们对于她拿第一这件事并不感到稀奇，稀奇的是凌初这次竟然考得还不错。原本他并不想将分数考得这么好看，但为了安思危，这一次他没有在考场上睡着。

老张特别激动，在做期末考试总结时特地点名表扬了凌初。

“考试结束后还有一个消息要通知大家，在寒假前夕，学校会举行青少年拓展集训，大家不要迟到。”

出发当日，凌初竟然破天荒地第一个到校，以往他是绝对不会配合参加这种活动。

当然，那么早到的原因是昨晚韩瑞跟他说：“凌初，你知道吗？大巴士的位子要靠抢的，如果你想和安思危坐在一起就得早点到，不然去晚了张栎那小白脸可不会让着你。”

所以傻傻的“恶霸凌”在天还没亮前就急着出门了，在冷清的校园门口背着书包等了好几个小时，又冷又饿。别说什么“小白脸”，连大巴士的车影子都没看到一个。

韩瑞来了后笑得快抽筋了：“哈哈哈，原来‘恶霸凌’也有今天！”

“闭嘴。”

宁越泽也被逗笑了：“你真去骗他了？”

“对啊，没想到安思危的名字这么好用。”

多年以后的韩瑞才知道自己道破了天机，安思危是他的软肋。

是软肋，所以不堪一击。

是软肋，所以肝脑涂地。

那时候他们怎么会知道相聚的时光会变短，在一起的距离会拉长，分别的日子在倒数，之后想回去也回不去了。

凌初和安思危并肩坐着，周围的同学们叽叽喳喳地聊着天，阳光透过车窗洒在安思危的侧脸，照得她皮肤白得几近透明。

这一幕是多么美好，好到令他不敢僭越。

“凌初。”

“怎么？”

“你有什么梦想吗？”

“梦想……”他沉吟，“我想设计一个家算不算梦想？”

安思危转头问：“什么样的家？”

“不用很大，住得高一点，离天空近一点，有阳光，有花草，有小狗小猫。”这一刻他的心也许是最柔软的吧，安思危永远都不会忘记他说这话时的神情。

“凌初，我们一起考大学吧，你有感兴趣的专业吗？”

“小时候喜欢画画，现在想设计一个家的话……建筑系？”其实他也不确定，话里透着迷茫，“遇见你之前，我从来没有想过未来，感觉过怎样的人生都无所谓，都是一样的糟糕。”

安思危轻拍了一下他的肩膀，声音轻柔：“因为我妈妈眼睛看不见，所以我不能去别的地方，我只能留在这里，读这里的大学。可我不觉得有什么损失。就像我选择了御林，可很多人都觉得我该去二中，去最好的公立学校，其实在哪里都没有差别，人生是掌握在自己手中的。”

凌初深受感染，有时候他会想，安思危纤细的身体内，怎么会藏着这样强大的内心：“你决定考什么学校？”

“F 大的医学院，当我有一天意识到爸爸是生病才离开的，我就决定长大了要当医生。”安思危笑颜如花，伸出小指，“我们拉钩，你也一定要实现梦想，去考 T 大吧，申城最好的建筑系在 T 大。”

凌初故作为难：“我成绩不好。”

安思危一脸“你再装”的表情。

凌初勾紧她的小指，认真道：“那我们拉钩。”

那是他人生中唯一看得见希望的时刻，美好的画面就在眼前，以为努力一下就可以够到。

可是，他不知道，未来其实很远。

他们去的是位于申城北边，集拓展培训、青少年社会实践、团队活动以及休闲旅游为一体的大型度假村。晚上住宿，学校统一安排四人一间房，凌初自然是与宁越泽、韩瑞一起。

可是，向璟满竟然也过来了。他背着个包，倚靠在门框上，垂在腿边的手扣了扣门板，听到声响的三人同时朝他看去。

“不介意多个人吧？”话是这么问，可人还是径直走了进来。

凌初撇撇嘴：“介意。”

向璟满放下背包，拍了拍床铺，一屁股坐了上去，跷着二郎腿说：“反正这儿也空出了一张床，不睡多可惜。”

“你可不是我们学校的。”

“御林好歹还是我母校。”

“谁知道你睡觉打不打呼噜？万一梦游呢？说不定还磨牙……”

向璟满忍无可忍，“腾”地一下从床上跳起：“凌初，你是不是嫉妒我比你帅？”

少年冷笑：“你帅吗？”

韩瑞幸灾乐祸：“我说满少，你睡哪里不好，非得挑这儿，活该。”

宁越泽也附和：“你来了，韩瑞就解放了。”

向璟满同他们关系匪浅，大家原来都是御林初中部的，只是升高中的时候他考去了二中。

“咱们晚上有什么活动吗？”韩瑞百无聊赖，一会儿跑去门外瞅瞅，一会儿打开窗户望望，没一刻闲下来，这会儿又动起歪脑筋来了，“我们找地方去玩玩吧，难得出来放风，真就这么睡了？”

宁越泽正在看原版的英文小说，头也不抬地问：“去哪儿？”

“女生宿舍。”

众少年一致唾弃：“色狼！”

韩瑞冤枉死了，他就算有色心也没这个色胆呀！

“想什么呢你们？我是说去女生宿舍把安思危她们叫下来！”

凌初和向璟满相视一笑，这个主意不错。于是一行人来到了女生宿舍楼下，四名少年的出现险些造成楼道拥堵事故。

韩瑞招手喊：“安思危、甘棠，你们快下来，再不下来我们要上去了。”

随即整栋楼的女生们发出兴奋的尖叫声。安思危扶额，这帮家伙真的是唯恐天下不乱。

等人到齐，韩瑞笑嘻嘻地打了个响指：“少女们，Let's go，带你们去个好地方。”

这个度假村边上有家俱乐部，韩瑞一早就发现了，所以怂恿着他们一块儿过来。

“你们准备点些什么呢？”

服务生倒没有因为他们是学生而赶人，也许是因为近来生意不怎么样，所以能宰一个是一个吧。

向璟满：“可乐。”

韩瑞一脸瞧不起：“来这里喝可乐，你怎么不点牛奶？”

向璟满合上酒水单：“我看你能点出什么花儿来？”

几秒钟后，韩瑞弱弱地说道：“雪碧。”

“傻子！”众人毫不客气地嘲笑。

凌初突然起身走向大厅中央，那是驻唱歌手的舞台，现在正空着。他坐上高脚凳，这坐姿显得那双大长腿更长了，拿下麦克风说：“我想唱一首歌送给安思危。”

灯光也配合地暗了下来。

“坐着我的摩托车载你缓缓地离开
考不上的好学校可以不微笑就走
把手慢慢交给我放下心中的困惑
雨点从两旁划过割开两种精神的我
经过老伯的家篮筐变得好高
爬过的那棵树又何时变得渺小
这样也好开始没人注意到我
等雨变强之前我们将会分化软弱
趁时间没发觉让我带着你离开
没有了证明没有了空虚
基于两种立场我会罩着你
趁时间没发觉让我带着你离开
这不是顽固这不是逃避
没人帮着你走才快乐”

这是安思危第一次听凌初唱歌，没有伴奏，他清唱着，声音低沉舒缓，听得她入迷。后来，才知道这首歌叫《分裂》。

凌初好像有一种魔力，和他在一起的时间越久，越会被他吸引，直至移不开眼。他的身上藏着这样那样的未知，当有一天他把这些未知一点一点剥开时，安思危这辈子就真的完了。

完了，再也看不见其他的人了，他在哪里，哪里就能发出光亮。就像现在他坐在舞台中央，灯光下周身颗粒漂浮，侧脸的下颌线精致清晰，一缕缕发丝透着温柔。

这已经不是令人闻风丧胆的“恶霸凌”。

他只是凌初，一个少年。

他的眼睛里面不止有会闪的星星，还有一份安思危给予的暖意。

“十八青春，十八年华，十八岁月；让我们跨越成人门，铭记父母恩，肩负天下任。”

主持人的声音铿锵有力，成人礼的仪式正式开始。学生们手捧点亮的蜡烛，排好心形的队形，齐唱生日歌。

“下面请全体同学闭上双眼，默默地许个青春的愿望。”身边的安思危在很认真地许愿，凌初也乖乖地闭上了眼。

愿望如果能实现的话，他愿意许一万遍。

接着，老师为学生们戴上成人帽和纪念章，走过成人门。

主持人：“现在，让我们面对国旗庄严宣誓。”

学生们：“从今天开始，我以诚心对他人，以孝心对父母，以热心对社会，以忠心对国家。天地为鉴，国旗为证！十八而志，青春万岁！”

一句青春万岁，同学们一跃而起，将成人帽抛向天空，绽放属于这个年纪最灿烂的笑容。终于到了激动人心交换礼物的时刻，少男少女们的脸上露出羞赧的神情，有朋友之间的互赠，也有藏着小心思的礼物。

宁越泽和韩瑞都把成年礼送给了甘棠，对他们来说宠一个青梅竹马一起长大的发小是天经地义的事情。向璟满的面前排队站了好多女生，但他还是一声不吭地把礼物塞给了向云辛。凌初对于向璟满的人气嗤之以鼻，被那么多女生围着，简直吵死了。

张栎想把手中的礼物盒递给安思危，可上次发生的事又让他觉得有些尴尬。

“我没有别的意思，只是想送份礼物给你。”

虽然张栎很有诚意，可她还是有礼貌地拒绝道：“我不能接受。”

凌初上前一把夺过礼物盒，挺小巧的一个，他在手中掂了掂分量，应该会是一个饰品之类的吧，他讥笑着问：“想学人家送礼物？”

张栎不语。

凌初随手把盒子往后一扔，盒子划出一道漂亮的抛物线落在了后面。

“你也配？”他声音低缓，却满是嘲讽。

凌初是真的瞧不上这个人。对于张栎，他有着说不上的讨厌，小白脸每次牲畜无害地对着安思危笑时，凌初就想把他一脚踩扁，这种笑，很讨人厌，恶心得就像一只蟑螂。

“我希望你能自觉地离安思危远一点，再远一点，远到我看不见的地方。”面对这番警告，张栎站在众人视线之中，再一次感受到了那时的无地自容。

安思危不想凌初惹事端，拉了拉他的衣袖。凌初明白她的意思，不再为难张栎，转头笑眯眯地问：“你是不是也应该送我一个礼物？”

安思危也笑着，反问：“你想要什么？”

凌初不说话，只是看着她。

这一刻只留下了彼此。

两人望进彼此的瞳仁里，笑着。

最特别的互赠方式，将是这一生最好的礼物。

许多年之后，安思危回想起这一幕都还清晰地记得：香樟树下的那个少年长身而立，眉眼温柔地凝望着她，世界上的其他人似乎都不见了，只留下一个二人世界。

Chapter 7

生日快乐，有生之年愿你天天快乐

放寒假了，安思危多了一项任务，就是给小表弟补习功课。

“姐，学习好无聊。”小表弟打了个哈欠。

“那什么不无聊？”

“打游戏！”他两眼发光地说，“我以后要做一款游戏，所有人都喜欢玩的那种！”

“你有这个理想我很支持，但要想做游戏的话，就更得好好学习了。”

陈佳阳噘着嘴郁闷地说：“我妈不支持，她老觉得别人家的小孩最好、最优秀，而我是最差劲的那一个。”

安思危耐心开导他：“你妈妈其实是很爱你的，她就是刀子嘴豆腐心。但你这成绩也确实需要努力一下，两门都不及格有点夸张吧？”

陈佳阳表情受伤，再小的孩子也有自尊心，他们最怕被比较，尤其是与“别人家的小孩”，好像别人家的总是特别好。

“姐，你说会不会真的有不爱自己小孩的爸妈？”

她想说没有，可是被表弟这么一问，突然哑口无言，因为甘棠说过那样一句话：“没有人爱他了，连他的爸爸妈妈都不爱他。”

而去到凌初家，张姨也说他的爸爸妈妈常年在国外，基本不回来，即便回来了也不住这儿。安思危无论如何都想不明白，有什么理由能让父母不爱自己的小孩呢？

“别瞎想。”她拍了拍小表弟的头顶，“你只要记住，你的爸爸妈妈是最爱你的就可以了。”他倒是真的听安思危的话，认认真真地开始写作业了。

过了一会儿门铃声响起，陈佳阳又坐不住了，跑去开门，结果大叫一声：“姐，有坏蛋！”

安思危狐疑地向门口瞧去，有个少年正臭着张脸站在门外，她哭笑不得地说：“这不是坏蛋，是我的同学。”

陈佳阳张开双臂护着安思危，义正词严地说：“他就是坏蛋！”

凌初也来劲了，故意上前一步越过小小的他，站在门口说：“对，我就是坏蛋。”

看见这个坏蛋进屋陈佳阳可着急了，他得救表姐！他跳起来想打坏蛋的手，可是坏蛋长得太高，无奈他个子还小，怎么都够不着这个坏蛋，气呼呼地说：“你走，不许进来！”

“你跳起来比我高的话我就不进来了。”

“你就是个大坏蛋！超级大坏蛋！”

“好啦，别闹了。”安思危受不了这一大一小俩儿童，对陈佳阳说，“他真的是姐姐的同学。”

凌初得意地朝他挑挑眉，陈佳阳负气地背过身，像个小大人似的做出环抱双臂的姿势说：“反正我不喜欢他！”

“小子，不喜欢可以单挑。”

“你这么高我打不过你。”他倒也没有逞能，很看得清形势，“我们隔壁学校的高年级就会来欺负我们，还问我们要零花钱，他们也是坏蛋。”

安思危一惊，这不是赤裸裸的校园暴力吗？

“怎么不告诉老师？”

“让老师知道了会更倒霉。”

“谁说的？”

“那些坏蛋说的。”

凌初蹲下身，平视他道：“我可以教你一招，让你不会再被他们欺负，怎么样？”

“真的吗？”他一下子被吸引住了。

“当然。”凌初继续道，“一般人我不会教，但你是小安同学的表弟，那就是我的表弟。”

陈佳阳点头如捣蒜，这个逻辑听上去一点儿都没错，很对。

这小子不喊他坏蛋的话其实还挺可爱的，凌初继续给福利：“谁敢欺负你，你就报我的名字。”

“这么厉害？”陈佳阳已经忘了自己刚才的敌意，变得崇拜极了，感觉面前站着的是一个超级英雄。

“你下次可以试试。”

“嗯！”他重重地点了点头，然后指了指凌初的头发，一副开心的样子说，“原来你不是坏蛋。”

安思危疑惑：“阳阳，为什么你会觉得这个哥哥是坏蛋？”

“因为看起来很凶的都是坏蛋。”他理直气壮道，“欺负我们的坏蛋就很凶。”这个解释，真的让“恶霸凌”服了。

“姐，我饿了。”小表弟摸了摸干扁扁的肚子，刚才和凌初的抗衡太消耗他的体力了。

“我给你煮面。”

凌初：“我也饿了。”

“……”安思危睨他一眼，“所以你是来我家蹭饭的？”

“其实是……”他说这话的时候竟然有一点脸红，其实是想见你。从来没觉得原来假期能过得这么煎熬。他渴望去学校，他想要365天都上课，这样每天都能见到安思危，多好。

“咦？哥哥，你的脸怎么红了？”陈佳阳跑过来歪着脖子看他。

“……”这小子又变得不那么可爱了。

安思危命令道：“阳阳，快去写作业。”

他哀求：“让我再玩一会儿嘛。”

“等小姑姑回来，看到你作业没写完，你又得挨揍，还不快去。”

“怎么可以打小孩？”他跳起来强烈抗议，“这是家暴！”

“你这一套套的都是哪儿学来的……”安思危终于体会到小姑姑的心情了，有种心力交瘁的感觉，“你不是以后要做游戏吗？不好好努力怎么实现梦想？”

他嘟囔着：“会打游戏就行了。”

这时凌初从背包里拿出一个掌上游戏机给他，大方地说："给你。"

"这是最新款的掌上游戏机！"小表弟满眼放光，就差流口水了，不敢置信地问，"真的给我吗？"

在那个时候，掌上游戏机可是最火的，凌初的这台是豪华版，价格也相对更贵一点，一般人家都不会舍得花这个钱去买台游戏机。

"阳阳，不许拿。"

"姐……"他可怜巴巴地望着安思危。

"不行。"

"这不是送，是借，所以自然是有条件的。"凌初用不容置疑的语气说，"马上去写作业，然后下次考试要给我看分数，如果我不满意，掌上游戏机就立刻要收回。"

安思危惊呆了，倒是小表弟信誓旦旦地答应道："没问题！"

果然，他以火箭般的速度冲进房间去写作业了。

"高手。"安思危相当服气，琢磨着应该跟小姑姑提议，把陈佳阳扔给凌初去管教，保准教出一个中考状元来。

没了陈佳阳后，凌初更自在了。他打的就是这个主意，当然再顺便鞭策一下小表弟，一举两得。他站在厨房看安思危将番茄洗净，一块块切好，就连鸡蛋敲在碗边上的声音都是那么悦耳动听。

凌初笑了一声。

"怎么了？"

"你说七八十岁的我们会怎么样，我还有机会像现在这样看着你洗手做饭吗？"他的声音低低地回荡在她耳边，一刹那安思危心头暖得不行，厨房的玻璃窗上映着两人的身影，眼前甚至出现了以后光景的画面，每一寸都感动得她泪眼模糊。

"那你得帮我打下手。"

"现在就是了。"凌初夺过她手中的筷子打鸡蛋。

"你这是捣乱。"

"鸡蛋不是这样弄的吗？"他用筷子搅啊搅。

后来，凌初每每回忆起这一天来，他都忘不了那碗番茄鸡蛋挂面，那是记忆中最幸福的味道。

家门口停了一辆平时不会出现的车，意味着家里出现了平时不会来的人，凌初的脚步在门外顿住，脸上的表情变得有一丝惊喜和紧张。门在这时打开，他像个躲在门后被突然发现的孩子般那样措手不及。

张姨激动地对他说："小初，你看是谁回来了？"

一切太突然，他还未来得及整理好自己的情绪，反应都变得迟钝起来。

"还愣着干吗，快进来。"张姨见他站着一动不动，赶紧推他进屋，"傻孩子，快叫人呀。"

他僵硬地微微张嘴，可却发不出任何的声音来，因为太久没有称呼过，他竟然不知道该怎么开口。

客厅的中央站着一位气质高贵的女人，她是凌初的母亲——傅瑀。她身着优雅的高级定制套装，手上拎着铂金包，说明她没有半点想要多停留在这里的意思。她非常的美，即便是到了这个年纪，依旧美得气势凌人，光彩夺目。

凌初的眉眼像极了他的母亲，就连双眼皮的形状和宽度都是一模一样，那真的是一双非常漂亮的眼睛。可傅瑀看着他时的眼神却永远都是那么陌生，以及厌恶。

"这孩子，看到你回来，高兴得都不会叫人了。"张姨试图打破尴尬。

"不用叫我。"她口气清冷又疏远，"这里没有外人，不用演戏。"

凌初仿若被当头浇了一盆冷水，提醒着他在这个家里，他到底是个什么样的存在。

"太太……"张姨的笑容逐渐消失，她替凌初感到委屈，"您这样说，小初得多难过……"

"难过？"傅瑀似笑非笑，眼神中透出毫不掩饰的恨意，"难过怎么不去死呢？"

她尖锐的声音好似一把尖刀，在一刀刀地往他身上划口子，他疼得麻木，几乎失去了痛觉。

"太太！"钟叔和张姨同时出声。

张姨痛心道："小初是您的亲生儿子！您再怎么不爱他，也不能说这样的话啊！"

"那件事都过去这么久了，您还不能放下吗？"钟叔唏嘘不已，"音音是你们的孩子，可小初也是你们的孩子，为什么你们还是不能原谅他？这些年对他的惩罚已经够多了！”

“放下？原谅？”傅瑀露出一抹惨笑，不知是在笑自己还是对方，或者是笑曾经老天爷的安排，她看向始终不作声的凌初，语气滑稽地问，“你说，我能原谅你吗？”

他直视着自己的母亲，眼里已没了方才见到她时的欣喜，剩下的仅是一片黑寂。他沉默地与她擦身而过，傅瑀忽地发现不知何时起他的个子已经长得这么高了。

小时候，她也曾把他抱在怀里过，也曾爱过这个孩子，可后来那些爱全都变成了凌音身下的那摊血，全都变成了恨。

“你不用参加高考了，你爸爸要你去英国。”

他背着身，说出第一句话：“我不会去的。”

“我们不是在问你意见，是通知你。”

“那我也顺便通知你们一声，”凌初转过身，他比傅瑀高出了一个头，这样的对视竟然让傅瑀有一种被压迫的感觉，“让我离开这里，不可能。”

“可以，有出息了，翅膀硬了。”傅瑀拍了三下手，表示欣赏，“这么久没见，不仅个头长了，脾气更长了。”

“其实小初比以前改变了好多，他变得开朗了，和同学也相处得很好。”张姨最能看得见凌初的变化，护着他说，“小初的坏脾气收敛了很多，这次考试都考得不错呢。”

对于他的这些变化，傅瑀并不感兴趣，只说：“那我们就谈个条件，如果你不再惹事，我随便你，但是如果你再给凌家惹麻烦……”

傅瑀盯着他，坚定地说：“你就永远都别想再回到这里。”

“好。”他头也不回地应道。

钟叔不赞同地说：“太太，您又何必一定要把他送出国呢？小初在这里真的挺好的。”

“英国那边可以治他的病。”傅瑀抬头看着他上楼的背影消失在拐角处，说，“凌氏的继承人怎么可以有精神上的病。”

“他现在情绪控制得很好了，真的，我们都感觉得到，他变了。”这段日子凌初会笑了，他已经有七年没有笑过了，钟叔感慨道，“自从小安同学出现后，小初简直像变了一个人，我觉得任何的治疗和药物，都比不上那个小姑娘在他身边来得有效果。”

傅瑀眉尖微蹙：“小姑娘？”

张姨忍不住夸赞道：“长得很标致，听说成绩也好得不得了，难怪小初现在也开始上进了！”

傅瑀对此不以为然，冷哼了一声：“果真是变了。”

“是呀，能改变是好事儿。”张姨似想起什么，又担心地问，“太太，您不会去找那个小姑娘吧？”

“我没那个时间。”傅瑀抬腕看了眼手表，“行了，我有事先走了。”

“太太，您不多待两天吗？”张姨向楼上望了一眼，满怀期待地说，“马上要到除夕了，如果你能陪陪小初的话，他一定会很开心。”

傅瑀对她的话置若罔闻，戴上墨镜，走出屋子，上车前说：“他没有资格过得开心幸福，赎罪是他唯一活着的理由。”

除夕夜，安思危和母亲到奶奶家过年。

陈佳阳见到表姐很是开心，东张西望地问：“上回的那个大哥哥怎么没来？”

小姑姑嗑着瓜子的动作定住了，问道：“大哥哥，什么大哥哥？”

他鄙视地撇撇嘴：“切，这都不知道，大哥哥可是一个超级厉害的人！”

小姑姑疑惑地看向安思危，安思危立马解释道：“我的一个同学，上次来家里玩时和表弟见过面。”

“哦。”小姑姑了然地点了点头。

陈佳阳刚想说话，又临时脑子开了窍，捂住嘴巴做出不能说的动作，一脸神秘兮兮。这番举动让小姑姑更是捉摸不透，摸着他的额头说：“也没发烧啊，怎么傻里傻气的。”

沈琴倒是笑着说：“阳阳特别可爱。”

陈佳阳凑近安思危，悄声说：“姐，你把上次那个大哥哥叫来，和我们一块儿过年吧！”

安思危哭笑不得：“过年都是在自己家里过的，你呀，别惦记着游戏机了。”

陈佳阳一脸嫌弃的表情说：“你以为谁都像你一样只知道游戏机？我觉得他特帅！我想和他一起玩儿！”

被陈佳阳这么一提醒，安思危开始忍不住想，此时的凌初在做什么？年夜饭和谁一起吃？他的父母有没有回来陪他过节？这些疑问一时间充斥了安思危的心，突然就害怕他孤单单一个人。

陈佳阳又开始拉着她唠嗑起来："姐，昨天我碰到了小杰，他说那些老是欺负我们的坏蛋被狠狠教育了一番了！"

"小杰是谁？"

"我们班的同学。"陈佳阳放低声音，就怕被爸妈听见，"小杰说本来在路上又碰到了那个大坏蛋，然后突然有三个大哥哥救了他，超酷的！"

"大哥哥？"安思危抓住了重点，"还是三个？"

"小杰说有一个哥哥叫恶霸啥来着？"陈佳阳自言自语道，"奇怪，恶霸不也是坏蛋吗？怎么变英雄了？"

"恶霸凌。"她轻声说。

"姐，你也认识这个哥哥吗？"

陈佳阳如果知道他口中的"恶霸凌"，就是给他玩掌上游戏机的大哥哥，他一定不会像现在这么淡定。

"我出去一下。"

"姐，你去哪里？"小表弟对着背影呼唤。

安思危走得急，差点撞上正端着菜上桌的大姑父。

"安安这是要上哪儿去？等下就要吃饭了。"

沈琴说："让她去吧。"

安思危一路赶到凌初的住处，但是小区安保很严格，不让人随随便便进去。

保安说："小姑娘，你是他同学？那我就帮你通知一下。"

安思危犹豫着，要不要让凌初知道她来这儿。除夕夜，是一家人团聚的日子，纵使他父母平日不在这儿，可过年也是要回家的，她怕自己这样鲁莽的出现会给凌初造成困扰。

"小安同学？"张姨远远看见有个少女在小区大门前走来走去，一眼便认出是她，"来找小初吗？怎么不进去？"

安思危有些意外："张姨，你没有回家过年吗？"

"不回家，我年年都在这儿陪着小初，让他一个人过年的话太可怜了。"

"他的爸爸妈妈没有回来吗？"

"唉，太太回来过，半小时不到又走了。"张姨长叹了一口气，"小初是除夕夜出生的，那时候先生太太可高兴了，说初这个字又应景又好听，每年的除夕就是这孩子的生日，可是这些年他都是一个人过，太可怜了。"

张姨连说了两遍"太可怜了"，安思危这才注意到她手中提着一个蛋糕盒。

"走吧，进去吧，你来了他肯定会高兴的。"张姨边走边说，"小初不喜欢过生日，每年这个时候就一个人躲在房间里谁也不见，可生日总归还是要买蛋糕的，他不吃我也会买。"

听张姨说着这些话，安思危的手心里全是汗，黏黏腻腻的，犹如心上本被阳光照过的地方又开始泛起了潮湿。

"阿钟，小安同学过来了。"钟叔正在厨房帮忙择菜，听见安思危的名字忙不迭地走出来，指了指楼上，"小初在房间里都待一天了，你快上去看看，他要是知道你来肯定会高兴的。"

肯定会高兴的，张姨和钟叔都是这么期盼着。唯一能让少年高兴起来的，也就这个小安同学了。

安思危走上楼，站在房间门口，手指搭上把手，竟然有些微颤抖，因为知道，这扇门背后的少年，就是故事中的小王子。她轻轻转动把手，门没有反锁住，房间里漆黑一片，借着屋外的灯光，她隐约看见一个背影，正靠着床坐在地板上。

安思危喉咙干涩，这一刻感觉自己发不出任何的声音。

她关上门走进房间，捧着蛋糕一步一步小心地走着，她感受得到他的气息，在这仿佛一切都静止的空间里面。

他始终保持着一个姿势，就算听见了脚步声也依旧没有任何动作，他显然放弃了所有的希望，他知道没有人会回来，所以懒得再回头看看是谁。

安思危蹲下身，轻轻唤他："凌初。"

少年身子一怔，仿佛刚从梦中惊醒过来。

"凌初。"她怕吓到他，声音放得更轻了。

房间里仅有一支蜡烛的光亮，她看不清他的表情，可是她知道他近在咫尺。

"凌初。"安思危双膝跪地看着他，柔声说："生日快乐。"

生日快乐，有生之年愿你天天快乐。

凌初的身体是冰冷的，他只穿了件单薄的衣服，房间里没有开暖气，可是安思危的话却特别温暖，暖得他眼眶一时间热热的，暖得他那颗僵硬的心又跳动了起来。

他意识到这个少女是真的来到了他的身边，一声声叫着他的名字，在跟他说生日快乐。

安思危感觉自己的手背上溅到一滴凉凉的东西。她的鼻子酸得不行，努力让自己不哭，唱起了生日歌："祝你生日快乐，祝你生日快乐……祝你天天快乐，祝你永远快乐……"

烛光跳跃，墙上映出一幅紧紧相拥的剪影。她没来得及准备生日礼物，甚至都不知道今天是他的生日，可是这一刻多么庆幸自己来找他了。

就当是心灵感应吧，她感应到他需要她，所以她及时地出现了，还好出现了，还好来得及。

安思危不敢想象，如果今天他还是一个人，他该如何度过这漫长的夜晚？

就这样孤零零地一直坐到第二天吗？光是想一想，她的心就疼得快要窒息。

"跑调了。"一天没有说话，他的声音听起来愈发低沉。

安思危吸了吸鼻子，带着哭腔唱歌怎么可能不跑调，明明想好绝对不哭的，可是一听到他的声音，她的眼泪又止不住地流了下来。

打开这扇门，她就进入了他的故事当中。他受委屈，她心里更疼，却无法与他分担这一切。她看见了他心底生出的绝望和悲凉，弥漫在这冰冷的房间，每走向他一步，她的心里就多潮湿了一寸。

这样的凌初让她委屈，替他委屈。

宁愿他嚣张恣意，宁肯他做一个坏坏的"恶霸凌"，至少那样的凌初是活生生的，而不是像刚才那样死气沉沉。她越来越难过，哭湿了自己的领口。

"跑调就这么伤心吗？"凌初拍着她的背，哄着说，"我不笑你就是了。"

安思危抬起头，眨着一双湿漉漉的眼睛坚定地望着他："就算跑调，以后的每年我都还是要给你唱生日歌。"

凌初点点头，笑着说："好。"

他从来没有提起过除夕这天是他的生日，他不喜欢这个日子，不喜欢除夕，不喜欢过生日，甚至不喜欢自己的名字。

这个名字时时刻刻在提醒他"初"字的由来，小时候过生日真的很热闹，有家人，有伙伴……可自从发生那件事以后，他的身边就只有钟叔和张姨陪着，他也曾天真地幻想，等到又过生日又过年时父母也许就能回来了。

只是，一年又一年，他从来没有等到过这样的场景。

却在今天等到了安思危。

她的出现，再次拯救了濒临崩溃边缘的他。于凌初而言，安思危就是一汪海洋，他愿意把自己连人带心沉入海底，再无上岸的可能。

“吹生日蜡烛之前，要先许一个愿望。”

“你替我许吧。”

她较真地说：“不行，自己许的愿望才能灵验。”

“可是成人礼上我已经许过愿望了。”凌初特别虔诚地说，“有一个愿望就可以了，不能太贪心。”

太贪心的人，会被老天爷讨厌。

吹熄蜡烛之前，他说：“我的生日愿望是我唯一的愿望能够实现。”

成人礼那一天，安思危许完愿睁眼去看凌初，香樟树下的他双手合十虔诚又认真，唇边还带了一丝微笑，阳光透过树叶的缝隙如碎钻石般照耀在他身上，那一刻是如此神圣。

到底是许了一个怎样的愿望，能让他甘愿放弃其他，只守着这一个。房间里唯一的光亮熄灭后，两人在一片漆黑中彼此互望。

“你留下来吧。”

“……”安思危以为自己听错了，迟疑片刻说，“啊？”

留下来过夜怕是沈琴那样温柔的性子也得爆发吧。

“留下来吃饭。”凌初手指点了点她脑袋，“想什么呢，小色女。”

“……”小色女？安思危的脸一下子涨得通红，还好夜够黑。

“你……你才是色狼！”

某人闻之勾起唇角：“确定？”

“就是色狼！”

“在我的地盘说我是色狼？”某人倾身往前，威胁道，“小安同学，你是不是忘了我是谁？”

安思危一惊，在他的地盘她还真不是他的对手。

“算了算了，甘拜下风！”

凌初笑开了。

安思危就是这么一个特别的存在，凌初只要靠着她就能像游戏中吃了补血药的角色一样，一下子就被充满了血值，再次复活，然后继续打怪，一路战无不胜。

“瞧把你给吓的。”黑夜里，他的眼睛亮得能蹦出星星来。

屋外，鞭炮声开始噼里啪啦此起彼伏地响起。

这个除夕夜，小安同学和小初同学盯着窗外盛放的烟花，含着泪笑着。

市中心有座天主教堂，名为“圣依纳爵堂”，也被称之为申城的“梵蒂冈”。今天有新人在这儿举行婚礼，宣誓、揭纱、献诗、谢恩，礼成后所有人在教堂前合影。

少年驻足在远处，眉眼温柔。多少年以后他是不是也能看着自己心中的少女穿上纯白的婚纱？只是这么一想，内心又柔软了几分。今天气温比较低，安思危接到凌初的电话就忙不迭地出了门，帽子围巾都忘了戴，幸好天气很好，阳光很足。

“冷不冷？”他把自己的围巾扔给她，让她围上。

两人走在通往教堂的花园小路上，安思危的心里忍不住憧憬起某一天的未来，会不会有这一天她也能穿上婚纱，与身边的他站在一起。

这是少女最极致的一个梦了吧。

只是她不知道，关于未来，凌初也是这么期许着的。

他们走进教堂内，堂身正中也有一个十字架，堂内圣母抱小耶稣之像立于祭台之巅，俯视整个教堂。

“以前来过这里吗？”

安思危摇了摇头。

主体墙上有巨大圆形花窗，镶嵌着彩色玻璃，外面的光都是从这里透进来的。凌初打开一个丝绒的黑色小盒子，从里面拿出一根细细的项链。吊坠是个音符，和他的耳钉一个形状。

“这本来是一条手链，链子上有两个音符，我把其中一个做成了耳钉，另外一个改成了项链。”他边说边将项链递给安思危，唇边噙着笑意，“因为手链太短了，那是凌音五岁时候戴的。”

“凌音？”

“嗯，她叫凌音，是我的妹妹。”

安思危突然想了起来，会不会就是那日在凌初卧室里，看见的相片里的小女孩？

“她现在在哪儿？”

凌初遥望十字架，用着低不可闻的声音说：“一个很远的地方。”

因为阳光照不进里头，冬日的教堂显得格外冷清。零零散散地走进来一些人，他们虔诚地在耶稣面前祷告，将所有的希望交付于上帝。安思危能感受到凌初隐藏着的悲伤，那些悲伤正在一点一点地蔓延进她身体的每个细胞。

虽然难忍，可她愿意与他一起承受那些生命中难以承受的一切。所以她接受了这个音符，平静地说：“你知道吗，再远也终会有相见的一天，就如再长的故事都会有结局一样。”

凌初眼神动容，在安思危面前他从来就不需要多说一句话去解释，因为她全都懂。她不会追问原因，她给他时间和空间，总有一天他可以坦然地与她述说曾经发生过的一切，他可以直面心中所有的悔恨，然后放下。

“凌音喜欢弹钢琴，所以最喜欢的就是这条音符手链，是我家人为她特别定制的五岁生日礼物。”似乎是怕惊醒到上帝，教堂里他的声音又轻又柔，“我想她也会喜欢你的。”

安思危浅浅一笑：“我不信教，可我相信这个世界有上帝，所以我也相信爸爸在天堂过得好好的，他在看着我们，用一个特别的方式保护着我和妈妈。”

父亲的音容笑貌永远停留在了她六岁的回忆中，停留在曾经的相片里面。她现在长高长大了，父亲却还是原来的模样，年轻又英俊，一点儿都没变。

凌初专注地看着堂内的十字架，虔诚起誓：“我愿意用我的一切向你的父亲保证，我会护你一生周全，你在哪儿我就在哪儿，如果做不到我愿意接受一切惩罚。”

她看着他的侧脸，在这庄严静谧的教堂内变得无比神圣。

“不许乱说。”安思危打断他，不让他再说下去。

凌初看着她的侧脸：“以前我不知道，但现在我确信，无论怎么活，我的世界里肯定有你。”

安思危的心有些发疼，如果可以的话她多想时光倒流，回到当初相识的那一天。他们在教学楼的走廊擦身而过，那是距离最近的时候，她一定不会再装作没看见他。

“不要再什么都一个人扛了，把你的痛苦和悲伤分给我一半，现在的我做不了什么，可是我希望自己能够替你分担一半。”安思危的声音透过他的胸膛，扎扎实实抵进心脏。

到底是什么魔力？

原本只是想靠近，结果一靠近，他就从一个厌世的自己，变得开始期待每一天，开始憧憬起未来，这到底是什么魔力？

“我有没有跟你说过我是什么时候开始注意到你的？”

安思危仰起头问：“什么时候？”

“你特别瞧不上我的时候。”

“哎？”她心虚，“有吗？”

“我是第一次见到那么不加遮掩地鄙视我的眼神。”凌初回忆起当时的场景，笑意渐浓，“别人讨厌我都是躲着的，你却是一副学霸看不上学渣的样子，特挑衅。”

这是什么时候的事情，她现在装失忆症还来得及吗？

“你说，你怎么就能跳过我这么帅的一张脸？”

换作别人讲这句话，安思危一定会觉得对方有毛病，但凌初不一样，他的每一个表情每一帧画面，好看到甚至都可以在影院的大银幕下播放，他是站在了样貌界巅峰的人。

安思危必须得承认，她曾经认为看脸是肤浅的。

午后风和日丽，两人走出教堂，安思危将项链紧紧捏在手中，无比珍视。从来没有想过有一天她会遇上这个少年，少年的名字叫凌初，多么不可思议。

很多年后回头望一眼，记忆中的青春，从未被辜负。

最后一个学期，高考迫在眉睫，大家越来越奋进，就连韩瑞也在乖乖做题，篮球都很少打了。

午休时间，他们吃过饭后在走廊闲聊，讨论填志愿的事。

宁越泽和安思危双双拒绝了学校仅有的两个保送名额。安思危的理由很简单，她想和凌初一起参加高考。宁越泽拒绝得更理所当然，因为他一定要和安思危分出个胜负。

学霸的世界当真令人望而生畏。

“你们俩脑子进水了？保送都不要？”韩瑞简直不敢相信，可能对于学霸来说高考也是跟玩儿一样的吧。

甘棠扒着栏杆郁郁寡欢，家人要把她送去国外读大学，已经决定不参加高考了。

宁越泽拍拍她的肩，安慰道：“没事儿，韩瑞一定会落榜，到时他就来陪你了。”

“乌鸦嘴！”韩瑞指着正从教室里出来的少年说，“要出国的不是凌初吗？”

“谁说我要出国？”他走到安思危身旁，斩钉截铁地说，“我要考T大。”

韩瑞原本想嘲笑他的，考T大？没睡醒？白日做梦？可是一看凌初这么认真的表情，看起来不像是开玩笑，就默默地将话咽了回去。

他真的没有在开玩笑，平日里吊儿郎当的他，最近也开始挑灯夜战，他非常享受这种和安思危并肩作战的感觉，真的很好。

安思危笑笑：“我们可是拉过钩的。”

“嗯。”凌初点点头，捏紧了手中的纸条。

纸条是他从食堂回来的时候发现塞在自己课桌里的，上面只写了一句话：如果想知道关于安思危的事情，放学后实验室见。

未署名。

Chapter 8

如果早知道，她一定不会就这么看着他走

实验室在北楼三层，纸条上没写明是哪一间，凌初在楼梯过道处等着，只要人一上楼就能看见。

脚步声传来，越走越近，他不动声色地看着对方走上来。

没有看到他预料之中的惊讶，对方忍不住问："你知道是我？"

"不稀奇，毕竟我看过你写的信。"凌初挑明，"字迹我认得。"

张栎站在阴影处，白净的娃娃脸可爱又秀气，却仿若假面具一般，令人很想撕下他那张戴了很久的伪装的面具。他推开实验室的门，径直走进去。

"不要无聊到去拿安思危开玩笑。"凌初跟在他身后，反手锁上了门，强调一遍，"你知道后果的。"

"我当然知道，严侃是一种后果，姚遥也是，还有其他人的那些后果。"张栎说着说着露出一副明了的样子，"哦，我忘了，你不记得他们是谁，可能要区分代号为受害人甲、乙、丙、丁？在你面前他们不过是蝼蚁一般的存在。"

"那又怎样？"凌初冷冷地睨着他，"想当圣人？当时怎么不站出来？现在却来给自己加戏逞英雄？"

张栎反常地镇静，他的个子比凌初矮了几乎一个头，可他并不惧怕凌初，甚至他有胜券在握的信心。

他知道他会将凌初彻底击溃。

当一个人有软肋的时候，即便是“恶霸凌”，他也得输。只是简单的在纸条上写下安思危的名字，他就会赴汤蹈火，即便知道前方是陷阱，他也会奋不顾身地跳下去。

“知道我有多厌恶你吗？”张栎一一控诉他的恶劣行径，“凭什么你就能在学校作威作福，无法无天？除了倚仗家里的权势之外，你还有什么本事？”

凌初剜了他一眼，显然已经没有耐心再继续耗费时间听他说下去。

“我认识安思危的时间比你早。”见他要走，张栎露出诡谲的笑容，从书包里拿出一沓厚厚的东西来，然后一张张的慢条斯理地丢在凌初面前，证明刚刚所说的话。

张栎一边丢一边仔细地观察着凌初的表情，惊喜地发现他由原来的冷漠一瞬间愤然作色，甚至还听到了拳头攥紧后指关节发出来的清脆声音。

照片铺了一地，每一张都是安思危，有她明显稚嫩的时期，也有最近的样子，多为侧面和背面较多。确切地说这里的每一张照片都是偷拍的。

“我初一就认识安思危了，比你早很久，这里面有许多她初中时候的照片，你可以看看，应该都是你以前看不到的。”

张栎扬着手中的几张照片，表情充满了炫耀：“我和安思危同桌过一段时间，她是真的很白很漂亮，说穿了她就是我们所有男生喜欢的类型，我晚上就是看着这些照片入睡的。”

凌初两鬓青筋暴起已怒不可遏，可他还剩下最后一丝理智，在痛苦地挣扎着。他怒火中烧却还在拼命地克制自已，因为安思危对他说过：“不要激进，不要上别人的当。”

一想起安思危，他胸口的怒火便压抑不住，他想宰了这个变态的家伙，立刻，马上。

凌初咬着牙一字一句地警告他：“我不想再听到从你口中说出‘安思危’这三个字。”

张栎却不以为然，怪声怪气地说：“对了，还有件事差点忘了告诉你，安思危去年生日姚遥送了一个玩偶给她，那其实是我买的，只是借姚遥的手送了出去。”

凌初眼神一凛：“玩偶？”

“我透过玩偶的眼睛可以看见她在家里的每一个样子。”张栎说得眉飞色舞，每个字都在不断地刺激着凌初的神经，他盯着照片眯眼享受道，“穿着吊带衫的安思危，洗完澡后的安思危，头发湿漉漉的安思……”

终于，他还没有讲完，凌初已经一拳呼了上去，张栎的娃娃脸变得愈发扭曲，他嘴角出血，笑得睁大了瞳孔：“对啊，因为我在玩偶里面装了摄像头，你打我！有本事打死我！”

凌初眼里的那头豹子再次出现，是可以随时撕裂对方，是可以要人命的。

他失去了最后的那丝理智，从十岁开始凌初练习格斗，不是为了施暴，而是为了能够更好地保护自己，保护自己生命中最重要的人，这世间有太多看不见的险恶。

他不轻易出手，因为他知道一旦出手，这个人基本是废了。但有的人，需要被教训，才会知道犯错的代价，比如会对自己妹妹施暴的严侃，比如跟踪偷窥狂张栎。

在重重地挨了一记后手勾拳后，张栎被一脚踹去角落，已有些神志不清。

凌初从他手里夺过照片，已经被攥得有些发皱了，那上面的少女正在街边小店买文具，眼神清澈透净，丝毫不知道自己正在被人跟踪偷拍，也不知道这个世界的险恶正在向她靠近。

他揣在心尖上的安思危，却被人这样恶劣又龌龊地对待。

“所以你也一定要实现梦想，去考 T 大吧，我们拉钩。”

“生日快乐，凌初。”

“就算跑调，以后的每年我都还是要给你唱生日歌。”

“不要再什么都一个人扛了，把你的苦痛和悲伤分给我一半，现在的我做不了什么，可是我希望自己能够替你分担。”

少女的笑颜，少女的身姿，还有说过的那些话，都如电影回放般出现在他眼前。凌初红了眼，他几近发狂，抄起手边的椅子，狠狠地朝张栎的右腿砸了上去。

同时，耳边猛地响起母亲那句冷冰冰的话：“你就永远都别想再回到这里。”

“哐啷——”有什么东西发出了碎裂的声音，椅子的脚凳被砸裂，钢筋直插入大腿中，张栎痛苦地喊叫着，整个人在不停地抽搐，腿上鲜血直流，一片触目惊心，逐渐染红了那些照片。

凌初一张张地拾起，他恶心这些龌龊的血液沾上照片中的少女。

太刺眼。

他抬脚踢了踢张栎那条不断出血的右腿，面无表情地道："我说过不要拿安思危开玩笑，你为什么不相信？"

离开前，他把沾血的外套扔进了垃圾桶，全身上上下下检查了一遍确定没有问题，才走出校门。这个高峰时段很难打到车，凌初已经没有多余的时间了，开始一路狂奔。

他的心里只有一个念头：你要等着我，一定要等着我。

半小时后，安思危听到一阵急促激烈的敲门声，没想到是凌初。只见他满头是汗，单手撑着门框，喘着气。

"怎么了你？发生什么事了？"凌初来不及解释太多，大跨步去到她的房间，翻箱倒柜找了一圈后问："玩偶呢？"

安思危愣愣地站在一旁，她从来没见过这么慌张的凌初："什么玩偶？"

"姚遥是不是在你生日的时候送了一个玩偶？"

她一头雾水，摇了摇头："并没有，姚遥没有送过我生日礼物。"

"张栎也没有送过？"

"没有。"

"没有就好。"凌初大脑中绷紧的一根弦终于松了下来，重复着说，"没有就好。"

沈琴听到声响从房里走了出来，凌初见着她，礼貌地致歉："不好意思阿姨，打扰到您休息了。"

沈琴听出他气息不稳，猜是来的时候跑得太急，便说："不打扰，你进房间坐会儿吧。"

"不用了阿姨，我下次再过来看您。"

安思危感觉得出他的反常，担心地追问："你到底怎么了？"

"没事，真的没事。"他像往常般拍了拍她的头顶，宽声说："我就是来看看你，明天学校见。"

她随他下楼，尽管心里有很多的疑问，可见他露出疲惫感后只说："那你早点回去吧。"

凌初走前望了她一眼，好似想要把她深深地刻进自己身体里那般，带着无法述说的留恋与不舍。

“安思危。”他漆黑的双眸愈发深邃，有些话欲言又止，最后他对她笑了笑，笑里面盛满了温柔，上前抱了抱她，“明天见。”

安思危就这么看着他的背影消失在夜幕的拐角处。

“凌初……”她喃喃地唤着他的名字，想伸手拉住他，却再也够不着他。

如果安思危知道这一晚发生的所有事，她一定不会就这么眼睁睁地看着他走，她一定不会相信他说的“明天见”。

因为第二天，凌初便消失了。

无声无息地彻底从御林，从申城消失了。没有人知道他为什么离开，又去了哪里。他什么都没留下来，只在御林留下了一个“恶霸凌”的传奇名号，和安思危脖颈上的那根音符项链。

除此之外，杳无音讯。

巧合的是，同一天还有个学生也人间蒸发了，名字叫张栎。只不过所有人的关注度都在消失的凌初身上，从而忽略了他。

谁都不知道，安思危不知道，凌初也不知道，这一别竟然是十年。

而那一句明天见，竟是隔了整整十年才相见。

后来，安思危问过很多人，从宁越泽、韩瑞、甘棠，到同学甲乙丙丁，不论和凌初熟悉的还是不熟悉的。她毫无办法，更不能接受一个人的凭空消失。明明昨晚还出现在眼前的人，还在说着“明天见”的人，怎么就突然杳无踪影了呢？

全世界都好像统一了口径，只要是关于他，所有人都摆手。

渐渐地，在得到相同的一句回应后，安思危变得越来越沉默。她再也没有追问过凌初的去向，只一心扑在了高考上，仿佛做很多的题、背很多的单词就能暂时麻痹自己疯狂想念一个人的神经。

毫无悬念的，安思危成了那年的高考状元，被T大的建筑系录取。

7月中旬，毕业的同学们联合搞了场谢师宴。觥筹交错间属老张最为感慨，育人半辈子他终于教出了一个高考状元，还是建筑老八校里排名响当当的T大。

只不过，对于某件事情老张还是有些困惑的，他正好借此机会问安思危：“我记得你本来要考F大的医学院，怎么最后把志愿更改了？”

这也是令所有人都费解的一件事，安思危的目标从来都很明确，高一进校就定下了要考F大的医学院，最后怎么会改了志愿？

她只轻描淡写地说："因为喜欢。"

因为喜欢的人说过一句"想要设计一个家"。她始终记得凌初说起梦想时候的样子，眼里充满着对未来的希冀。所以安思危把志愿改了，既然无法看着他完成梦想，那么就去替他完成。

"说到建筑系，凌初那小子填的就是 T 大的建筑系。"老张咪了口白酒，咂了咂嘴，"可惜了，那小子是匹黑马，后期真的很努力。"

安思危睫毛微颤，心里的某根弦被拨动，轻声说："张老师，您能不能把他的那张志愿表给我？"

"行，我回去找出来了给你。"老张爽快地答应。

每一天，安思危都会忍不住去想，如果凌初在的话又是怎样的一番光景？一起参加高考，一起倒数着放榜的日子，一起过高中最后一个暑假，若是今天他也在这里，一定会更热闹一些。

"安思危。"宁越泽举杯走来，真诚地说："祝贺你。"

"谢谢。"安思危与他碰杯，"也祝你北上前程似锦。"

宁越泽没有留在申城，去了京城的高校，他微笑道："到最后还是输给了你。"

她淡淡苦笑："我也没有赢。"

原以为这场青春谁都没有辜负，可她到底还是输了，输得惨烈，且一败涂地。

在以后的回忆里，青春独独少了一个结局。

"你们俩怎么喝饮料？换酒换酒！"韩瑞拿着酒瓶子围上来，揽住两人的肩膀，激情地说，"有竞争才有进步，人生没有永远的对手，只有朋友！来，让我们为做永远的朋友干杯！干杯！"

韩瑞考得还可以，上了二本，他爹要求不高，只要他考上大学就行，如今他也算完成了使命。

"干个头！看看你都喝成什么德行了！"甘棠拉起韩瑞，命令一声，"别勾着安思危，你这分量重死人！"

"对对对，我不能碰着安思危……"韩瑞即使喝醉了，也下意识地道，"不然凌初那家伙又得吃醋瞎嚷嚷！那家伙最讨厌！"

甘棠拿过他的酒瓶子："是，最讨厌。"

韩瑞眯眼"咦"了一声："那家伙人呢？怎么还没来？"

四周的氛围依旧高涨，只是他们这边好像静止了一般。

宁越泽沉着嗓子："走，我带你醒醒酒去。"

"哎，你要拉我去哪里？"韩瑞挣扎着，"我还要等凌初……"

他被宁越泽拖得越来越远，可是安思危的心却越来越疼。

"明天……我也要走了。"甘棠艰难地说出口，回想起这一年的点点滴滴，分外不舍得。

很早前就知道父母会送她出国的决定，她也是无异议的接受，可现在却留恋这里的一切。

她想起拓展集训的那一晚，凌初、宁越泽、韩瑞、向璟满，站在楼下喊她们的名字，少年们的姿态意气风发，脸上扬着"老子天下第一帅"的得意劲儿。

凌初的眼里只有安思危，看着她的时候全是能把白雪都融化的温暖笑意，原来年少的爱情是这样的，能彻底改变一个人。饭店外，夏日的夜风带着几丝白天的闷热和黏腻，可现在她们的心都是冰凉的。

"我们问过很多人，包括钟叔和张姨，他们只说凌初被接走了，我们猜应该是去他爸妈那边了吧？一定是有原因的，只是来不及和你说，你不要怪他，也许他很快就回来了呢？"

尽管知道这是一番安慰的话，但甘棠还是不忍心看着安思危难过。这是凌初喜欢的人，他现在不在，他们就要替他保护好他喜欢的人。

"你要等着他。"甘棠看着安思危，语气坚定，"你一定要等着凌初，他一定会回来的。"

安思危站在饭店的门口，望着眼前的车水马龙，汽车喇叭一声声地响着，绿灯一跳，过马路的人群川流不息。这是稀松平常的一幕，可她知道总有一天会在同样的一幕中，等到他。未来的某一天，也许是明天、后天，总会有一天，然后在某个地方、某一时刻，她会一眼看见他。

"我知道。"安思危的声音融在这个夏夜中，"我知道他会回来的。"

甘棠拼命点头："嗯！他那么喜欢你，他一定会回来的！"

这是凌初离开后，安思危第一次露出一点浅浅的笑来。

甘棠看到她唇边的弧度，不忍惊动，用着极轻的声调说："因为你是安思危，是凌初的全世界。"

这句话伴着夜风吹来，安思危唇边的弧度又上扬了一点。

这年夏天，对所有人而言都将是一份独家记忆。

Chapter 9

还好，她和他最后的一点关系没有丢

大学里安思危读的是建筑系，却和英语系的薛洁清、熊贝分在了一个宿舍。

她有一根项链，每天去洗澡前都会摘下来，小心翼翼地放进盒子里，连薛洁清这么粗线条的人都看得出她无比珍视那条项链。

样子也有点特别，是个音符吊坠。

有一天，安思危照例把放项链的盒子搁进抽屉里，等洗好澡回来却发现盒子被打开，项链不翼而飞了。

她发疯般地翻箱倒柜地找，不放过任何一个角落，可怎么找都找不到。明知书里也不会有，她还是一本本的去翻。

满头满脸的汗滴落下来，她是那样慌张，仿佛丢的不是一根项链，而是一颗心，更像是丢了一个人。

熊贝和薛洁青都是第一次看见她这么失魂落魄的样子，薛洁清不忍，拿着手电筒帮她一起地毯式搜寻。

熊贝眼睛瞟向戴着耳机置身事外的另外一个女生："孙昕，你看见过安思危的东西吗？"

女生似乎没听见。

熊贝走过去扯下她的耳机："我们寝室就四个人，请问你有没有看见安思危丢的东西呢？"

“没有看见。”

“我还没说是什么你就知道没看见了？”

孙昕愣了下，随后掩饰道：“没看见就是没看见。”

“那就一起找找，大家一个寝室的帮帮忙呗。”

她干脆地拒绝：“我没时间，还要看书呢，要帮忙你们帮吧。”

“啪”地一下，熊贝重重地合上她的书本，讽刺道：“我很佩服一个小偷现在还有心情看书，真是一个有文化爱读书的小偷。”

“你说什么！”孙昕激动起来，“说谁是小偷呢？”

“我回来的时候就见你鬼鬼祟祟地站在安思危书桌前，可没想到你竟然在偷东西，胆子挺大，那可是镶钻的。”

“她天天当宝贝似的戴在身上，我能怎么偷？”

“哟，这么清楚，我说过是项链了吗？”

孙昕察觉到自己掉入了熊贝话里的陷阱，辩解道：“她身上戴着的镶钻的东西可不就那一个吗？”

“你不承认也行，就当我瞎说好了，你也随便听听。”熊贝斜眼瞧她，是那种特别瞧不起的眼神，“你为什么要这么做我能清楚个大概，因为你喜欢的那个男生不喜欢你，人家喜欢的是安思危，不知道我说的对不对？”

孙昕满脸被戳中心事的惶恐表情。

熊贝慢吞吞地说道：“无所谓，大不了咱们就把事情搞大，要么我退学，要么你退学。”

孙昕听出她话里的威胁，涨着通红的脸一声不吭。

薛洁清没料到寝室里头还出了个贼，气得差点把手电筒砸过去，责问道：“有病吧你，我要是这男的我也不会喜欢你！真是莫名其妙，关安思危什么事儿，喜欢她的人多了去了，难道要一次次地受你们欺负！像你这么恶毒的女人只配单身一辈子！”

安思危只平静地问：“是你拿的？”

“没拿，我扔了。”孙昕仍活在自己的三观世界中，理直气壮地狡辩，“一根破项链而已，我并没有占有，所以这不算偷。”

安思危的拳头握紧又松开：“扔哪里了？”

“楼下垃圾桶。”

薛洁清不敢相信自己听到的，世上怎么能有这么厚颜无耻的人。

熊贝指了指她，骂了句：“我真想知道世上怎么会有你这样的人存在！”

楼下有三个大尺寸的垃圾桶，当时还没有推行垃圾分类，而现在正是夏天，垃圾桶里散发出一股食物腐烂的气味。安思危那会儿已顾不上什么，毫无半点犹豫，直接伸手开始翻垃圾。

苍蝇在边上围着转圈，路过的学生驻足围观。

她不介意异样的眼光和窃窃私语，直接把垃圾都倒了出来，一点一点仔仔细细地寻找。

她满头大汗惊慌着，怎么办？找不到。她怎么可以把凌初交给她的东西弄丢？那是凌初留下的最珍贵的东西。

她不能失去这根项链，她还没有等到他回来。

安思危心急如焚，那些汗水沿着皮肤纹路渐渐模糊了她的眼睛。就在这时，旁边又蹲下来两个身影，是熊贝和薛洁清，她们在帮忙翻另两个垃圾桶。

天很黑，打着手电筒，借着宿舍楼走廊的光亮，想要找到一条细细的项链是很难的。

也不知过了多久，久到看热闹的群众换了一波又一波，久到已让人心生绝望的时候，安思危看到了那个在夜色中闪着光亮的音符，轻声说：“找到了。”

她的手在翻垃圾桶的过程中被碎玻璃割伤，本来一双白净无瑕的手，现在变得又脏又臭，还掺着血迹。力气仿佛一下子被抽走，安思危双腿麻木，再也支撑不住，终于跪坐在地上哭了出来。

手中紧拽着的项链，是她内心深处唯一仅剩的一点希望。

熊贝和薛洁清不知道她为什么会突然哭了，为什么在失而复得之后能哭得这样伤心。她们后来也没有问过项链的事情，只是时间越长，越看得明白安思危的心里一直绕着一个结。

有太多明着喜欢或者暗地里爱慕她的人，可是谁都无法解开她心里面的结。

她不给任何人机会，而那个能解开她心结的人始终没有出现。

如果他还在，如果没有走，他一定会无比心疼这样的她。

安思危知道的，她深信不疑。

就因为知道，所以才哭得抬不起头。她哭他的离开，哭他的不回来，哭竟然会这样想念他的自己，可怜的自己。

现实是，他把她丢下了。

唯一留下来的就是这根项链。

还好，她和他之间最后的一点关系没有丢。

大学生活对安思危来说没有什么特别的回忆，在这个国内数一数二的建筑系里，厉害的人很多，压力很大，大家都很努力，但做方案是需要拼天赋的。

设计能力的高低和高考的分数基本已经没什么关系了，所幸，安思危是有天赋的。五年下来，她本该在建筑这条路上继续走下去，可因为当初他说的一句话，她毅然决然地放弃了阳关道。

很多人都无法理解她为什么进了室内设计这一行，包括她的导师，当年得知后也是极力反对，认为她这个义无反顾的选择简直是暴殄天物，直指她浪费了自己的天赋。

她还是浅浅淡淡的一句话：因为喜欢。

工作几年间安思危所获的成就不小，从建筑到室内设计，她转换地游刃有余。当年高考临时更改了志愿，凭着自己的素描功底稀里糊涂地学起了建筑，她不能说是自己喜欢，只是因为喜欢的人才喜欢。

可是建筑太宏观、太概念，令她感受不到当时凌初描述一个家时的幸福感，而室内设计是分分钟落地的，她能从甲方眼中看到对于家的渴望和喜悦。

所以即使成了众星捧月的设计总监，她还是最喜欢去设计小户型的房子，因为那才是平凡人的梦想。

日子就这样一天天的过，平淡得就像一杯白开水，无惊无喜。

安思危再没想过有一天还会见到凌初，应该说她曾经设想过，也抱有希望过。希望每一个明天他会突然出现，打开门就能看见他，下了电梯就能看见他，逛个街回头就能看见他。

站在人群中，不可一世、意气风发，永远最醒目的那个人。她多想再见他一面，想看他对着自己温柔地笑，想象他会伸出双臂等着她飞奔去怀里。

安思危幻想着久别重逢的每一个镜头，准备好了相遇后的每一句台词，甚至在心里多次模拟过这种场景的发生。只是随着时间的流逝，那些幻想并未幻化成现实，他是真的不会出现了，她几乎已经认可了这个事实，停止了所有对他的幻想。

可是，在消失后的第十年，这个人突然回来了。

带着扑面而来的回忆，毫无预兆地出现了。

可这一场重逢耗时太久，久到安思危根本无法承受这突如其来的一切。就如十年前，她一样无法接受凌初一夜之间的销声匿迹。

所以校庆过后，安思危第一次逃离了这座城市。

十年间，她守着这座城不敢离开一步，她总怕下一秒他就会回来，怕他找不到她，怕错过每一个再遇见他的可能。

如今，他回来了，她却失了这份勇气。

御林真的是个不能回去的地方，这次回去，疼得她只能选择先躲起来。那些刻意想要遗忘的画面，又重现在她眼前，一幕一幕清晰又深刻，让她沉浸在过去的回忆中无法自拔。

凌初就是她身上的一道伤疤，只有她才知道，伤口裂开时有多疼。

安思危站在镜子前看了眼自己，情绪终于平缓了下来。一切都是临时起意，她只是想找个地方躲一躲，但躲得了一时躲不了一世，终究要回去面对一切，包括这两天她的突然消失。

熊贝又打来了电话，安思危按下接听，那边语气激动不已："我的天！开机了！终于开机了！姓安的你搞什么鬼，我都要去报警了你晓得不？"

"对不起。"

"快告诉我你现在在哪儿。"

"杭城。"

"把定位发我。"熊贝不啰唆，只交代了一句，"我马上到，你给我好好待在那儿。"

申城距离杭城乘高铁只需一个小时，开车的话两个多小时也就到了。果不其然，熊贝以最快的速度杀到了杭城。

来的不只是她，还有纪闵盛。

熊贝叉着腰气极了："安思危，你发什么神经？一声不响跑到杭城玩失踪？受什么刺激了？知道大家有多担心你吗？"

纪闵盛温和地说："好了好了，人没事就好。"

"好什么好！"熊贝瞪着眼，她本来眼睛就大，这一瞪更唬人，"你老是惯着她，哪天真把她惯跑了，我看你上哪儿找去！”

“天涯海角我都会去找。”纪闵盛这样的男人是不会去追问安思危消失的原因的，纵使他也会无比的紧张担心，可有些话不能去问，有些答案还是不知道的好。

这也是为什么这么多年来，只有他几乎被所有人默认能与安思危修成正果。

安思危不语。熊贝骂得对，她确实在发神经。不管不顾地躲起来，并且两天没有开手机，这不是发神经是什么？到现在，已过了十年，但凡是关于凌初的事情，她还是会失去理智。

有时候，安思危甚至觉得这是一种病，治不好的那种。

“行了，这次就原谅你了。”见她愧疚的模样，熊贝不忍心再责怪。

其实她也只会凶那两下子，再重一点的话就骂不出口了，所以薛洁清老说她偏心，她也承认，因为她觉得安思危是最值得被温柔相待的那个人。

最好的闺蜜应是在你不想说的时候不问，在你需要的时候及时出现，能与你互诉衷肠，也能陪你不醉不归。

安思危平常是个过于冷静理智的人，熊贝再了解不过。到现在能让她失控的，除了大学时差点丢了的那根项链外，就是这一次了。

“既然都来杭城了，就陪你玩两天吧。”熊贝在手机上搜着附近美食，“正好我这几天休年假。”

安思危刷着朋友圈忽而惊讶地问：“嗯？你的宁越泽也在杭城？”

熊贝愣了两秒，然后大叫：“真的？”

她赶紧给宁越泽发去信息，那头倒是回得挺快，没一会儿熊贝就冲着手机“咯咯咯”笑了：“我家小宁宁说叫我们一起去吃饭。”

小宁宁？安思危泛起一层鸡皮疙瘩。

“我不做电灯泡，你自己去吧。”

“那……”熊贝补着妆羞涩地说，“我吃完饭再回来陪你。”

熊贝精心装扮后去赴约了，走之前还不忘示意纪闵盛主动出击。

房间内一下子安静了，看着安思危纤细的身形，纪闵盛格外心疼：“这两天你都瘦了，是不是都没有好好吃饭？”

“只是没什么胃口。”

“再没胃口也得吃东西，不然身体怎么吃得消？”

纪闵盛多想过去拥抱纤瘦的她，可是他自知没有这样的资格，在安思危眼里他只是一个普通朋友，而普通朋友是没有资格做某些事情的。

当得知她失踪时，他急得丢下正在开的重要会议，和熊贝一起赶到了杭城，心跳快得让他觉得胸口特别难受。可当看见她完好无缺地站在自己面前时，他又克制着想拥抱她的心情，只淡淡地笑着。

他无法过问安思危躲起来的原因，他害怕听见那个答案，因为答案里面根本不可能有纪闵盛这个名字。

熊贝总说他太冷淡了，不争不抢。那是他觉得不需要抢，一个人的真心总会被看见，他愿意等上三年、五年，甚至更久，只为了让她回头时能看见他一直都在。

“所以现在有点肚子饿了。”安思危冲着他笑了笑，眼神明亮，“我们也出去吃饭吧。”

纪闵盛一直都没说过，他特别喜欢安思危笑起来的样子，就算为了这个笑，他都会坚持到最后。

因为不到最后谁都不知道结果会怎样。

餐厅隐藏在山间的度假村内，沿着山路上行，到达半山坡上，车子停在一幢黛瓦粉墙的古朴建筑前。

环境古色古香，大厅里飘着一阵淡淡的清香。微光中，安思危身上的古典气质融入这样的中式风雅间，轮廓柔软又迷人。

刚入秋，她穿着一身白色的衬衫式裙子，系带风格显得腰身细腿又长，头发随意地绾起，休闲又慵懒。清风袭来，耳边细软的碎发在轻舞，竟带了几分少女感。

她一进大厅，便吸引了众人的目光，当真是美人、美景、美食。

“安美女！”能这么喊她的，除了韩瑞还有谁?

安思危闻声望去，果然韩瑞兴奋地在向她招手，与此同时，熊贝也吃惊地瞪圆了眼睛，看来真的是逃不过。

她去到安思危身边，小声地问：“你怎么会过来？”

安思危愣在原地，看着坐在桌前气定神闲的那个人。她也想知道世界这么大，为什么偏偏能遇上他?

杭城有这么多的餐厅，为什么偏偏选了这里？

纪闵盛说：“是我带她来的。”

他觉得这间餐厅不错，又是安思危喜欢的口味，所以就带她来到这儿，没想到会撞见这一行人。

熊贝一口老血卡在喉咙间：“老纪啊老纪，你可得长点儿心！”

他不甚在意，笑了笑：“既然碰上了，那就去打个招呼吧。”

熊贝的这口老血已经快憋不住了，要不是宁越泽在这儿，她怕是会来一场河东狮吼。

就是这么巧，她也是才知道原来薛洁清婚礼上出现的绝世美男子，竟是宁越泽的朋友，她从来没有见过的朋友。同样的，她之前也没有在安思危那里听说过这个似乎和她有着故事的高中男同学。

更奇怪的是，纪闵盛还要前去打招呼？熊贝摇了摇头，不行，这中间她是不是错过了些什么？这层层扑朔迷离的关系绕得她脑袋都晕了。

纪闵盛握住安思危冰凉的手，主动上前打招呼：“真巧，凌先生。”

“不巧。”凌初怡然自得地坐着，视线从相握的两只手上游移到她身上，目光紧紧地锁住安思危，说：“我是来这里接女朋友回去的。”

“女……朋友？”熊贝张望了下，迟疑地问，“谁啊？”

“安思危！”韩瑞心想，这女孩儿怎么这么没有眼力。

“怎么可能？”熊贝以为他在开玩笑，笃定地说道，“安思危有没有男朋友我还不清楚吗？从大学到现在，我就没见她谈过恋爱。”

大家的视线都聚焦在安思危的身上，她的表情一如既往的冷淡，说话间松开了纪闵盛的手。

“凌初，我以前喜欢过的人。”她在向熊贝介绍，“十年前。”

被点到名的某人眼里的笑意甚浓。

“没想到，真的没想到……”熊贝看看凌初，又转头看看安思危，感觉不可思议极了。

纪闵盛并未表现出惊讶。他早就猜到凌初的角色在她心里不寻常，只是在听到安思危的肯定后，心跳还是漏了一拍。虽是前男友，却也是她十年间拒绝了所有追求者的原因，也包括他。

“一起吃饭？”宁越泽招呼他们就座，“难得的。”

安思危谢绝："不了，我们还有事。"

"对，你们还有事情。"熊贝反应迅速，使眼色道："赶紧去，别耽搁了。"

待安思危走后，熊贝决定要搞清楚两人之间究竟是怎么一回事。宁越泽之前一直在京城工作，这两年才将重心转移到申城，所以他是安思危老友这件事，熊贝也是后来才知道。

老友之间总有一个默契，那就是从不提起某个人的名字，就连大大咧咧的韩瑞都能在谈话时敏感地跳过。所以对于凌初这个人，以及他和安思危的关系，熊贝心里举着一万个问号的小旗帜。

她压低声音问韩瑞："那……当年是谁追谁？"

"这还用问？当然是凌初屁颠屁颠地追在后头了，我告诉你，一开始安思危睬都不睬他，不过后来还是没逃过这家伙的魔爪。"

熊贝看了眼故事中的男主角，嗯，不得不承认，长得帅在追女孩子方面就是有不可超越的优势。

"那为什么会不告而别？"她又疑惑地问。

一时间，韩瑞被问倒了。

故事中的男主角主动迎上熊贝困惑的视线，终于开口说话了："你是安思危的朋友？"

"好朋友。"她加以修正，"好闺蜜，好姐妹。"

他若有所思地点了下头："谢谢你。"

"谢我什么？"

"谢谢你陪着她。"

熊贝想起来第一次见到安思危的妈妈，那位优雅的母亲当时握住她的手，也是这么说："谢谢你陪着她。"

当这两幅画面重叠起来时，竟让熊贝产生了一种强烈的感觉，原来这才是真正爱着安思危的人会说出来的第一句话。

得是多么珍视她的人才会有这份相同的心情。

发现了这点后，熊贝看他有点像丈母娘看女婿，越看越顺眼。左瞅瞅右瞧瞧，忽然注意到他戴着的一枚耳钉。

"咦？你的也是个音符？"

凌初没说什么，倒是宁越泽接口："是个音符，他都戴了十几年了。"

“思危也有一个……”熊贝眯眼盯着凌初的耳朵，终于恍然大悟，“难怪。”

“难怪？”

“你不知道，她特别珍惜那根项链。大一的时候，我们寝室有个女生嫉妒她，趁她去洗澡的时候把项链扔垃圾桶了。你们想想，大热天的，垃圾都发臭了，思危也不管不顾，拼了命地在垃圾桶里面找，就差整个人钻进去了。”

这么多年过去了，熊贝回忆起那一幕还是颇为感慨：“垃圾桶里有碎玻璃，把她的手都割破了，连指甲缝里都是血，可她就是没哭，愣是一滴眼泪都没有掉。我们都以为肯定找不到了，但连老天爷都看不过去吧，后来可算是找到了。”

“找到了本应该高兴，可是她却哭了，那是我第一次也是唯一一次见她哭。”熊贝看着对面的凌初，遗憾地说：“如果你在的话，就好了。”

如果他在，她就不会受欺负，不会哭得那么伤心了。

如果他在，一定是不会允许这样的事情发生。

可惜，他不在。

凌初一言不发，双唇紧抿的线条在泄露他此时的情绪。是的，他错过了太多。他欠安思危的何止这十年时光。所以不能再继续浪费时间了，现在的每一秒他都想用来补偿她。

熊贝盯着凌初离去的背影，忽地意识到一件事：“我是不是话说多了？”

宁越泽表扬道：“说得多好，说得漂亮。”

被他一夸奖，熊贝就像一只住在蜂巢里的小蜜蜂，满心满眼的甜。

“对了，”她想起来什么，噘着嘴问，“你那条朋友圈动态是不是故意定位给我看的？”

“你猜到了？”

“哼，我也没那么笨好不好。”她好歹也是考进T大的人。

但是比起宁越泽的腹黑，她还是选择主动投降。

韩瑞笑得贼兮兮：“你家小宁宁说用这招你肯定上钩。”

熊贝瞪眼：“你当钓鱼呢！”

“我们以为安思危会和你一块儿来，没想到……”宁越泽感叹缘分妙不可言，“即使没和你来，可她还是出现了。”

“那如果她今天不出现呢？”

宁越泽笑着反问：“你觉得凌初会让这种概率出现吗？”

熊贝茫然地眨了眨眼睛。

“他不会，他从来不做没把握的事情。”宁越泽说：“可偏偏安思危是他人生里唯一没有把握的一件事。高中的时候，那次用恶劣的态度扔了安思危的书包，就证明了他没有任何把握。”

熊贝听得一愣一愣的，扔书包？疯了吧，哪有这样追女生的？

“安思危到杭城的时候，凌初也到了。”宁越泽继续说：“他不是在追回十年前喜欢的人，他是在追回自己的命。”

韩瑞赞同地点点头：“全世界都知道安思危就是他的命。”

所以，这十年，他等于死了一回。

凌初走后，熊贝又听了一些两人的初恋故事，让原本一直支持纪闵盛的她，如今也开始倒戈了。在不知道有凌初的存在之前，纪闵盛确实是最适合安思危的人，至少熊贝是这么认为的。

所以这些年她尽力撮合，奈何安思危就是无动于衷。但是对于凌初，任谁都能看得出安思危眼里无法掩饰的感情。

凭女人的直觉，熊贝知道她依旧喜欢着凌初。也许连安思危自己都未意识到，她介绍凌初时眼底的欣喜。

熊贝问了她人在哪儿，随后告诉了凌初，为他指明了追逐的方向。

初夏的熙湖，红衣绿扇映清波。黄竹楼台濒临着宽阔的湖面，勾勒着蓝天上的云朵，一池碧水的湖面上映出安思危的倒影。

熙湖是杭城最著名的景点，自然游客也是无数，走个路都是肩碰肩人挤人。眼看她快要被撞上，凌初及时地伸手将她揽入怀里，一系列的动作令安思危受到了惊吓，在看清来人时眸子里又充满了疑惑。

“你怎么在这儿？”

“景点是开放的。”

“……”好吧，也有道理。

安思危感受到他的手掌放在自己腰间的温度，隔着薄薄的衣服他的手掌心似烧了起来。她欲推开，他却越抱越紧。

“放手——”

“不放。”

她皱眉："凌初——"

"你叫一百遍我也不放。"

面对这样明目张胆的无赖表现，她竟然还不争气地脸红了起来："你再不放手，我就喊救命了。"

凌初凑近闻到她身上的馨香，多么留恋，这么好闻的味道只会出现在他喜欢的人身上。

"喊吧。"他丝毫没有拦住她的意思，反而说，"我想所有人都会觉得我这样的坏人很赏心悦目。"

"……那我就说你是人贩子。"安思危拒绝他的靠近，身子往后仰了仰，指控道："说你想把我拐去大山里。"

他却故意俯身贴着她身体的曲线，看进她眼里，暧昧地说："可我只想把你拐回我的家里。"

赤裸裸的调戏，令安思危又羞又恼："你再这样我就报警了，警察总会管的。"

"那警察管不管我们谈恋爱？"

"你……"果然不能和无赖讲道理。

凌初这一抱就更不愿撒手了，他欣赏着安思危皱起小脸的表情，真可爱。周边来来往往的游客都在盯着这对人儿瞧，男的俊女的美，抱在一起甚是养眼。

凌初个子高，身材又挺拔，站在人群中很是显眼，一百六十五厘米的安思危在他怀里显得小鸟依人。因为被抱得紧，她只得双手抵着他的胸膛，想以此拉开些距离，却没什么效果，安思危只好提醒他："你现在可以放开我了。"

"再抱一会儿。"可这架势分明是想抱到天荒地老。

安思危认命般地又靠回他怀里，不再挣扎着想要逃脱，叹着气说："十年的时间太长了，真的，太长了。"

在没有等到凌初之前，她有着使不尽的力量，从来不觉得累。可是现在等到了这一天、这一刻，终于等到了他回来，安思危仿佛完成了使命般，反而不知道如何是好了。

十年的等待就此终结，那么接下来呢？

她不确定。

靠着凌初，听到他强有力的心跳声，她依然感觉不真实。现在的安思危分辨不清梦境和现实，这是糟糕的。当一个人多年的信念终于成真，迎接她的并不是狂喜的心情，而是强烈的疲惫感。

“我有点累。”安思危坦言，“我想我需要时间去消化。”

凌初明白她的意思，同样的，他也有许多的未交代的事情，和无法说出口的苦衷，宁愿自己背负一切，也不愿她难过。

日落时分，熙湖上空厚云渐散，彩霞满天。

“你不用给我机会。”

安思危望着他：“嗯？”

凌初低头在她额上虔诚地落下一吻：“反正我还有余生可以为你浪费。”

此刻，清风徐来。

她们没有在杭城久留，因为薛洁清回来了。闺蜜间的聚会，点上香薰，伴着烛光，开一瓶柚子梅酒，围坐在一起举杯小酌。

熊贝坐在木地板上，倚靠着沙发边，问：“希腊好玩吗？”

“还行……”薛洁清抿了口酒，“那种地方，两个人去才浪漫，一个人去总归是没劲的。”

“也不全是成双结对去的吧？就没艳遇？”

“哎，你知道我不喜欢外国人，都长胸毛。”薛洁清光是想一想都要掉一地鸡皮疙瘩。

“宋晨没胸毛，所以你喜欢？”

这句话把薛洁清说得噎着了，她干瞪着熊贝，心里头有些不舒服。

“没事提他干吗？”

“你知道就好。”熊贝太了解她了，直言道：“怕就怕你玩了一圈回来后又没开眼，他说几句话你就心软。”

熊贝倒也不担心她生气，薛洁清太过单纯，有些话就该说得明明白白才好，让她没理由逃避。

她赌气似的不理熊贝，扭过头去问安思危：“我怎么感觉你不对劲？有什么心事说给我们听听？”

女人的第六感都是出奇的惊人，薛洁清又问：“难道老纪求婚了？”

熊贝哼哼：“比这还要大的事儿。”

“那就是答应老纪的求婚了？”

一个抱枕砸过去，薛洁清的脑回路简直跟韩瑞有得一拼。

熊贝翻白眼说：“一点想象力都没有，难道我们思危除了老纪就没别人了？”

“……”薛洁清片刻短路后终于反应过来，连声问：“What？ Where？ Who？”

她诧异得很，多少年了，从未见安思危接纳过谁，即便是在追求的道路上坚持得最久的纪闵盛也没有被真正接纳。

“托你的福，在你的逃婚大作战的现场，思危和她的初恋重逢了。”

把这句话消化了几秒后……

“啊！”这么劲爆的消息令薛洁清控制不住尖叫起来，再三确认，“初恋？你说是安思危的初恋！”

“你相信吗？”

“天，我还以为你从来都没有谈过恋爱。”薛洁清看向一直默不作声的安思危，感叹一句：“你是得多喜欢这个人！”

多喜欢？

很喜欢很喜欢。

曾经，很喜欢很喜欢都不够。

薛洁清咬着鱿鱼丝，挪到安思危身边：“嘿嘿……在想他？”

“没在想他。”女人都喜欢口是心非。

“噢……”她成功挖坑，兴奋地道：“我都没说这个他是谁，说明你心里就是在想他！”

安思危：“……”

熊贝笑弯了腰，薛某人去了一趟欧洲回来之后连套路都学会了。

“不想他也没关系。”薛洁清暧昧地眨眨眼，“问题是……”

“是什么？”

“你还喜欢你的初恋吗？”

Chapter 10

只希望时光走慢一点，再慢一点儿

“你还喜欢你的初恋吗？”

她沉默，并不是因为回答不了。

而是这句话在她心里从来就没有问号，始终是一个句号。

“老大，老大……”齐娜敲门，连声唤她，“有位叫漆先生的想见你。”

安思危如梦初醒：“漆先生？”

这是一个少见的姓氏，她没什么印象：“有预约？”

“没有。”齐娜顿了顿，嗫嚅道：“漆先生说如果你不见他的话，就让我转告你，说你想知道的他都知道。”

安思危神色一变，说：“让他进来吧。”

接着，在见到来人之后，她陷入了怀疑中。

这是一个女人？

不，应该是一个男人。

确切来说，是一个美得像女人的男人。

一头金色齐肩微卷发，衬得皮肤雪白。

凤眼妖魅，鼻梁高挺，嘴唇又薄又红，若不是他喉结明显，远远看着就是一个长相精致的女人。

他绅士地一笑：“大嫂，终于见到你了。”

“……”安思危直接呆了，“大嫂？”

他确定：“你是我大嫂。”

“你是不是找错人了？”安思危凝眉，“我们并不认识。”

“我认识你就够了，不好意思，一激动忘记自我介绍了。”他风度翩翩地补上一句，“我姓漆，单名一个曜，凌的助理。”

漆曜，凌初的助理。

原来他就是那位不知其名，但闻其声的助理，丁顺要是见到此人估计会抓狂吐血。

安思危算是明白怎么一回事了：“可他即便是你大哥，我也不是你大嫂。”

“当然是。”他毫不掩饰地赞叹道，“只有你这么漂亮又有能力的美人儿，才能做我的大嫂。”

看起来像是老板与助理的关系，可实际关系应该是不一般，因为他始终称呼凌初为凌。

“你说，我想知道的你都知道？”安思危不打算和他兜圈子，放慢语速问：“那你觉得我想知道什么？”

“果然。”他赞许地点点头，“我喜欢和聪明的人对话，你很能挑重点。”

“对我来说无意义的谈话是在浪费时间。”

这个男人连露齿一笑都显得分外妖娆，他仿佛会读心术：“你想知道关于凌的一切，当年他为什么离开，这十年间又去了哪里、在做什么，你都想知道，对不对？”

安思危不自觉地握紧双手，她确实想知道这一切，心中的不踏实也是因为自己对这些一概不知。

“但这样的话有点贪心，所以你只能选择一个想知道的。”漆曜目不转睛地盯着她，“我会告诉你。”

“我只想知道……”她突然变得紧张起来，心跳也越来越快，双手握紧又松开，艰难地问，“这十年他过得好不好？”

离开的真相是什么已经不重要了，只要他过得好，她什么都能原谅。

“不好。”

漆曜收起方才的笑意，与她对视，清清楚楚地说：“很不好。”

安思危听见自己的心一刹那被砸碎在地上的声音。

她有些慌乱，一时间不明白不好的定义是什么，很不好又是什么意思。

“他……”安思危想问，却又不敢问。

“有些话我不方便说，如果凌做好了准备，他会告诉你。”漆曜又换回刚来时的表情，“我来只是想和你说，下周三的会议华远也会派人过来，我看了一下，他们的方案也还可以啦，所以……你应该不愿意走后门吧？”

意思很明了，华远会和尚宇一同竞争。

“当然不。”工作和私事对她来说是两码事。

“那我们下周见。”漆曜起身，对上她的视线，话里有话，“你要相信，凌所做的一切，不管从前还是现在，都是为了你。”

整个设计部因为江景壹号的方案都一直绷着根神经，对华远他们有一股同仇敌忾的气势。

这笔账还得从去年算起。华远是一家起步没多久的公司，虽是初露锋芒却势头很猛，接连拿下了几个大单，一时间在业内声名鹊起。

可没多久传闻四起，各家公司都说他们半路截和，把其他公司谈好的客户撬走了。那时安思危手里有一个重要客户，几次沟通下来对方都相当满意，方案也已敲定。

同行提醒过她要小心华远，她付之一笑，觉得是无稽之谈。

对自己的方案她向来有把握，客户也表明是冲着安思危的设计去的，可就在签约的前一天，客户来电致歉说已选了别家公司。

对甲方来说他们不过只是损失了一笔无痛无痒的定金，可对设计师们而言，毁掉的却是日日夜夜累积的心血。

后来听说是华远的首席女设计师用了不光彩的手段，纵使安思危的方案再完美，也敌不过别人耍的心机。

于是，梁子就这样结下了。

也许这一次华远依然会用同样的招数去抢客户，可安思危只想凭设计说话。大家一边绷紧神经，一边又在忙着各自手上的工作，丁顺也投入到了新的方案中，江景壹号的设计只有安思危在做。

抛开其他，对她来说江景壹号之所以是特别的，不是因为它的一平方有多贵，只因那是凌初的房子。

所以她更为珍视。

为了不让脑子因熬夜变成一团糨糊，安思危决定去放松放松，而她的放松方式是逛美术馆。

“印象派擅于用颜色描绘光的变化，比如莫奈的《睡莲》，常常在不同的时间和光线下有着不同的光色变幻。”安思危定定地站在一幅画前欣赏，“比如雷诺阿的《红磨坊的舞会》，都是我们看了觉得是光与色得到了完美结合的作品。”

纪闵盛陪着她一起看画展，听安思危说话会让他感觉特别舒心。

“艺术往往令人觉得高雅得不食人间烟火，其实不用非得看懂它的构图、线条和笔触、色彩，直观地用眼睛去感受就好了。”看画的人不多，安思危语调轻缓，“就好像我们最开始被某个人吸引，可能无非就是第一眼，其实看画也是如此。”

纪闵盛很想问一问，那谁是第一眼被你看见的人？

颈间的音符随着她说话时脖颈间的振动而隐约折射出光亮，曾以为她是因为喜欢才一直戴着这根项链，直到那天看见凌初的耳朵上也有个一模一样的音符，他才知道原来音符是一对。

这种发现让纪闵盛的心情开始变得煎熬。当安思危承认凌初的身份时，哪怕只是前男友，他也是羡慕的，因为他俩之间的过去，是他永远都到达不了的世界。

纪闵盛总以为自己是出现得最早的那个人，可讽刺的是，爱情原来真的分先来后到。至少在安思危这里，他还是出现得太晚了。

纪闵盛从没有想过安思危的身边早就出现了另外一个男人，他用强势的姿态宣告自己的主权，他会去牵她的手，会拥抱她，会做自己不敢也不能做的事情。

第一次纪闵盛有了动摇，不是觉得自己该放弃，而是觉得自己不能再被动下去了。

“过些天我又得出去一趟。”他看着她时眼神中透露着眷恋，“你要照顾好自己，我老是会担心你一工作起来就忘记吃饭。”

安思危问：“这次去哪里？”

“美国。”纪闵盛带着些许不舍地说：“要去一段时间。”

安思危知道他平日里出差多，嘱咐道：“在外头你也照顾好自己。”

两人安安静静地继续看着画展，偶尔交流两句。

“尚宇的安总监？”馆内的寂静忽地被尖锐的招呼声打破：“好久不见了，这么巧你也来看画展？”

安思危闻声回头，真是冤家路窄，躲都躲不过。

陈妍——华远的首席设计师，她没有安思危的美貌与气质，可是穿着性感是她的制胜法宝，身前圆滚滚的两团肉呼之欲出。

她看人时的眼神也总是带着几分特别的意味。安思危身边站着的男人，品貌非凡清新俊逸，一瞧就是有身价的人，而且眼熟。

陈妍想起来他是谁了，试探着问：“您是寰茂的纪总？”

纪闵盛淡淡地应了声：“有事？”

对别人，他向来吝啬笑容，只有对着安思危时才会一年四季如春。

“您是不是刚买了一栋夏都花园的别墅？”陈妍从手包里拿出名片，讨好地说：“我是华远的首席设计师，如果您有需要的话……”

“不需要。”纪闵盛冷冷地打断她的话。

名片尴尬地递在半空，她依旧笑着说：“也许会有需要的一天呢？”

“我身边站着的是我认为最好的设计师。”他拒绝得不留丝毫余地。

陈妍起初还以为他是安思危的客户，现在看来关系并不一般。她在心里开始盘算着能抢过来的概率是多少。

“是你的客户？”她旁敲侧击。

安思危：“朋友。”

陈妍话里有话：“噢，我还以为是你的男朋友。”

安思危不予理睬，画展看得差不多了，也该走人了。

“听说你们这些天加班很厉害？”她追上两人的步伐。

“哪个设计公司不加班？”

陈妍掩嘴笑道：“尚宇这么大的公司，也对江景壹号的业主没把握？”

“尚宇可不止江景壹号这一位客户。”

“听说他不见设计师？”陈妍眼神充满探究，“我一直在尝试联系他本人。”

“那你可得抓紧了。”

陈妍露出势在必得的表情来：“不好意思，这次我又赢定了。”

安思危讽刺道：“不用设计用身体来说话，这方面我确实输了，自愧不如。”

“安思危，你……”

“还能用身体设计？”纪闵盛故意不解地问。

安思危给了他一个眼神：“励志吧？”

纪闵盛了然道：“的确是一个励志的故事。”

陈妍被嘲讽得脸颊通红，不服气地对着安思危说：“你以为自己很厉害！”

纪闵盛闻之笑了。

安思危懒得与她交谈，只留下一句：“也没多厉害，只不过在我做首席的时候，你还没学会 CAD。”

一针见血，刺得陈妍在原地直跺高跟鞋。

在一家私人会所里，两个男人的出现引人侧目。

一个体态健美、面如冠玉、英气逼人，另一个金发耀眼，举手投足间带着别样的风情。

进入包厢后，金发男人抱怨道：“麻烦你能不能快点把你老婆追回来？真是受够了别人把我当成你女朋友的眼神！”

某人嫌弃道：“你想当我女朋友，我还不乐意。

包厢内韩瑞和宁越泽也在，韩瑞一开始见到金发的漆曜也看不顺眼，像个女人似的，他这么阳刚的男人怎么接受得了如此女性化的男人。不过相处后发现这完全是个误会，人家就是生得美而已，心底里还是个男人。

“谁要当你女朋友！我是纯爷们！”漆曜惋惜道，“也就你那个安思危想不开。”

听见这个名字，凌初的眉眼温柔了几分。

“你跑去找她了？你这似男非男似女非女的样子，没有吓坏她吧？”

漆曜刚喝下的一口龙舌兰呛在喉间，辣得他龇牙咧嘴形象全无。

漆曜对外是凌初的助理，真正的身份是这家会所的老板，且还是申城一位有名大佬的私生子。

他高中就被大佬扔去了英国读书，后来也就是在那里碰见了凌初。

两人都没什么朋友，一个因为身世，一个因为脾气，在互相看不惯之后又成了挚友。

不过外界老传他俩关系不正常，漆曜怪凌初不谈恋爱，凌初怪他不男不女。

原本漆曜是不该回国的，在有些人眼里，他回来就代表他有侵略性，会被误认为想去争家产，到时又会闹得满城风雨。

但凌初觉得他应该回来，老躲在国外算什么事儿，还说："你不争，我帮你争。"

漆曜真怕他做出什么事情来，只好跟着回来了，憋屈地做着他的私人助理。

韩瑞特别坏地说："你这哪叫助理，你这分明是小秘。"

凌初："最美私人小秘。"

"你还好意思说！就你这追老婆的速度，蜗牛跑得都比你快。"漆曜逮住机会开始反击，"喜欢人家，就直接上去问她还愿不愿意和你在一起，多简单，非得拐弯抹角，做那么多事儿。"

凌初："你懂什么。"

"我是不懂，女人是麻烦的生物，我才不要懂。"

"不懂还那么多废话。"凌初睨他一眼，"真叫皇帝不急太监急。"

韩瑞和宁越泽一边打桌球一边不忘看热闹："这是从小秘变成太监了？"

"我呸！他能做皇帝？人家皇帝都是后宫佳丽三千，哪像他吊死在一棵树上。"漆曜机智地把话题又扯到安思危身上，只有这样凌初才没空去说他。

果然，凌初说："什么三千三万的我都不要。"

"行行行，你就要安思危，那你加足马力去追啊，难不成人家还拒绝你？"

宁越泽放下球杆说："安思危真的会。"

"是吗？"漆曜显然不相信，"光他这张脸就够让女人们疯狂的了，还会被拒绝？"

"安思危不一样，否则凌初当年就不会追得那么辛苦了。"

韩瑞拿巧克磨着球杆："对啊，那个老纪在安思危身边这么久，不也还是没成。"

听到情敌的名字时某人眼尾轻轻一挑。

"人家老纪也是青年才俊，有颜多金，你有的他也有，你没有的他还有。"宁越泽到底是律师，凡事都能客观分析，他对凌初说："他有的是你这些年缺失的陪伴时光，从大学开始就一直陪在安思危身边，你自己算算，有多少年了？论胜算他要多过你。"

"NO……"漆曜摇了摇手指，"有时候女人并不在乎谁陪在她身边的时间有多久，而是在乎谁才会让她心动。”

韩瑞一下子对他刮目相看了，“你不是不懂女人吗？”

“我是懒得懂。”一股风情在他眼波中流转，“女人心海底针，还是不懂的好。”

漆曜无所谓地耸耸肩，女人什么的他还真没想过，要找也得找个比他美的，不过好像有点难度。

“对了。”他看向凌初打趣道：“华远的设计师一直想见你，这女人可真能缠。”

“我不见丑八怪。”

“啧啧，见了就会缠着你不放的。”

凌初一脸“你可别恶心我”的表情。

“就因为人家以前得罪过你媳妇儿，现在你就要想法子去整人家。”漆曜感叹一句：“我算是见识到了，也就你能这么大费周章地去追一个人。”

韩瑞和宁越泽对此深表赞同。

凌初当年就追得煞费苦心，现在追老婆也依旧如此，可这辈子追来追去就只追一个安思危。

再无第二人。

“我们女人一定要舍得花钱打扮自己，这不是为了取悦男人，而是为了让自己开心。”

熊贝拖上安思危去逛商场，细细的高跟鞋在大理石地面上走过，玻璃橱窗前映出熊贝精致的妆容，还有安思危不施脂粉的素净的脸蛋。

两人走进一家大牌专柜，店员立刻热情地围上去，介绍店里刚到的新品。

熊贝逛了一圈后开始试鞋子，天秤座的她又开始犯纠结：“怎么鞋子比男人还难挑啊？”

“那是因为你已经遇见了最喜欢的人。”安思危耐心地陪她挑选，随后说：“鞋子一季比一季好看，但男人你已经有了一个你最喜欢的，即使后面再出现别的人，你也不会纠结说该选谁。”

熊贝一听有道理，问道：“所以你喜欢上凌初后，就没有可能再喜欢别人了，对不对？”

所以，纪闵盛对她再好，她都动不了心。

“你现在和凌初怎么样了？”

“不怎么样。”

“我还不知道你吗？你就是口是心非。”熊贝又看起包来，提在手上试了试，说：“你要是不喜欢他，怎么还给他做设计？”

安思危表情淡然：“这是工作，两码事儿。”

“如果你不想和他再有牵扯，完全可以拒绝，或者让别人接手，不是吗？”

熊贝没有说错，安思危其实可以有千百种理由拒绝给凌初做设计，就像拒绝其他客户那样。

“我知道，你只是过不了自己心里的那道坎，你们分开的时间太久了。如果换作是我，我也接受不了，可万一真的是有什么特殊的原因呢？”

熊贝总算选出了一双心仪的鞋，可在付款时她又开始纠结，刚才那双其实也挺好的。

熊贝继续道：“你跟我不一样，你其实跟很多人都不一样，你做一件事，买一样东西，晚餐吃什么，甚至等一个人，你都不会犹豫纠结。”

安思危边听她说话，边选了条裙子比在身上看了看，还不错。

熊贝总算纠结完，提着购物袋走过来：“这条裙子挺适合你的，买了吧。”

店员羡慕地说：“果真皮肤白穿什么都好看。”

“我们上去瞧瞧，还有什么适合你的。”熊贝又拉着她上二楼转了一圈。

可安思危还是最喜欢刚才那条裙子，她相信眼缘，一眼相中的东西总是最特别的。

就像熊贝说的，她做一件事从来都不会犹豫纠结。

待她去刷卡时，另外一个店员说：“已经付过款了。”

“付过了？”

“刚才有位先生把这边的新品全包了，他说适合你。”

这下安思危更是听不懂了：“什么意思？”

熊贝抢着问：“那位先生长什么样？是不是双眼皮，高鼻梁，五官极其精致，帅得惊为天人？”

店员回想起来脸都红了：“是是是，特别帅。”

熊贝激动地用手比了比个子：“个子还很高对不对？”

店员：“对对对！”

“是凌初！”熊贝笃定，“是他，百分百是他！”

安思危向店外望去，商场来来去去那么多人，没有一个是他的影子。

“别看了，这会儿肯定走了，他一定是趁我们上楼时过来的。”熊贝用手肘碰碰她，笑眯眯地问，“谈谈感受，有这样一个初恋是不是很幸福？”

初恋？幸福？她的内心因为这两个字眼变得更不平静了。

“要我说，这个人离开了十年，还心心念念地回来找你，是真的爱你。”

熊贝的声音绕啊绕，从耳朵绕到了心里。安思危只想知道他是什么时候出现的？

其实凌初经过这里也是巧合，他有个饭局就在商场里头，不过是恰好转了个身，就看见镜子中的安思危拿着裙子比在身上。

她的表情依旧冷冷淡淡的，眉眼却有一丝温柔流泻，那时她正在听熊贝说着话。

话题的内容正好是关于他。

待她们上了二楼，凌初进店里包下了所有的新品。

也没什么别的意思，就是觉得安思危真好看，随便哪件衣服穿在她身上都好看。

这样站在远处望着她，就能让他有一种真的回来了的安稳感，原来别人说的岁月静好就是这个样子的。

是看着心尖上的人时，只希望时光走慢一点，再慢一点。

安思危跑出店外找寻他的身影，偌大的商场，各种形形色色的人与她擦肩而过，却一个都不是他。

商场的电梯是观光式的，透明玻璃设计，安思危仰起头看见一个熟悉的背影，正乘着电梯上楼。

她匆忙按下另一部电梯追了上去。

“凌初。”安思危在身后喊他。

她从来不会将他认错，这个背影，这样挺拔的身姿，她闭了眼都能描绘出来。

凌初回过身，双手插在裤口袋里，就如当初站在学校楼梯的台阶上那样看着她，唇边噙着笑意。

安思危朝他走去，指了指楼下：“那么多的衣服我穿不完。”

他倒也没有否认：“没事，我喜欢给你买。”

“多浪费钱。”

“跟钱没有关系，跟你有关系。”

安思危想起熊贝曾说过的一句话，一个男人是否爱你，就看他愿不愿意为你花钱。

假设他年薪百万，可是却连一个包都不舍得给你买，那这个男人就算赚再多的钱也没用，他不够爱你。而另一个男人月薪一万，可他愿意省吃俭用一个月给你买包，那么他至少是用心的。

但是凌初不属于任何一种假设的类型，对他来说这些都不是爱一个人的极致，他有他的方式。

“我每天可以赚很多钱，你不用担心浪费。如果一定要认为这是浪费的话，那为你浪费是我的爱好。”他拉起她的手，眸中带笑，“安思危，我整个人都是你的，何况这点钱。”

这就是凌初爱一个人的极致，他的全部，他的所有，不私藏半分，全是她的。

安思危一时间不知该说什么，倏地有一种被打败的感觉。

他撩开她耳边的发丝，俯身道：“你穿藕粉色真好看，我的安思危怎么能这么好看呢。”

她脸上的红晕逐渐散开，因他这句话，也因他贴得如此近。

在凌初面前，安思危仍羞涩得像一个少女。

“熊贝还在店里等我，我得下去了。”

他依旧握着她的手，指腹轻磨着她的掌心，不想松开：“那让我抱一下。”

安思危：“……”

“一下不行，就两下。”

“……”安思危都不好意思抬头了，就怕他见着自己脸红极了的样子，“我真的得下去了。”

她话还没说完，就被他一把抱入怀中。

那个人下巴蹭着她的头顶，温情地说：“我要把老婆大人追回来。”

“谁……谁是你老婆！”安思危舌头打结。

他轻笑：“你，小安同学。”

“我不是。”

“我会把你变成是。”

“……”这个“恶霸凌”，她才反应过来，抱一下和两下有什么区别。

凌初突然又闷闷地说：“安思危，我得了一种病。”

她一惊，紧张地看着他：“什么病？哪里不舒服吗？你怎么不早和我说？”

“得了一种……”他的眸子笑吟吟，“不抱你就要缺氧的病。”

“……”安思危，“那你就缺氧吧！”

“安安回来了！”孟姨在小花园浇水，看见车开了进来，高兴地朝她招手，“老先生老太太天天念叨你呢！”

安思危平日里是一个人住的，周末才会回家。

她拎着大包小包的东西从车上下来，孟姨赶紧接过：“哦哟，这么重，又买补品了？”

她悄声问：“都在屋里？”

“是呀，快进去吧，都等着你。”

她做了个“嘘”的手势，轻手轻脚走进里头。偌大的客厅里，有位老太太戴着老花眼镜正在读报纸，怀里还抱了只白色的布偶猫。

“小笼包听得懂吗？”

老太太听见这声音喜出望外，叫小笼包的布偶猫也兴奋地跳到了地上，朝安思危奔去。

“我们安安回来了啊。”老太太慈爱地摸摸她的脸，心疼地说，“怎么瘦了？你这工作不好，太忙了，对身体不好的。”

“外婆。”她甜甜地叫了声，转了一圈说：“我没瘦，吃得好睡得好，还长肉呢。”

“哪里长肉了啊？脸蛋还是这么小。”老太太对安思危是满眼的喜欢，恨不能天天把她捧手心上，“人家都说我的外孙女漂亮，这个我是不会谦虚的，我们安安就是漂亮。”

老太太原是大学教授，现七十有余，气质依然高雅，在家穿着得体，讲话吴侬软语，岁月在她身上刻下的痕迹抹不去江南女子的秀美。

小笼包扒着安思危的牛仔裤，不甘被忽视，一声声地叫着想引起主人的注意。它毛色雪白，眼睛碧蓝，漂亮得很。

安思危蹲了下来，它“呲溜”一下跳进怀里，小脑袋舒舒服服地枕着她的颈窝处，相当黏人。

“安安，你外公在楼上睡午觉，还不知道你回来呢。”沈琴从楼梯上走下来。

她的优雅与老太太如出一辙，将自己身上的细微之处都收拾得赏心悦目。安思危得天独厚的美貌和气质遗传自全家人的好基因。

沈琴这十年没有什么太大的变化，唯一的改变是，她看得见了。

那年安思危高考完，外公外婆突然出现。

这些年，沈琴自从和安沉亦私奔后，娘家便与她断绝了关系，再无往来。

沈家是高知高干家庭，沈琴是最小的女儿，备受家里宠爱。

她是一名出色的钢琴家，才华横溢，却爱上了一穷二白的教书先生，沈家自然是不答应的。

可那时沈琴已怀孕四个月，要不是小腹微凸，沈家还不知情。

被发现后，沈父命令女儿打掉腹中的孩子，与安沉亦从此一刀两断。

四个多月，孩子已经成型，有手、有脚、有心跳，没有办法做人流，只能引产。

沈琴躺在冷冰冰的手术台上，给她做B超的医生的声音也冷得令人发抖：“一会儿我要在你肚子上打一针，三十六小时内会发生宫缩。”

不知是听到了医生说的话，还是感受到了母亲悲哀的心情，腹中的胎儿突然踹了她一脚。

医生也愣住了，即便习惯了这样的场面，还是说：“胎儿没什么问题，很健康，是个女孩儿。”

胎动越来越强烈，许是这孩子也舍不得自己的母亲，在做最后的努力。

沈琴一下子从手术台上坐起，潸然泪下：“我不做了，我要这个孩子，我要把她生下来。”

手术室外，沈父不允许安沉亦靠近，命人将他拦住。

无论安沉亦如何求他留下这个孩子，他依旧铁石心肠。

“琴琴是个未出嫁的黄花闺女，就这么被你毁了，你还想用孩子来绑架她一辈子吗？”

安沉亦是个文人也是个好人，他泪流满面地说：“我是真心爱她的，我愿意负起这一生的责任。”

“爱？”沈父对于他的承诺视如草芥，厉声道：“你拿什么来负担？你负担不起。”

手术室的门打开，沈琴从里头走了出来，她苍白的脸上没有一丝血色，柔弱得仿佛随时会倒下去，可眼神却坚定无比。

“我要把这个孩子生下来。”

沈琴的身子在发抖，安沉亦扶住她，两人脸上皆是泪。

“啪！”沈父在医院当众抽了她一巴掌，指着她道：“你敢把孩子生下来，敢跟这个男人走，我沈擎苍从今天起就当死了你这个女儿。”

沈琴跪在地上，磕了三个响头，然后头也不回地跟着安沉亦走了。

她对不起生她养她的父母，但她更不能杀了自己的孩子。

两人的婚后生活，日子虽然过得清贫，可因为嫁给了爱情，又生下了乖巧的女儿，连生活的苦都是甜的。

沈琴从未谈及过这些，所以当外公外婆站在安思危面前时，安思危都不知道该称呼他们什么。

当年安沉亦因病去世，他们也知道，可并没有来找过沈琴，在沈父看来这全是她自作孽，所以她过得好与不好与沈家无关。

但后来得知了沈琴出车祸失明，他们到底于心不忍，将母女俩接回沈家大宅，又很快在国外安排了眼角膜移植手术。

手术很成功，沈琴复明。

而对于安思危，沈家上上下下对她疼爱有加，尤其是外公外婆，这个外孙女甚至比当年的沈琴更让他们骄傲自豪。

只要提及沈老书记的外孙女，无人不感叹，那可是高考状元，T大建筑系的高才生，著名设计师。

所以关于她交男朋友的事情，沈家很上心，怕她会步自己母亲的后尘。

晚饭时间，外婆给她舀了碗松茸鸡汤，道：“安安，搬回家里来住吧，你一个人在外头都没人照顾你，吃也吃不好，我心里总归是不放心。”

安思危一勺一勺慢条斯理地喝着鸡汤，乖巧地说：“外婆，我这工作经常要加班熬夜，会影响到你们的。”

“不影响，我们房子这么大，怎么会影响呢？”

“妈，你就别劝了，她从小独立惯了。”沈琴最了解女儿的性格，“况且我平日里也会去看她的。”

安思危每周回来，外婆总会念着叫她搬回家来住，这次依然无果，便开始有意无意地试探：“安安，你工作这么忙，都没时间谈恋爱了。”

“不急的，对我来说，现在还是工作比较重要。”

“工作什么时候都能做的。”外婆听她这么说更着急了，“现在优秀的男孩子太稀缺了，特别是在申城，男女比例严重失调，很多女孩子都还没有找到男朋友。”

“妈，哪有你讲得这么严重。”沈琴帮忙说话，“她不急，你就随她去好了。”

“这怎么好随她？安安现在年纪也不小了，一随她，就随到三十岁了，再优秀人家都会嫌她年纪大了，你们晓得吗？”

小笼包跳上外婆的膝盖，喵喵叫了两声，外婆顺着她的毛说：“你们看，小笼包都知道急了。”

孟姨笑出声：“老太太您真逗，小笼包哪能听得懂？它就是肚子饿了想吃东西。”

外公放下筷子，拿起手帕擦了擦嘴，即使上了年纪，声音依旧中气十足：“闵盛这个孩子其实不错，纪家也是本本分分做生意的人家。”

安思危第一百零一次解释：“外公，我们只是好朋友。”

孟姨拿来猫粮，抱起小笼包，接话道：“好朋友，多处处就变男朋友了！”

“你孟姨说得对。”外婆赞同地点点头，“我也喜欢闵盛，气质好、长得俊，工作能力也强，为人还谦逊有礼，这么好的对象打着灯笼都难找，关键是人家纪家和我们沈家也是门当户对。”

外公寡言少语，外婆向来担当他的发言人。

“你外公最看重门当户对了，虽然他不喜欢生意人，但闵盛这个孩子确实优秀，纪家也清清白白，要是换成别的男孩子追你，你外公他又有得一阵挑。”

安思危现在陷入了一种“危机”当中，每次一回家准会被念叨一番，催着赶紧谈恋爱，赶紧找男朋友，还不能在大街上随便乱找一个，必须得门当户对。

她在琢磨着要不要下周末给自己安排加班呢？

沈琴看着这样的安思危，感觉看到了当年的自己。她给女儿夹了一块松子鳜鱼，用着只有她们俩才听得见的声音说：“妈妈永远站在你这边。”

沈琴知道安思危的心思，尽管她不说，可是看得出来她心里还在挂念着那个小初同学。

安思危挪了挪椅子，撒娇地靠着自己的母亲，轻声道：“妈，谢谢你。”

孟姨说：“看看，女儿到底是妈妈贴心的小棉袄，这话说得一点儿都没错。”

一家人听了都笑了。

安思危打消了下周加班的念头，想着还是回来吧，外公外婆年纪大了，需要陪伴。她也明白，他们的出发点其实都是为了她好。

这世上，没有什么是比家人更重要的了。

如果有，那么这个人也一定会成为她的家人。

会议室里，尚宇和华远分两边坐着。

因为是尚宇的主场，所以设计部的人个个都没啥好脸色，就差在脑门上刻个“滚”字了。

陈妍将安思危从头发丝儿打量至脚下的鞋跟，她穿了一身职业装，简单干净，裙下的双腿笔直修长，白得反光。

陈妍下意识地拉了拉衣服，原本领子就低，这下更是随着呼吸起伏半只胸脯都要扑腾出来了。

在她的概念里，露得多一点，谈客户就容易一点。

尚宇的几位设计师纷纷翻白眼，这么低俗的女人怎么能和他们的安总监比。

其实陈妍心里也是没底，毕竟在业内安思危的名字太响亮，无论是从专业能力上还是外貌上对她都是一个极大的威胁，何况连身为女人的她都不得不承认，安思危是真的美。

连与她一同来的华远员工在见到安思危后都有想跳槽的冲动，虽然久闻大名，却是第一次近距离见到真人，当真是属于让人看了一眼后就会念念不忘的美女。

陈妍与设计师低声交流，在做最后的确认，反观尚宇这边却是气定神闲，丁顺他们对安思危信心十足，她的设计向来都是无懈可击的。

安思危虽看上去淡定，心里却隐隐有一丝紧张感，只是因为马上要见到某人了。

脚步声传来，会议室的大门被打开，齐娜做了个请的姿势：“凌先生，漆先生，请进。”

漆曜一眼便看到了安思危，笑着和她打招呼：“嗨，大嫂，我们又见面了。”

“……”众人惊愕，大嫂?

可安思危却一动不动地望着来人。

凌初的头发上挑染了几缕银色，竟然有了当年那个“恶霸凌”的样子。

Chapter 11

于他，她是例外，从一开始就是

现在的他，身上加重了当年的影子，变回了十年前那个少年的模样——他是为了她才变回去。

安思危想起十年前他突然出现的那一天，少年跟着老张走进教室，站在讲台前。

从进门开始他的视线便一直停留在她身上，当安思危感觉到有人在看她时，一抬头就见到少年狂妄不羁的姿态。

两人目光对上，他收起视线，微微抬眼却又是一副睥睨天下的样子。

只是在那个被他嘲弄的天下里，唯独她不在之内。

于他，她是例外，从一开始就是。

陈妍是第一次见到凌初。之前吃了太多的闭门羹，而且无论怎么托人打探，关于他的信息都少得可怕。

这个人太神秘，能买下江景壹号的人必不普通，却没想到竟是这样的年轻，关键还长了一张偶像剧男主的脸，能让所有女人犯花痴。

“凌先生，欢迎欢迎！”陈妍反客为主激动地先迎了上去，身前波涛汹涌，娇滴滴地说：“我叫陈妍，是华远的首席设计师。”

凌初瞥都没瞥一眼，便越过了她。

陈妍脑中警铃作响，什么？这个男人竟然无视了她！

凌初径直走向安思危的位置，他似乎注意到什么，低头看了看她雪白细长的大腿，不悦地皱眉，随后脱下西装外套丢在她腿上。

安思危一惊："你干什么？"

凌初冷哼，只给两个字："碍眼。"

众人："……"

漆曜偷笑，这个男人小气起来真是可怕。

陈妍诧异，露腿的待遇就这么高?

"哎呀，好冷呀。"她抱着胸，可怜兮兮地望着凌初。

"咳咳——"漆曜差点儿憋不住笑意，"凌，这里有人喊冷。"

"关我什么事。"

滑稽，又不是安思危冷。

陈妍气得抖了抖，这个世界上真有男人对她不感兴趣？她偏不信这个邪。

"那么现在由我来代表华远陈述一下我们的方案。"

陈妍当然不会放过任何可以表现自己的机会，搔首弄姿地企图得到凌初的注意，可是这位先生真的对除安思危以外的女人不感兴趣。

他连眼皮都懒得抬一下："我让你说话了吗？"

陈妍一脸愕然，"……凌先生过来不是为了听方案的吗？"

"是来听方案的。"凌初把脸转向某个方向，终于露出了笑意，"可我只想听安总监的。"

安思危怔怔地看着他，却又看不懂他。

陈妍着急问："凌先生不听一下我的方案吗？"

"你的？"这个问题很可笑，他回道："你有什么能耐值得让我浪费时间？是凭你的低级设计吗？"

陈妍脸色惨白，这个人轻而易举地否定了华远的存在，只凭一句话就能让她从此在设计界混不下去。

漆曜心想，真是不能得罪这个男人，不，是不能得罪这个男人唯一喜欢的人。

否则他就会用最恶劣的手段让对方难堪，而陈妍一旦踏出这扇门后就会沦落为大家的笑柄，业内所有人都将知道她在尚宇出尽了洋相，她甚至连和安思危公平竞争的机会都没有。

因为凌初根本不会给她这样的机会，那等于是在侮辱安思危的专业能力。

他的安思危值得世间一切最好的，就连对手都应该配以最优秀的。

尚宇的员工这会儿别提有多解气了，手速快的人已经在同行群里把刚刚发生的小插曲编辑成文发送出去了，信息时代，消息快得尚宇员工们的手机微信都纷纷震动了。

华远的人平时对陈妍就颇有微词，方案都是他们在做，而她在办公室动不动就发脾气或者瞎指挥，大家早就对她心怀不满了，所以这会儿也没人站出来替她说半句话。

可见，平日维护好人际关系也是很关键的。

陈妍此刻站也不是坐也不是，面色难看。

漆曜见状道："华远公司若不急着走，倒也是可以留下来听听尚宇的方案。"

这句话让陈妍一屁股气呼呼地坐了下来，她倒是要看看尚宇的明星总监能设计出什么花儿来。

安思危起身，没有一句废话，直接进入正题。

"我们在整体空间上更多的是用了木色和灰色，还有白色调去搭配，以保证空间的整体性，通风上正是契合原有格局的设计进行的局部改造。客厅是整体最好的空间，三面环窗，是采光最好的地方，所以我们用了比较简练的设计，白天不需要人工光源补充，可以大大降低家庭能耗。"

凌初饶有兴致地注视着她。

"餐厅面对的厨房外墙铺贴了枹栎木木板，充分彰显出木纹的优美。为了使厨房和餐厅保持连续感，同时又保证厨房内部不会全部展现，我们对外墙的高度进行了细致的调整。"

漆曜赞许地点点头。

她继续切换效果图："我们通过对空间的重新分配与归纳，配合色彩、陈设的处理引发视觉变化，让每一个小空间尽可能匀称而方正，气韵贯通，动线流畅。由于入主卧区的左手墙体不能拆除，为了避免空间不规则性，我们采用了隐形门的做法，使正面墙体具有整体性，床头背景也是用了简练的造型，整体衣帽间迎合了原有墙体八字形的设计。"

她的语言简单明了，丝毫不加其他花哨的东西来点缀，只为让客户最直观地了解设计。

大家听完她的方案眼睛都亮了，连华远的人都在桌底下暗暗竖起了大拇指，除了气呼呼的陈妍。

“你觉得家是什么？”凌初突然抛出了一个问题。

“归宿。”安思危说，“一个能让你在外每天都想回去的地方。”

家是这样，爱人也是。

凌初挑起眉峰，故意放慢语速问：“那安总监理想中的家是什么样子的呢？”

她清脆的声音回荡在这间会议室里：“不用很大，住得高一点，离天空近一点，有阳光，有花花草草，有小狗小猫，有我，还有……”

她说着当年他说过的话，一字一句都没有忘记。

十年前，那个少年说：“有我，还有你。”

这是十年前的他理想中的家，如今，成了她的。

凌初黑色的瞳孔在逐渐变深：“还有？”

安思危轻启朱唇：“还有我爱的人。”

他看着她时眸深如墨，最后全化为细碎的笑意：“所以，你喜欢自己的设计吗？”

“我喜欢不重要。”

“重要。”当着所有人的面，他说：“因为你是这个房子的女主人。”

众人：“……”

现在流行这样告白的吗？

一出手就送一套价格不菲的房子？

漆曜简直想带头鼓掌，他身为男人都觉得这句话说得太帅了。

安思危却愈发看不懂眼前的人：“你在说什么？”

凌初站在她面前，伸出手来：“女主人——小安同学。”

他的声音有一种魔力，令安思危鬼使神差地将手放入了他掌心，结果他稍稍一用力就把她从位子上拉进了自己怀里。

她反应过来，想要挣脱，他却不肯放手，还趁机拉了拉她的裙子，凑在她耳边用着只有她可以听见的音量说：“有点短。”

众目睽睽之下这个男人竟然如此大胆，安思危红着脸咬牙低声回：“关你什么事？”

“当然关我的事。”他低头看了看她细长的腿，愤然道：“这么短的裙子只有我可以看。”

安思危终于明白他的意思，羞得舌头都打了结："你……你又不是我的谁。"

"我是你的男朋友。"他宣告主权，"从十年前就是，除了我，没有别人可以是。"

她的脸红得几欲滴血："我……我没有男朋友。"

凌初将她搂得更紧了一些，密不透风的姿势令在场的围观群众都不禁跟着激动起来。

"安思危，我是不是太绅士了？"他的唇角和眼眸都带着笑，"我想我该示范一下什么叫作——男朋友。"

安思危真怕他会做出什么来，情急之下脱口而出："我们已经分手了。"

"我们没有分手。"

"可你当年走了。"

"走不代表分手。"

除了漆曜，其他人瞠目结舌地听着他们在争论当年到底有没有分手。

齐娜："还真的是前男友。"

丁顺："我就觉得有故事。"

陈妍："什……什么！"

漆曜故意咳嗽一声："那什么，我们今天的会议到此为止。"

齐娜立刻明白过来，接下来的内容不能看也不能听了，需要清场。

安思危也没管大家的离开，听到他无赖般的辩解，觉得简直不可理喻，深吸一口气说："你不是走一两天，是走十年，万一我又谈恋爱了？万一我结婚了？万一……万一我不等你了，怎么办？"

她多害怕自己有一天会坚持不下去，尽管他从来没有叫她等待，也没有人百分百可以保证她一定等得到他回来。

但她就是死心眼，想要一直等下去。

"有时候我真的希望有这个万一，如果我能接受别人，说明我是喜欢上了人家，我还能喜欢除你之外的人，我可以忘记你、放弃你，不用等你。"

凌初忽然笑了，原来她也不是那么淡定，原来她是这么介意。

可他喜欢她的介意。

"万一？"他摸了摸安思危气鼓鼓的脸，霸道的语气中透着温柔，"就算有万一，我也要把你抢回来。"

“怎么抢？”

“就这么抢。”

他真的如土匪般将她拥在怀里亲了上去。

会议室的门虽然被关着听不见里面的声音，可是全透明玻璃的设计让外头的人还是看得一清二楚。

安思危使不上力气推开面前的土匪，情急之下在他下唇上咬了一口。

凌初失笑：“怎么还学会咬人了？”

“你再不放开，我就喊保安了。”

面对这样丝毫没有威胁力的威胁，凌初盯着她嫣红的唇瓣，更不想将她放开了。

“我是不是应该再告诉你一个好消息？”

“什么？”她直觉对自己来说也许是个坏消息。

果然，凌初笑里透着狡黠：“如果我说这里的保安会变成我的保安呢？”安思危蹙眉听他继续说，“我会收购尚宇。”

她倒吸一口气，简直不敢相信，声音都不禁高了两度：“你疯了？”

尚宇是业界赫赫有名的龙头老大，谈收购何其难？

凌初也不辩解，表情像是应了刚才这句话。

“你没事收购尚宇做什么？”

“就想每分每秒都看见你。”他不像在开玩笑。

这一刻她无比确信：“凌初，你是真的疯了。”

他看进她眼里，毫不掩饰地说：“安思危，我早就为你而疯了。”

从很久以前，就为她疯了。

在消失的十年里，他过着疯子一般的生活。

只是，她不需要知道。

安思危一动不动地凝视着他，这样的凌初让她无法推开，也许命运早在十年前就已经书写好了一切，从她愿意和这个少年早恋开始，她就该知道往后的自己再没有喜欢上第二人的可能。

她就该知道她没有那个万一，如果他不回来，她依然会等下去，一个十年又一个十年的等下去。

虽然荒唐固执，可因为那是她的青春，所以无悔。

关于爱情，安思危像极了她的母亲，选择了一个人便永远也不会回头。

凭什么这样义无反顾？

因为沈琴知道，安沉亦待她是真心真意，愿得一人心，白首不相离。

而安思危一开始就知道，凌初的这份喜欢有多珍贵，她不能辜负。这一生安思危只喜欢过一个人，而这个人也成了她的世界里的唯一。

“你刚才为什么要给陈妍难堪？”她还是问出了心里的疑惑，“还是说，你根本就没打算听她的方案？”

“没打算，也不想听。”他实话实说。

“那你兜这么大个圈子是为什么？”

“因为我说过，我会保护你。”凌初搂着她纤细的腰，目光温柔，眼神缱绻，“我不允许任何人欺负你，这十年间我来不及出现的时刻，全都要补回来。”

他当然懂安思危的倔强和不服输，但是他离开得太久，如若再不做些什么，他的内心会因无法弥补而煎熬万分。

“凌初……”安思危想说什么时，被手机的微信提示音打断了。

是熊贝发来的消息，一个视频和几条语音。

她先点开了视频，只见一个熟悉的倩丽背影挽着身旁男人的手臂，一副小鸟依人的姿态。

不用看正脸，安思危就知道那是谁。

点开熊贝的语音，果然那头在骂：“气死我了，老娘真的要被气死了！我说什么来着，说她会心软，我真是乌鸦嘴，还真给说中了！早知道有今天，当时还帮她逃什么婚？是她信誓旦旦要离婚的，是她说终于看清这个男人不能嫁，结果呢？她又和这个男人卿卿我我在一起了！她薛洁清不嫌丢脸，我熊贝还嫌丢脸！”

怒气冲天的声音回荡在这间会议室里，凌初也听到了，但他没说什么，反正除了安思危，他对别人的事都不感兴趣，管他们结婚、离婚还是逃婚。

“真伤脑筋。”安思危看着这个视频头疼得很，不明白薛洁清为什么要这样，她明知道她不会有好结果的。

凌初说：“都是成年人，总要为自己的行为负责。”

“可是站在朋友的角度，我不希望她再受到伤害。”

“但那已不是你能控制的了。”

安思危明白他的意思，事实证明宋晨就是一个花心的男人，薛洁清再次羊入虎口，怕是很难脱身了。

“我不希望你趟这浑水，那个宋晨也不是什么善茬。”凌初不想安思危受到什么伤害，但见她愁眉不展的样子，还是说，“可我知道你不会放着朋友不管。”

安思危定定地望着他，只听他继续说：“去做你想做的，不用考虑后果，因为不让你受到伤害，这是我能控制的。”

晚上，安思危收到韩瑞发来的微信。

韩瑞：“真诚邀请大设计师周六来参加我人生中最后一个单身派对。”

安思危：“我要加班。”

韩瑞：“加什么班，劳逸结合你懂不懂？就这么愉快地决定了，到时凌初会来接你。”

到了周六晚上，凌初还真的来接她了。

他穿得休闲，敞开车门探出头对着她笑，少年感十足。

巧的是，安思危也是这样的搭配，两个人还穿了同个牌子的同款卫衣。

她愣在原地，思考着要不要上楼去换件衣服。

“你好，女朋友。”

安思危坐上车：“你叫错人了。”

“说你不是我女朋友都没人信。”凌初指指两人的衣服，连眉梢都带着喜悦。

安思危淡定地表示：“只是撞衫。”

韩瑞的派对开在漆曜的会所里，他说一定要轰轰烈烈地纪念一下最后的单身时光。当凌初和安思危走进来时，所有人都开始起哄。

熊贝瞧见两人的衣服，眼睛都发亮了，高呼一声：“哦哟，不得了！你们今天穿的可是情侣装！”

凌初：“说好的。”

安思危：“没说好。”

熊贝瞅瞅他俩：“啧啧啧，没说好才说明这是默契，心有灵犀。”

安思危这才意识到凌初刚刚是故意挖坑让她跳，这家伙还在介意她之前说的撞衫呢。

薛洁清也在，是熊贝把她带来的。

她是第一次见到凌初，这个人太耀眼、太闪亮，站在安思危的身旁就是应了那四个字“天生一对”，根本不用介绍，一眼就能知道这个人是谁。

“原来你就是我们思危的初恋对象！”薛洁清感叹，“不容易，太不容易了。”

想想人家老纪从大学到现在追了这么久，都还没追上……

薛洁清对凌初简直是崇拜得五体投地。

本来对这个人她没有什么概念，即便熊贝在她面前天花乱坠地夸了一通，她依然无法想象有什么样的人还能超过纪闵盛。

而今见到了，终于明白为什么连熊贝都会倒戈。不是因为纪闵盛不够好，老纪在她们心中已经是很完美的一个人了，如果没有凌初，他绝对是最适合安思危的人，可这世上偏偏就有一个凌初。

他站在安思危身边时是那么般配，他的眼里除了她再无别人，他身上耀眼的光芒都在照亮着安思危。

真奇怪，世界上竟然有这么自然般配的两个人，只要他和她站在一起，你就会知道那是爱情。

薛洁清是羡慕的，对于爱情她执着又渴望，但总是选不好对的人。

包间的门被打开，韩瑞的身后跟着一个笑得合不拢嘴的男人，一同进来的还有个身材火辣的年轻女人，男人搂着她的小腰顺势往她脸上亲了一口。

薛洁清手中的杯子滑落到了地上，刺耳的声音穿过耳膜。

杯子摔得粉碎。

熊贝看向门口，恨不得撸起袖子上去扇那男人一耳光，骂道：“浑蛋！你还敢来！”

门被韩瑞关上，这次真正羊入虎口的是——宋晨。

宋晨原本在隔壁包间，要不是韩瑞叫他过来，他是进不来这个圈子的。

虽然同为申城的富二代，但是与韩瑞他们相比，他是小巫见大巫，根本算不上什么。

所以当他发出请帖邀请这群公子哥们来参加婚礼时，所有人都意兴阑珊，只有远在英国的凌初不请自来了。

连宋晨自己都没想到最不可能来的人却来了，要知道他与凌初之间可是相差了一万个宁越泽。

对于凌初，宋晨只听说过，此人是凌氏集团唯一的继承人，此人高三的时候销声匿迹，再也没出现过，此人是个传说。

而最新的消息是，国内的几家上市公司接连被神秘人收购，更巧的是宁越泽几次都作为收购方的律师全权代理收购事宜，惹得大家纷纷猜测这个神秘人很有可能就是凌初。

熊贝发飙：“姓宋的，是谁给你的勇气来这儿？”

当着那么多人的面，宋晨也不能示弱：“我到哪里都是我的自由，要你管？”

“你的自由？”熊贝冷笑一声，“行，你有你的自由，但就是别出现在我们面前，看着恶心。”

“怎么说话的？”宋晨眼珠子一瞪，不爽地驳回去：“我又没欠你钱，摆脸色给谁看！”

“你是什么货色，我就是什么脸色。”对于熊贝的战斗力，宁越泽从来都不担心，她的火暴脾气连男人都能被骂哭。

果然，宋晨招架不住，转而恼羞成怒地用责怪的口气对软弱无能的薛洁清说：“这就是你的好闺蜜，你自己看看她哪次有好好跟我说话？”

“……对不起。”

宋晨又恢复出一脸得意的样子来：“你听见了？我们俩的事不用你来管。”

“薛洁清，你脑子坏了？”这句“对不起”令熊贝难以置信，“你是不是哪根神经搭错了？没事你跟他说什么对不起！你对不起这个混账东西什么？”

薛洁清不敢对视她的眼睛，只低着头。

见她这副窝囊样，熊贝气到胃疼，狠狠地撂下话：“我不管了，谁管谁是孙子！”

宁越泽这时候伸手拉过她，递去一杯冰茶：“来，降降火。”

玻璃杯里有冰块，熊贝将杯子贴上脸颊的一刻成功浇灭了心中的火焰，对着宁越泽她又一下子没了脾气。

熊贝能发这么大的火也是担心薛洁清再次受欺负，可她在宋晨面前永远都是这副低三下四的样子，宋晨指东她就不敢往西。

为什么永远都要这么听话？还是听一个浑蛋的话。

也许只有薛洁清自己清楚自己要什么。

熊贝心想算了，当事人都自我放弃了，她还瞎操什么心？有这闲工夫生气还不如和她的小宁宁谈谈情喝喝酒。

安思危却觉得今天的薛洁清有些反常，虽然平时她也是个没脾气到逆来顺受的人，可是她一定会维护自己的朋友，但今天她却让熊贝伤了心。

宋晨朝这边走来，身材火辣的女伴依旧陪在他边上，他想和凌初打个招呼，并且想消除上一次婚礼上的不愉快。

“凌少，好久不见。”宋晨一向目中无人，但对着凌初他不敢，这点觉悟他还是有的。

凌初附在安思危耳边说了句话，她一脸的诧异。

安思危很少有这样的表情，但叫宋晨想不通的是：她不是单身吗？怎么一下子和凌初走这么近了？

对于安思危，宋晨是没能力消受的，她是美，可是她更冷，这类型的女人太难驾驭，他这种花花公子不会自讨没趣，像薛洁清这样的小白兔才适合自己，这方面他看得门儿清。

哪怕他现在搂着的是另外一个女人，薛洁清都不会多说一句话，这样的女人才适合领回家当老婆。

安思危用余光瞥了一眼宋晨，纵然知道情人眼里出西施，可这个人实在是烂透了，当着薛洁清的面这样堂而皇之地搂抱着其他女人，薛洁清到底迷恋他什么？

还是，真就迷恋他的烂？

安思危看不懂，对她来说爱情一直都是一种样子。

是凌初看着她时眼里的笑，是凌初轻轻暖暖的吻，是当时豁出一切想要喜欢的心情。

凌初给了她太多关于爱情美好而温暖的记忆，这就是为什么在他离开以后，安思危依旧相信爱情的存在，愿意一直为他等下去。

“想什么？”他伸手拨了两下她梳起的马尾辫，手指绕上发尾，带着难以言喻的温柔和缱绻。

她不会告诉他，她想的是这辈子若只喜欢一个人，算不算童话般的爱情？

两个人互看彼此，遗忘了周遭的一切。凌初的薄唇逐渐上扬，他读懂了安思危的眼神，这一眼让他明白了她的心意。

漆曜进了包厢，见着两人的情侣装先是愣了一下，随后不客气地笑道：“我的天，凌，你竟然跟大嫂撞衫了！”

凌初：“……”

漆曜指着他的衣服笑得快岔气了。

韩瑞拍了拍他的肩膀：“兄弟，保重。”

下一秒，凌初说：“你这个男不男女不女的家伙，你懂什么叫情侣装吗？”

“男不男女不女”这六个字具有极大的杀伤力，漆曜瞬间受到了一万点的伤害，不甘心地问：“大嫂，你承认和他穿的是情侣装吗？”

安思危：“是撞衫。”

凌初：“……”

漆曜又笑了好一会，平复了一下情绪，道：“好了，说正经事，大明星来了，在楼上。”漆曜带头走在最前面，“这里人太多，他要是露面，估计除了你们几个其他人都得激动得晕过去。”

“切。”凌初哼了一声。

几个人走了出去，宋晨被晾在原地，他这才意识到从头至尾就没人用正眼瞧过他。

楼上包厢，有个男人戴着顶棒球帽在看手机，帽檐压得低低的，却还是掩不住他俊美的侧脸。

听见声响，他警觉地朝门口看去，随后放松了姿态，一开口声线比十年前还迷人。

“哟，别来无恙。”

“向璟满？”熊贝惊呼一声，此人可是现在最具影响力的男星。

当年不知是谁将他自弹自唱的视频放到了网上，一夜之间引得无数人追捧，大家还自发成立了“满满后援会”，强烈要求他出道。

向璟满原是拒绝的，后来大学期间不知受了什么刺激，还真的签了唱片公司出道。

第一张专辑爆红，他的歌声传遍大江南北。唱而优则演，这张俊美的脸蛋若不去大荧幕上演戏就太可惜了，所以在成功占领了乐坛之后，他又去当了演员，还获得了影帝的殊荣。

在娱乐圈，向璟满不只是传说，更是神话。

“我只能在这儿停留半小时，一会儿还得赶飞机回京城。”

他能抽出半个小时躲过娱乐记者的跟踪来这里和他们见面实属不易。

凌初嗤道："哟，不得了，还耍大牌了。"

向璟满笑了笑，一脸了然地道："然后明天的微博头条是不是来自初中校友的爆料？"

"你知道就好。"

"无聊的话你其实可以谈个恋爱。"

"你怎么知道我没在谈？"凌初哂笑，"谈恋爱又不影响我爆大明星的料。"

十年过去了，两个人竟然还是这么幼稚，至少在安思危眼里是这样。当然，她相信如果向云辛在的话也一定会这么觉得。

"咦？"向璟满似发现了什么倏地眼睛贼亮。

凌初铁青着脸警告："你别说话。"

"你知道我想说什么？"

"反正不是人话。"

向璟满向他投去一眼："撞衫不可怕。"

"滚。"他就知道狗嘴里吐不出象牙。

大家都笑了起来，毕竟凌初难得有机会吃瘪。

向璟满倒也没问凌初消失的十年里去了哪儿，因为每个人都有自己难言的苦衷，比如他也有。

所以凌初就算和他互呛，也不会调侃他的软肋。

他的软肋，就是他的妹妹，向云辛。

那真的是刻在他心尖上的荒唐的印记，就如他一出生心脏便动了手术一样，都是跟着他一辈子的伤口。

有时候还是忍不住会去想，如果他们不是所谓的"兄妹"，如果她不姓向，是不是也就可以如普通人那般在一起？

向璟满是羡慕凌初的，十年前羡慕他能堂堂正正地喜欢一个女孩，十年后又羡慕他有这般勇气能找回当初的女孩。

凌初行事从来都是轰轰烈烈的，而他却只能小心翼翼，不敢痴心妄想。

大家似乎都有默契，不提向云辛的名字，安思危也不是爱说是非的人，更不会问了。

"所以……"向璟满看看撞衫的两人，毫无悬念地问："你们这是兜兜转转又在一起了？”

凌初：“是。”

安思危：“不是。”

听见两人同时回答，向璟满做出一个原来如此的表情，笑而不语。

“来来来，我们干一个！”韩瑞这时候举起酒杯，激动的心情难以言喻，“庆祝我们大家好不容易又能重新聚在一起，我们喝一杯！敬友情，敬青春，敬岁月！总之，我先干为敬！”

凌初目光如炬，碰了一下安思危的玻璃杯：“我敬青春无悔。”

安思危没说什么，一口饮尽杯中酒。

她的青春，是她当年所选择的少年，自始至终没有后悔过。

漆曜正想提醒这酒后劲还挺厉害的，没想到安思危却一口干了，看来小觑她的酒量了。

“薛洁清呢？”熊贝这才意识到她没跟过来。

“在楼下吧。”安思危说，“要不叫她上来，向璟满可是她的偶像，她看见向璟满肯定开心坏了。”

“我才不过去，免得又闹心。”熊贝虽然在气头上，可到底还是心软，哼了一句，“你去喊她吧。”

安思危知道熊贝刀子嘴豆腐心，笑着点了点头，便出去了。

安思危下了电梯，经过一条走廊的时候，听见墙壁后面有人在说话。

“薛洁清，你不是很有能耐吗？你不是很厉害吗？你不是很会逃婚吗？逃啊，怎么不逃到天涯海角去？回来干什么？还怕我宋晨找不到女人？”

碍于刚刚人太多，他憋了一肚子火气没处撒，转头就发泄到薛洁清身上。

她的声音听着唯唯诺诺的：“我……我不想逃婚的，只是那个视频让我太难过。”

宋晨反倒把自己当成了受害者，哪还管什么视频，自作聪明地猜测：“你不想逃婚？那是谁教你的？你的两个好闺蜜？我就知道你和她们在一起没好事，你不带脑子的吗？她们叫你逃婚你就逃，那她们叫你去死你去不去？”

薛洁清低声哀求着：“你怎么说我都行，就是别说她们。”

“哟，姐妹情深？”

“我怀孕了。”

宋晨一时没反应过来：“什么？”

薛洁清红着眼眶说：“我怀孕了。”

等消化了这个突如其来的信息后，宋晨的声调都变了：“是谁的？”

这三个字犹如一个耳光抽着薛洁清，疼得她泪水夺眶而出，“你怎么能问得出这样的话？这是你的孩子！”

宋晨一脸怀疑，坚决否认：“你去了欧洲半个月，回来到现在也有一段时间了，你跟我说怀孕了？鬼才相信是我的！”

她急急地解释：“真的是你的孩子，我也是从欧洲回来以后，感到身体不舒服才去医院检查的，医生说快两个月了。”

“我明白了！”宋晨恍然大悟，“我就说你怎么突然来找我和好，叫我原谅你，原来你早打好算盘了！我告诉你薛洁清，我没有这么蠢！谁知道你是不是在欧洲和别人鬼混了，人家不负责你回来想让我认了这个孩子，没门儿！”

薛洁清哭着抓住他的手臂想说清楚，宋晨却狠狠一甩，连带将她整个人都甩到了墙壁上，嫌弃地说：“别恶心我了！”

“啪——！”一个身影冲了过来，然后一耳光重重地朝他脸上扇了上去。

宋晨毫无防备，捂着被打的脸，错愕地瞪着来人：“敢打我？你是不是活腻了？”

安思危平日纵使再淡定，这会儿也是气得快爆炸了：“打的就是你！连自己的孩子都不认，简直就不是个东西！”

宋晨恼羞成怒：“我看你就是找打！”

宋晨正想挥手抽上去，安思危的身前突然出现了一道身影，将她完好地覆盖住。

凌初钳制住宋晨的手臂，眸子暗了下来：“我记得我跟你说过，别碰不该碰的人，你怎么就不长记性？”

“凌……凌少……”

“没关系，我总有办法让你长记性。”凌初的声音宛若一把刀子在一层层地割他的肉。

这不是威胁，在安思危的事情上，他从来只动真格。

“我错了……错了！我真的错了！”宋晨瞬间害怕了，他听说过凌初做事的狠劲，从来都是说一不二，所以这会儿他也顾不上要什么面子，跪下来扒着凌初的裤腿，连声求饶，“我不该动手，我道歉，是我不对，男人不该动手打女人，我知错了！”

“你不配说自己是个男人。”凌初抬脚将他踹去一边，刚刚他要是晚来一步，安思危就会被他打倒。

光是这样想一想，就恨不得扒了他的皮。

安思危扶起摔倒在地上的薛洁清，她哭得满脸泪痕，手掌按着腹部似是疼痛难忍，起身时鲜血顺着大腿根流了下来，将她的白色裙子都染红了，触目惊心。

“痛……”薛洁清脸色苍白，冒着冷汗无力地靠在安思危的身上。

熊贝左等右等没等到她们过来，不放心地走出来，就见到这一幕场景，失声尖叫：“怎么回事？”

“熊贝，你来扶着洁清。”

安思危面无表情地走到宋晨面前站定，然后，她抬脚就往他的命根子踹去。

重重地，狠命地，不留情的。

“我的账，凌初算。”她眼神犀利，一字一句道，“薛洁清的账，我来算。”

Chapter 12

在爱情面前，不会人人平等

医院。

薛洁清惨白着一张脸躺在病床上，才两个月的胎儿尚未成形，剧烈的撞击和情绪的波动导致了流产。

韩瑞提着宋晨，将他丢到凌初跟前，等着凌初发话。

宋晨缩着脖子捂着下身，那里依旧火辣辣地痛着。

“孩子没了，你现在是什么想法？”安思危后悔今天怎么没穿高跟鞋，不然能踹得宋晨直接躺病床上，她冷眼瞧着他道：“你应该会庆幸自己不用当父亲了吧。”

宋晨替自己辩解着：“我真不知道那个孩子是我的，她突然来一句怀孕了，谁都不会相信吧？”

熊贝唾弃：“你就是个浑蛋。”

“等她出院，你们就把离婚手续办了，别拖延时间，拖一天就是对她多一天的伤害。”安思危开始一笔笔地和宋晨算账，“名下的财产全部给薛洁清，存款、理财产品、房子、车子，全给她，你净身出户。”

宋晨傻眼了：“什么？净身出户？”

“不肯？”安思危就知他舍不得，“没关系，有宁大律师在这儿，如果你想打官司的话，我相信你会输得更惨。”

“我肯补偿她，但是让我净身出户有点儿说不过去吧？”宋晨试图为自己争取一下，“市区的一套房加一辆车怎么样？那套是学区房，地段好很值钱的。”

熊贝白他一眼，啐道：“你当是菜市场买菜呢？还讨价还价？”

“问题是她不缺钱……”

“那她想要一段安稳、幸福的婚姻，你给得了吗？”宁越泽问得一针见血，直接让宋晨哑口无言。

“薛洁清需要的东西你给不了，那就只能用你在乎的东西去补偿。”安思危说完揉了揉太阳穴，怎么感觉有点头晕。

看出她的异样来，凌初握住她的手：“时间也不早了，我们先回去了。”

宋晨以为他不再追究，正暗自庆幸，就听到他说：“净身出户之外，安思危的账我再慢慢和你算。”

脑袋越来越沉，身体也没了力气，眼皮在打架很想睡觉，可她还维持着最后一丝清醒，上了车问：“我们……去哪里？”

“去我家。”

安思危抓住他的手，晕乎乎地说：“我怎么好困。”

因为凌初在身边，无论他带她去到任何地方，她都放心。

凌初摸了摸她的脸颊，温柔地道：“困了就睡吧。”

安思危真的困到不行，她实在想不明白怎么突然就跟喝了假酒似的，整个身子轻得仿佛飘在半空中，不过还没等她想明白时，她就睡着了。

凌初看着这样的安思危笑了，笑容里面全是他没有说出口的爱意。

这个傻姑娘，之前在会所喝的不是假酒，是那边特制的一种鸡尾酒。

味道清甜，却后劲十足，适合慢慢喝，她倒好，一口干了，也难怪漆曜还以为她酒量很好。

安思危的身子渐渐向他倾去，为了找一个舒适的角度，抱着他的手臂当作枕头。

凌初原本在开车，他想好晚上要送安思危回去的，所以只端了酒杯但没喝，这会儿车子停在马路边上，好让她舒舒服服地先睡一会儿。

有几缕碎发遮在安思危的脸上，凌初伸手拨了拨，她似乎感觉到了这个轻微的动作，轻轻凝了凝眉头。

她的睫毛又黑又长，根根分明，他猜想她一张开眼肯定会瞪着他，就跟那年在医务室里睡着时一样。

安思危嘟哝了一声，凌初没听清。

她搂紧他的手臂，很轻很轻地说："凌初，你在哪里？"

他怔住，看着她眼角流下一滴泪，那滴泪重重地砸在他的心上，疼得他一时间不知该如何反应。

他在这里啊，她怎么会哭呢？

她是不是做梦了？

梦里面找不到他。

凌初动作轻柔地擦去那滴泪，安思危迷迷糊糊地半醒过来，眯着眼看是他，呢喃一声："凌初啊。"

真好，刚才那只是梦。

"我在这里，我不会走了。"

他的声音又轻又暖，像是在给她唱歌一样："我每天陪着你，好不好？我们不分开了，好不好？"

那一天他出现在宋晨和薛洁清的婚礼上，不是为了喝喜酒，只是为了见安思危。那是他回国的第一天，也是结束十年梦魇的第一天。他等这一天等了太久太久，他告诉自己只有做好万全的准备才能踏出这一步，否则宁愿不相见。

这座城市变化太快，他很多年没有回来，变得异常陌生。

可因为这座城市里面有一个她，让他对这个地方深深眷恋着。

韩瑞说她会当伴娘。凌初想象不出伴娘的样子来，但一定是非常美丽的，他知道，在他心里，安思危从来就是最好看的那个人。

一想到将要见到她，凌初的心脏紧张得就快跳到嗓子眼。他的内心一点都不如外表看上去那么平静，可当真的见到了日思夜想的她时，凌初才发现这个世界竟然能变得如此安静。

那是一场非常糟糕的婚礼，新娘逃婚，新郎的不雅视频被曝光，周遭所有的人都在喧哗，却丝毫影响不到他在人群中一眼发现她。

还是那个安思危，是让他从十年前就喜欢到能与全世界为敌的安思危。

灯光仿佛都暗了下来，只投射于安思危身上，周遭的人们被隐去，他的眼里就只剩下那抹光。

那一刻，凌初多想就这么上前将她拥在怀里，他差一点就快控制不住自己，可是安思危回头了，她发现了他。

她的眼里带着疑惑，她不确定是不是他，他忍不住唤着她的名字一遍又一遍。她似惊喜又似愤怒，好不容易才控制着不让自己热泪盈眶。

原来久别重逢是这样的一种感觉，就是当看见对方的一瞬间，才确信一切的等待都是值得的。

凌初低头望向怀中熟睡的人，这一次他再也不会和她分开，再也不会让谁把他和安思危分开。

“我们结婚，好不好？”

安思危做了一个特别美的梦，梦里面凌初在向她求婚。她重新调整了一个姿势，双手攀着他的颈项，身体前倾在他唇边落下一吻，甜甜地笑着：“好。”

这个梦真是美得令她不愿醒来，安思危又沉沉地睡过去了。

“……”凌初摸了摸唇边的余温，还带着一丝鸡尾酒的香气。

清早，安思危醒来。

她伸了个懒腰，望着天花板眨了两下眼睛。她家的吊灯几时换风格了？窗帘怎么也换了颜色？不对，她倏地坐起身，这里不是她家！安思危紧张地看过去，就见某人正侧睡在边上，不过他是躺在被子上面的。

“早。”刚醒的声音很是低哑，含着一丝性感。

猝不及防。

安思危瞬间傻眼，心跳加速，通红着脸挪了挪位置，好离他远一点，她裹紧了被子，稍稍平复了心情问：“这是哪里？酒店？”

凌初失笑：“我住的地方就这么像酒店吗？”

“是你家？”这和安思危十年前来过的地方不一样，但这不是重点，“我怎么会在你家？”

“你都忘了？”

她绞尽脑汁实在想不起来昨晚发生了什么。

凌初伸手揉了揉她的头发：“看来是真的断片了。”

“断片？”安思危皱着眉。

“那你还记不记得你对宋晨说的话？”

她昨天对宋晨说了好多话，是指哪一句？

见她疑惑的样子，他提示："你说，'我的账，凌初算'，那还算不算？"

她一定是喝了假酒，不然怎么会说出那样的话来。

算数吧，那就是承认了什么，不算数吧，好像也不对。

"那昨晚你强吻我的事还记不记得？"

安思危："啊？"

某人笑眯眯地道："你强吻我了。"

"强吻？"她咀嚼着这两个字，终于反应过来，用被子蒙住脑袋，拒绝承认，"不可能，我怎么会强……强吻你？"

"因为你喜欢我。"

这就有点厚脸皮了。

某人的声音越来越近："所以我被你强吻了，你要怎么负责？"

安思危从被子里露出一双琥珀色的大眼睛，眨巴眨巴眼可怜兮兮地小声回应："我可以不负责吗？"

"……"他逼问道："不以负责为前提的强吻都是耍无赖，对不对？"

好像也对。

"所以你亲了我也得负责，不然就是耍无赖，对不对？"

"唔……不对。"安思危蹙眉，认真地解释，"我不记得的事情不能负责。"

凌初："……"

她小心翼翼地问："我真的强吻你了？"

"以后我不在时你不许喝酒。"

"为什么？"

他特别孩子气地说："因为你喝醉后就会变成亲吻狂魔，我不在时你亲了别人怎么办？"

他大概会把那人的脖子给拧下来。

"……亲吻狂魔？"安思危从来不知道自己喝醉后竟然会变得这么可怕。

也许是因为刚起床的原因，凌初的双眼皮比平时更深了，要命的是他的眼睛虽大，可笑起来眼角却没有褶子，神清气爽的样子不输当年的模样。

而在凌初的眼里，安思危这副呆呆地望着他的模样真是可爱到令人心痒。

她白净细腻的皮肤，小鹿般浅浅的眼神，粉嘟嘟的唇瓣，甚至是被子外露出的半截锁骨，都让他感到心痒难耐。

两个人就这么坐在床上，互望着彼此，空气中好像要开始漂浮起粉红色的泡泡了。

凌初一伸手搂住她的细腰，突如其来的动作令安思危惊慌失措，她倒向他的怀里，心扑通扑通地乱跳着。

“我的女朋友喝醉了只能偷亲我。”他低头目不转睛地凝视她，“不许亲别人。”

安思危撇过头去，不敢与他对视，嘴硬地说：“谁是你的女朋友？”

“只有我的女朋友才可以睡在我的床上。所以你不问问昨晚在这里有没有发生过什么？”

安思危故作镇定：“我相信你不会。”

她的衣服没有换过，醒来时凌初虽然睡在边上，可他没有盖被子，她就知道他什么都没有做。

“你知道……”他的声音在这时变得愈发低沉愈发性感起来，“在床上说一个男人‘不会’，这意味着什么？”

昨晚他一直看着她的睡颜，都舍不得去睡觉，看着看着天就亮了。

他没有别的想法，只想好好保护她。

可是现在，这一刻，不代表他没有想法。

安思危望着他的眸子逐渐变深，心下一惊，自己是不是说错什么话了？

“我不是那个意思……”她急于解释。

“来不及了。”

凌初低头欲贴上她的唇，安思危“轰”地一下，脑袋要炸了。

她慌忙用手抵住他的逼近，手掌贴着他薄薄的衣服，竟也能感受到他的心跳。跟她一样，跳得有些快。

“我……”她脸红耳热，细声地说，“我没刷牙……”

说完，脸上两朵红晕更显眼了，像是涂了腮红那般可爱。

在安思危身上，最难得的是她一直保留着当年的少女感。

“没关系，我不嫌弃。”他喉结滑动，低着嗓音说，“刷牙的你，没刷牙的你，我都喜欢，都想亲。”

要命了，这是哪国情话？竟然这么动听。

她红着脸埋入凌初怀里，只有在他面前，她才会娇羞得如同十几岁小女生，也只有凌初才可以撕去她女强人、冰美人的标签。

安思危其实是个内心很温柔的人。可因为成长的路上没有父亲的陪伴，她必须要让自己坚强，够坚强才能保护好母亲。

正如她知道读书才能完成最理想的蜕变一样，所以她从小成绩优异。她明白一个道理，那就是让自己变得更优秀总是不会错的。

于是造就了她独立要强、不轻易依赖人的性格，从小学到高中，她都比同龄人懂事得多。

如果没有凌初，她的青春里面一定也没有关于爱情的痕迹，那是一张白纸，回忆起来可能只有做不完的试卷。

但因为有了凌初，她的青春变得流光溢彩，她有了小女生的心思，有了少女该有的多变情绪，她会哭会笑，不再是一张冷漠的脸。

她也曾想过去依赖一个人，只要那个人在，安思危觉得自己可以再不用逞强，他总会把她保护得很好。

可是当看见黑夜里凌初孤单一人的身影时，她想自己还是需要坚强一些的，因为当他支撑不了的时候，她还能替他撑一撑。

一旦有了这样的心情后，她与他的羁绊便更深了。

成人的恋爱，有阴谋论，有尔虞我诈，有试探和企图，有背叛和谎言。

成人的婚姻，离不开算计和利益，在看重对方的条件下，也要保护好自己的财产。

在成人的世界里，爱情变得不那么纯粹了。安思危见过太多这样的例子，薛洁清就是其中一个。她和宋晨两败俱伤的婚姻，从一开始就是错的。

凌初离开的时间越久，安思危就越想念他，她并没有随着自己年岁的增加而淡忘他，相反，她越来越怀念他曾给予她的一切。

在那场单纯美好的恋爱里面，他们成了彼此的信仰，守护了对方的青春，他们是各自的救赎，也是彼此的初恋。

在这样一个互相明白心意的早晨，真的不用说太多，从他刚回来时的惊慌、逃避到现在能够坦然相对，正如同十年前点头答应做“恶霸凌”的女朋友一样需要勇气。

凌初望着她时的眼神温柔得令人想就此沉溺其中。他的手指穿过她乌黑的长发，一缕一缕仿佛在述说着那些年无法说出口的想念。

“我没有任何目的，最初也只是因为想要喜欢你而喜欢你，现在更是因为想爱你而爱你。”

对着安思危他从来都不掩饰自己的感情，那种恨不得让全世界都知道的感情。凌初的话让她颈间的项链好似有自我感应般地滑落下来，音符正好掉在他的掌心里。

“我想把所有的爱都给你，哪怕你不爱我也没关系，被爱如果是幸福的，那么我想让你很幸福，很幸福。”

这就是凌初给安思危的爱，从不试探，从不迂回，在他这里，爱就是爱。

爱她，哪怕是天崩地裂也要在一起。

哪怕满身是血地挣脱束缚在身上的枷锁，也要找回她。

安思危的内心充盈着感动，眼睛亮亮地看着他说：“谢谢你，凌初。”

谢谢你喜欢那样的一个我。

谢谢你给了我关于青春最美好的回忆。

谢谢你让我等到了你，等到了爱情回来。

薛母打来电话：“囡囡要去找那个混蛋，思危你快来劝劝她！”

安思危从会议上火急火燎地赶来医院，病房内像刚刚打过仗一样混乱，薛洁清手里拿着把剪刀，薛母拦着不让她出门。

安思危冲进病房，一把从她手中夺下剪刀：“你就想拿着这个东西去捅死宋晨？”

“难道他不该死吗？”薛洁清哭肿了眼睛，柔弱的身子摇摇欲坠，尖叫一声，“我的孩子都没了！”

“就算他死了，孩子也回不来。”安思危拍着她的后背，试图平抚她的情绪，“洁清，你冷静下来，他不值得你这样做，你要是出事了，叔叔阿姨怎么办？”

“囡囡，你听话，思危说得对，你不要再去找那个畜生了！”薛母抱着女儿泪流满面，“你如果出了事情，妈妈也活不下去了，我们把身体养好，流产了也是要坐月子的，你这样光着脚踩在地上不行的，以后一身都是毛病。”

薛洁清的身材原本是有点小丰满的，出了这个事情后，人一下子就消瘦了，看起来身子虚得很。

薛母抱住她，苦苦哀求：“你别这样伤害自己，养好身体，孩子以后还能再生。”

“阿姨，请给洁清一点时间，她会想开的，我们哪怕再讨厌宋晨，也不希望发生这样的事情。失去孩子，她比任何人都痛苦。”

这样的痛苦，没经历过的人是无法感同身受的，就连安思危也不能。

可是她心疼薛洁清，在一个月前她还是个盼着结婚的准新娘，如今却成了这个样子。她两眼呆滞地望向窗外：“孩子以后再生？我还怎么生？”

薛母安慰道：“你还年轻，还怕以后找不到好人家吗？离开那个浑蛋就好，起码以后不会再耽误你。”

她突然大笑起来：“就我这样的还能找到好人家吗？”

薛母震惊：“你怎么能这样说自己？”

“不然呢？”薛洁清笑得声嘶力竭，“我成了全申城的笑话，谁还会要我？你们别自欺欺人了。”

安思危担心她着凉，给她披上一件外套，轻声道：“你很好，是他配不上你。”

薛洁清看向安思危，自从凌初回来后，一向冷清的她都变得温柔恬静了起来，她做任何事都是那么游刃有余，没有人能够影响她的节奏，而凌初永远都在保护着她。

“你知道我有多羡慕你吗？你有凌初，他不会骗你，不会伤你心。他珍惜你，给你最好的爱情。你是幸运的，你比很多人都要幸运。”

在爱情面前，不会人人平等。

有些人会遭遇失败的初恋、痛苦的单恋、无人知的暗恋，或者是两败俱伤的爱恋。

可是安思危遇上了凌初，这一次就是一辈子。

世上大多数的人都没有这样的好运气，薛洁清也没有，所以她羡慕得直掉眼泪。

“我不相信爱情了。”她说，“可我还是希望你幸福。”

安思危鼻子一酸，抱住她：“傻不傻啊你，人生还很长，谁都不知道明天会遇到什么样的人，是宋晨没有福气，不代表别人没有。”

薛洁清在她怀里大哭：“道理我都懂，宋晨不好我也知道，可是当医生说我怀孕了的时候，我还是想给彼此一个机会。”

薛母痛心道：“你傻啊，怀孕了应该先跟我讲的，没有宋晨我们也可以要这个孩子。”

“妈，别说了……”薛洁清哭得泪眼模糊，蒙上被子呜咽道：“都怪我不知进退害死了这个孩子……”

薛母还想说什么，安思危拉住她对她摇了摇头：“阿姨，就让她一个人待会儿吧，我相信她不会再做傻事了。”

能救薛洁清的没有别人，只有她自己。

放过自己，饶恕自己，她才能涅槃重生。

“唉，真叫作孽啊，我和她爸爸真是把她宠坏了，现在只有你能劝劝她了，你说的话她会听的。”病房外薛母抹泪道，“我们做父母的没有别的愿望，就希望女儿能找个好男人，好好待她，怎么就这么难呢？”

安思危轻声宽慰：“一切都会好起来的，洁清还年轻，以后会碰到更好的男人。”

“别的我已经不指望了，什么外貌条件那都是假的，还是要看人品，只要不伤她的心就好。”

可怜天下父母心，安思危想起了自己的母亲，心头一酸，她一定也是这样想的吧。

因为她是这世上最想看见自己幸福的人。

“思危，你找男朋友的时候一定要擦亮眼睛，千万别被男人的花言巧语蒙蔽，他们追求你的时候嘴巴都是抹了蜜的，为你鞍前马后，对你嘘寒问暖，可真的谈了恋爱，又是另外一副模样，结婚后更是夸张，你会觉得这人真是个影帝，怎么能在追求你的时候表现得那么好？”

薛母毕竟是过来人，也曾把这样的话说与薛洁清听，可是有什么用？她不听，也不相信，现在吃亏的就是她自己。

“真正爱你的男人，是不舍得让你哭的。”薛母向病房内望了一眼，女儿身上掉了一块肉，何尝不是也疼在她身上呢？她叹气道：“可这世上能有几个男人不让女人哭。”

安思危缄默，握紧了薛母的手。

因为薛洁清的事情，安思危的情绪一整天都有些低落，临下班时还不在状态中。

她很少会这样，所以齐娜看到凌初来时特地说："凌先生，老大今天心情很不好呢。"

凌初会意："我去看看她。"

齐娜对着凌初的背影吐舌，这个男人长得帅就算了，关键气场还强大，与他讲话时自己都不敢看他的眼睛。

可是齐娜发现他每次对着他们总监时神情又变得特别温柔，简直就跟换了个人似的。哪怕他们总监冷着个脸，他都带着一种能将她融化的自信。

就像现在。

凌初进到她的办公室，安思危正在电脑前出神。

"想什么？"

安思危听到声音才回过神来，就见他倚靠在门边，她的视线对上那双大长腿，心下不禁感叹上帝有时真的不太公平。

"我在想……"安思危摘下眼镜，视线从大长腿移到他的脸上，"也许上帝很偏爱你。"

"不是也许，是肯定。"凌初倒是承认得挺爽快，挑了挑眉说："不然怎么会让我遇见你。"

"……"她竟然一时无言以对。

凌初上前自然地拿过她的风衣，牵起还在茫然的她说："下班了。"

"去哪里？"

"约会。"

电影院门口，一对对情侣或牵手或相拥走入，有个少年孤单冷清地站在角落里，手中紧捏着电影票，似乎在等待着谁。

马路对面跑来一个少女，"呼哧呼哧"喘着气："我说不来了，你为什么还等着？你是笨蛋吗？"

这句台词听着好像有点耳熟。

少年一点都不介意自己被说成笨蛋，咧嘴笑道："现在你不就来了吗？电影快开始了。"

少女扭过头："我没说要和你一起看电影。"

"你等我一下。"

少年奔进影院内，过了几分钟又跑了出来，将一桶爆米花塞进少女怀里：“你说过浪费是坏习惯，所以你不看的话就太浪费了。”

少女鼓着脸捧着爆米花快速走进电影院，少年红着脸追了上去。

安思危站在影院门口，看见这一幕不禁唇角上扬，这就是青春。

“是不是有一点像当年的我们？”

凌初的声音在她身后响起，安思危转过身，见他怀里也捧着一桶爆米花，与身形高大的他形成了很大的反差。

也不知他是不是故意的，今天的他也跟那一年的那一天是一样的装扮：穿着黑色的皮衣，露出修长光洁的脖颈，神清气爽，又酷又帅。

时隔这么多年，这是他们第二次看电影。

他们看的是一部喜剧片，上座率很高，观众席几乎都坐满了。

凌初左边坐着安思危，右边坐了一个小女孩。

小女孩一直在盯着他看，忽然伸出食指戳了戳他的手臂。

凌初侧过脸，眼神向下扫了小女孩一眼。

小女孩咽了咽口水，鼓足勇气说：“这位帅哥哥，你是不是看错电影了？”

“嗯？”

“追漂亮小姐姐应该看恐怖电影呀，她害怕了就会靠着你呀。”

嘿，小丫头片子，懂得还挺多。

凌初故作咳嗽一声，压低声音不想被安思危听见：“什么叫追？漂亮小姐姐就是我的女朋友。”

小女孩胆子也开始大了起来：“我不相信，漂亮小姐姐好像对你不感兴趣。”

“……”这一刻“恶霸凌”感到自己的实力被质疑了，“小丫头，你看着。”

他伸出手臂看似想揽住身边的人，实则只是搭着座椅的靠背，正打着坏主意呢，“漂亮小姐姐”转过脸来：“怎么了？”

他收回手臂，不自然地拨弄着自己的头发，“漂亮小姐姐”笑了一下，伸手替他捋了捋头发，荧幕的亮光投射到他的发色上，有一种奇异的温柔。

“吃不吃爆米花？”

“……吃。”

“漂亮小姐姐”拿过一粒爆米花，在他眼前晃了晃，他像个十七八岁的傻小子愣愣地看着她。

结果“漂亮小姐姐”兜了一圈又放回自己嘴里，笑得特别开心。

可是下一秒，“漂亮小姐姐”的面部表情停止了。

小女孩探出头来偷瞄了一下，捂着嘴嘻嘻笑。

漆黑的影院，“恶霸凌”倾身吻住调皮的“漂亮小姐姐”，单手托着她的后脑，从她嘴里夺过了那粒爆米花。

嗯，是有着安思危味道的焦糖味，特别甜。

Chapter 13

如果可以，她愿意替他承受一切

会所内，漆曜抬眉瞥了眼霸占着他地盘的某人："你把我这儿当办公的地方，我得问你要租金了啊。"

凌初埋头做着自己的事情，没空理他。

"你看你——堂堂凌氏集团的负责人，那么大个公司不待，公司里多少人眼巴巴地等着要伺候你，你倒好，回来后一次都没去过。"

凌初左手一个平板，右手一个笔记本，盯着上面的数据，不耐烦地说："一个小助理哪来这么多废话。"

"你再怎么讨厌凌氏，它还是你的东西。"漆曜指指自己，自嘲道："就像我再怎么讨厌那个家，我还是得姓漆。"

凌初头也不抬地说："我有必要提醒你一下，你再不争的话漆家的财产就真的轮不上你了，也许到明年，你连漆这个姓都没了。"

漆曜表情冷傲："你以为我稀罕？"

"我知道你不稀罕。"凌初终于抬起头来，直视他道："但是属于你的东西，你就该拿回来。"

"我的东西？"漆曜那双妖魅的眼眸里透出深深的恨意来，"没有属于我的东西，我只是一个见不得光的私生子。"

"那又怎样？"

“凌，你明不明白……”

“不，是你不明白。”凌初打断他的话，“私生子又怎么样？这个事实不重要，你没必要为当年他们犯下的错来买单，重要的是你现在姓漆，你有这个权利为自己争回那些年被人家踩在脚底下的尊严。”

因为是私生子，他从小就被人看不起。虽姓漆，可却不能堂堂正正地说出自己父亲的名字，他只是个见不得光的孩子。

十二岁以前是跟着母亲相依为命的，十二岁那年突然被接到漆家，告知以后要在这个庞大的家族生活。

他是老幺，上头还有哥哥姐姐，没人欢迎这个在外头出生的野孩子。

或许是嫌他碍眼，十五岁他被赶去英国读高中，也就从那时起一向循规蹈矩的漆曜生出了叛逆心，染了金黄色的头发，开始学会抽烟，还跟着玩摇滚组乐队。

他本就男生女相，小时候常被夸长得像个洋娃娃般精致，女生在他面前都自惭形秽，长大后，随着容貌长开，更是生出了一股妖媚之气。

他的美貌是母亲的骄傲，可那个父亲不喜欢，还说：“小白脸好歹能看出是个男人，你简直是不男不女。”

又因为这般长相惹得很多同性都动心，外界都传他在英国被包养了，他的父亲听了更是暴怒，大骂他是逆子，不准他回国。

他反倒乐得在外逍遥，日子浑浑噩噩地过，直到遇见凌初。

那晚在酒吧表演完，老板请他们喝酒，大家都在兴头上便都留了下来。

他喝了一杯酒后感觉不对劲，脑袋越来越沉，老板假装好心说带他去休息室歇会儿。

他迷迷糊糊就跟着去了楼上的房间，正口干舌燥时感觉到有人开始脱他的衣服，可一米八的个儿在当时却完全使不上力。

“你比那些女孩儿还要美。”老板说完又拿出一根针管，正准备替漆曜注射时，门口有个冷冰冰的声音响起：“不关门？”

老板回头，来人的脸掩在阴影下瞧不清晰，就只看见了他的右耳上闪了一下的音符。老板神情自若地走过去，他相信没人敢管闲事，如果想活着走出这个酒吧的话。

就在他准备关上门之际，对面的人猛地一拳打中他的脸，鼻孔直接流下两行血。老板用手抹了抹，在看到红色的鲜血时惊恐地睁大了双眼，还没来得及喊救命，这人又一拳直接将他打趴下了。

凌初从阴影处走来，瞄了眼昏睡过去的漆曜，嫌弃地说："不会救了个人妖吧？"

这件事以后，凌初成了他的救命恩人，漆曜不再玩乐队，变成了凌初的小弟。如果没有凌初，他这辈子将万劫不复。

可凌初是个孤傲的人，他不喜与人接触，更讨厌别人的靠近，奈何小弟脸皮厚，吓都吓不跑。

知道凌初的秘密是有一次发现他钱包里的照片，正好瞥到一眼，虽没看清楚模样但知道是个女生。

小弟按捺不住一颗好奇的心，试探性地问："你的妞？"

凌初警告性地睨了他一眼，他忙改口："你的女朋友？"

"嗯。"凌初应了一声，脸上冰冷坚硬的线条终于有了几分温柔。

漆曜没想到他还真的承认了，更没想到的是原来这么冷酷难以接近的人竟然也有女朋友？

"异地恋？"

沉默。

漆曜"啧啧"两声："异地恋不靠谱，最后分手的多，你们这都是异国恋了，离得更远了。"

"她不知道我在这里。"

漆曜一愣："什么意思？"

他的声音听不出任何的情绪，可他的眉眼却透出绝望来："我不告而别，这是我走的第三年。"

"什么？你出国没告诉她？"

"嗯。"

"也没再回去找过她？"

沉默。

漆曜算是把这件事捋清楚了，接着毫不留情地问："那你怎么还会觉得她是你女朋友？"

"因为只能是她。"

说这句话时的凌初眼里有笑意，是那时的漆曜见过他唯一的一抹笑，“我这辈子只有一个女朋友。”他说。

到底是什么样的女生能让凌初执着成这样？

漆曜很想见识一下，不过秉着为他好的心思，还是不怕死地劝道：“大哥，想开一点，你都不告而别三年了，人家也上大学了，说不定早就有新男朋友了呢？大学里面的追求者肯定多是不是？但这也不能怪人家对不对？毕竟是你抛弃在先，总不能让人家小姑娘年纪轻轻就守活寡。”

“……”聒噪的人，凌初那时候没掐死他真算是仁慈。

回想起过去，漆曜忍不住笑出了声。

凌初用一种“又在发神经”的眼神瞧他：“笑什么？”

“听说你那晚把我大嫂带回家了？”漆曜笑起来分外妖娆，“兽性大发了？”

“滚开。”

漆曜装作不明白：“像我大嫂这么好的姑娘到底是哪里想不开，一等就等了你十年？”

“毕竟像我这么帅的男人全世界只有一个。”

妖娆散去，全剩坏笑：“那安思危知不知道这么帅的你还很纯情？”

凌初：“……”

漆曜见他这副吃瘪的样子更是笑得肚子疼，不过笑着笑着他就开始喊救命了。凌初猛地给他来了一记锁喉，不怕死的家伙，这次就成全他。

“我刚刚是口误，说错了真的是说错了！”漆曜求生欲强烈，“我发誓我再不说你纯情了！”

他警告道：“第二次了。”

“我肯定不再说了，我要是再说你纯情……”

凌初：“明天的新闻可能会有一则‘某会所惊现一具尸体’。”

漆曜：“哥，我错了……”

安思危临下班的时候，公司来了几个闹事的人，在前台处吵得不可开交。领头的是一个肥头大耳的中年男人，头顶上扎了一个小辫子，脖子和手腕上都戴着粗黄金链条，胳肢窝下夹了一只名牌手包，大约是个暴发户。

他拍桌子吼道：“把你们的负责人叫出来！我不和你们多废话！”

前台人员：“先生，没有预约您是不能进去的。”

暴发户趾高气扬地说：“你知不知道我是谁？我能让你明天就失业，你信不信！”

前台人员：“先生，您这样我们真的很为难。”

暴发户不再管前台的人，带着后面几个兄弟硬是闯进办公区域，指着众人威胁道：“你们欠钱不还，今天谁都别想出这个门！”

样子像极了港片里找人讨债的高利贷，他的兄弟们也一个个又瞪眼又龇牙地吓唬着人。

安思危听见外头嘈杂的声音，走出去问：“怎么回事？”

暴发户看了看她的打扮，又见她是从总监办公室里出来的，用手指了指她：“你是这边的负责人？”

“是我。”

暴发户搓搓手：“那不好意思了，我们就只找你了。”

“什么事情？”

“你们公司收了我的定金，却不还给我，信不信我报警让警察把你们都抓起来？”

丁顺倒是胆子大，跳出来解释：“师父，这人上个月签了合同的，付了五千定金，后来又找了别家做设计，他打过几次电话来讨钱，但合同上写得清清楚楚，客户自己违约的话定金是不予退还的。”

“你个小王八羔子！”暴发户作势要上去揍丁顺，“你们这是什么诈骗公司？人家都是收 500 定金，你们要收 10 倍，抢钱呢，是不是！”

安思危冷静地劝说：“先生，我们一律是以合同为准的。如果你无法接受，我建议你最好报警，如果你嫌报警麻烦，那我来替你打 110。”

眼看着她掏出手机准备报警，暴发户情急之下顺手抄起办公桌上一个画图的文具盒砸了过去。说时迟那时快，有个人忙将安思危抱在怀里，用自己的后背替她挡了这一下。

“咚——”文具盒重重地砸了下来，里面的东西零零散散地落了一地。

“你没事吧？”安思危拍了拍他的后背，着急地问，“砸到你了是不是？”

“没关系。”纪闵盛低头见她没有受伤，紧张的神情放松了几分，“你没事就好。”

“呸，还来了个护花使者！”暴发户骂骂咧咧。

纪闵盛脸色一变，将安思危护在身后，总是儒雅的眼神里透出一丝狠意：“我不管你是谁，只要敢伤到她，我让你竖着进来横着出去。”

暴发户卷起衣袖想动手：“想吓唬我？我告诉你，能吓唬住我的人还没有出生！”

纪闵盛松了松领带：“那你可以试试。”

暴发户一扬手，命令道：“兄弟们上！先把那女的给我抓过来！”

“叮——”空气中忽然传来打火机开盖的声音。

大家循声望去，门口又出现了一个男人。

他站在阴影处，一手夹着根烟，一手把玩着打火机，眸子微眯，嗓音低沉，只道两个字：“你敢。”

“叮——”

他的耳朵上闪现音符。

“又来了一个！”暴发户往门口一瞧，怎么回事？

怎么又出现一个护花使者。

兄弟们着急地问：“老大，我们现在怎么办？”

“能怎么办，上啊！”

暴发户说是这么说，可自己却往后退了一步，示意兄弟们先上。

五对二，胜算还是有的，不知暴发户哪里来的自信，竟然没把尚宇的其他员工算进去。

兄弟们思量着要不要上，毕竟两个突然出现的男人看起来都很不好惹，光是高大的身材就足够碾压他们。

特别是门口的那个男人，身上的王者气息令人不寒而栗。

就在他们犹豫间，男人手里的打火机弹了出去，直接打在了暴发户的脸上，“啪嗒”一声，在暴发户脸上重重地留下了一个红印子。

“嘶——”暴发户疼得张牙舞爪，像个小丑一样跳来跳去，怒吼：“是谁扔的？”

“你再敢说一句话，我就把你的牙齿全敲碎。”

他看起来耐心全无，不像是单纯的威胁，暴发户捂着被打痛的脸一时摸不清此人的来头，倒也不敢轻易吱声了。

安思危心头一紧，想起那一年体育馆来了一帮小混混，甘棠拉着她奔跑在校园中，赶着去劝架。

她并不想去围观，可是甘棠说不去看看不放心，怕对方出事。

可他那天还是把闹事的黄毛给揍了，只因为安思危误被篮球砸中流了鼻血，如果她没受伤的话，黄毛不一定会挨揍。

凌初不是一个有着暴力倾向的人，相反他讨厌暴力。他有他的底线，谁若踩中了那条底线，就等着承受他的怒火吧。

而安思危就是他底线的起点，如果有谁让她受伤，他跟谁都不会客气。

要是刚刚纪闵盛没赶上，安思危就会被文具盒砸中，只要想到她可能会受伤，他就恨不得立刻废了暴发户。

看见他将手中的烟捏碎，安思危太了解下一秒他会做出什么来，及时出声制止：“凌初。”

她摇了摇头，意思是不可以。

凌初经过暴发户身边时，沉着嗓子道：“还不滚？”

“我到现在都还没要到钱呢！”暴发户不知哪里来的勇气，竟然还想跟凌初谈条件，“给我钱我就走，不给我不走！”

凌初一把扯过他的大金链子，暴发户整个人顿时失去了平衡，脖子被勒紧，一时间难以呼吸。只听见扯着他链子的人说：“再不滚，谁都救不了你。”

暴发户踮着脚尖，看见他眼里的阴鸷，仿佛下一秒就会被他勒死，赶紧举手投降道：“我滚……我滚还不行吗？”

兄弟们齐问：“老大，钱不要了吗？”

“还要什么！我都快没命了！”

这时保安赶过来把一伙人带下去，暴发户一开始是抗拒的，但想到刚刚凌初的眼神，还是识相地跟着保安灰溜溜地走了。

这一出英雄救美，令尚宇的女员工们无不艳羡安总监。前有纪闵盛后有凌初，一般的男人也就算了，偏偏还是这么无可挑剔的两个男人。

凌初拉过安思危，左瞧瞧右看看，检查她有无伤到分毫，随后对纪闵盛说：“我的女朋友让你费心了。”

“哦？”纪闵盛连挑眉的动作都做得如此斯文雅致。

两个男人之间暗潮涌动，情敌见面也不能失了风度。

“去楼下说吧。”不给大家看戏的机会，安思危先行下楼。

三个人的修罗场。

纪闵盛前阵子出差去了，特地挑今天回来也是有原因的。

“今天是你外婆的生日，知道你忙起来不看时间，所以过来接你了。”

安思危一拍脑门，才想起来母亲前天还在电话里提醒她，别忘了到时候早一点下班，回家为外婆庆生。

她还真的一忙起来就忘记了。

纪闵盛包容地笑道：“我帮你记得就好。”

安思危转过身，抿了抿唇向凌初解释：“今天是我外婆的生日，我得回去陪她过生日。”

“好。”他应了一声，松开了从刚才到现在一直紧握着的她的手。

安思危还想再说点什么，可时间紧迫，去晚了怕外婆等得太急，只得匆匆和纪闵盛并肩走远。

这个画面真是刺眼，刺得他都忘了跟她说，祝外婆安康长寿。不如还是忘了说的好，这样劣迹斑斑的他哪有什么资格被她的家人知晓，凌初的心中顿时生出一股自卑感。

十年间他到底错过了多少？

不管有多么地想要融入她现在的生活中，但现实总会一棒子敲醒他，告诉他他来得太迟了。

他们不再是十年前校园中的少年少女，每天准点上下学，每天待在同一间教室上课、做题、看书、聊天。

他们之间隔了太多的空白页，不再是伸手就能触及的前后距离。如果当年没有发生那件事情的话，此时陪在安思危身边的就一定是他。

可就算时光倒流，再回到那间实验室，他依然还会选择那样做。因为这是他保护她的方式，他从不后悔。

然而这一刻，看着安思危逐渐消失的背影，他竟然会想，如果当年没有走该多好，他就不会这么眼睁睁看着她从自己的面前离开，什么都做不了。

他就不会疯了一样地嫉妒纪闵盛。

外婆这两年过生日，都会邀请纪闵盛来家中吃饭，沈家上上下下皆对他甚是满意。

纪闵盛不管是从相貌、人品，还是性格和家世来看，确实都无可挑剔。这次他为外婆准备的礼物是一只翡翠手镯，颜色上乘，一看就知道价值不菲。

“闵盛，你愿意来吃饭我就很开心了，不用送礼物。”外婆也是见过世面的人，说：“太贵重了，外婆收不得。”

纪闵盛微笑道：“不贵重，外婆喜欢就好。”

“这是个好东西。”孟姨上来一瞧，比了个手势，“我看最起码要这个数。”

“孟姨言重了。”

“你孟姨，什么好东西都逃不过她那双眼睛。”外婆拉着纪闵盛的手，打心眼里认可他，说道：“我们都是自家人，你真的不用那么客气，在外婆心里你就是我的外孙女婿。”

安思危听到外婆又乱点鸳鸯谱，她无奈地拖长音喊了声：“外婆——”

这时候小舅一家也来了，听到她们的谈话，小舅也关心地问：“我们安安和闵盛好事可近？”

“舅舅，我们只是朋友。”这句话她已经解释无数遍了。

外婆瞧这俩人坐在一起怎么看怎么般配，忍不住责备道：“安安，差不多就可以了，别委屈了闵盛，到时被别的小姑娘抢走了，你哭都来不及。”

沈琴适时说：“随他们年轻人，这种事情我们也操心不过来。”

她承认纪闵盛相当优秀，可是也看得出女儿的心思，强扭的瓜不甜。

小笼包跳到纪闵盛的腿上，舒舒服服地枕着他睡觉，外婆说：“你们瞧瞧，我们小笼包多会选。”

安思危无语，重色轻友的猫，而且还是一只喜欢帅哥的猫。

在大家的欢声笑语中，她又出神了。

她有些懊悔刚刚没有和凌初多说几句话，就这么急匆匆地走了，回想起他看她的那一眼，是不想让她走却又没办法。

安思危怔住，这才明白过来，原来他是没有办法。

那样不可一世的凌初，看着她时的眼神中却透露出冷清的孤独感，和没有办法的自卑感。

而她却疏忽了。

晚饭过后，大家在吃着甜品闲聊，大舅突然问道：“爸，你还记得十七年前的那桩绑架案吗？”

外公放下手中的报纸，扶了扶眼镜：“记得，是你被任命为公安局副局长的第一年，那是桩惨案。”

经外公一提醒，小舅也想了起来：“这个案子我有印象，那么小的孩子被残忍杀害，当时轰动全城。”

外婆念着阿弥陀佛，不忍心道：“如果那个孩子还在的话，现在也该到上大学的年纪了吧。”

纪闵盛摸了摸小笼包，听这话题有点沉重，便问：“是什么绑架案？”

“你们那时候还小，估计都不知道呢。”孟姨嘴里一直说着作孽，大致讲了一下，“那家人家很有钱的，大概就是因为太有钱才被盯上，绑架了两个小孩，大的那个逃出来了，小的那个没救回来。那么小的孩子被捅了好几刀，我有个朋友当时正好在出事的附近，还去现场看了看，说地上都是血，真是作孽。”

沈琴倒是不太了解这件事，这会儿听得难受，说：“对小孩子下手太残忍了，应该判他们死刑。”

“两个人作案，主谋当场被击毙。”大舅顿了顿道：“另一个交代了所有的犯罪事实，被判了十七年，快放出来了。”

外婆摇头：“这样的人回到社会上仍是一颗老鼠屎。”

外公问：“你怎么会想起这个案子的？”

“说来也巧，我今天碰见当年那个死里逃生的小孩了，他现在可不得了，负责他们家族的整个集团公司。一开始我根本认不出来他的样子，毕竟那个时候他只有十岁，但是我记得他的名字。”

孟姨回忆着：“叫凌……什么？不是那个双木林。”

“叫凌初。”大舅说，“是会当凌绝顶的凌，初见的初。”

一直没说话在旁听着的安思危，手中的碗碟突然“哐啷”一声滚落到地上。

纪闵盛看向一脸煞白的她，她惊恐得连嘴唇都在发抖。

沈琴也是满脸错愕，她清楚地记得曾有个少年这样对她做自我介绍：“阿姨好，我叫凌初，会当凌绝顶的凌，初见的初。”

孟姨还在说：“对，就是这个凌，瞧我们这上了年纪的人，记性真的是不好了。”

大家正在说话间，安思危突然惨白着脸奔了出去，外婆喊她："安安，你去哪里？"

纪闵盛弯腰拾起摔在地上的碗碟，嘴角扯出一丝涩意，他知道安思危去找谁。这个世界上只有一个凌初。

安思危站在马路的人行道上，却发现自己毫无方向。她全身都在发抖，宁愿那一刻是自己听错了名字。她多希望经历绑架事件的不是凌初，不是会当凌绝顶的凌，不是初见的初。

第一次她的心里泛起极深的恶意来，这个人随便是谁都好。

只要不是凌初，是谁都行。

安思危紧紧攥着项链，回忆起凌初曾经说过的话。

"她叫凌音，是我的妹妹。"

"她去了哪儿？"

"一个很远的地方。"

安思危在冷风中打了个寒战，终于冷静了下来，决定先去律师事务所找宁越泽。她之前来过一次，是陪着熊贝一起来的，所以当她突然出现在这里时，宁越泽还以为熊贝发生了什么事。

见她失魂落魄的样子，他觉得有些异常，便问："没和凌初在一起？"

"凌初……"安思危如鲠在喉，艰难地开口，"凌初曾经经历了什么事？真的是绑架案吗？他的妹妹……"

宁越泽没想到她会问起这个，愣了好一会儿才回答："你都知道了？"

她的声音带着一丝低低的乞求："你都告诉我吧，我不想再做那个唯一不知情的人了。"

当所有人都知道，而自己却丝毫不知情时，这样的感觉太糟糕了。特别是这些事情还都是关于凌初的，她不想做全世界最后一个知道的人。

"其实他并不想瞒你，只是怕你知道后伤心。"宁越泽给她递去一杯茶，杯身温暖，却依旧散不去她心底的寒意。

"我想分担他的苦痛，哪怕一部分，一点点也好，只要他不再是一个人强撑着。"安思危说着看向宁越泽，这个眼神在坚定地告诉他，她已经准备好了承受凌初的过去，如果可以，她愿意替他承受一切。

宁越泽说："也许由我来告诉你会比较好吧。"

安思危紧紧握着手中的杯子，指关节发白，她强忍着眼泪，看起来随时随地都能大哭一场。

但是现在，不能哭。

“从那场悲剧发生到现在，都是他一个人在背负凌音的死，他成了那次事件中的幸存者，却也是最可怜的人。”宁越泽慢声道，“十七年前……”

十七年前，凌初十岁，凌音五岁。

“哥哥，你能不能把我的样子画下来？”梳着两个羊角辫的凌音踮起脚尖举着画板递给他，奶声奶气地说：“要把我画得好看一点！”

凌音爬上他的背，小手攀着他的脖子将重量毫无保留地压在他的身上，亲昵地说：“要画音音穿粉色的裙子！我最喜欢粉色啦！”

“好，我们音音是粉色的小公主。”

他宠爱着自己的妹妹，她穿不穿粉色的裙子在他心里都一样可爱。

“小胖也是这么说的！”凌音歪着脑袋笑得眼睛弯成了月牙，“所以哥哥要画得好看一点，我要把它送给小胖。”

“小胖？原来你让我画画是要送给小胖？”凌初反应过来，哼道：“又是你们班那个胖小子吧。”

凌音炫耀地说：“小胖很厉害的，他可以一口气吃好多东西。”

“那不胖才怪。”

“胖胖的才可爱。”

凌音靠着凌初，一边夸着幼儿园同班的小胖，一边吃着果冻。

她是集万千宠爱于一身的小公主，刚出生时护士就抱着她惊叹：“天呐，怎么会有这么漂亮的娃娃！”

确实，一般婴儿刚生下来时皮肤都皱皱的，红通通的像一只还没长好的小老鼠，可她的皮肤却光滑雪白，头发乌黑还带点自然卷，睁着两只滚圆的大眼睛，好奇地打量着这个新世界。

凌初第一次抱她的时候紧张得手都在抖，这个软绵绵、白嫩嫩的小东西就躺在他的臂弯间，对着他“咯咯咯”地笑。

他却好怕她会摔下来，也担心自己的姿势太僵硬会伤了她。

这么小的一个娃娃体内流着的却是和他一样的血液。

他们都是凌家的孩子，他们是同父同母的亲兄妹，多么神奇。

傅瑀笑着说："小初，你做哥哥了，从此以后要保护好妹妹。"

他低头看怀里的小娃儿，这是他的妹妹，保护好她便成了他的使命，从那一刻开始他们的生命线紧紧地连在了一起。

凌音和别的小女孩不同，她古灵精怪，又调皮捣蛋，幼儿园老师拿她无可奈何，说她上课好动，根本坐不住。

凌家却不介意，谁说女孩子一定要淑女？活泼一点更好，而且凌音也不是完全坐不住，起码她在弹钢琴的时候是安分的。

也许是傅瑀怀她的时候经常听古典乐的缘故吧，凌音特别喜欢弹钢琴，她喜欢一切和旋律有关的东西。

所以当她过生日，收到那条音符手链时，她喜欢得不得了，天天戴着不离身。

在弹了一个小时的钢琴后，凌音一蹦一跳地跑到凌初身边，压低声音悄悄地对他说："哥哥，我们偷偷出去玩，好不好？"

"不可以。"凌初直接拒绝，"妈妈说过我们不能偷跑出去，你又忘了？"

傅瑀这段时间每次出门前都叮嘱他们，不能偷偷跑出去玩，一定要出去的话也得告诉钟叔。

她并未过多解释什么，凌初也没问原因，只是母亲的神色看起来十分担心。

所以这个暑假兄妹俩极少外出，也难怪凌音天天喊着没劲，五岁的孩子不能去游乐场和动物园，是多么令人沮丧的一件事。

"哥哥，我们就出去玩一会儿，就一会儿好吗？"她的眼神充满了期盼，哪怕是去公园买个气球也好啊。

凌初态度坚决："不可以。"

"十分钟好吗？"凌音其实不知道十分钟是一个怎样的时间概念，但她还是有模有样地说："十分钟后我们就回来好吗？"

知道哥哥拿她最没办法，她酝酿着眼泪，开始做出一副要哭了的样子："你不答应我，我就要把这里淹了！"

凌初最终心软，妥协道："那说好，就十分钟。"

"可以出去玩了！"她开心得转圈圈。

趁着张姨在厨房做小蛋糕，钟叔在后院浇花，凌音蹑手蹑脚地走到偏门，朝着仍有丝犹豫的哥哥招手："快走，一会儿钟叔就要过来了！"

凌初原是想和钟叔、张姨告知一声的，可一想到这个宝贝妹妹会哭鼻子，还是罢了。于是猫着身子做贼心虚般地走出偏门。凌音兴奋地拉起他的手跑起来，就怕钟叔发现了会在后头追。

“哥哥，我们去游乐园吧！”

“十分钟怎么去游乐园？坐车都得半个多小时。”

“啊？”她傻眼了，美梦碎了，早知道就说一百分钟好了。

凌初捏捏她白嫩的小脸：“去公园玩吧。”

“好吧。”她垂头丧气，勉为其难。

“我给你买气球。”

“嗯！”她的不开心去得很快，一听买气球又高兴了起来，挥舞着小手喊，“我要米老鼠气球！”

凌初牵紧她的手，向公园走去：“好，你喜欢什么，哥哥就给你买什么。”

“哥哥，你知道吗，我们班的小花很羡慕我。”

“羡慕什么？”

“羡慕我有一个这么帅气的小初哥哥！”她的语气里满是骄傲。

从学步开始，每次走路哥哥都是这样牵着她的手，怕她摔跤，怕她磕着碰着。从有记忆开始，哥哥总是那个保护她的人。虽然哥哥没有爸爸那么高大，可是他不会让幼儿园的任何一个小朋友欺负她，所以大家都羡慕她。

她也觉得有哥哥真好。爸爸妈妈总是那么忙，尽管会给她买很多好吃的，给她买漂亮的小裙子，可是他们陪她的时间好少，只有哥哥一直陪伴着她。

哥哥会给她讲故事，教她画画，听她弹钢琴，哄她睡觉。有时候明知道她是假哭，他还是紧张地投降，无理由地包容她的任性胡来。因为这就是她的哥哥，那么爱她的小初哥哥。

到了公园，米老鼠气球已经卖完了。

不过凌音注意力转移得很快，这会儿她已经不在乎有没有气球了，只想去玩滑滑梯。

可是，凌初不允许。他跟她讲道理：“你是女孩子，张姨说过，女孩子穿裙子的时候不能玩滑滑梯。”

“不管，我就要玩！”

“听话，我们下次来玩。”

“不好！不好！不好！”

凌音连喊三声不好，想挣脱开哥哥的手，奈何自己的力气实在太小。

凌初耐着性子哄道：“等不穿裙子了再来玩，好不好？明天我再带你出来。”

“我今天就想玩！”她的小脑袋聪明得很，知道这次偷溜出来要是被家里人发现的话，她明天肯定玩不了了。

“音音，听话。”凌初故意摆出一副要凶她的样子来。

她快要哭了，跺脚说：“我不喜欢你了！我讨厌哥哥！”

这是她第一次说讨厌他，凌初一愣，她得了机会转身就跑。

“音音。”凌初追在后头，“你别乱跑。”

她却像是一匹挣脱了缰绳终于得到自由的小野马，四处乱窜。

凌初喊她：“当心脚下，别跑出公园，那边有马路，危险！”

哼，她才不要听他的，哥哥这么凶，都不许她玩滑滑梯。

她跑到了公园后门口，停下来喘口气。

有一辆黑色面包车此时悄悄停在了路边。

公园的后门口，很少有人走过。

“跑得累了吧？”凌初伸手，笑着问她：“要不要哥哥抱抱？”

她翘着嘴倔强地说：“我才不要凶凶的哥哥抱。”

“真的不要？”

她偷瞄他一眼：“那你要说话算数，明天再带我来玩滑滑梯。”

黑色面包车的车门打开，走下来两个戴着面具的壮汉。兄妹俩背对着他们，谁都没有发现危险在逼近。

“好，明天带你来玩。”他答应了她，却还没来得及抱起自己的妹妹，就被人从背后敲了一下昏了过去。

凌音的瞳孔逐渐放大，她被捂住嘴巴惊恐地看着哥哥在她面前倒下。

Chapter 14

你没有错

凌初醒来的时候发现自己眼前一片漆黑，应该是谁用布条蒙住了他的眼睛，继而他又动了动酸痛僵硬的身子，惊觉手脚都被绑住了。

他听见离他远一些的地方有断断续续的啜泣声，便轻声试探：“音音，你在吗？”

凌音的嘴被胶布贴着，只能发出“唔唔唔”的声音。

她没想到哥哥活了过来，还以为哥哥被坏人打死了，听到凌初的声音时她激动得拼命点头。

“你别怕，哥哥在这里。”虽然看不见她，但知道她人在，心里面才松了口气。

凌初冷静下来，尽管只有十岁，可他有着同龄孩子所没有的镇定。

他假设了一个最糟糕的可能，那就是他们被绑架了。

被谁绑架还是未知，但现在看来他们的处境不太好，显然对方是为了防止他们逃跑，所以才把他们的手脚都绑住。

如果只是自己一个人被绑，凌初倒不至于太害怕，可是现在凌音也在，他必须要让自己先冷静下来才行，绝不能让妹妹受到一丁点的伤害。

在听到屋外传来的脚步声时，凌初连忙叮嘱道：“记住哥哥的话，不要发出任何的声音。”

随后，他又假装昏迷时的样子，让人误以为他没有醒来过。

门被打开，走进来两个男人。他们相当谨慎，就算此时兄妹俩的眼睛都被蒙着，他们依旧戴着面具，生怕不小心被瞧见了模样。

“这小子还没醒。”

“我看看。”戴着黑色面具的男人叫倪军，他仔细瞧了瞧凌初，又踢了踢凌初的小腿，还是纹丝不动，便信了凌初仍处在昏迷当中。

“那个丫头怎么样了？”

“你看她动都不动的样子，不会有什么事吧？”倪军忧心忡忡，他似乎不太赞同这件事，“曹平，我帮你把人掳来了，你现在准备怎么收场？”

“我已经打过电话给凌致远了，告诉他两个孩子在我的手上，如果想赎回他的宝贝儿子和女儿，就打五千万到我的账户上。”这个叫作曹平的男人一脸不屑地啐道，“五千万要回两个孩子，真是便宜他了。”

倪军担心地问：“那万一凌致远报警呢？”

“他敢吗？”曹平笃定地从怀里掏出一把军用匕首，手指划过锋利的刀刃，闪过白花花的光，即使戴着面具也遮不住他此刻眼里透出的阴狠，“我光脚的可不怕穿鞋的。”

倪军胆子并不大，绑架这种事他还是头一次做，但现在都到这一步了也只能硬着头皮上了。

“等这小子醒了，我们再给凌致远打一个电话过去，告诉他交易的时间。”曹平抬腕指了指手表。

接着两人一前一后走出房间，关门前曹平还故意停顿了半分钟，想试探凌初到底有没有醒来，确定无异样之后才放心离开。

脚步声远去，又等了一会儿，凌初终于动了动手臂，继而努力地想坐起来，可是因为长时间保持高度紧张并且维持同一个姿势，身体都开始僵硬麻木了。

这一刻，在听到父亲的名字后，凌初终于确信他们是被人绑架了。

下午三点多，凌家上空布满乌云。

“都怪我！是我太不当心了，只顾着在厨房做点心，什么都没留意到，现在可怎么办才好！”张姨泪眼汪汪，心焦如焚。

钟叔不停地自责：“怪我，应该怪我，是我没看住他们，都是我的责任。”

“都别说了！”傅璃的理智已经在崩溃边缘，几近瓦解，“现在说什么都迟了！当务之急就是把钱打过去！”

凌致远抽着烟，一根接着一根，烟灰缸里的烟蒂越堆越多。

“你觉得是谁？”

傅瑀的身子猛地一怔，似乎联想起了什么：“难道真的是他？”

两个月前他们在公司收到一份匿名传真，上面写着：“准备好五千万，否则你们当年的所作所为将报应在两个孩子身上。”

所以，这就是傅瑀为什么不允许凌初和凌音私自出门的原因，虽然这可能只是一封恐吓信，但她不得不为兄妹俩的安全打算。

凌致远还存着一分冷静，思考片刻说：“我们报警吧。”

“你疯了？”傅瑀断然是不肯的，“报警的下场还要我再说一次吗？两个孩子都很有可能会丧命，你知不知道？”

“可我们现在什么都不能做，绑架是一件大事，敌在暗我们在明，孩子的安全我们根本保证不了，只有报警，让警察找到他们才是对的。”

“找？找多久？一天两天？还是十天半月？”

傅瑀在商界是有名的女强人，做事手段从不输于男人，可无论她再如何坚强，到底还是一个母亲，她红着眼眶说：“绑匪会乖乖等着我们去找吗？他只想要钱，我们给他钱就是了，只要孩子们能平安回来，多少钱我都愿意给。”

“不是钱多钱少的问题，跟钱没关系，我是怕——”凌致远深深地抽上一口烟，道出他心头的担心，“我是怕不报警的话，他们拿到钱也会把孩子……”

“不……”傅瑀惊恐万分，不敢想象那样的画面。

凌致远拿起电话，傅瑀扑了过去，跪在地上泣不成声：“致远，我求求你别报警，真的不能报警，孩子是我的命……”

“你相信我，正因为是我们的孩子，所以我们才更应该求助警方。只有尽快找到孩子们才能确保他们的安全，在钱还没打过去之前，绑匪是不会伤害他们的。”

那也是他的孩子，他一样担惊受怕，可是身为男人，凌致远不能失去理智。

作为凌氏集团的负责人，他应该比常人更沉着镇静。作为一名父亲，他更不能鲁莽行事。傅瑀要的是孩子们的安全，所以眼下最紧要的是必须拖延时间让孩子们活着。

他们最后出现的地点在哪里？绑匪带走他们的时候有没有被摄像头拍到？车牌号是多少？下一个目的地又去了哪儿？也许那就是孩子们此刻被绑的地

方。而这些疑点只有警方才可以解开。

他的理智告诉他，他必须得这么做。

凌致远拿起电话报了警，傅瑀哭得撕心裂肺。

凌初侧躺在地上，头朝地，使劲地想要将身子倒立起来，可是因为手脚都被绑住，身体很难做到平衡，屡屡失败。

他出了很多的汗，却还在继续这个动作，时间所剩无几，那两个人随时会闯进来。

他深吸一口气，全神贯注的再一次做起倒立，终于，房间里发出了轻微的一声“叮——”。

有什么东西从裤子口袋里滑落到地上。

凌初坐直身子，艰难地用手在地上一点点地蹭过去，直到手指触碰到一枚小小的刀片。

几年前他也险些遭遇过绑架，所以为了防身，他会把刀片藏于裤子口袋。

凌初松了一口气，亏得平时有这个习惯，虽然从来没有派上过用场，但这一次却成了救命神器。

刀片一点点地磨着绳子，他在与时间赛跑。

十岁的年纪，却有着成人般冷静的思维方式。

他不仅要快速地把绳子割断，还得分心去听外头是否有动静，所以他不能和凌音说话。

“啪——”绳子断裂，凌初的双手得以解放，他赶紧摘下蒙住眼睛的布条，找寻凌音的身影。

因为长时间被蒙着，眼睛一时还适应不了光亮，他微眯着眼。昏暗的小房间里，五岁的小女孩也同样被捆住了手脚，靠着角落瑟瑟发抖。

那一刻，凌初多后悔啊。

他不该带着她出来。

“音音，别害怕，哥哥现在就带你回家。”

凌初抱起她小小的身子，却惊觉于她浑身滚烫，摸了摸她的额头问：“是不是发烧了？你告诉哥哥哪里不舒服？”

“哥哥，我好冷……”凌音体质本就弱，再加上受到惊吓时左脚还扭了一下，此刻瑟缩在凌初的怀里一直喊着：“疼……疼……”。

“没事的，有哥哥在。”凌初脱下外套裹住她，然后轻揉着她的小腿。

地上有一根在灰暗空间里微微闪烁着光的东西，那是凌音戴着的音符手链，不知什么时候掉在了地上。

手链的搭扣坏了一小节，凌音有点难过，小声啜泣：“这是我最喜欢的东西。”

他揉揉妹妹的头顶，缓声道：“哥哥回去后替你把它修好，好吗？”

静下来之后，凌初开始观察这个房间，那边有一扇小窗户，以他们的体型来说是可以爬出去的，但是凌音现在的状态不适合攀爬，凌初背着她的话就钻不进窗户里。

而从大门出去的话断然不可取，那两个人一定是在外面守着的，这样出去无疑是在找死，太危险。

凌初把所有的可能性都从脑子里快速地过滤了一遍，眼下仅有的办法是他先从窗户里爬出去，然后立刻找人报警，再返回这里把凌音救出来。

可是，这个办法是非常冒险的。

时间紧迫，凌音的状态越来越糟糕，他不知道什么时候那两个人会突然闯进来，也没有把握今天是否能等到家人把他们救出去。

但凌初更怕凌音有个万一，他无法坐以待毙。

“音音，你听哥哥说，哥哥等下从这里爬出去，叫警察叔叔来救我们。”凌初抱紧她，铤而走险的办法令他害怕得手心全是汗，“我不会丢下你，我马上回来找你，十分钟好吗？”

凌音的声音没有之前那么活泼俏皮了，她强忍着疼痛流着眼泪啜泣道：“十分钟好长，我说只玩十分钟的，可是我到现在都没有回家……我想爸爸妈妈……”

凌初抱着她，轻轻拍着她的背，声音坚定：“十分钟很短，哥哥向你保证，我们拉钩。”

凌音虚弱地点点头，她相信她的哥哥，无条件相信。

因为哥哥是这个世界上最不舍得把她丢下的人了。

可是，她怎么知道，十分钟竟有一辈子那么久，久到她再也见不到她的哥哥了。

凌音感觉自己快要睁不开眼睛了。

哥哥的背影消失于视线中，但是衣服上还有他留下的温暖，她可以依着这点温暖熬过艰难的十分钟。

背靠着墙开始小声地数数，也许数到100的时候，哥哥就回来了呢。

门“吱——”一声被推开，呈现在曹平和倪军眼前的只有地上被割断的绳子，以及一脸惶恐不安注视着他们的小女孩。

“那小子人呢？”倪军难以相信，怎么一会儿工夫人就不见了，“难不成还长翅膀飞走了？”

曹平捡起那两条被割裂的绳子，此时的现状令他眼里的恨意又加深了几分，冷笑道：“果然是凌致远的儿子，有难的时候都会扔下同伴。”

“你哥哥呢？”

面对倪军的问话，凌音害怕得说不出话来。

“你哥哥都不管你，自己逃走了，你还想护着他？”曹平尖锐的试探着凌音，企图瓦解她对凌初的信任，“你哥哥已经把你抛弃了，懂吗？抛弃的意思就是他不会回来了，胆小如鼠，一个人逃走了，只把你丢在这里。”

“你胡说！”凌音终于开口说话，她绝不允许任何人诋毁她的哥哥。

“不然你说说看你哥哥去哪里了？”

凌音是个聪明的孩子，她知道有些话不能说。

“臭小子不会去报警了吧？我去把他追回来！”倪军见状终于意识到严重性，抬脚想追出去。

“不用去了，浪费时间。”

相比之下曹平冷静得多，他早就知道凌家流着的都是相同的自私的血液，思忖道：“看来我们该换个地方了。”

倪军拖起凌音，她挣扎着不肯走，走了的话哥哥上哪里去找她？

“等等。”

曹平听到声响，做了个静止的动作，他侧着身往窗户外瞄了一眼：“姓凌的还真敢！”

警察到得比他预想的还要早。

“是不是警察来了？”倪军完全乱了阵脚，吓得把凌音丢到一边，仿佛这样就能撇清所有的罪名，“我说什么来着，你这样做无疑是在冒险！警察都来了现在还玩儿什么？我跟你这辈子都得在牢里过！”

“冒险的不是我，是凌家。”曹平说着摘下了一直戴着的面具。

凌音清清楚楚地看见了他的模样，他有一双沾染了浓烈仇恨的眼睛。

他恨她，不，他恨的是凌家。

曹平看向倒在地上的凌音，眼神里有想要摧毁一切的欲望，突然像疯了一样质问她：“为什么要逼我？为什么每次都要逼我？为什么！”

凌音瑟缩着往后爬，她听不懂这个人在说些什么。

曹平一把扣住她的肩膀，摇晃着她瘦小的身躯：“凌致远该死！所以他的孩子也该死！”

凌音本就身体不适在发烧，被这么一摇晃她哪里承受得住，一下子就吐了。

“现在怎么办？”倪军惊慌失措地问，警察包围了这个地方，他们已经没有希望再逃出去了，“要不……我们自首吧？”

“自首？”

倪军怕死，更怕坐牢，一个劲儿地劝说道：“自首还能判得轻一点，都到这地步了，硬闯出去是不可能的，只要这丫头在我们手里，就能和警察谈条件。”

“你可真是个孬种。”曹平啐了一声，眼神狠辣，“我说过，我光脚的根本不怕他们穿鞋的，既然敢报警，那我就让他们知道逼我的下场！”

倪军被他狠毒的眼神震慑到，担心地问：“你想怎么做？”

“一命抵一命，一样都是死，何不先找个垫背的。”

曹平面孔狰狞，犹如地狱恶鬼露出青面獠牙般的笑容：“我下地狱之前，总得先让他们尝尝痛不欲生的滋味。”

警车并排停在仓库前，警方已将此地包围，禁止任何人进入。

“这里不是可以玩耍的地方，小孩子快离开。”其中一名年轻警察将凌初拦下。

“我妹妹还在里面，我要去救她。”

“你妹妹？”拦住他的警察满脸惊愕，“你是怎么逃出来的？”

“那里。”凌初指了指那扇窗户，“所以我要去救她，只有我才能爬得进去。”

年轻警察虽然掩饰不住惊讶，但还是一口拒绝：“太危险了，我们不能让你过去。”

这个孩子好不容易逃脱出来，警方怎么可能再让他去送死。

“什么情况？”特警车上豁然下来一个身形高大的男子。

“报告周队，他应该是被绑架的其中一个小孩，现在自己逃了出来，想回去救他的妹妹。”

周战身着特警制服，战斗装备也与普通军警人员的装备明显不同。

他一双如鹰般犀利的眼眸紧盯着凌初，却不见这小少年脸上有一丝胆怯：“你为什么还要回去？”

“我逃出来就是为了报警救我的妹妹，与其坐以待毙，不如争取时间。”

别说是换作同龄孩子，就算是一般的成年人碰上这样的事件也早就吓破了胆，可这个小小少年却能如此镇定勇敢。

周战侧过头望向仓库上方的那扇紧闭着的窗户，在短短的时间内这个孩子能够完成自救，并且思维冷静得可怕，他到底是如何做到的？

这时，仓库的窗户猛地被推开，曹平用刀架着凌音的脖子，威胁道：“让那小子给我上来！”

见状，凌初心急如焚。还是晚了一步，绑匪已经发现了他的离开。

“你们已经被警方包围，别再做无用的挣扎，立刻放下刀，不要伤害人质。”

曹平根本不管警方说什么，回了一句：“别跟我谈条件，我现在只要那小子过来，怎么爬出去的就怎么爬上来！”

凌初冲上去，被几名警察拦下。

“让我去！我要救凌音！”他想冲破一堵堵的人墙，对着曹平喊，“你放了我妹妹，换我来替她！”

“我可以让你去。”

“周队！”大家齐齐看向周战。

周战沉声道：“但你要答应我一个条件，绝不能轻举妄动。”

年轻警察出声阻止：“周队，这不是开玩笑的事儿，不能让他去，万一……”

“我答应你。”凌初握紧拳头。

周战弯腰与他平视：“绑匪要你上去一定有他的目的，记住，不要上他的当，你只需要站在外面拖延时间，我们会进去营救你的妹妹。”

凌初用力点头。

“周队！你真让这小孩去？”

“现在时间紧迫，绑匪歹毒得很，我感觉不妙。”周战盯着凌初毅然决然的背影，仿佛看见了当年孤身涉险的自己，“这个孩子有分寸，从眼神里面看得出来，他有谋有勇，不简单。”

“可这也太冒险了！”

“出了事我来担着。”

他一句话令所有人噤声。

“你们几个在后面保护好这孩子。”周战开始部署策略，并下达命令：“特警一队 A 组从侧门进入，B 组跟我从仓库正门突击，我们的目标是必须确保人质的安全，一旦绑匪有所行动，立即击毙。”

“是！”周战被称为特警部队的“雷神”，任务从未出过失败过，弟兄们信任他，同行钦佩他。

这次事件绑匪虽然没有携带任何破坏性武器，但一把匕首就足以要了五岁小女孩的命。

周战还留意到一个细节，这个仓库造得相当奇怪，一层半高的平房，仅有一扇小孩子才能爬进去的窗户。

想来这应该是绑匪精心挑选的地方，他甚至都算计好了一切，只有这样奇怪的建筑和角度才无法让狙击手找到制高点。

这是一个非常有心计的绑匪。

不好。

周战的脑中迅速闪过某个可怕的想法，也许绑匪的目的从来就不是钱。

凌初沿着水管爬上去，使劲攀着窗户：“音音……音音你怎么样了？”

“哥哥？”凌音被挟持着动弹不得，她耷拉着脑袋微微睁开眼睛，轻声说：“哥哥，十分钟真的好长。”

看见凌音奄奄一息的样子，凌初的心疼得难受，哑着声说：“对不起，哥哥不该把你一个人扔下。”

凌音听到他的声音突然哭了起来，断断续续地说：“我不该贪玩……我想和哥哥一起回家……”

“小子，告诉凌致远，他的罪孽今天全都报应到了他女儿的身上。”

曹平大笑，笑声瘆人：“而你是幸运的。”

说完，匕首的冷光划过，落在了凌音身上。

此时周战破门而入，倪军吓得跪在地上举手求饶。

可惜，一切都太晚了。

刀刃如此锋利，曹平的动作是那么快、狠、绝。因为他知道，再晚一些就没有下手的机会了。从曹平第二次进入屋子摘下面具的那刻开始，他就想好了不留活口。

凌初眼睁睁地看着凌音被迫害，眼睁睁地看着鲜血从她的身体内流出，越来越多，越来越多的鲜血浸湿了她漂亮的粉色小裙子。

被刺入的那一瞬间，凌音痛苦地睁大了眼睛，绝望地看向他。

嘴巴张开的动作，是她还来不及喊出口的一声“哥哥”。

“哥哥，你知道吗，我们班的小花很羡慕我。”

“羡慕什么？”

“羡慕我有一个这么帅气的小初哥哥！”

他伸手想要抱住她，可是他们离得太远了，他怎么够都够不着她。他只能看着她倒在血泊中，慢慢地闭上眼睛。他却什么都来不及做。

“音音，哥哥带你回家好不好？”

脚下踩空，凌初从窗户边摔了下去。他做了一个梦，梦里面有个小女孩穿着粉色的泡泡裙，正在开心地弹着钢琴。

他想过去叫她，可她却一下子不见了。他慌忙下楼寻找，见她跑去厨房，偷偷吃了一块张姨做的红豆糯米糍，舔舔黏腻的手指，吃了一嘴，像个小花猫。

“又偷吃了吧？”一不小心被张姨逮了个正着，“你哥哥等会儿就放学回来了。”

“所以这两块我要留给哥哥吃。”她再怎么馋嘴还是想着哥哥的。

张姨笑：“你们兄妹俩真是感情好，小初最疼你了。”

她一脸骄傲，奶声奶气地说：“因为他是我的小初哥哥呀！”

可是，他站在她面前，她却看不见他。

“音音，我是哥哥。”

她听不见，只视他为空气。他想如往常那般抱起她，可是一伸手却穿透了她的身体，刹那间大量的鲜血喷涌出来，模糊了他的眼。

那些血将凌音一点点淹没，他看见她的恐慌、害怕和无助，他多么想救她，可是怎么都触不到她，只能眼睁睁地看着小小的她被大片的鲜血吞没。

“音音！”凌初醒过来，着急地想要下床，可是左腿绑着石膏难以走动。

张姨哭红了眼睛：“小初，你终于醒了。”

“音音呢？”

“音音她……”张姨泣不成声。

曹平举刀刺向她的画面浮现眼前，本以为那是一场梦，只是一场惊险到十分逼真的梦。可是张姨哭得那么伤心，脑中的画面又那么清晰，都在不断地提醒他一个残忍的事实。

“音音已经死了。”傅瑀的声音冷得没有一丁点温度，“是被你害死的。”

“太太！”

“你才是杀死音音的凶手，是你亲手害死了你的妹妹。”

“太太，小初活下来是奇迹！”钟叔护着病床上的凌初，心疼不已，“警察都说了，绑匪是反社会人格，他的目的就是要杀死这两个孩子，小初本意也是为了救音音啊，他毕竟还只是个十岁的孩子！”

傅瑀却已失去了理智，一声声尖锐的质问：“你为什么要偷偷带音音出去？为什么又要抛下她一个人？为什么不等警察过来救你们？如果你不逃走，她又怎么会死！”

只要想起凌音身上刺中的那几刀，就好像是捅在了她自己的身上，傅瑀痛不欲生。

“够了，别再说了。”凌致远出声。

本来没有反应的凌初在这时看了父亲一眼，眼神古怪。

傅瑀的情绪全然失控，声嘶力竭道：“我强调过多少遍，不要出去，不要出去！为什么就是不听？如果你不带音音出去，她就不会死。”

如果你不带音音出去，她就不会死。

母亲的这句话成了他今后无论如何都走不出去的魔障。

是啊，他为什么要带凌音外出？明明可以狠心拒绝，为什么就是见不得她受委屈。带了她出去却又保护不了她，如果他没有一个人走，凌音就不会出事，如果绑匪的那一刀先刺向他就好了。

十岁的凌初两眼空洞地躺在病床上，仿佛被抽离了灵魂，他听不见傅瑀的歇斯底里，听不见凌致远的沉重叹息，听不见张姨的哭泣，听不见钟叔一声声的相劝。

他只听见了凌音的求救声，凌音的哭泣，凌音在喊他“哥哥”。

听见了那把刀刺入她身体内的声音。

一定很疼，凌音平时连打针都能哭得哇哇乱叫，她是最怕疼的孩子了，可是那把刀快得让她连喊一声疼的时间都没有。

凌初痛苦地闭上眼，整个人蜷缩成一团，身体开始抑制不住地颤抖。

所有的画面逐渐交织在眼前。

刚出生的凌音，刚学会说话的凌音，刚会走路的凌音，去上幼儿园的凌音，古灵精怪的凌音，以哥哥为傲的凌音。她第一声“咿咿呀呀”叫的不是爸爸妈妈，而是发音奇怪的“哥哥”。

幼儿园老师问她全世界最喜欢谁？她说是小初哥哥。

可接着他的眼前又出现了一幅画面，是倒在血泊中的凌音。

他的情绪忽然间变得激烈，挥手打掉了一旁的东西，眼神里面初次透露出一股想要毁灭一切的信号。他开始变得具有攻击性，像一头受伤的猎豹准备撕裂所有靠近他的人。

凌初掉入了一种幻想当中，幻想自己还在保护着凌音。所以，谁都不能靠近他半步。最后，医生赶来给他打了一针镇静剂，他眼里的豹子在退却，渐渐地安静了下来。

直到睡着。

PTSD——post - traumatic stress disorder，创伤后应激障碍。

当医生这么告诉凌致远时，他似乎并不能够明白这是一种什么病。

“会怎么样？”凌致远问。

“创伤后应激障碍是指在遭遇异乎寻常的威胁性或灾难性事件后延迟出现或长期持续的一种精神障碍，主要表现为反复回想创伤性事件，回避和麻木、警觉性增高等。”

“是抑郁症吗？”

医生摇头：“PTSD 并不是抑郁症，首先 PTSD 是一个诊断，抑郁症是一个症状。我这样解释吧，抑郁症是一种极端情绪带来的心境障碍，影响到了患者的生活，但不一定由特定的原因引起。而 PTSD 是接触了实际的死亡，或受到死亡的威胁、严重的创伤。可想而知，这个孩子亲眼看着妹妹被杀，这对他是一个重大的精神打击。”

凌致远皱眉按了两下太阳穴，深感无力道：“他现在成天把自己关在房间里，学校也不去，什么都不做，也不说话，好好的一个孩子就这么废了。”

“你们平时要多注意他的情绪变化，PTSD 其中一个症状就是表现为患者的思维、记忆或梦中反复、不自主地涌现与创伤有关的情境或内容，从而使得他的情绪变得激动，易激惹或暴怒，甚至变得难以入睡，所以除药物治疗外，也要进行心理疏导。”

在这之后，医生又说了一大堆的专业词汇，凌致远没有心思再去知道什么叫作 PTSD，他内心痛苦极了。

傅瑀宠爱凌音，而他疼爱凌初。他望子成龙，把毕生的希望都寄托在这个孩子身上。结果却因为这场绑架案，夺走了他的两个孩子。

凌致远又想起那日在病房，凌初看他一眼，那眼神古怪又带着探究的意味，瞳孔中还染着一丝让他莫名其妙的恨意。

这不是一个十岁的孩子应该有的眼神。

凌致远三番五次地想和凌初好好谈谈，可他总是不让他靠近。

从前，凌初最崇拜的人就是自己的父亲，如今，再也不是。

只因为曹平的最后一句：“告诉凌致远，他的罪孽今天全都报应到了他女儿的身上。”

凌初开始怀疑这不是一起单纯的绑架案。

这之后他像是换了一个人，从前开朗的性格变得异常孤僻。

他成天闷在房里，什么都不做，只是靠在窗户边盯着天空看。

那里有什么？

张姨几次都顺着他的视线抬头望了望，什么都没有。

他变成了一个不会说话、不会笑的人，有时候甚至让人感觉不到他的气息。

只是在夜里，他愈发难以入睡，一闭上眼就涌现出那可怕的一幕来，他连做的梦都是在滴着凌音的鲜血。

这样的日子持续了一段时间，凌初的情绪变得越来越糟糕，但是他依旧拒绝吃药和心理治疗，甚至拒绝踏出房门。

可某一天他出了门，漫无目的地走到一栋教堂前。

里头只有零零散散的几个人，凌初走入教堂中央，站在十字架前。

久久地凝视后，他开口问："我是不是错了？"

"你没有错。"声音从他的后方传来。

凌初转身望向来人，那双如鹰般的眼眸依旧如此犀利，只是今日他没有穿着特警制服。

周战俯身对上凌初的视线，声音低哑："你能活着，真好。"

自从出事以来，父亲的哀叹声，母亲的歇斯底里，整个家乌云密布，没有一个人对他说过"你能活着真好"，连他自己都觉得自己活下来是一种错误。

这种错误加剧了整个家庭的分裂，以及他的分裂。

周战打听到凌初的情况不太好，他想见见这个孩子。

巧的是，方才他经过这边时，正好见他走入教堂内，便也跟了进来。

对于这次事件，周战自觉也有责任，他没有料到绑匪故意拖延时间不是为了逃跑，而是为了杀人。

他做了一次失误的判断，这让他非常的难受。

"我的未婚妻，在我们即将举行婚礼的前夕，出了一场意外。"

凌初抬头看着他。

周战平静地叙述着自己的故事："我已经很久没有陪她逛过街了，那天难得休息，看着外头天气好就拉着她出去走走。我们走在大街上，对面突然冲来一辆失控的车，直直地向人行道撞去，当场撞死了三个人。犯人从车上下来，拿着一把双刃匕首往人群中胡乱挥砍，我为了救一个险些被刺伤的孕妇，把未婚妻留在了原地，然后犯人转头冲向了她。"

凌初只是安静地听着。

"无差别杀人，还是个精神病患者。"周战的那双眼眸如同老鹰坠落前发出的一声哀鸣，绝望又悲痛，"你说，我是不是错了？"

尽管他只是一个十岁的少年，可瞬间就懂了周战是在进一步告诉他"你没有错"。

"这世上哪来那么多的如果，没有如果。"周战的视线定在十字架上，"我是特警，我的职责就是保护国家和人民。"

这就是英雄，在我们的身边，在我们看不见的地方，保护着我们的英雄。

正是这样一群人，为我们披荆斩棘，保驾护航。

“你是个勇敢的孩子，你拼尽了全力想救你的妹妹，但发生这样的悲剧并不是你的错。”

周战的声音在教堂内回荡：“凌初，等你长大以后，你还会碰到需要你保护的人，所以你要更勇敢。既然活下去，就要好好地活着。”

十岁的凌初，内心煎熬万分的他，那一刻蹲在耶稣像前放声痛哭。

他终于认清了这个事实，他再也见不到凌音了。

他的凌音，他的妹妹，死了。

而他，却必须活着。

Chapter 15

凌初，我们谈恋爱吧

“后来，凌初虽然去上学了，不过性格也变了，所以才有了“恶霸凌”这个称号。那两年他跟着周战学格斗，因为周战说他以后一定会遇到想要保护的人，然后他遇见了你。”

安思危泪流满面地听完了这个故事。她震惊、恐惧、悲伤，以及难以置信。她哭得整个肩膀都在颤抖，这一切她都知道得太晚了。

“还好遇见了你，你是他的救赎，更是他的奇迹。”宁越泽递去纸巾，“别看凌初平时一副天不怕地不怕的样子，其实他是鼓足了所有的勇气才敢靠近你，你还记得他扔了你的书包吗？”

安思危点点头，突然发现，原来距离那一天已经过去这么久了。

“那时候的凌初情绪还不稳定，所以用了一个最笨拙的方式接近你。”宁越泽笑道，“讨厌了才会被记得一辈子，也许他都没敢想你们会在一起，只是想让你记得他。”

凌初曾说过这句话：“讨厌我才好啊。”

她也以为自己会讨厌他，可结果那些讨厌，统统都变成了对他无药可救的喜欢。

“你知道 PTSD 吗？”

安思危听说过这个症状，但是具体的情况并不了解，宁越泽这么一问，她心头一紧，说不出话来。

“凌初所有不正常的表现和不稳定的情绪都是因为这个病导致的。”宁越泽作为发小，是最了解凌初的，“自从他的妹妹死后，他和家里人的关系一直都很僵，始终没有缓和，包括现在，他们还在拿他当病人一样看待。”

“所以我想只有和你在一起的时候，凌初才感受到自己还活着，作为一个普通的正常人在活着。因为他又重新恢复了爱一个人、保护一个人的能力，只有和你在一起，他才知道自己是被需要、被爱着的。”

宁越泽的话让安思危的眼泪再次决堤。

他们真正在一起的日子太短，她陪着他的时间太少了。

安思危多想乘着时光机穿梭回去，守着他长大，不让他孤孤单单一个人。

她多想回到凌初离开的前一晚，她无论如何都不会再相信他说的“明天见”，无论如何都不会再让他走。

“你知道凌初现在在哪里吗？”她要去见他，她有许多的话要告诉他，恨不得自己长了翅膀，现在就飞去他的身边。

她已经错过了太久，在有限的生命里，她只想和他在一起。

宁越泽看了看时间：“这个点的话，他应该还在漆曜的会所吧。”

对着面前的人，漆少爷认命了，他这辈子大概就是做小弟的命了。

“哎，你说你是不是白长了这么帅的一张脸，一点都派不上用场。我看人家长得丑的追老婆也不像你这么费劲儿。”

大佬睨他：“你的屁话有点多。”

“我这不是替你着急，你看你也老大不小了，再拖下去指不定要完。”

大佬已全然失去了耐心，小弟嘿嘿笑：“所以你得抓紧，不然老婆可真要被人家青年才俊给抢走了。”

漆曜的话让他再度想起傍晚时，安思危和纪闵盛并肩离开的身影。

这下，大佬的脸更臭了。

保住漆少爷小命的，是突然推开门闯进来的疑似大佬心尖上的那个人。小弟一脸惊呆地看着她紧紧抱住大佬，大佬也是愣住了，因为这不是别人，这是安思危。

“怎么了？”凌初温柔地拍拍她，她却仍然把脸埋在他的怀里，就是不肯起来。安思危一直都是个非常冷静自持的人，极少会有这么冲动的时候，她也不管屋里是否还有其他人，就是抱着凌初不放。

漆曜揉了揉眼睛，有点不敢相信："真的是我大嫂？"

在他印象中，第一次见到安思危时，差点被她冷得冻住。不是高傲的冷，也不是冷漠的冷，而是气质中自带的那种冷，让人仰望的冷。凌初也是这样冷的一个人，漆曜一开始不明白，就他们这么冷的两个人在一起，如何相互取暖?

现在他算是有点明白过来了，原来他们只要对着彼此就不会冷了。

"那我就不打扰你们了。"他笑嘻嘻地朝凌初眨眨眼，这个时候还杵着做灯泡就太不识相了。走之前他还故意暧昧地说："这间房随你们怎么用，随意随意。"

语气和样子都欠揍得很。凌初随手抄起手机就砸过去，还好他溜得快，不然下一秒必定脑袋开花。

待这枚"2000 瓦超大电灯泡"走后，凌初问："不是给你外婆庆祝生日去了吗？怎么过来了？"

她闷在他怀里连说三句："我想你，我想你，我想你。"

凌初轻抚着她长发的手指顿了一下，继而笑了，他的安思危说想他啊。

"我在这里。"他坚定又温柔地说出这四个字。

安思危心头一颤，她差一点点就遇不到这样的凌初，这么好这么温柔的凌初。她后怕极了，仰起头双手捧住他的脸，仔仔细细地看着他，生怕错过他的一丝一毫。

"你哭过了？"凌初发现她的眼眶红红的，"谁欺负你了？"

安思危吸了吸鼻子，说："没有谁欺负我。"

她多想跟他说一句"你能活着真好"，可是这样凌初就会回忆起那段遭遇，她不要让他难过。

"那你怎么哭了呢？"凌初将她抱入怀里，心疼道："我的傻姑娘，好像比十年前爱哭了。"

"那是因为我老了，老了的人容易多愁善感。"

"你才不老。"听见她说自己老，他似乎很生气，"谁敢说你老？在我这里你永远都是少女。"

"老少女吧？"

“你还说？”

安思危笑了，贴着他的心脏说：“凌初，我们不要再分开了。”

“我们从来没有分开过。”他摸摸她的脸，唇角带笑，“就算是我们不在彼此身边的十年里，我都仍然是你的。”

安思危的心，暖得都化开了。凌初是她的唯一，不仅仅是十年前，更是这未来的每一天，是一生一世。她何其有幸，这辈子能拥有唯一的他给的全部的爱。

在这之前，安思危有时会去想那消失的十年里他们到底错过了彼此多少，在那段时光里她对他一无所知。

漆曜说他过得不好，是怎样的不好呢，她仍然一无所知。好几次对着凌初她都差点问出口，她知道自己如果问的话，凌初一定会说，可是她竟然那么害怕真相。现在她才知道，原来她这么害怕失去他。

所以安思危什么都不想管了，她只想和他在一起，这十年所错过的所有就用以后的时光来弥补，直到把这一段空白填满。

“凌初啊，是这个世界上最好的人。”安思危靠着他的胸膛轻声说：“也是我最爱的人。”

这好像是她的初次告白，不需要任何仪式，在这一刻她只想把心里关于他的一切都说与他听。凌初的胸腔处溢满了温暖，安思危的声音像一双无形的手从他的身体内穿过，紧紧地拥抱着他，让他有一种强烈的被珍惜的感觉。

“真的很奇怪，相同的人，差不多的眼睛、鼻子和嘴巴，可组合起来唯独只有你有着我喜欢的样子。我碰见过很多的人，可没有一个人像你。”安思危第一次在凌初面前说出这些心情，“有时候我会产生一种幻觉，到底有没有凌初这个人呢？为什么我等了很久，他还是不出现呢？”

“可我骗不了自己，我果真是个死心眼的人吧，和你在一起的每一件事我全记得清清楚楚，就连做梦都是那段时光。”她勾着他的手指，声音细软。

“因为这世上我最舍不得你。”凌初接上她的话。

在那些难熬的日子里，他就是靠着和她的回忆才坚持了下来。如果没有安思危，他早就变成了行尸走肉，浑浑噩噩地过完一天是一天。

就像宁越泽说的，安思危是他的救赎，更是他的奇迹。

“凌初，我们谈恋爱吧。”

猝不及防的一句话令他一时傻了。

“小安同学。”大佬叫了她一声，极其认真地纠正道：“我们一直都在谈恋爱——中。”

安思危眨了眨眼睛：“是吗？”

“从我回来，我都亲你几次了？”大佬特别严肃地说，“哪有不谈恋爱就亲对方的？那是耍无赖”

“所以你耍无赖几次了？”

安思危仰头：“你说有几次了？”

凌初低头：“算上这一次的话。”

还来不及说什么，他已经吻上了她的唇。不是上一次办公室里的温柔试探，这一次，是一个男人对一个女人的所有的爱。

她被他压在身下，她双手攀上他的颈项，承接他的所有柔情，两人的身体贴得密不透风，吻得难舍难分。他们十指相握，凌初的吻如龙卷风般想要席卷掉她的一切。当解开安思危的第一颗纽扣时，他的手指似乎带了一团火般，将她的身体点燃。

这一刻，安思危的心里涌出无限的感动来。

从当年到现在，他们一路坚持自己所爱，从未有过一天放弃对方的念头，如今才能得到拥抱彼此的机会。

“怎么办？”凌初的声音在这一刻格外低沉，带着一点点性感的喑哑。

“嗯？”安思危轻轻应了一声。

这又细又软的一声钻进他耳朵里，惹得他就快要控制不住，只好将脸埋入她的颈窝内，贪婪地闻着她身上的味道：“怎么办，我一点都不舍得把你吃掉。”

安思危在他怀里笑弯了一双眸：“怎么办，我的凌初竟然有点清纯。”

“……”某人咬牙，“安！思！危！”

韩瑞的婚礼选在境外的一座海岛举行，“毫无人性”的韩总把整个度假村包了下来，私密性百分百。婚礼前两日，大部队到达，韩瑞出手非常阔绰，来参加婚礼的人一律包吃、包住、包玩还包机。

安思危和熊贝陪着韩瑞老婆去试婚纱，男人们面朝大海在聊天。

漆曜对上凌初的视线，终于忍不住暧昧地笑出声：“那天晚上你们俩……嘿嘿……”

凌初指了指大海，威胁意味十足：“信不信我现在就一脚把你踹到海里面，让你爽一爽？”

漆曜在嘴边做了一个拉上拉链的动作，开什么玩笑，他一个旱鸭子掉到海里面怎么行。

“那天晚上安思危来找过我。”宁越泽斟酌着，还是如实道，“她看起来一副失魂落魄的样子，问我关于你以前的事，也没有说她是怎么知道这些的。”

凌初陷入了沉思中。他从来没有想过要瞒着她，只是说了的话，她一定会难过伤心。所以那天她哭也是因为知道了这件事吧。

“还有……”宁越泽顿了顿，继续道：“你离开的这十年，准备怎么和她说？”

这是个非常现实的问题，现实到连漆曜都变了脸色。

“因为就这件事，如果什么都不让她知道，或者让她最后一个知道的话，那样似乎对她太不公平。”宁越泽侧头看向凌初，说，“但我们谁都没有资格替你去解释，这个十年，如果要说，也只能由你自己来说。”

韩瑞点点头，他们是看着安思危一年年等下来的，如若凌初不是他兄弟，他们都想劝她不要再等了，十年的时光对一个女孩来说太珍贵。

正如宁越泽所言，那样对她太不公平。

“可这十年过得最惨的人是凌，受到最不公平对待的也是他，在英国……”

“漆曜。”凌初制止他再说下去，低声道：“我确实欠她一个解释。”

尽管安思危从未在他面前提及过，可他知道她心中的顾虑与害怕，他太自私了，以为弥补从前的时光就能找回丢失的一切。

可现实是，他们之间还横亘着这消失的十年。

它好像一道结了痂的疤一样，不去碰的话，它看着似乎是在慢慢复原，可一旦揭开它，又将痛得撕心裂肺。

“开开心心在一起不好吗？”漆曜虽不懂爱情，可他觉得有些繁杂又使人难过的事情不需要多解释。

“最重要的是眼下，而不是过去，有时候知道过去反而是一件残忍的事。”

他的话也没有错，若让安思危知道这一切，她势必会崩溃。这就是大家所顾虑而始终无法说出口的原因。

“算了，要说也不急于这一时。”韩瑞拿过烟盒，抽出一支叼在嘴上，“漆少爷讲得也对，开开心心在一起就好，趁这次出来玩儿你们该干吗就干吗。”

话头一转，漆少爷又变得兴奋极了，尽管他不喜欢谈恋爱，可他想围观大佬谈恋爱。

在别人面前，大佬分分钟都是一副“敢靠近我就弄死你”的冷冰冰的表情，可对着安思危永远都是“我老婆说什么都对”的温柔神态，这样的反差感简直比看偶像剧还过瘾。

“韩瑞给你俩准备了豪华海景别墅，里面有一张双人床！还有独立露天泳池！啧啧啧！让你一展雄风！”

大佬脸上隐隐有了杀气……

“嘿嘿嘿。”韩瑞从裤子口袋里摸出一个打火机，说：“这么浪漫的海岛，怎么样我都要给你们创造机会是不是，难道让安思危和熊贝睡一屋？那人家小宁宁也不肯啊。”

宁越泽透过镜片瞥他一眼：“小宁宁也是你叫的？”

韩瑞识趣地给自己倒满酒：“行，我不能叫，我自罚三杯。”

漆曜这时蹿到某人身旁，为他打气，颇有一种拳击手上场前，经纪人在旁为他又是捶背又是捏腿的架势，一不小心脱口而出：“加油！让自己成为一个真正的男人！你可以的！”

这句话吓得韩瑞点烟的动作静止，那根嘴里叼着的还未点燃的烟直接“啪嗒”掉到了地上。似乎预示着漆少爷一分钟后的惨烈结局。

宁越泽愣了足足半分钟，随后笑得停不下来。

某人拿过杯子喝了口柠檬水，冰块嚼得嘎吱嘎吱响，仿佛是在把这个多嘴的家伙狠狠磨于齿下。

“你是不是活腻了？”大佬周身杀气“腾”地一下冒起来，“是的话你说一声，我马上成全你。”

漆曜站起身，缓缓退后，保命要紧：“那个……我没见过世面，第一次来这种地方，我去参观参观！”

“再不滚别怪我真一脚给你踹海里去！”

下一秒，他就溜得没影儿了，看来脚底抹油这种功夫平时没少练。

韩瑞差点笑疯：“这个漆曜，我真的好奇他是怎么在你身边活了这么久的？要是搁从前，这家伙绝对活不到现在。”

凌初黑着脸说：“命大。”

海景别墅为木式建筑，每一栋都是独立分开的，私密性极好。别墅内设有私人游泳池、热带花园以及露天凉亭，泳池内铺的是色调偏冷的苏加武眉石。

亮堂的卧室里头最吸睛的就属那张双人大床，也不知是酒店的安排，还是韩瑞故意差人布置的，大床上撒满了新鲜的玫瑰花瓣，摆成了一颗爱心形状。安思危差一点以为自己走错了房间，不知道的，还以为是来度蜜月的。

“咦？”她一脸茫然地问：“是这里吗？我是不是走错房间了？”

凌初看了一眼房间，嗯，韩瑞这家伙读书时智商虽不怎么高，可情商绝对能给两百分，多么完美的安排。

“没走错，就是这里了。”

“好吧，韩老板果真大方，那你睡哪里？”她问道。

凌初指指这张铺满了玫瑰花瓣的大床，勾唇道：“当然是这里。”

“……和谁？”

“和你。”

夜幕降临，海风微微吹着，韩瑞在沙滩边搞了个聚会，一排的鸡尾酒和精致的美食，棕榈树上悬挂着一闪一闪的星星灯串，放上音乐，气氛正浓。

漆曜抿了一口酒，眉眼一扬，坏笑说：“韩瑞给你们准备的房间怎么样？”

凌初睨他一眼：“你想问什么？”

“嘿嘿嘿，双人大床试过了吗？”

“你脖子洗干净了吗？”

“啊？”漆曜摸摸脖子，明白过来他的意思，识相地说：“当我没问。”

此时，熊贝正在房里给安思危挑衣服，挑着挑着皱起了眉：“你来海岛怎么一件性感的裙子都没带？”

“别扭。”

“有什么别扭的？”

安思危想了下说：“就是觉得别扭，以前在学校时都是穿校服的。”

在凌初面前穿性感的裙子？光是这么一想，她的耳朵尖儿都发热。

“姐们儿，相信我，男人都是视觉动物。”熊贝勾住她的肩，语重心长地道，“当然你现在穿校服，在凌初眼里也是最好看的，可这是海岛，这么绝佳的一个机会，你不想刺激一下他吗？”

“刺激他什么？”

“试试。”熊贝说着递给她一个纸袋子，“还好我有准备。”

安思危接过，从里头抖出一件小黑裙。

“我新买的，还没穿呢，正好送你。”熊贝相当喜欢这款裙子的设计，在安思危身上比了比，满意地说，“绝对让凌初见了魂儿都飞了。”

她有些犹豫：“太性感了，我不行的。”

“性感分两种，俗气和高级。”

美人的美在骨不在皮，安思危的骨相比皮相还要灵气，而更绝佳的是她的气质，熊贝就没见过比她气质更好的人。

待安思危换上了裙子站在全身镜前，熊贝忍不住赞叹：“真是太适合了，比我穿得还要好看，你的好身材终于可以透透气了。”

就是有这样的人，她能美到同性都对她嫉妒不起来。

安思危不自然地拉了拉身上的裙子：“好看？”

“好看死了。”熊贝故意在她耳边吹气，“你的性感怕是得让凌初窒息啊。”

“……”安思危抖落一地鸡皮疙瘩。

“别浪费了老韩精心准备的场地。”熊贝朝她眨眨眼，暧昧地说，“今晚……你们……”

被熊贝这么一提起，安思危又想起刚才和凌初的对话。

“那你睡哪里？”

“当然是这里。”

“……和谁？”

“和你。”

她几乎产生了一种错觉，好像下一秒说完这两个字的凌初就会把她吃干抹净。还好熊贝的电话是及时雨，让她暂时没有被他扑倒在那张双人大床上。

天色完全暗了下来，聚集在海边的人不少，韩瑞这次请了很多朋友过来，差不多都年纪相当，要美女有美女，要帅哥有帅哥。

“养眼。”漆曜放眼望去，美女们打扮得都很清凉，毕竟是海岛，日常不适合穿的衣服到了这里就不会显得夸张了。

他指着两个从远处走来的窈窕身影，胳膊肘撞了撞凌初：“你看，这俩身材，正点啊。”可某人却兴致缺缺。

“肤白、貌美、腰细、腿长。”漆曜继续说：“这身材好得……该有的都有了。”

随着那俩身材姣好的美人儿走近，漆曜用力地眨了眨眼睛，摸着下巴“嘶”了一声：“我怎么越瞧这黑裙美女越像我大嫂？”

“别瞎认大嫂。”

“那真是我大嫂。”

凌初坐直，往漆曜指的方向看去，还真是。

安思危换了一身黑色的无肩连衣裙，领口不高不低，正好到她胸口处，明明没有露出什么，却又泛着致命的性感。裙身不长，到膝盖上方，微风一吹，窄窄的裙摆拂过雪白的腿部，显得那双细腿又长又直。

他脑中猛地跳出漆曜说的那句话：“肤白、貌美、腰细、腿长。”

直到安思危走到他面前，凌初竟然还在循环着这句话，一时半会儿愣是找不到比这更贴切的形容词。

熊贝在似乎还没反应过来的某人眼前挥了挥手，转头对安思危说：“看吧，魂儿都飞了。”

“调皮。”宁越泽宠溺地伸出手臂来。

熊贝这只张牙舞爪的小野猫瞬间变得乖巧无比，幸福地投进宁越泽的怀抱。她身材高挑，前凸后翘，她穿了件浆果色的吊带裙，涂着同色的口红，妖艳又性感，一般的男人还真把持不住。

可是当她依偎在宁越泽的怀里时，似是收起了平日里锋芒的刺，全然是一副乖巧小女人的模样。两人卿卿我我去了，走前还不忘顺便捎走碍事的“漆秘书牌电灯泡”。

安思危能够感觉到凌初炽热的视线，他就一直盯着她，像是一头随时会扑上去将她吃得骨头都不剩的猎豹。果然吧，她在心里哀叹，这裙子就是太短太露了，凌初怕是又要不高兴了，不该信了熊贝的话。

“来。”凌初只给了一个字。

安思危移步过去，恰时海风吹来，她一头绸缎般的乌黑长发被吹到肩后，露出漂亮的锁骨，颈间的音符项链闪着温柔的光泽。

凌初单手穿过她柔顺的发丝，本想将她揽入怀里，却触到她空荡荡的后背。原来这件衣服最性感的地方就在于后面一个 V 型的设计，完全衬托出她优美的背部线条。

此刻，他发烫的掌心正贴着她微凉的后背，惹得安思危耳根又一下子红了。

“小安同学。”凌初俯身凑近她，托着她的背稍稍往前一带，她便被他拥入怀里，他轻笑道：“你好像越来越坏了。”

“哪里坏了？”

“竟然这样诱惑我，你要不要负责？”

“我考虑一下。”

他的笑声从胸腔处温柔地传到她的耳朵里：“怎么办，我连你的坏都喜欢得要命。”

这时音乐很应景地换成了浪漫的歌曲，安思危伸出手臂环住他的颈项，又脱了高跟鞋，光脚踩在他的脚背上。他们贴在一起，踩着松软的沙滩，随着音乐轻轻摇晃。

她俏皮地说：“那我以后多坏一点。”

“不行。”

“你不是喜欢我坏吗？”

裙子的剪裁贴合着曼妙的身体曲线，凌初搂着她的细腰，故意掐了一下：“只能在家里坏。”

“不能在外面吗？”

“以后再这么穿，我打你屁股。”海风把她的后背吹得这么凉，“感冒了怎么办？”

安思危“扑哧”一声笑出来：“大哥，这里是海岛。”

“那也不行。”

她笑吟吟地看进他眼里：“那在谁的家里行？”

“我们的家里。”他低下头，抵着她的额头这样说。

这一句比任何的情话都要来得令人动心。

橙黄色的星星灯串，将温暖的光亮投递到两人的身上，凌初耳朵上的音符耳钉仿佛比以往更亮了。

安思危伸手摸了摸他的耳朵，指尖沿着耳郭下滑到耳钉上，想到他把他最珍贵的东西分了一半给自己，心里头又柔又酸。柔的是她还来得及爱他，酸的是她未曾见过小天使一面。

安思危终于明白了那时候凌初为什么说理想中的家要住得高一点，离天空近一点，那是因为他想离凌音近一点。

“想心事？”凌初撩了撩她的长发。

因为踩着他的脚背，两人的高度之差正好够让安思危的下巴抵着他的肩膀，她换了种轻快的语调说：“我在想我的男朋友今天也很帅气。”

听她这么说，他笑了：“拍马屁也没用。”

“嗯？”

“还是只能在家里坏。”

安思危勾住他的脖子，趁机掐他的脸：“好你个凌初，满脑袋的坏思想。”

众人就这么看着传说中令人望而生畏的大佬是如何展现他“宠妻狂魔”的一面的。

大佬怀里搂着他的女朋友，任凭他的女朋友怎么说他，大佬都是一脸宠溺。他女朋友时不时掐掐他的脸什么的，大佬还挺享受。

而大佬苦苦追到的“高冷系学霸”女朋友，也只有在大佬的面前才会展露出俏皮的一面。

大佬很享受这样的特别福利。

Chapter 16

相对一辈子来讲，仅仅十年又怎么够

凌初和漆曜他们谈完事情回来的时候，房里没有安思危。

他从卧室内穿了过去，走到露天阳台，头一侧便瞧见她整个身子没在泳池内，安安静静的。凌初心头一紧，想都没想就跳入池子内。

安思危被这“扑通”一声响给吓住了，她还没来得及回身，腰身就被人一把扯住，他臂弯收回将她牢牢地固定在自己的怀里。

安思危在水中扑腾两下，等转过脸来看清了是凌初，他非常紧张的样子问她：“你没事吧？”

“我没事。”安思危茫然地问：“你怎么……”

凌初吁了一口气：“我还以为你溺水了。”

他身上的衣服全湿光，额前的头发也被打湿，他垂眸看她时，发丝上的水滴正好滴到了她的脸颊上，凌初抬手用指腹为她擦去。

水面已恢复平静，安思危此时穿着比基尼的前胸正紧贴着他的胸膛，这一发现令她脸上泛起了可疑的潮红。

“我没事，你看你衣服都湿了，快去换一身吧。”

“不用换。”凌初摸摸她的耳垂，软软的、红红的，安思危只要一害羞耳朵就会像现在这么红。

“脱了就行。”

他说话的时候放开了她，已浸湿的短T恤被他轻轻一掀直接给脱了。这个场景有点眼熟，安思危不自觉地咽了咽口水，当年在教室里他也是这样把衬衣脱了，让她拿回家去洗。

那是她第一次看到男人光着上身，虽然倍感震惊，还有些羞耻，可回头想一想这人的身材真是不错的。

现在，他赤裸着上半身，小麦色的肤色散发着专属于男人的一种魅力，令人看得垂涎欲滴，从肩膀到手臂的弧度线条是那么优美，八块腹肌在水中若隐若现，好像在对她无声地暗示着什么。

安思危舔了舔唇，等她意识到自己在做什么时，收手都来不及了。

她竟然真的伸手去摸了，指尖微微触到他的皮肤那会儿，脑中还想着只摸一下就好。

当她细软的指腹贴上他的腹肌时，仿佛通了电流一般，凌初的眸子瞬间黑亮得能蹦出星星来。

他抓住游移在他腹部的那只手，低声提醒："小安同学，你这是在玩火。"

"……"安思危仿若从梦中醒来，天哪，她到底做了什么羞耻的事情，她为什么要去主动摸他！

"我……我没有。"她的脑袋在这个时刻对着这样能让人流口水的身材，还能奇迹般地保留一丝清醒，赶紧撇清责任："是你……引诱我。"

她与他对视，浅浅的眸子不断传递出一个信息，就是——你在引诱我。

凌初弯起唇角，是止不住的喜悦，他的小安同学真是越来越有趣了，他垂眸看向水中白得发光的安思危，声音已经变得有点哑了："小安同学，你知不知道，我也是个正常男人。"

这句话惹得她的心脏发狂地乱跳，可能已经跳到了每分钟一百八十下，并且还有继续往上升的危险。

"别动。"凌初低声道，"再动我真就要把你吃了。"

安思危的皮肤像牛奶般雪白又像绸缎般光滑，在水里隐隐泛着光泽，这样湿身面对着彼此，凌初的抑制力已经到了崩溃的边缘。

随时随地就要爆炸。

安思危明白了他的意思，也是不敢动了，可是没用，周围静悄悄的，就连她轻微的呼吸声都成了无形中的引诱。

凌初微微俯身，专属于男性的侵略气息将她包裹住，安思危抬起头来，鼻尖擦过他的下巴，柔软的触碰激起了水中小小的浪花。

她眨着眼看他，指腹轻刮他下巴上的水渍，细声说："刚刚蹭到了。"

此时他的眸子变得和这夜色一般墨黑，握住她细长的手指："我说了，再动就要把你吃了。"

安思危可能不知道，在他怀里她每一个轻微的动作，都能让他随时失去理智。那根大脑中紧绷的弦因为她软软的贴近几欲绷断。

"凌初，我有没有和你说过？"安思危注视他，眉眼牵动，盈盈浅笑，"在十八岁成人礼上，我许了一个愿望。"

"是什么？"

抵在他胸膛上的手缓慢下移，然后环抱住他精壮的腰身，她仰起脸来俏皮地说："你猜。"

被她这样一抱，凌初的那根弦已到了临界点，哪还有心思去猜，抬起手指轻捏她的下巴，哑着嗓子唤了一声她的名字："安思危。"

她那双浅色瞳仁里蔓延出无限的温柔来，每一缕都钻进了他的心里头，她说："在十八岁成人礼上，我许愿这一生不论长短都要是你的。"

安思危仰起身主动在他唇上印下一吻，贴着他微凉的唇重复这四个字："都是你的。"

那根叫理智的弦因为她的这句话彻底地被拉扯断了。

就着这个姿势，凌初单手托住她的后脑，倾身吻了上去。水面的波动逐渐变大，两人在浅蓝色的池子中拥吻，他将她牢牢地拥在怀中，恨不能把她全数揉进自己的身体内。

他是那么爱她，爱得小心翼翼，爱得几近发狂。凌初从来没有怀疑过爱一个人能爱这么久，如果这个人是安思危的话，他真的一点都不怀疑自己能爱她十年。

相对一辈子来讲，仅仅十年又怎么够。

因为太过珍视她，每一次他都拼命地克制自己，不管漆曜他们如何调侃，他还是不想那么早的去碰她，在他的心里，她依旧还是那个少女。

只因为刻着青春的这一年被定格了太久，在见不到她的十年间，在他的大脑中，每分每秒都在回放着关于她的片段。

所以面对着安思危时，那种想要很珍惜她的心情就会溢满心头，他到底还是舍不得。

“哎呀。”安思危轻呼一声，微拧眉，攀着凌初的脖子哭笑不得，“……脚抽筋了。”

闻之他起身将她抱出泳池，走回房里：“在水里待的时间太久了。”

安思危坐在床上，凌初怕她着凉，拿了一条干净的大毛巾过来，替她拭去身上的水，他额前未干的发梢沾着水珠，滴落在纯白的被单上，化成一圈小小的印记。

等擦好了，他又拿来浴袍披在她肩头，坐在床边上揉着她的小腿问：“好些了吗？”

安思危屈了屈腿活动了几下：“感觉好多了。”

凌初揉了揉她湿软的头发：“那你要不要去洗个澡？”

“现在吗？”

“嗯，洗完我帮你吹头发。”

等洗完澡出来，凌初拍拍床边：“来。”

安思危套着白色的浴袍，侧着身子，双手托着毛巾擦拭着湿漉漉的长发。因为刚洗完澡的缘故，她的脸愈发白嫩得如同婴儿肌肤，双颊红扑扑的煞是好看，一双水雾般的杏眼望着他，然后走过去。

不知是哪个牌子的沐浴乳，她的身上有着很好闻的花果香，香味并不浓烈，淡淡的，一丝一缕地窜进他鼻间，像是体内散发出来的一样。

安思危趴在床上，凌初给她吹着头发，手指穿过她的黑发，触感真好。这一刻她的心里生出了天长地久的感觉，虽然这是第一次，可却仿佛做了无数次般自然。

“你知道吗，女生都讨厌洗头，特别是长发，因为洗完还得吹头发，真的很麻烦。”

他轻笑：“我知道。”

安思危双手交叠，下巴枕着手背，歪头打了一个哈欠：“所以，不是与重要的人见面，能不洗头就不洗头。”

但每一次凌初与她见面，都能闻到她的发香。

想到这里，他不禁唇角上扬。他的手指轻缓按摩着她的头皮，安思危感觉惬意又舒服。原来洗完澡有人帮着吹头发是这么幸福的一件事。她起了困意，于是换了个更享受的姿势，前半身趴去他的腿上，轻声说了一句话。

因为吹风机有一点声音，凌初没有听清，俯身问："你刚说什么？"

她幸福地闭着眼，似乎已进入了梦乡，咕哝一句："你每天都帮我吹头发好不好？"

他宠溺地摸摸她的头，应道："好，每天。"

韩瑞举行婚礼的这天，甘棠也来了。

她出国后基本是一年回一次，但每次都会腾出时间和老友们聚一聚。

甘棠现在是名产科医生，工作特别忙，为了参加韩瑞的婚礼，她连夜从美国飞回来，今天早上才到达海岛。

这也是御林小伙伴十年后第一次全员到齐。

韩瑞是他们之中结婚最早的一个，婚礼是在教堂举行，仪式神圣而庄严。

两人交换戒指，韩瑞掀起新娘的头纱，在她唇边落下一吻。

场内掌声轰动，甘棠眼中泛着泪花，使劲拍手感叹："真好！我们瑞哥终于嫁出去了！"

宁越泽笑道："没毛病，棠棠说得对。"

确实，还真没一个人觉得这话哪里有毛病，大家纷纷点头赞同。新郎沉浸在新婚的欢乐中，搂着他的小娇妻哪顾得上跟他们咬文嚼字。

安思危也被感动到了。回想起上一次参加薛洁清的婚礼，虽然婚礼被搞砸了，但她却和凌初重逢了。

似乎是感应到她在想什么，凌初侧过头看着她："我们好像和婚礼很有缘？"

"有缘？"

"这是我们一起参加的第二场婚礼了。"

安思危一想，确实如此。

"所以——"凌初凑近她，压低声音问，"下一场该轮到我们了吧？"

安思危眨了眨眼睛，咀嚼了这句话的意思，瞬间反应过来。

——什么？

——这是求婚吗？

"我……没说要嫁给你。"她垂眸，不去看他，免得露出小女人的娇羞来。

凌初笑着勾过她的手指："不嫁给我嫁给谁？"

她轻声细语："嫁给笨蛋。"

"……"这是要他承认自己是笨蛋。

两边的伙伴们看过来，悄悄地关注着，等着凌初的反应。

"好，那我就是笨蛋。"

这位大哥压根儿不带考虑，还说得特别得意，一副"谁都别跟我抢"的样子。

安思危："……"

众人："……"

"你说的，嫁给笨蛋，他们都听见了，可不能耍赖。"

安思危："……"

众人："……"

不愧是"恶霸凌"，脑子转得快！

"不耍赖，我们从来不做耍赖这种事情。"熊贝开始助威，"我们思危最讲信用了。"

"看这笨蛋多好啊！就嫁了吧！"甘棠也加入助威行列，"等你们结婚，我一定来给你当伴娘！"

"缺伴郎的话我上！"助威第三人——漆少爷宣布加入，"别等了，择日不如撞日，就今天吧！有教堂，有牧师，有伴郎伴娘，还有蜜月套房，你要是再想要表演嘉宾，你们看满少就坐那儿呢，亚洲巨星拿起麦克风就能来一曲！"

向璟满不得不朝他竖了个大拇指。

"一应俱全，完美！"漆曜说完都佩服起自己来，怎么能这么聪明呢。

安思危被他们说得脸都红了，反观身边这个笨蛋，笑得别提多开心了。这下全世界都知道她要嫁给他了，他当个笨蛋又何妨。

"大家出来拍合照吧！"摄影师喊了一声。

他们走了出去，站在教堂门口，韩瑞特意叮嘱一定要让他们这一拨人先拍几张。蓝天白云下，彩色的气球一并飞向高空，镜头下是他们一张张灿烂的笑脸。因为身边都站着自己最喜欢的人。

"新娘抛捧花啦！"

一群姑娘们开始跳起来疯抢，捧花却像长了眼睛般只朝某个方向坠落。凌初稳稳地从面前接过，大家都愣住了，没见过有男人接捧花的呀。

下一秒，他单膝跪地，转身将捧花献给眼前的人，笑起来时眼角飞入眉鬓。即便他是令人闻风丧胆的“恶霸凌”又如何，这一生他只为一个女人单膝跪地，只臣服于她。

凌初说：“我这个笨蛋，你要不要？”

不止她，在场的所有人都惊呆了，就连最能贫的漆曜一时都没反应过来。若是换成别人，韩瑞肯定得跳出来了，这不是抢新郎的风头吗？

可凌初追安思危，瑞哥从高中开始就操着一颗老母亲的心，眼下巴不得替安思危接过捧花点头答应。也许是因为这里碧海蓝天的气氛很合适，也许是因为韩瑞的婚礼感染到了他，在捧花落到眼前的那一刻，他根本没有去考虑万一被拒绝呢？

在大家殷切的注视下，安思危站在他的面前，白色长裙的裙摆被风吹起，拂过他的手臂，带着轻柔的触感。

她盈盈浅笑：“我是不是非要不可？”

“是的。”

“如果不要呢？”

凌初同样笑着看她：“那就没人要了。”

安思危读大学时就见过好几次男生在女生宿舍楼下告白，摆着一圈心形的蜡烛，在楼下大喊“某某某我喜欢你，做我的女朋友好吗”。

工作后也看到过各式各样的表白或者求婚方式，却从来没见过有人会接过婚礼上的捧花，在所有人的注目下单膝跪地问她“我这样的笨蛋，你要不要？”

他丰神俊朗，眼神灼灼，哪里有半点像笨蛋的样子。可因为她随口一说要嫁给笨蛋，他就做定了这个笨蛋。

终于，安思危接过捧花，眼睛亮亮的，轻而坚定地说：“谁叫我喜欢笨蛋呢，还是这个世界上独一无二的笨蛋。”

众人一阵欢呼。

韩瑞携小娇妻度蜜月去了，大部队也回到了国内。

休完假的上班第一天，安思危刚到公司就觉得气氛诡异，大家见着她都是一副欲言又止的表情。

“怎么了？”安思危看看他们，“是不是我不在时谁闯祸了？”

大家纷纷把头摇成拨浪鼓。

“那是怎么了？”她提着两大袋子在海岛买的特产，拿去给他们分，“一个个神秘兮兮的。”

丁顺接过东西，道了声谢后问：“师父，你怎么不提前告诉我们一声？”

“告诉什么？”她一头雾水。

“告诉我们换老板了。”

“……”安思危愣住，“换老板？什么时候的事？”

齐娜见她这个反应，感觉不对：“老大，你不知道吗？”

安思危摇摇头，她是真不知道。

这下大家看她的眼神就更奇怪了，这不科学。

“老大，你怎么会不知道？”

“我没收到任何的通知。”

难道是海岛上信号不好？这不可能，安思危一时间搞不明白了，怎么才休假了五日就变天了？

她问：“新老板是谁？”

大家沉默一秒，然后眼神统一飘向某个方向，小心翼翼地指了指：“里面。”

安思危顺着视线看过去，是她的办公室。集团的新老板有这么看重他们的设计部吗？一大早就来办公室等着她接见？安思危不动声色地拿过搁在丁顺桌上的手提包，直了直身子向里间走去。

齐娜越想越觉得不可思议：“到底怎么回事啊？老大怎么会一点儿都不知道呢？”

其他人也同样琢磨不透：“看起来是真不知道。”

丁顺：“说不定是想给她一个惊喜？”

众人点头：“有道理，有道理。”

安思危推开办公室的门，视线对上正笑眯眯看着她的男人，诧异地问：“你怎么来了？”

“我来上班。”

“……”安思危终于反应过来，“他们说的新老板就是你？”

凌初笑弯了一双眸，抬手轻轻敲了敲桌子：“惊不惊喜？”

安思危放下包，脱下大衣，瞥着他道：“是惊吓吧。”

“你忘了我和你说过的，我会收购尚宇？”

安思危：“……”

凌初从她手中接过大衣，替她拢了拢长发：“对你，我从来不开玩笑。”

“在海岛那几天你也没有和我说起过。”也难怪丁顺他们会有那么吃惊的表情，任谁都以为她是知情的。

“因为每一天都想给你惊喜。”

而能给到这样惊喜的人也只有他了。

“你不和我说说是怎么把尚宇收购下来的？”

“为了你多花一点钱不算什么。”他轻描淡写地把一笔巨额数目说成了“一点钱”，而后牵起她的手，“走吧，陪我下楼吃个早餐。”

三楼有家专门吃早午餐的餐厅，生意特别好，因为是开在办公楼里面，来的基本都是各个公司的高管或白领。对于他们这种场面见多了的人来说，长得帅一点的男人或者可爱一点的小男生真的一点都不稀奇。

可从凌初进来以后，大家的视线就跟涂了胶水似的黏在他身上了，女人们一个个掏出粉饼气垫开始补妆、补口红。但可惜他不是一个人前来，身边坐着的是尚宇的安总监。

松露蘑菇吐司和肉桂松饼端了上来，吐司上面盖了一个水波蛋，轻轻一戳破满满的蛋液就会流出，烤制的松露和蘑菇的鲜味很好地融合在了一起。

凌初切了一块吐司喂到她嘴边：“从现在开始我要每天盯着你吃早餐。”

她确实没有吃早餐的习惯，顶多早上喝一杯咖啡提提神，像这样坐在环境明亮的餐厅里面悠闲地吃一顿早午餐实在是太奢侈，时间上的奢侈。

有时候齐娜会给她带早点，但一忙起来她就忘记吃了，所以经常会闹胃疼。

“谁又出卖我了？”安思危喝了口橙汁，挑了挑细致的眉，“还是你把他们都收买了？”

“老板怎么会收买员工。”他一副我什么都没干的样子。

安思危突然想到：“你可别告诉我你收购尚宇就为了盯我吃早餐？”

他倒也不否认：“这是我工作的一部分。”

“其余部分呢？”

“负责把你照顾好。”

吃过早餐后，凌初送安思危回了办公室。

“我一会儿去漆曜那边处理点事情，晚点再过来。”

“好，快去宠幸你的小助理吧。”

“……”见他这副一脸无语的表情，安思危笑坏了，抖着肩膀笑得眼泪都快出来了。

“小安同学，我发现你现在很皮啊。”凌初伸手圈住她的腰，倾身贴近她，语气中带着明晃晃的诱惑，“我只宠幸你一人。”

她抬手轻拂他灰色的衬衣领子，明眸一转，一秒入戏：“皇上如何宠幸臣妾呀？”

凌初抬高她的下巴，眼里全是笑意：“今晚翻牌。”

“后宫佳丽三千，可得有不少牌子。”

“谁说三千的？”他佯装生气，“朕的后宫只有你一人。”

安思危没忍住，先笑了出来，催促他：“幼稚，快办事去吧。”

凌初贴上她的唇，轻语：“我不想走了。”

这时，门外响起一道声音：“安安，你们在……做什么？”

外婆和沈琴正站在门外，一脸惊愕地看着他们。

Chapter 17

你竟然给我去相亲

沈家。

外婆进屋直喊孟姨："快，快把我的保心丸拿来。"

"老太太，怎么了这是？心脏又不舒服了？"

孟姨赶紧把保心丸递上去，又倒了一杯温水给外婆："不是去看安安了吗？怎么看得心脏病犯了？"

不问不打紧，这一问外婆的心脏更不舒服了，她捂着胸口说："你问琴琴，她看到了什么？"

外公提着一个水桶正从外边钓鱼回来，今天收获不错，他老人家心情很好，只听到了外婆说的后半句，便问："看见什么了？"

仨人齐刷刷地望向沈琴的方向，她不自然地咳嗽一声："嗯……也没什么。"

孟姨："老太太，这不是没什么吗？您激动啥呢？"

"还没什么？"外婆声音都提高了半度，可有些词语让她难以启齿，"安安跟个男人……这还叫没什么？"

"什么男人？"孟姨听出了端倪，猜测道："是不是我们安安有男朋友了？"

外公也挑出关键词来："男朋友？"

安思危正想开口，沈琴护着她说："年轻人谈个恋爱什么的很正常，安安年纪也不小了，是时候该找男朋友了。"

“我不反对她谈恋爱，我一直说闵盛那孩子很好，安安如果和这样优秀的人交往，我很放心。”

外婆吃过保心丸之后感觉稍微好点了，拉着安思危的手语重心长地说：“是不是外婆之前一直催你谈恋爱，让你压力很大？可是也不能随随便便找个男人啊，这样你会受到伤害的。现在这个社会爱情骗子特别多，他们就喜欢欺骗单纯的、漂亮的姑娘，可到头来吃亏的只有你们。”

安思危不喜欢听见谁说凌初不好，即便是家里人也不能误会了他。

“外婆，他不是骗子，也不是随随便便的人。”

“那你了解他吗？知道他家里的情况吗？”

“我们认识很久了，他是我的高中同学。”

这句话让沈琴倏地回过身：“是那个小初同学？”

安思危点了下头，沈琴当即做了一个决定，那就是无论如何也一定要守护住女儿的这段感情，不能让她像当初的自己那样。

“高中同学也证明不了什么，瞧他染的那个头发就感觉挺霸道的，正经人怎么会染那种颜色？”

虽然外婆后半句没说，那就是人长得倒很俊，可第一印象决定一切，长得再俊在她这边都是零分，不，是负分。

谁让他就这么无所顾忌地在办公室里亲她的外孙女？

“妈，您话不能说得这么满，事无绝对，只不过就是一个发型，怎么可以断定人家霸道不正经？您以前不是经常教育我们不能以外貌去评判一个人吗？”沈琴帮着说话，“而且小伙子长得很好，我挺喜欢的。”

外婆以前确实是这么教育他们的，沈琴这番话让她自觉理亏，但仍旧固执又偏心地说：“我还是喜欢闵盛。”

外公和孟姨总算听明白了，就是安安好像谈恋爱了，被外婆不小心撞见了。可是外婆似乎不满意？不，不是似乎，外婆的表情充分说明了五个字，那就是——非常不满意。

孟姨给外婆捶捶肩，让老太太消消气：“谈恋爱是好事，您气什么呢？就气对方不是闵盛？”

外婆严肃地表态：“谈恋爱是一件很慎重的事情，我们为什么要讲究门当户对，就是因为起码要知根知底，我们沈家的孩子从来不高攀，但也不能低就。”

话中意思非常明白，他们到底还是怕安思危重蹈沈琴的覆辙。

“低就”二字令沈琴想起了安思危的父亲，那个温和儒雅却没有任何背景、家世的男人，他总是怕自己能给自己的东西太少，可他把这一生的爱都给了她，她夫复何求。

而今，她只希望自己的女儿也能爱得尽如所愿。

“他们从高中认识到现在，有十年了吧，怎么不知根知底？”

“这十年间他们有一直在一起吗？为什么我只看到闵盛默默地陪着安安呢？”外婆的揣测却像一根刺突然扎上了安思危的心头。

“行了，你们消停会儿。”外公坐那儿半天听得头都沉了，喝了口茶道：“我现在只想听我外孙女怎么说。”

安思危目光坦然，她做了的事，她从不躲避否认。

她喜欢的人，她不会让他受委屈。

“外公，我谈恋爱了，他是我的男朋友，是我喜欢的人。”

外公沉思片刻，问：“他叫什么名字。”

“凌初。”

“关于尚宇的收购后续都写在了合同里面，你作为控股股东拥有整个尚宇60%的股份，你……”

漆曜说到一半停住，因为今天的凌初有点颓丧，还是显而易见的颓丧。

但是漆曜学乖了，绝不再往枪口上撞，所以使眼色叫宁越泽去旁敲侧击。

凌初没注意到两人的视线交流，他的心思全在之前被“抓包”的那一个片段。他反复地在回想那一刻自己做了什么？有没有过分的地方？有没有不正常的举动？有没有？

——没有吧？

怎么可能没有！

他抱着安思危在亲，要命，这在她的外婆和母亲的眼里是怎样一幅……不堪入目的画面？她们会不会觉得他不正经？

所以，这个印象分到底打了几分？凌初懊恼极了，随手扯过合同直接盖在自己脸上，长叹了一声，他没这个脸了。漆曜和宁越泽面面相觑，这到底是什么情况？是什么促使老大忧郁成这样？

两人正在犹豫着该怎么开口问时，凌初又“唰”地一下拿掉盖在脸上的合同，坐起身子看着他俩：“你们觉得我外形怎么样？”

漆曜不加思索地说：“特别帅。”

“能不能迷倒70岁老太太？”

漆曜：“……”

宁越泽：“……”

“那能不能让中年阿姨喜欢？”

漆曜：“……”

宁越泽：“……”

“能不能？”

“不，不是能不能的问题。”漆曜简直不敢相信自己的耳朵刚刚所听到的。“你受了什么刺激？你不是喜欢安思危吗？怎么突然变了口味？你要想勾搭中年阿姨，我没法给意见，可你确定连70岁老太太都不放过？”

凌初没有回答，泄了气一般地又瘫坐在椅子上，伸直长腿，重新又将合同盖在脸上。

真的不对劲！漆曜和宁越泽互看一眼，同时确定了这个信息。凌初难道移情别恋了？那这世界上再没有专情的男人了。

漆曜小心翼翼地问：“你是不是喜欢上别人了？”

半晌，合同下传来凌初丧气的声音：“滚。”

听到这个“滚”字，漆曜放心了大半：“那你愁眉苦脸的干什么？”

“我见到家长了。”

“见家长是好事啊。”漆曜说完又反应过来，“什么？你见了谁的家长？我大嫂的家长？”

宁越泽笑道：“你怕她家人对你印象不好？”

不愧是大律师，任何问题都能问到点子上。

漆曜觉得不可能，这问题压根不存在：“你又帅又有钱，她们没道理对你印象不好。”

凌初终于闷闷地说出原委：“那要是我在亲安思危的时候，她们突然闯进办公室看到了呢？”

宁越泽和漆曜异口同声：“那你完了。”

凌初这下更丧了。

“你这头发得染黑，老太太都喜欢看起来积极向上的有为青年，你这夹杂着银发的发型一看就很不正经，直接扣了印象分。”

宁越泽说到了点子上：“还有，你得学人家老纪，谦虚又有礼貌，你和她的家人打招呼了吗？”

漆曜：“他嘴不甜，但招呼肯定打了。”

“没有。”

其实是根本没来得及打招呼，这一切发生得太快，从被“抓包”到安思危跟着离开，前后可能就一两分钟。他堂堂凌氏集团的负责人，什么场面镇不住，却偏偏被安思危的家人撞了个措手不及。

“完了完了，这下真完了。”可把漆曜给急死了，“你……你起码叫个伯母奶奶外婆什么的吧？”

“安思危是官三代，她外公沈擎苍是原A省的政法委书记，两个舅舅也都是从政的，在这样的一个家庭背景下……”宁越泽也觉得相当堪忧，“想娶沈老书记最疼爱的外孙女，难。”

难于登天。

这个周末，安思危照例回家，没有因为上次的事情而逃避。

外婆说想出去喝个英式下午茶，正巧沈琴不在，难得老太太有兴致，安思危自然陪着一起了。到了餐厅后，外婆径直走向某张桌子，那边正坐着一个年轻男子。

安思危拉了拉她：“外婆，那边有人坐了，我们坐别的位子吧。”

男子看到她们走近，礼貌地起身，笑容真诚。

“墨岩，不好意思，让你久等了。”

男子迎上去，握住外婆的手：“尤教授，哪里的话，等您是我们小辈应该做的。”

“听你的父亲说，你在国外发展得很好，怎么回国了？”

男子谦虚道：“国外再好都不如在国内亲切。”

“回来好，回来好，国内不比外国差，你看我都忘记介绍了。”外婆拉过还愣着的安思危，“安安，这位是陈墨岩，你外公老战友的孙子。”

“你好，初次见面。”陈墨岩大方地伸出手。

如果拒绝和对方握手，那很不礼貌，安思危伸手轻轻碰了一下。

外婆满意地说：“你们好好聊，就当认识一下新朋友，我这老太太就不凑热闹了。”

“外婆？”

她拍拍安思危的手：“墨岩是个很优秀的孩子，你接触一下就知道外婆没骗你。”

安思危听明白了意思，这是——变相相亲。

外婆知道如果直说相亲，她绝不愿意，所以故意以想喝下午茶为借口让她陪着出来，就是为了让她与对方见面。

陈墨岩绅士地拉开座位，安思危心软，不想拂了外婆的面子，只得坐下。外婆走后，两个之前并不认识的人被安排到了一起，气氛总归有点尴尬。

陈墨岩不是很能唠嗑的人，但是他很懂得说话的技巧，他说话包括点单都非常的绅士，看来这个人在国外真的待了很久，深受那边的影响。

安思危心不在焉，有一句没一句地搭着，时不时瞥一眼手表，陈墨岩似乎也看出了她的心思：“安小姐，我能不能冒昧地问一句？”

“嗯？”

“你有男朋友吗？”

“有。”

安思危的上方蓦地响起了一个声音。

她微微一颤，凌初将手搭在她的肩头，因为站着的关系，他正居高临下地看着对方，勾了勾唇角：“我是她的男朋友。”

凌初抽过一把椅子，在安思危身边坐了下来。陈默岩倒显得挺淡定，没有因为这个突如其来的男朋友而乱了阵脚。反倒是安思危再一次经历了被“抓包”的现行，明明她什么都没做，却已经感觉到凌初在磨牙了。

还有，他的头发怎么变黑了？

安思危突然反应过来，转身难以置信地盯着他，眼神在无声地问着这头发是什么时候给染黑的！看出了她眼里的惊讶，凌初单手捋了一下头发，墨黑的发丝穿过指缝，看起来潇洒又英俊，和他挑染了银发时的又痞气又霸道的形象不太一样了。

见她盯着他，他旁若无人地问：“帅不帅？”

帅，但这不是重点。

安思危指了一下他的头发：“怎么回事？”

“我怕吓着丈母娘和外婆，所以及时改邪归正。”他叫丈母娘叫得还挺顺口。

“你呢？”

“我……我怎么了？”安思危直了直坐姿，故作镇定。

凌初笑了一下，故意逗她道：“我女朋友是在和别的男人相亲吗？”

“……”她否认，“不是。”

凌初当然知道她不是在相亲，他就是想故意逗她脸红。

“如果你说是的话……”他抬手将她耳边的头发别到耳后，倾身挨近她，压低声音道：“我就现在把你扛回家狠狠惩罚。”

意识到对面还坐着陈墨岩，安思危伸手拉了拉凌初的衣袖，叫他别闹。

刚刚的打情骂俏看在陈墨岩眼里，他全当作什么都没发生，一个人悠然自得地品茶，对上凌初的视线时，他也是不介意地笑笑，一副“你们继续，不用管我”的表情。

“陈先生，不好意思，我想我有必要解释一下。来之前我并不知道外婆的用意，所以……”毕竟是外公老战友的孙子，安思危也很给面子，没有拒绝得太难看，因为聪明的人总能知道她“所以”后面想表达的意思。

而她觉得陈墨岩是一个聪明人。

“我明白。”他温和地接上话，“有件事我也需要向安小姐坦白。”

他顿了顿，继续说：“其实我有女朋友。”

这个意料之外的真相令安思危终于松了一口气，看来这次的乱点鸳鸯谱是要让外婆失望了。不过对于凌初来说都无所谓，有女朋友最好，没有女朋友还看上他的女朋友的话，凌初可不是染了个黑头发就变得好说话了。

凌初：“那陈先生，我们就不打扰你喝茶的兴致了。”

陈墨岩嘴角向上，做了一个请的手势。

地下车库。

安思危刚上车，还没系上安全带，驾驶座上的男人以非常具有侵略性的气势靠近她，将她抵在车门上。

“相亲？”狭小的空间里，彼此的气息乱窜，不知为什么，染了黑发的凌初看起来更有野性了。

“竟然给我去相亲？”他的手掐着她的腰，想挠她痒痒，“嗯？”

安思危怕痒，连忙阻止他手上的动作，想到他竟然还在介意着，她轻笑出声：“吃醋了？”

他闷闷地承认：“你说呢？我醋都还没来得及喝一口，就直接跌缸里头了。”这醋缸的滋味可真够酸的，酸得连陈墨岩都闻出来了。

当他隔老远时，陈墨岩就看清了这人浑身上下写满了“敢和我女人相亲”的警告标签，那酸味估计全餐厅的人都闻到了，只是陈墨岩不好意思笑他，怕这不好惹的男人醋劲一上身就把人家餐厅给砸了。

安思危细白的手指搭着他的肩膀，好奇地问：“你是怎么突然找到我的？”

他的醋劲还没退，作势要打她屁股：“如果我没出现，你是不是要和人家聊一下午？”

“你觉得我会是这种浪费时间的人吗？”如果凌初没出现，她也准备当场和陈墨岩坦白自己并没有相亲的意思。

他反问：“你觉得我会给你机会去浪费这种时间吗？”

“……”算他狠。

“说出来你可能不信。”凌初看着她，颇有点炫耀的意思，“是我丈母娘给我打了电话。”

接收到这个信息，安思危只是眨了两下眼睛：“你丈母娘？”

嗯？不对呀！

“你丈母娘！”她一时激动，什么都没考虑直接脱口而出，“不就是我妈妈？”说完，就看见凌初止不住地在笑，笑得非常得意，笑得非常欠揍，她才意识到自己刚才那句话说得太快了，现在想收都收不回去了。

“你这是承认自己是我老婆了？”

“谁是你老婆。”她装傻，故意不去看他。

凌初放慢语速，用一种非常浅显易懂的方式来分析这段关系：“你妈妈是我的丈母娘，我就是你妈妈钦定的女婿，你是你妈妈的女儿，那你就是我凌初的老婆。”

多么完美，毫无破绽。

末了，他还加一句："对不对？"

"对个你头！"

安思危差点就信了他，以前怎么就没发现他还有这方面的天分？

"我觉得很对啊，没毛病，所以你说你是不是我的？"他轻轻带上一句像是问句又像是在叫她的两个字，"老婆。"

安思危怎么听怎么觉得不对劲："你在占我便宜？"

"没有啊。"凌初显得很无辜，这次音调往上提了一下，"老婆？"

她扭过头："不是。"

车里本就空间有限，此时他整个人又压了上来："我都这么叫了还不是？"

"不……"她没说完的字被他全数吻走，凌初轻咬着她的唇，似是在惩罚她的相亲，也在惩罚她的否认。

此时凌初突然将车座椅调下，安思危整个人躺了下去，他就着这个姿势吻她，不给她任何喘息的空间，吻得她轻飘飘的。

"我有话要问你。"安思危的心脏在剧烈地跳动着，她大口喘着气，差一点点就要被吻得缺氧窒息了。

她的胸膛因为喘气而上下起伏着，终于她缓过来了一点，说："你让我先坐正。"

凌初把车座椅调正，她问："真的是我妈妈打电话给你的？"

"嗯，千真万确。"

"奇怪……"安思危的语气里充满了疑惑，"我妈妈怎么会打电话给你呢？"

凌初挑了挑眉："知道为什么吗？"

"为什么？"

"因为丈母娘看女婿越看越喜欢。"

哪有自己夸自己的？

"我知道你外婆可能不喜欢我，毕竟我那天确实表现得不好，头发在老太太眼里也属于不正常，所以我觉得印象分应该不高吧。"

安思危不忍心打击他，印象分不是不高，是低得没有再低的可能性了……

"但是没关系，我有信心能让你的家里人接受我。"

安思危抬手揉了揉他的头发，指尖穿过发丝的触感真好，其实凌初很适合黑发，显得他的轮廓更深了。

“所以你特意跑去把头发染黑了？”

他笑笑：“为了娶老婆回家，折腾几下头发不算事。”

当时，他是为了追回她，才故意把形象弄成高中时的样子。现在，为了让她家里人接受，又把头发染回来了。安思危是感动的，也许染黑头发这种事情在很多人眼里看来算不上感动，可安思危知道凌初做什么都是为了她。

她握着他的手，摩挲着他的掌心说：“外公外婆会接受你、喜欢你的，家里每一个人都会喜欢你，因为你是我喜欢的人。”

就算利用家人宠爱她的这一点，她也要让所有人都接受他。

她要给他一个家。一个没有谁是多余的，不会分裂的家。

凌初拥她入怀，温柔地说：“有你喜欢我就够了，我只要安思危喜欢我。”

“还有你丈母娘喜欢你呢。”

“所以你承认了？”

“不承认。”她补上一句，“我只承认她是你的丈母娘，但不承认我是你老婆。”

“……”凌初垂眸看她，“安思危，你最近真的越来越调皮了，我觉得我的惩罚力度要加重了。”

“唔……”小安同学又一次被抵在了车门上。

安思危回到家，小笼包朝她奔去，“喵呜喵呜”地扒拉着爪子想亲近她，她弯下身子把它抱起，它舒舒服服地靠在她怀里。

外婆看她回来，试探性地问：“聊得还好？”

见安思危不说话，外婆拉着她在沙发上坐下：“生外婆气了？”

外公放下正看着的报纸，问道：“你又出什么主意了？”

“我只是想让安安和老陈家的孙子认识下，你也知道的，墨岩那孩子很优秀，年纪又和我们安安相当，只有接触过才知道适不适合。”

外公摇头：“你啊，瞎操什么心，老陈家那孙子打小就出国，洋墨水喝多了，也不一定适合安安。”

沈琴赞同外公的观点：“确实不是所有优秀的男孩子都合适的，谈恋爱还是得看两个人的气场合不合，彼此的三观、价值观是否一致，最重要的是双方身上有什么点是能够互相吸引的。”

孟姨问：“老太太，您不是喜欢闵盛吗？怎么又给安安介绍别人了？”

外婆无奈道：“我喜欢有什么用，安安不喜欢，所以我想着再让安安认识一下其他男孩子，总好过在一棵树上吊死吧。”

也不知是对凌初的发型不满意，还是因为撞见了他们在办公室搂搂抱抱，总之外婆确实是对凌初的印象不好。

但后来安思危提了他的名字后，外婆倏地想起来，不就是那日大舅提起的在绑架案中侥幸活下来的孩子吗？

她同情他的遭遇，可是外婆还是有自己的顾虑，凌家家大业大，商人气息太重，而沈家代代廉洁奉公，两家其实并不适合结亲。

这也是外公为什么不喜欢生意人的原因，这其中有太多的避讳。

安思危垂眸看着怀中眯着眼惬意地打着瞌睡的小笼包，声音很轻似乎是不想惊到它：“外婆，可能您并不知道我和凌初的事情。我喜欢他，从当年到现在，我只和他一个人谈过恋爱，也许在别人眼里他没有那么好，但在我心里他是最好的，即便我们中间有段时间分开过，也没有任何人可以替代他在我心里的位置，过去、现在，甚至将来，我都只想和他在一起。”

这是安思危第一次在家人面前说出这样的话来。她不想再和凌初分开，这辈子也不可能再喜欢上别人，那么还不如早点坦白承认，不管外公和外婆能不能接受，但爱谁是她一个人的事，没有人可以替她做决定。

外婆回想起来以前沈琴也是这般的固执，现在听见安思危这么说，她心里感叹着到底是母女俩，她叹着气也是管不了了。

怎么管呢，以前管着女儿不让她和安沉亦在一起，结果她怀孕了，继而又私奔了，一离家就是十八年。

现在要是再以这种方式管着外孙女，重蹈覆辙的人就会变成他们，万一外孙女也跟人私奔了，亏的不还是他们吗？

外婆舍不得，只要一想到安思危以后不回家了，她的心就空落落的，她和老伴年纪都大了，安安要是这么一走，他们哪来第二个十八年像去等沈琴一样等她回来？

一想到这里，外婆还是妥协了，拍着她的手说：“是外婆存偏见了，我们安安的眼光不会差，你喜欢的总归是最好的人。”

外公已经没有当年那么固执了，时代在进步，小辈的感情事已不是他能掺和的了，更无法替他们做主，就让他们去吧。

不过，外公倒是挺好奇，到底是什么样的人让外婆打了负分，又让外孙女这么坚持地喜欢？

“改天，请他来家里一起吃个饭吧。”外公咳嗽一声，试图掩饰他的不自然，“让我这个老头子也见见。”

外公的意思，你们都见过了，他老人家还没见过呢。

沈琴喜出望外：“爸，您这是答应了？”

“我答应什么了？”外公仰起头表态，“想娶我沈擎苍的外孙女，没那么容易。”

知道老爷子爱面子，孟姨笑道：“您啊就是答应了。”

外公重新拿起报纸，挡住她们的视线，哼了一声：“我就是想看看是哪个臭小子高中不好好读书勾搭我外孙女？”

安思危圈着沈擎苍的手臂，靠着他，撒娇道：“就是，您得好好教育他。”

“万一我太严厉把人家吓跑了呢？”

外婆当真道：“人家第一次来我们家，你可不能太严厉。”

“外公外婆放心，他绝对不会被吓跑。”

能吓跑的都不叫“恶霸凌”。

家里的气氛终于又恢复如初，小笼包此时又钻去了沈琴的怀里，安思危看着自己的母亲，眼神动容：“妈，谢谢你。”

沈琴莞尔：“妈妈也没做什么。”

“他都告诉我了，你给他打了电话。”

安思危的眼睛像她的父亲，眸色浅，看着冷淡，实则是个温柔的人。

“我只希望我的女儿幸福。”沈琴由衷道，“我也相信他能给我女儿幸福。”

安思危靠着母亲，摸着小笼包粉嫩嫩的小肉垫，回想起凌初的话唇角不禁上扬：“妈，你知道他说了句什么话吗？”

“说什么？”

“他说，丈母娘看女婿越看越喜欢。”

沈琴也笑了：“我这个女婿，是个宝藏。”

安思危心想这可不能让凌初知道，不然他又会开始自吹自擂，谁叫他已经得到了官方认证。

当纪闵盛接到安思危的电话时，他明白这一天到底还是来了。两人约在一家咖啡店，他早到了一会儿，在遇见安思危之后的人生里，他总是习惯了等她。

“抱歉，我来晚了。”外头冷，安思危一边说一边将围巾拿下。

“没关系，是我到得太早。”他看着她时眼里还是有丝丝缕缕的柔情。

安思危在对面坐下，服务员送来一杯摩卡，是纪闵盛为她点的。他知道她的喜好，比如她喝摩卡喜欢加奶不加糖。安思危双手握着杯身取暖，不消片刻，指尖的温度逐渐回暖。

店里头正轻轻放着音乐，工作日人不多，比较安静，她想说点什么，可突然又不知道该从何说起。纪闵盛是个很好的人，她知道，这么多年即便自己拒绝了他，他还是一如既往默默地在她身旁守护着。

可这么好的人，不该为她浪费时间。

似乎知道她在想什么，纪闵盛笑了笑，率先开口：“公司让我去美国总部，下个月就启程。”

“出差？”

“这次不是出差，是常驻那边。”安思危沉默，知道他是因为她才决定常驻总部。

“其实你不用……”她想说你不用走，可是她没有立场让他留下来，她给不了他想要的感情。

纪闵盛明白她的意思，为了不想让她有愧疚感，只说：“这是个挺好的机会。世界其实挺小，坐十几个小时的飞机就又能回来了。”

安思危捧起杯子喝了一口咖啡，不知为什么，今天的咖啡加了奶也还是苦。

“你和以前不一样了。”纪闵盛看着她说，“以前的安思危就算是笑也好像带着难过，总是不知道你为什么难过，明明你什么都没有说。而自从凌初出现以后，现在的安思危就算是不笑，也能让人感觉得出你的幸福。”

他不用去问她喜欢凌初什么，从她的眼神里就看得见答案。

“我终于知道我为什么输了，也许我出现得还是不够早，在他之后的人，根本没有赢的可能。”纪闵盛也是一个骄傲的人，可后来他才发现，在安思危面前他爱得越来越卑微。

他的笑容仿佛是这寒冷的冬日里飘来的一抹春天，为了让自己了无牵挂地走，他终于还是问道："如果没有凌初，你会喜欢我吗？"

安思危的视线掠过玻璃窗外形形色色的路人们，停在一对站在寒风里的小情侣身上，他们还穿着校服，男生把围巾从自己脖子上解了下来，围在女生的颈项上，两人对视笑得很甜。

"我不知道。"她看着窗外如实说，"因为我至今没有去思考过我喜欢上别人的可能性有多大，我也从未去想过这世上没有凌初我该去喜欢谁。"

他出现得太早，以着一种要和她过一生的姿态占据了她的整个青春，让她没了任何余地。纪闵盛的这个问题让安思危忽然发现，原来她连自己有没有喜欢上别人的可能性都从未考虑过。

听见这个答案，纪闵盛释怀地笑了："如果他知道我这个情敌要走了，会不会很开心？"也许，凌初只会面无表情地挑下眉，可心里面一定会很高兴，毕竟老纪是让宁越泽和韩瑞都公认的好男人。

安思危没有接话，只笑了笑。

"不管怎样，看到你很幸福我也就放心了。"纪闵盛说，"结婚的时候通知我，我一定来。"

"好。"这一刻，只是两个老友坐在一起叙旧，再喝一口咖啡，也没了苦涩的味道。

中国室内设计大奖在申城的会展中心举行，因为是国内最高规格的设计奖项，各个设计公司都很重视。

安思危作为尚宇的设计总监也受邀参加，这一点儿都不稀奇，在国际上安思危也是各种高规格奖项的热门人选，让大众觉得新奇的是尚宇的新老板竟然也亲自陪同。

新老板全程贴身陪伴，堪比最佳保镖。对着设计总监每一秒都在温柔地笑，一转眼对别人又是冷冰冰的样子。

走红毯的时候，连主持人都忍不住发出惊叹声："尚宇的老总帅得有点过分了……"

一身黑色高级定制西服，一点都不含糊的一百八十七厘米的身高，占据着绝对的体形优势，雕刻般的下颌线配上他冷峻的表情，让人虽然怕他可还是忍不住想看他。

安思危穿着一袭长裙，衬得身段优美，挽着他的手臂，两人一起走红毯。因为是露天的关系，寒风吹得人身上有些冷，特别是安思危的裙子薄，就更觉得冷了。

凌初的表情充分说明了他已经被惹毛了，该死的，这是什么破红毯，怎么这么长。

“冷不冷？”他脱下西服，披在她肩头，单手搭上她的腰身，让她挨近自己。

“我贴了暖宝宝。”其实还是很冷，但凌初的衣服一罩下来瞬间就暖和多了。

女主持人本想拦下他们做一个简单采访，但是凌初冷冷地扫了她一眼，他才不愿意让安思危在寒风中多待一秒钟。

进了会场后难免寒暄一番，因为都来自同个行业，基本上脸熟的多。大家差不多都知道尚宇的新任老板和设计总监的关系匪浅，但谁也不说破。

陈妍也在，她看见安思危和凌初站在一起，身上又披着他的西服，她愤愤地扭过身子，看了讨厌，宁愿不看。她转身的同时瞥见不远处有个穿着风衣的女子正看着安思危的方向，不，精准一点的话是看着凌初。

他长得帅，有女人盯着他不足为奇。

安思危这次是作为颁奖嘉宾来的，因为去年就是她拿下了设计金奖。

开场后，凌初勾着她的小指，凑在她耳边说：“我觉得我的女朋友很厉害。”

“我的男朋友也很厉害。”

“我觉得我的老婆最漂亮。”

“我的……”安思危及时刹车，差点就中了他的计，“我的‘恶霸凌’世界第一坏。”

他将她整个手包在自己的掌心中，笑道：“小安同学，你能不能偶尔迟钝一两次？就一两次行不行？给我个机会。”

安思危头一侧，靠在他肩膀上：“机会是要靠自己争取的。”

“比如？”

“我外公喊你来家里吃饭。”

“……”他大概愣了有一分钟时间，微微侧了侧身，垂眸看她，“你刚说什么？”

“问你愿不愿意来家里吃饭？”

在他没给出反应的时间里，他把这句话的重点挑了出来，五个字，那就是：

来！家！里！吃！饭！

安思危幽幽地说："你不愿意的话就算了。"

这下他反应快了："我愿意，见外公外婆和丈母娘，我一百个一千个一万个愿意。"

"说不定还有我的两个舅舅。"安思危抬眸笑，"你怕不怕？"

"……"这是鸿门宴啊。

"我的头发告诉我，我能行。"

他看起来信心十足，但安思危感觉得出凌初似乎有那么一点小紧张。

在之后的时间里，凌初满脑子想的都是那天该穿什么衣服，休闲一点？正式一点？太休闲了不好，太正式了也不好。

他要不要给每人都准备一份礼物？可是送什么好呢？买得贵了怕人家觉得他像暴发户，不贵的东西他又送不出手。

原来上门见长辈——也是一门学问。

直到整场颁奖晚会结束，他还在苦恼应该怎么办，完全没留意到随着人群开始疏散，有一个人正在向他走近。

凌初站起身，然后把手伸向还在坐着的安思危，拉她起来。当他们准备离场时，这个人站在了他的面前。

是之前陈妍看到的那个穿着长风衣的年轻女子。

凌初一怔，眼神变暗，低声说："你怎么来了？"

她微微一笑，上前抱住他："Surprise（惊喜）!"

人流都在往前走，只有他们这边仿佛静止了一般。

Chapter 18

他想拥有她生生世世

凌初怔住，下一秒拉开她，握紧一旁安思危的手，嗓子有些发紧，再一次问："你怎么会来？"

"我来看你。"她的眼神丝毫没有闪躲，"我很想你。"

说这句话的时候她显得我见犹怜，小家碧玉的样子看起来非常的无害，即便眼下这个场合她并不适合讲这句话，因为安思危还在边上，但楚楚动人的眼神却让人怪不了她。

安思危从凌初的掌心中抽出自己的手，她不知道自己在想什么，可这是第一次看见他的身旁出现了另一个女孩，和甘棠不一样的角色。

凌初仍旧维持着刚刚握着她手的姿势，似乎还不适应掌心中空荡荡的感觉。半晌，他蜷了蜷手指，眸色变深，语气听起来似乎在警告："梁兮冉，我再说最后一遍，请你不要再出现了。"

她把手抄在风衣的口袋里，笑吟吟地望着他："你就这么怕看见我？"

在她出现的整个过程里，她只看着他，完全没有在意安思危的存在。

"怕你？"凌初往前一步，高大的身形压下去，居高临下地说，"你以为你是谁？"

她无害地冲他笑："我是你爸爸妈妈千挑万选出来的你的——未婚妻。"

之所以目中无人、肆无忌惮，是因为她有着这个身份。

“想嫁给我？”他唇角勾起嘲讽的笑意。被他这么一问，她更显得楚楚可怜了，但凡是个正常男人，都拒绝不了这样乖巧的女孩。

仿佛看穿了她，凌初冷笑，每个字都是狠狠地从牙缝里挤出来：“只要我活着你就别想。”

场内明明暖气十足，可安思危却感觉从头冷到了脚，仿佛突然头顶下了一场倾盆大雨，冷得全身僵硬，嘴唇都有点发麻。凌初回过身，眼里带着深深的歉意，将披在她肩头的西服往里拢了拢，包裹住她因冷而有些发抖的身子。

“我们走吧。”他牵住安思危发凉的手指，撇下梁兮冉，走出会场。

两人都沉默着，凌初周身的气压很低，还没走到车库，安思危停了下来。

“你没有什么想说的吗？”

他垂眸，语气听不出其中情绪：“我和她没有任何关系。”

安思危看着他：“我知道。”

身为正牌女友的她，面对一个突如其来的第三人的挑衅，她依旧冷静得可怕，没有吵没有闹，只说一句我知道。

也许在对方看来，她才是第三人。

安思危将西服脱下还给他：“我想一个人待会儿。”

凌初没有接过，却是伸手紧紧抱住她。他了解安思危的性格，她就算难过得要死，也只会倔强地不吭一声。

“我不想让你一个人。”

“给我一点时间。”她拍拍他的背，然后轻轻推开了他。

出租车里，师傅提醒：“姑娘，我们沿着内环兜了快一个小时了。”

安思危说想一个人待会儿，可她也不知道自己该去哪里？能去哪里？

偌大一座城市，想找个地方躲一躲都没有。师傅以前也碰到过几次这种情况的乘客，多半是失恋了才会这样，开了一个小时，车内寂静无声，只有电台节目在放着。

师傅也想找点话题聊聊：“跟男朋友吵架了？”

安思危不说话。

师傅只当她是默认了：“年轻人谈个恋爱，吵架分手都是常事，不稀奇。你看起来和我女儿差不多大，我女儿每次和她男朋友闹分手都又哭又吵的，没你这么平静。”

她看着窗外的车水马龙，蓦地问：“是不是吵架才算正常？”

“男人都不爱吵架，可女人非得揪着同个问题不放，能不吵吗？”

“我看起来很平静吗？”

师傅透过后视镜看她，这姑娘平静得一点情绪都没有，一上车就让他随便开，只要车开着就行，一个小时了，她没有看过一眼手机，和一般失恋了上车就哭，或者等着男朋友求复合的姑娘完全不一样。

“很平静。”师傅以过来人的口吻说：“可有时太平静了也不好。”

车子开过衡山路，安思危说：“麻烦就停这里吧。”

下了车，寒冷的夜风呼呼地往领口灌，整个人都被吹得更清醒了。她仍穿着颁奖晚会时穿的裙子，成了过路人眼里这条街的风景。

衡山路，酒吧一条街，安思危也没挑，往就近的一家走去。环境倒还好，没那么乌烟瘴气，类似于一个音乐酒吧，有乐队在台上表演。卡座已满，只有吧台的位子了，服务员递来酒水单，安思危扫了一眼：“来杯鸡尾酒。”

男歌手正在台上唱着 JAY 的《最长的电影》。

“我们的开始，是很长的电影，放映了三年，我票都还留着……”

酒、音乐以及昏暗的灯光，所有的情绪酝酿到位，让安思危开始承认她是真的介意。她介意梁兮冉的出现，她介意这个女孩轻轻松松的几句话，就能把凌初逼得露出身体内分裂的那一部分。

她知道他们没有任何的关系，她从来不怀疑凌初说的每句话，可是这个女孩在用牲畜无害的笑脸告诉她，他们之间有过去，那个过去正是安思危缺席的十年。

所以在会场时，寒气从脚尖直窜到头皮，她努力克制自己发抖的身体，她不想和凌初继续待在一起，是不愿泄露自己介意到快要疯了的情绪，所以安思危当时只可以是平静的。

忘了自己喝了几杯酒，手机在手包里震动，她慢吞吞地拿起，眯眼看了一下，是熊贝的来电。

“亲爱的，我落地啦，你在哪儿？”

“唔……在哪里？”安思危看了下周围，陌生的感觉，“我也不知道在哪里。”

“你喝酒了？”熊贝听她声音不对劲，电话里又有很大声的音乐，“你一个人吗？还是和凌初在一起？”

“凌初？”她的语气一下子充满了疑惑，眼眶开始变得湿润，“不……不，我没和凌初在一起。”

熊贝心想不好，怕她听不清，大声问：“你定位开了没有？没开的话你快给我开，还有你别再喝酒了，听到没？听到没！安思危！”

“我跟你讲……”她抹了抹眼角，不明白为什么会有眼泪流下来，“我到今天才发现，原来我也是一个……也是一个会嫉妒的人。”

“你等着我，我马上过来！”熊贝查她的定位信息，还好是开着的，在衡山路的酒吧。

她立刻打电话给宁越泽，宁大律师那边刚接听，还没说上话呢，这边就劈头盖脸地说：“我已经很久没有这么生过气了，宁越泽，你让你那哥们听好了，如果安思危出了什么事情，他这辈子都别想好过！”

“……你消消气。”

“老娘没法消气，衡山路 XX 号，你告诉他就行了。”

安思危的酒量属于比较差的，鸡尾酒虽然度数不高，可是几杯下肚她也喝得人有点儿飘了。没吃什么东西，酒精烧灼着胃，让她感觉不舒服。一个人独自喝酒总会引来旁人侧目，特别还是她这样长得好看，气质又清冷脱俗的美女。

好几个男人上前想和她搭讪，她冷冷地视而不见，一般也就不自讨没趣了，可有个男人在确定了她是一个人之后，胆子也大了起来，在她旁边的位子坐着不肯走。

“美女，加个微信呀，扫一扫很方便。”他试图拿过她的手机，“来，我帮你扫。”安思危抬起手臂挡掉他的手，把手机放回手包里。

虽然她喝得有点高，但还不至于晕乎到分不清眼前的是人还是禽兽。

男人见她肤白如雪，情不自禁地咽了咽口水，又舔了舔干裂的唇，心想着今晚真是有“艳遇”了。

安思危趴在吧台上，指尖绕着杯底打圈，眼神在酒吧灯光的映衬下略显迷离。男人那双不安分的手伸向安思危的背后，想摸一摸她的细腰，在他的手快要触到安思危的身体时，猛地被人一把扭过。

男人吃痛地喊：“你——你干什么？”

“干什么？”他的薄唇抿成一条坚硬的线，眼神中充满了戾气。

这种色狼就想吃豆腐，不敢搞出什么事情来，知道对方不好惹后立马说：“我马上走！”

凌初眼神一暗，拽着他的手臂狠狠一甩，接着就听到桌椅被撞翻的声音，还有着这个男人的喊痛声。

凌初眸底冰冷无波澜，仿佛只是看着一只臭虫，“碰她试试看？”

男人被凌初甩到地上，其间撞到不少桌椅、酒瓶，动静有些大，一瞬间还歌舞升平的现场突然死寂一般。

安思危的身上罩上了一件衣服，是只属于凌初的味道。

“没事了。”他揉了揉她的头发，所有的温柔都只给了她一人。

“思危！思危！”熊贝赶了过来，冲向还趴在吧台的安思危，看了一眼地上的男人，紧张地问，“没事吧？他没有把你怎么样吧？”

熊贝又看了看凌初，语气有点冲：“自己的女朋友都不看着，她不让你跟着，你就不跟了，那她要是和你分手，你分不分？”

“别说了。”安思危右手按着胃的地方，酒喝得有点多，胃都开始隐隐作痛。

熊贝虽然怪凌初，可毕竟也希望他俩好好的，没好气地说道：“你送思危回去吧。”

不管熊贝怎么骂他，凌初都没说什么，他想扶起安思危，可是她却躲开了他伸过来的手，抓住了熊贝。

这一次，她拒绝了他。

他怔住，手停在了半空中。

熊贝不知道这俩人之间出了什么问题，是吵架了吗？还是发生了什么别的事情？

但不管有什么误会，两个人还是得及时把话说清，所以熊贝故意将安思危推向凌初的怀里：“给你一个补偿的机会，照顾好你千辛万苦追回来的老婆，知道吗？”

“老婆”两个字让安思危条件反射地想逃离他的怀抱，可凌初抱紧后再不愿放手。上车后，她不愿说话，闭着眼，头倚靠在另一边，迷迷糊糊的感觉快要睡着了。等她睁开眼时，发现车子停的地方不是她家楼下。

安思危脑袋昏沉沉的，揉了揉太阳穴问：“怎么是你家？”

凌初替她解开安全带，温热的气息包围住她，坚定地说：“我不可能再让你一个人。”

安思危向后仰了仰，却发现避无可避：“你答应会给我一点时间的。”

凌初没有动，依旧维持着刚才的姿势，哑着声说：“安思危，我真是疯了才会答应你，你要的一点时间已经到了，剩下的这辈子里我再也不会给你离开我的机会。”

梁兮冉的出现是他始料未及的，他的确疏忽了，才让这个女孩得了这样的机会来伤害安思危。

凌初不知该从何解释他和梁兮冉一点关系都没有，在这之前他从未想过隐瞒，不说只是因为他在等待一个合适的时机告诉安思危这十年的种种，可是梁兮冉出现得太突然，他措手不及，只怕这个女孩多说一句话，就能让安思危替他坠入当年的那场万劫不复之中。

所以她说要一点时间的时候，他还来不及回应就只能眼睁睁地看着她走远。

当宁越泽来电说安思危在酒吧喝醉时，他正等在她家楼下，随后一踩油门把车开得飞快，就怕她出什么意外。

到了酒吧，看见她一个人趴在吧台上，手指无意识地在打着圈，侧着脑袋眼泪流了下来，滑过鼻尖砸在杯垫上，也重重地砸在了他的心上。

旁边有个色眯眯的男人正围在她的边上，手悄悄地从背后探出来，那一下让凌初失了理智。

他感觉到体内的那头猎豹再次现出了身，医生曾说过他的戾气得收一收，可今天他还是没有控制住自己的情绪。

仿佛再一次重演了御林实验室的那一幕。

安思危知道，如果她再拒绝，他一定会把她整个人扛起，扛进家里，所以她妥协了。

安思危坐在沙发上，屋内暖气很足，凌初的西服还搭在肩头，脸微微一侧就能闻到上面的专属于他的味道，一种夏日里的海洋气息，清清凉凉的。

她起了倦意，将西服脱下来抱在怀里，这个味道能让她心安。

“是不是胃疼了？”凌初把杯子递给她，温热的手掌隔着她薄薄的裙子，暖着她的肚子，“喝点热水，暖一暖。”

"我不喝。"

也不知是不是酒的后劲比较大，这一刻她好像没有刚才那么清醒了，仰着脸说："男人就只知道让女人喝热水，如果一杯热水解决不了问题，那就两杯。"

还有这样的说法？凌初没想那么多，胃疼不应该喝热水吗？怎么这个小妮子还生起气来了。

他故意说："你喝酒我还生气。"

安思危瞥他一眼："你生哪门子气？"

"小姑娘家家一个人跑去酒吧买醉，安思危你现在越来越长本事了，酒这个东西是你能碰的吗？酒吧那种地方是你能去的吗？"

一想到那些男人用着不怀好意的眼光打量她，他就生气。

"我不是小姑娘。"她回得理直气壮的，还拿过一旁的手包，从里头摸出一张身份证来，举在他面前炫耀地说："我成年了，我今年 27 岁，我怎么不能喝酒不能去酒吧了？我高兴的话我明天再去，后天还去，大后天也去。"

凌初拿过她的身份证，上面这小姑娘头发梳了个马尾，露出光滑饱满的额头，模样斯文又标致，还带着学生气。

他说："你再去一个试试？"

"你别威胁我，我不吃这一套了，没用了。"

她抱着他的西服，翻了个身，背对着他，靠着沙发像小笼包一样脸颊蹭着他的衣服，"我不要你这个男朋友了。"

"那你还抱着我的衣服？"

"……"她似乎才反应过来，垂头看了看怀中的衣服，有点舍不得但还是倔强地吸了吸鼻子，把衣服甩向后头，"还给你！"

继上一次喝醉了抱着他的脸亲他后，凌初终于肯定，安思危喝了酒之后就会变成另外一种性格，是她平日里绝对不会有的一面。

平常的安思危很自律，做任何事都有条不紊，出现任何问题都能理智对待。而现在的安思危会任性，会发脾气，什么冷静自持统统滚蛋，还是个话痨，话匣子一打开收都收不住，惹得凌初就是想逗她。

"你抱着衣服还不如抱着我，都是一样的味道。"

"我才不要抱你。"她撇过头，闷闷地说，"你被人家抱过了。"

看，她要是没喝醉，打死她都说不出这句酸得要死的话来。

凌初笑："我的小安同学吃醋了，对不对？"

"才没有，我从来就不爱吃醋。"

"那为什么我闻到了酸酸的味道？"

"因为上次我相亲你气得掉到醋缸里还没洗干净。"

"……"凌初牙痒痒，"安思危，以后我们家里禁酒。"

她拍了拍自己，反问道："你做主还是我做主？"

大佬一秒低头："你做主你做主。"

只要她没想起来反驳"我们家"这三个字，她想怎么做主都行。

过了会儿，安思危开始哼起歌来了，歪着脑袋蜷起双腿，嘴里轻轻哼唱着。一开始她声音低低的，在听清了两句后，凌初猛地怔住，那是十年前他们在拓展集训的时候偷偷溜出去，他在酒吧里为她唱的《分裂》。

他只唱过那一次，后来再也没有唱过。

凌初上前从后抱住安思危蜷起的身子，将她抱了个满怀，在她耳边清唱着："趁时间没发觉，让我带着你离开，没有了证明，没有了空虚，基于两种立场，我会罩着你……"

他温暖的胸膛紧紧贴着她的后背，一瞬间烘得安思危眼眶都红了："我讨厌你，我讨厌叫凌初的人，这个世界上我最讨厌的人就是他！他为什么要让我这么喜欢他，为什么要让我心里这么难过！我不想喜欢他，我也不想难过，可是我办不到，就算现在难过得要死我也还是要喜欢他。"

他喉间一哽，轻轻说："凌初是最坏，凌初是最讨厌，可是凌初最喜欢安思危了，这个世界上凌初最喜欢的就是她，没有第二个人，只有安思危。"

安思危的眼泪啪嗒啪嗒掉下来，全滚落在他的手臂上，仿佛焦灼着他的皮肤，让他的心一紧，她不是喝醉了吗？醉了的人怎么还能哭？要怎么样才可以让她不哭？

"对不起，是我让你受了委屈，是我的不对。"

凌初将她转过身，安思危哭得眼睛红红的，他手足无措地给她擦眼泪，她一哭他的心就慌："我保证会处理好一切，等处理好我就去见你的外公外婆，堂堂正正地上门提亲。"

他已经不再是十年前犯了错什么都做不了的少年，现在的他可以架空他的父母吃下整个凌氏，现在的他决不会再给任何人机会试图分离他和安思危。

他用了十年时间，从一个被父母牵制着的傀儡，变成现在无所不能的凌初，全是依靠着“安思危”三个字。

她抬起哭得湿漉漉的眼睛看他：“现在哪还有提亲这种说法。”

“你还记得我也许了一个愿望吗？在成人礼上。”

他黑眸带笑，下巴蹭着她的额头，温情地说：“安思危，当年我就认定了要你以后当我的老婆，二十七岁我一定会娶你。”

凌初伸手拉开茶几下的抽屉，从里面抽出一张身份证，摊在她面前：“今年我二十七岁。”

安思危从他手中夺过身份证，眯着眼凑近看了看，慢吞吞地照着上面的信息读出来：“姓名凌初，性别男，身份证号 3XX……”

她往后靠了靠，努力证明自己还未彻底醉，然后又歪着头一点点凑近凌初，鼻尖停在他的薄唇前，伸手捧住他的脸，打了一个酒嗝。

“你别想骗我……嫁给你。”她身上淡淡的花果香混着说话间的酒香气息全喷在他脸上，惹得凌初眸间的墨色浓得化都化不开。

安思危忽地笑了一下，似乎还没意识到两个人正维持着一点即燃的距离，她前倾着身子仍旧捧着他的脸，继续说：“我！不！上！当！”

打破这一毫米距离，凌初的唇蹭上她的鼻尖，然后气息向下，一点一点蹭过她的皮肤，直至贴上她柔软的唇瓣，轻轻吻了一下。

“安思危，你知道自己在做什么吗？”

“做什么？”她舔了舔唇，怎么感觉有点痒痒的。

凌初将声音压得又低又哑：“你在勾引我。”

“勾引？”安思危蹙眉，似乎不明白勾引是什么东西，也学着他的样子亲了他一下，“是这样的吗？”

“还是……”她的手指摸着他的衬衣扣子，缓缓地解下第一颗纽扣，再往下解了第二颗，停在第三颗纽扣的时候，她看了看他，“还是这样？”

到底什么是勾引，她的眼神充满了好奇。

凌初僵住，天知道安思危一喝醉酒就会变成小魔女，简直要了他的命，可下一秒小魔女就睡得像一头小猪，叫都叫不醒。

她知道自己刚才做了什么吗？她是不是对他太放心了？

这不知该让他高兴还是沮丧。

凌初认命地叹了一口气，从房里拿了件干净的 T 恤来，帮她把衣服换了。拉开裙子拉链的时候，凌初感觉到自己竟然该死的脸红了起来，他尽量不去看她，只管把衣服套到她身上，完了后长长地舒了一口气。

白色的 T 恤是他的尺码，穿在安思危的身上松松垮垮，有种别样的性感。他慌忙别过眼，拿过那杯倒给安思危的热水，自己几口喝了下去，却反而助长了心底那股诡异的正往上蹿的欲望。

不行。

他起身去到卫生间洗了把脸，片刻后冰凉的冷水终于浇熄了心底的那束小火苗，凌初看着镜子中的自己，他怎么可以在她醉得不省人事的时候产生邪念？

安静的空间里，只有满脸的水珠顺着下巴往下滴落的声音，良久，他总算恢复了该有的冷静。回到客厅，看见安思危此刻睡得正熟，他将她抱回主卧，给她盖好被子准备离开房间时，安思危却抓住了他的手。

“凌初。”她喃喃地叫着他的名字。

侧过身子，脸磨蹭着他的掌心，不知此时梦到了什么，她露出浅浅的微笑。凌初伸出另一只手摸了摸她的脸，舍不得惊醒睡得正香的她，就这么坐在床边看着。

也不知过了多久，即使他的手被压得有点麻了，他仍想看着她。他觉得他可以看一辈子，不，一辈子还是太短了，一辈子又怎么够呢？

这个世界上最喜欢的人，他想拥有她生生世世。

安思危这一觉睡得特别舒服，她微微睁开眼睛，侧过脸闻到枕头上熟悉的气味，跟凌初身上的味道一样。她从被子里伸出两截白皙的手臂，慢吞吞地坐起身，按了按太阳穴，试图努力回忆昨晚发生了些什么？

她从零碎的片段里面捡出两三个记忆点来。昨晚她应该是去了酒吧，然后好像熊贝来了？熊贝？安思危不太确定，熊贝飞回来了吗？

那就先跳过，接着她似乎坐上了凌初的车，进了他的家，再然后……没有然后了，后面的事情她全记不起来了，大脑中的 Ctrl+F 键反反复复显示操作失败，她果真还是断片了。

安思危放弃了回想，下了床走出房间，走了四五步后，等等……她停了下来，后知后觉地看了看自己裸露在外的双腿，身上的 T 恤长度正好遮住了屁股，再短一点就不行了。

不对，这不是衣服长短的问题，而是她的裙子呢？什么时候被换下的？安思危一脸茫然地站在明亮的客厅中央，抬起头视线正巧对上从厨房里走出来的男人，他也穿着白色的T恤，神清气爽极了。

凌初手里拿了一盒牛奶，定睛望着被清晨阳光笼罩着的白到反光的姑娘，他的衣服穿在她的身上，倒是可爱又性感，他满意地勾起唇角笑。

安思危注意到他的视线定在她的腿间，不自然地拉了拉衣服，可是拉了前面就会露出后面，试了几次后她无奈作罢。看就看吧，又不是没看过，昨晚换衣服的时候一定全都被他看光了，她幽幽地想着。

这个模样看在凌初眼里令他忍俊不禁："早啊，小魔女。"

"……"安思危足足愣了十秒，"小……魔女？"

是谁？

凌初倒了两杯牛奶，拿起其中一杯喝了一口，喊她："过来吃早餐了，小魔女。"

又是小魔女？

安思危趿着拖鞋向他走去："你在叫谁？"

"你。"凌初伸手搂住她，宠溺地揉了揉她的头顶。

她一脸不解："我怎么变成小魔女了？"

他在她耳旁低低地笑："我也想知道，昨晚你为什么要把我衬衣的扣子全解开了？"

他顿了顿，调笑道："安思危，原来你喝醉了能这么疯狂。"

疯狂？

她语无伦次地说："我……你……"

她怎么会做出如此羞耻的事情？

她半信半疑："我……解你衣服扣子了？全解开了？"

"你说呢？"

要镇定，安思危深呼吸，继而又小心翼翼地问："我……我们昨晚还做了什么？"

他意味深长地看她一眼："该做的都做了。"

安思危的脸一刹那红得像西红柿，她抚着狂跳的左胸口，真的好怕心脏会跳出来：“可是好奇怪，为什么我一点感觉都没有？”

她心想这断片断得也太厉害了，竟然没有丝毫感觉?

安思危丧气道：“我以后再也不喝酒了。”

“在家里可以喝一点点。”

但一点点就够了，小魔女可不能再醉得睡过去了。

“谁家可以？”

“我们的家。”

他明眸生辉，全世界净度最纯的钻石都不及他看着她时的目光：“安思危，和我一起住吧。”

Chapter 19

凌初，我们结婚吧

熊贝约了安思危一起吃午餐，薛洁清也在。她身体恢复得不错，心情看起来也挺好，跟宋晨办了离婚手续后，她不再钻爱情的牛角尖，性格也变得沉静了许多。

薛洁清经历了这些事后也逐渐看清，有的时候当一段感情破裂走不到底了，无须再硬着头皮坚持下去，放自己一条生路会收获不一样的风景，毕竟她的一生还很长。

吃饭时，熊贝问："跟凌初和好了吗？"

薛洁清也疑惑问："他怎么会让你一个人去酒吧？"

安思危还没说什么，名侦探熊贝已经跃跃欲试了，她摸着下巴道："先别说，让我猜猜，看我猜得对不对？"

熊贝说着还故意营造出一种留有悬念的氛围，她停顿了一下，看了一眼安思危，而安思危却不自然地移开了对视的眼神。

"有女人找上门来了？"

"不会吧？"薛洁清听得一脸惊呆，"你的意思是凌初还有别的女人？他又不是宋晨那个烂人，而且他那么喜欢思危，怎么想都不可能。"

"我没有说他有别的女人，我只是说有女人找上门来了，毕竟像他这样的男人，被外面的女人惦记着是很正常的事情，不足为奇。"

但如果是真的不足为奇，安思危又为什么会因此失去理智？毕竟安思危有着足够的优势，外面的女人清纯也好妖媚也罢，都是比不上她的。

所以熊贝想知道到底是什么样的人扮演着什么样的角色，才会让安思危介意到说自己也是一个会嫉妒的人？

熊贝叉起一块虾饼，蘸了蘸甜辣酱，放入口中仿佛当作仇人般咬碎，气势汹汹地问："这个人是谁？"

安思危敛眸，终于说了出来："他的未婚妻。"

"哐当——"薛洁清手中的叉子掉了下来，砸在碗盘上发出刺耳的声音。

熊贝皱眉："未婚妻？什么鬼？"

"他父母替他选的。"

熊贝听了就来气，把筷子狠狠地拍在桌上："什么玩意儿，学古代选妃？都什么时代了，还包办婚姻？干脆给他找个童养媳得了！他爸妈是不是傻了？"

现在全解释得通了，所以安思危才会一时接受不了跑到酒吧喝闷酒，也难怪凌初一副"都是我不好，你想怎么处置我都行"的样子。突然冒出来一个被男方爹妈认证过的"未婚妻"，这谁受得了？

安思危"扑哧"一声笑了出来："我都不气了，你气什么？"

"……你怎么还能笑得出来？心也忒大了。"熊贝真是气着了，心里头堵得饭都吃不下，"你几时受过这样的委屈？我都能想到那恶毒的女人在你面前是怎样炫耀身份的，她是不是觉得她才是正宫娘娘？我呸！她是不是太给自己脸了？凌初爸妈傻，可凌初不傻，他会承认她才怪！"

"你也这么讲了，所以我还生什么气呢？"

安思危只可以允许自己在这件事上判断失误一次，比起那个女人无视自己的存在，其实安思危更介意的是她一直在挑衅凌初的情绪。如果没有十足的把握没有人敢这么做，那个女孩似乎知道什么秘密。但事实是无论怎样都无所谓了，因为安思危只要相信她的凌初就够了。

安思危平静地说："我管她是梁兮冉还是王兮冉或者李兮冉，她是真的未婚妻也好，假的未婚妻也罢，这都跟我和凌初没关系。"

这段跨越了十年的爱恋，从来就是他和她两个人的故事，没有人可以介入其中。

薛洁清放下心："我觉得凌初会处理好一切的，都交给他就好。"

“不。”安思危摇了摇头，目光坚定，“从今往后我要和他一起面对。”

尚宇会议室。

“我们先来看刘先生这个房子。他之前在装修上走了些弯路，欧式风格并不是他想要的，所以找到我们打算把家重新改造一下。我觉得丁顺这个方案还挺好，在保持原户型格局不变，又省了预算的前提下，让客厅打开空间，将所有家具和部分墙面进行改造，重新搭配设计。主卧换成刘先生需要的静谧的风格，原本的客卧改成多功能书房。”

会议室因为是全玻璃的设计，外面的人看得见里面的每个角落。安思危背对着办公室，正就目前几个方案和丁顺他们开会：“我还很喜欢客厅地下的收纳设计，平常用不到的东西、季节性强的物品，全都可以放进这个大容量的收纳空间里，非常方便。”

凌初双手抱臂站在会议室外，虽然听不见安思危在讲什么，但她在工作时连背影都是闪闪发光的。这时，会议室里，大家都注意到了新老板正站在外，面目光缱绻地望着总监，不知该不该提醒总监一声。

“你们在看什么？”

安思危顺着他们的视线回过身，就见凌初站在十米外的地方正对着她笑。耳根又红了起来，这人真是没有一点老板的自觉。所有的员工脸上都仿佛写着一句话——赤裸裸的办公室恋情。

“继续开会。”

她为掩饰尴尬轻咳了一声，回过头说回正题：“要记住，客户的需求才是最重要的，我们设计的不是方案，是一种生活状态。我希望你们对客户能像对男朋友或女朋友一样坦诚相待，对房子能像医生对病患一样望闻问切。”

丁顺举手：“师父，我还没有女朋友……”

安思危：“所以你要思考你为什么还没有女朋友？”

小徒弟吐血：“……受伤了啊师父！”

所有人拍桌子大笑。

电话声响起，凌初收回视线，瞥了眼手机的来电号码，他嘲讽地勾了勾唇角，很好，他也正想找她。

尚宇楼下的咖啡店，梁兮冉已经在里头等着了，其实刚才给凌初打电话的时候，她就已经在这儿了。

她比凌初小两岁，虽然二十五了但总是一脸涉世未深的样子，好像踏入社会的话就会随时随地被人骗的感觉，让见过她的人都有一种想要保护她的欲望，至少她碰到过的这样的傻子很多。

但是，除了那个人。

无论她在他面前怎样装可怜、无辜、委屈，他永远都是那副懒得看她一眼的模样。她以为他对谁都这样，这些年她一直是这么以为的，可那天她亲眼看到他把所有的温柔都给了唯一能站在他身边的那个女人。

原来，他也不是永远都这样的。

凌伯母选中她是有原因的。一开始她只觉得荒诞，可是见了凌初后，她心动了，接受了凌家的安排。没有一个女人不会心动，他身上有着致命的吸引力，哪怕他不喜欢她，甚至憎恶她，她都想将他占为己有。

用尽一切办法，也要得到他。梁兮冉看向正朝这边走来的凌初，她的眼里毫无顾忌地释放出这样的信号来。

凌初在她的对面坐下，连瞥都不愿瞥她一眼，冷着嗓子道：“梁小姐，你的白日梦还没醒吗？”

她微微笑着：“我觉得人有梦想才活得比较真实。”

“可惜，你活在自己的假想中。”

“那我也愿意。”

凌初终于抬起眼皮瞅了她一眼：“你知道自己看起来像什么？”

“不管像什么，你愿意看我就好。”

他讽刺道：“你看起来像一只发情的母猪。”

梁兮冉搭着玻璃杯的手指关节露出一道白。

“梁小姐，不要做自取其辱的事情。”凌初用做生意的口气开出条件，“你回英国，我就当你没来过，傅女士给了你什么好处，我加倍给你。”

梁兮冉垂着眸，睫毛低低地压下来，声音缥缈：“你母亲给了我进凌家的入场券，你能给吗？”

“给不了。”他很遗憾地说，“你可能搞错了一点，凌家不是傅女士说了算，凌家现在由我做主。”

她猛地抬起头，突然发现他已经不是那年被关在医院里的凌初了。

梁兮冉的视线抬了抬，似在考虑，半晌后开口：“你的女朋友知道你为什么出国吗？”

“这与你没有关系。”

“可是与她有关系。”

梁兮冉蓦地笑了，捂着嘴笑得眼角都扬了起来：“你为了她把张栎的一条腿打残废，你没有办法再在申城待下去，你被你的父母强制关在精神病医院里，这些她知道吗？”

梁兮冉仰起脸，视线对上凌初身后的安思危，一脸人畜无害地笑着问：“你知道吗？”

他发现她的眼神越过了自己，意识到不对劲，回过头就见安思危正站在自己身后。因为是背对着店门的缘故，凌初丝毫没有留意到她是什么时候出现的，他们刚才的对话内容又被她听到了多少。

梁兮冉此时却笑脸动人，从看见安思危进门的那一刻起，她就设想好了所有的台词，决定要拉她一起坠入万丈深渊当中。凭什么她就被保护得这么好，能得到这个男人身上所有的温柔与爱意？梁兮冉不甘心，所以故意讲了出来，她赌定了安思危什么都不知道。凌初一双眸光迸射寒星，他紧握着面前的玻璃杯，指关节发白，似乎下一秒就会将其狠狠捏碎。

“你知道后果的。”他低着嗓子，似在通知她，“你，包括梁家都会为此而付出代价。”

安思危是他心里唯一不能碰的一根弦，只要谁敢试图去拉扯一下，他决计不会放过。

“想耍小聪明？我会让你活着比死了还难受。”

梁兮冉的笑脸凝固住，这不是威胁也不是警告，他是真的动怒了。

但她也早已料到，从决定说出口的刹那，她就堵上了自己和梁家的一切。

安思危走上前两步，神态自然：“我下楼来买杯咖啡。”

她淡淡地微笑，向着凌初伸出手来：“一起上去吧。”

凌初握住她的指尖，有些微凉，他不清楚她到底听见了没有，听见了多少，他并不希望安思危知道这些事是从梁兮冉的口中说出，他不愿把这样的痛苦加剧传递给她。

可她看起来情绪上没有丝毫的波动，就好像并未听见他们刚才的对话。梁兮冉觉得不可能，以那样两三步的距离，她不可能听不见，何况她看见安思危走进来的时候还特意把声调提高了一些，就是为了能让她听清。

但是想象中她该有的表情却都没有出现，原以为如此一来一定会把她逼得情绪崩溃，可安思危却出乎意料的平静，就像她说的那样，她只是下楼来买一杯咖啡，恰巧碰见了凌初也在。

至于他对面坐着的梁兮冉是谁，她仿若完全没有看见一般，根本无所谓这个人的存在与否。

是的，这次安思危彻彻底底地无视了她。

梁兮冉颓然地靠回椅背上，盯着两人执手走远的背影，她甚至也开始怀疑她的小聪明是否用错了地方。她从来不在乎凌初对她的憎恶，就如同她从来不掩饰自己想得到他的意图。

梁兮冉一开始并不想在安思危身上花心思，毕竟智商不低的女人都知道，情敌越是委屈越会激起这个男人的保护欲，所以即使她初次见着了安思危，也依旧不动声色，没有与她产生正面冲突。

也许凌初说得对，她只是活在自己的假想中，还存着一丝幻想，觉得自己仍有希望，毕竟只有她才知道安思危所不知道的那个十年里的秘密。

她太笃定了，想以此作为交换条件待在他的身边，可现在的凌初已经不是当初的凌初了，正如他所言，凌家现在由他做主。

他轻描淡写地说着这句话，可是梁兮冉却被他的眼神震慑到，忽然间她感觉自己看不到希望了，连最后那一丝幻想都被他硬生生地扯断。当她看到安思危走进来时，意识到也许这是最后的机会了。

她自作聪明地把凌初的伤口撕开来呈现在安思危的面前，一个本来可以生活得好好的少年，因为她的缘故而把另一个同学打成残废，被爸妈认定是有精神病而送去了英国的医院，这个秘密凌初也许一辈子都不会告诉安思危。

没关系，那就让她来告诉她。那一刻，梁兮冉特别想看到这个一直被凌初小心翼翼保护着的女人情绪崩溃。

她很清楚一旦当着安思危的面说了出来，不管结局怎么样凌初一定不会放过她，可已经嫉妒得发疯的她依旧拿着自己家族的命运去赌了。

结果，她赌输了。

凌初和安思危慢慢走着，十指相握在这大冷天里多少有丝暖意。她非常的平静，目光坚定地望向前方，可她越是表现得这样平静，凌初的心越是往下沉。

“我……”他想说些什么，但一时如鲠在喉，竟不知第一句话该怎么说才不会出错。

“天气这么冷，我们晚上去吃火锅吧。”她似乎想转移话题，握着他的手，手指轻轻点在他的手背上。

待他还未接话，她又道：“吃完火锅可以去看场电影。”

凌初停下脚步，侧过身拉紧了她的手：“安思危。”

“你要是不想看电影，那我陪你去打球。”

“安思危。”

他叹了一口气，伸手将她揽入怀中：“我什么都告诉你。”

她怎么会没有听见，明明什么都听见了。梁兮冉的那句话仿佛一把尖刀，“嘶啦”一下在她的心上划了一道深深的口子。可为了不给凌初增加任何负担，她任凭心口处痛得在滴血，也不能当场崩溃。

她要替他受住这一切。

可凌初又怎会看不懂她眼神里不忍说的是什么，是这般坚定地想要与他一起承受，坚定到让他心疼得无以复加。

抱紧怀中颤抖的身子，他轻声道：“我什么都告诉你，只要你别像现在这样硬撑着。”

回到凌初的家里，两人面对面坐在沙发上，此刻安思危才发现有一种安静能让人止不住的发抖。

当她知道那年实验室发生的事情时，她陷入了极度的恐慌中。她不知道张栎竟然是这样的人，更不知道凌初的离开正是因为张栎的谎言。

所以那日他才会慌忙跑去她家，去找有没有那个装有微型摄像头的玩偶，当比起意识到被这个人骗了，他更庆幸于安思危没有被监视。

“所以……你的父母连夜处理了这个事情？”

“嗯，张栎爸妈那段时间做生意亏了，急需资金补缺口，凌家开出的条件是帮他们补上这个缺口，张栎的腿由凌家出钱治，只要他们答应不报警。”

凌初讽刺地勾起唇角：“我那时很希望他们报警，这样的话我就可以不离开了，起码被拘留也是留在申城。”

安思危抓过抱枕抱在怀里，她急需要一点支撑力："然后你被送去了英国？"

"他们一直想让我过去，因为那边可以治我的病，他们是这样认为的。即便我的病那时候已经得到了控制，他们还是觉得这是一个定时炸弹，随时随地会爆炸。就像张栎的事情，这个炸弹炸开了，他们害怕极了，害怕自己也会成为下一个被炸的受害者，所以他们把我强行送进了精神病院里。"

"护士会每天盯着我吃药，医生每周会给我进行心理疏导，到了一个季度会评价病人究竟能不能出院。但我每个季度都不合格，因为我不配合。"

凌初用着很淡的语气，述说着自己被关在医院里的那些年月，他说得很简单，把所有的痛苦做了几句总结，有些事情安思危不需要知道得太清楚。

那个地方进去了就不能自己出去。为了防止病人有自杀行为，每个病人24小时都有一个看护陪同，没有一秒钟属于自己的空间。这是一个正常人进去都会被逼疯的地方，而他在那里待了整整一年零三个月。

一开始，凌初确实不配合，他会把药全部倒进马桶冲走，也拒绝任何的心理治疗，他总是会发很大的脾气，情绪完全地失控，他身边的看护换了一个又一个，经常一两天就得换，也因此第一个季度他确实未能出院。

到了第二季度，医生很想和他好好聊聊，她终于找对了一个话题，问他有没有喜欢的人。

第一次，凌初愿意和她对话。

他说："有。"

医生好奇："是个什么样的女孩？"

"很漂亮，很可爱，也很厉害。"他似乎回忆起了什么，终日向下的嘴角终于上扬了一点，脸上有了丝笑意。

医生惊叹："那和你很般配。"

谈话循序渐进，在掌握了凌初的一些心理活动后，医生问："你不想再回去找她吗？"

那个时候的凌初已变得有些自卑，医院里白色的墙壁，形形色色的精神病人，永远只能开一条细缝的窗户，没有隐私的生活，已经在逐渐压垮这个昔日张扬闪耀的少年。

医生鼓励道："你应该去找她，我觉得你可以治愈后去找她，这个女孩才是能彻底治好你的那颗药。"

医生的话成了他暗无天日里投来的第一缕阳光，虽然微薄得好似冬日里清晨七点的阳光，可是至少让他在黑暗的世界里看到了一点光，有了一点希望。

第二季度他开始配合治疗，按时吃药，按时接受心理疏导。身边的看护也是固定的那几个了，没有再换过，他的状态变得越来越好，医生评定他可以出院了。

然而，傅瑀和凌致远依旧忌惮，因为凌初看着他们的眼神太古怪，这让他们感觉并不好。尽管医生很努力地想说服他们，但他们依旧执意让凌初继续在医院待下去。

傅瑀盯着他说："这个孩子太可怕，太可怕了。"

他失去了出院的机会。凌初永远忘不了傅瑀看着他时的眼神，仿佛在看一个怪物，仿佛非常痛心地在质疑自己为什么会生下这么一个怪物。

她坚决不让他出院，这让凌初的状态又逐渐变差，因为他的母亲亲手将本就身处黑暗世界里的他所拥有的唯一的一缕光源遮上了。他的病情开始反反复复，出院的日子又变得遥遥无期，唯一还能支撑着他活下去的仅有"安思危"这个名字。

他骗了她说"明天见"，他还欠她一句对不起，他还想再回去看看她，他怕她一直站在原地等着。

每一次觉得自己快撑不下去时，凌初会努力地在黑暗的世界里寻找与她的回忆，可在药物的副作用下，他的记性变得有些差，回想一件事情往往要费些时间，但是与安思危之间的点点滴滴，凌初都小心翼翼地存放着。

他还能想起来少女跑800米时挫败的表情，还能想起来下雪的平安夜里她急吼吼骂他笨蛋的样子，还能想起来月夜下少女捧着他的脸对他说："凌初，没有人爱你没关系，我来爱你。"

他怎么能忘呢？他怎么舍得忘呢？这个世界上唯一说爱他的人，他拼了命都想回到她的身边。

在这所医院待到第453天时，医生证明他完全可以出院了，傅瑀看了看凌初，她也只有在每季度医生给出评定的时候才会过来看看他。他的个子好像又高了一点，但为了不给傅瑀有压迫感，凌初始终坐在位子上，微微弓着身子，好让他整个人看起来并没有那么的强势。

他感觉到傅瑀试探的眼神，那里面晃着对他是否能出院的不确定。

医生在旁鼓励他，希望他能与母亲多一些沟通交流，不知是不是药物的副作用，让他都记不起自己有多久没有喊过她了，这一年零三个月他没有与她说过一句话。

凌初喉咙发紧，他双手握拳又松开，似乎在努力地说服自己，良久他抬眸看向她，低低地喊了一声：“妈。”

傅瑀怔住，自从凌音出事以后，她与这个儿子的交流也变得越来越少，可其实两个孩子中凌初长得更像自己。

她撇过头，淡淡地说了一声：“我去办出院手续。”

对于傅瑀的认可，医生特别的高兴，这个胖胖的英国女士拍着凌初的背祝贺他：“凌，你可以去找你的小女朋友了！”

少年垂着眸看不出任何的情绪来，没有人知道他是为了出院才故意博取傅瑀的怜悯心，原来傅女士对自己还是有一点怜悯心的，真是讽刺。

他自嘲地勾起唇角，这声“妈”叫得让他反胃又恶心，可他不得不这么做。已经一年零三个月了，若失去这次机会，他又得再等一个春天。

“后来，我就出院了，但也只能待在家里面。我被限制出门，他们怕看不住我，把我所有的证件都拿走，不仅如此，整幢房子的各个角落还安装了监控，请了十来个黑人保镖看守。”

凌初继续讲着出院后的事情，就好像在讲别人的故事一般，语气平静得可怕：“我就这样又被关了一年，每天的活动范围只能局限于房子里面。但或许因为在医院里待得太久了，当白色的一切都变成有颜色的时候，就算被关在家里面我也不想再回到医院去。”

安思危听得头皮发麻，她实在难以理解这个世上怎么会有如此狠心的父母，把自己的孩子当成犯人，不，是当成一个怪物在对待。

他活得还不如别人家养的一只宠物。宠物还能得到主人的关怀和照顾，而他所遭遇的一切却比遗弃更心寒。

当其他同龄人正在大学里享受人生中最好的年华时，当他们肆意奔跑挥洒汗水时，凌初却只能活在父母给他设计好的，一个不见天日的小方块里。

傅瑀想以此驯服他体内的怪物，从她认定凌初是扔下凌音独自一个人逃走的时候，在她眼里她的儿子也一同死了。

过了二十岁，傅瑀决定让他去上大学，但她仍旧担心凌初会逃回国，于是故意拿安思危作为威胁他的条件。

“当时你和那个女生的事情我并没有阻止，但看来这是非常错误的。你为了那个女孩子，把人家一条腿打残废，你有没有考虑过后果？我知道你还想着要回去找她，我明确地跟你说，不要再做梦了。”

傅瑀的声音没有半点温度：“如果你再回去找她，我马上让她什么都没有，我说到做到。你要是真心为她好，这辈子就别想着再回去给她添麻烦，你的出现对她来说就是一种麻烦。”

那时候的凌初是没有能力与父母抗衡的。傅瑀一向强势，她既然能把安思危作为胁迫他乖乖留在这里的筹码，她就知道凌初不能说不，因为安思危是他的死穴。

“我上大一的时候，梁兮冉出现了，她读的是心理学专业，傅女士正是看上了这一点，她想在大学里面找一个能看住我的人，并且这个人还得了解我的病情。”

凌初顿了顿，终于讲到了为什么会出现一个梁兮冉。

“梁家是靠着凌家做生意的。傅女士看上梁兮冉的另一个原因是，生下凌音以后她已经不能再怀孕了，而她认为我是一个失败的基因，她希望我的下一代可以延续她的完美。”

“是不是一个很疯狂又愚蠢的想法？我以为疯了的人只有她一个，可没想到，梁家也疯了一样，他们想把女儿卖给凌家，好换来一生的保障。”

安思危注意到他始终称傅瑀为傅女士，而不是母亲，更多的时候只是拿一个“她”字来代替。

“我在她的眼里是一个非常非常失败的作品，但是她还做不到把我彻底丢掉，因为我的体内还流着跟她相同的血液，虽然在她看来我根本不配。”

大学毕业以后，傅瑀也试探过他想不想回去，凌初给的答复是不回去。

这样的自己是无法去见安思危的，如果没有十足的把握他宁愿不见，因为那样他会成为她的麻烦。

还没有到时候，凌初心里清楚得很。虽然看上去他似乎已经摆脱了枷锁，但无形中依旧在被父母牵制着，他还不够强大。他需要让自己更加强大，必须强大到让傅瑀再没有能力把安思危当作威胁自己的筹码。

这时候的凌初已经在心里酝酿了一个反击的计划。这些年给出的假象是为了有一天他可以堂堂正正地回去，回到安思危的身边。

接下来的三年他走得愈发谨慎，每一步都必须小心翼翼，因为任何一个小小的差错都能让凌初满盘皆输。

他本来就是凌氏唯一的继承人，到了适合的时机凌家会让他接班，也许是十年后，也许是二十年后。凌初等不了，不是因为他想要继承凌氏的家产，而是他等不了那么久的时间才去见安思危。

最多三年，他给了自己一个期限，三年内他要与他的父母做一个了结。

“你现在看到的我，是他们口中卑鄙的怪物，因为某一天我从他们的手中夺过了整个集团，我架空了他们的权力，把他们留在了那幢曾经禁锢过我的房子里。”凌初双手交错抵在膝盖上，头微微地垂下，眼前覆盖着一层睫毛的阴影。

“我给他们自由，给他们钱，但是，我母亲还是疯了，是被我逼疯的。”

这一次，他不再称她为“傅女士”。

他的睫毛微颤，声线变得沙哑：“我不知道音音会不会讨厌我，她会不会也觉得她的哥哥是一个怪物。”

他照顾她的情绪，没有说得那么详细，很多事情其实都是一句带过，那些他经历过的煎熬何苦再让安思危承受一遍?

安思危从沙发上站起来走向他，脚上仿佛铸了千百斤重的锁链，每一步都走得好沉重。为了保护她，他犯下了那样一个错误，以至于这十年遭受了如此多的罪。

她上前紧紧地抱住他，声音轻而坚定：“你是这个世界上最好的小初哥哥，音音在天上也一定很想你，她从来都不讨厌你，更不会觉得她的哥哥是一个怪物。她的小初哥哥是超级英雄才对，你那么想保护好她，她都知道。”

她感觉眼睛有些发酸，“就像我也知道，我的凌初是这个世界上最好的人，可我不要他做我的超级英雄。做英雄太累了，我宁愿他自私一些，多想着自己一些，我希望他快乐一些，笑容多一些，因为他笑起来真的很好看，很好看。”

安思危轻轻揉着凌初的头顶，眼泪“啪嗒”掉了下来，氤氲在他墨黑的发丝上。

“从今以后不要再一个人孤军奋战了，你还有我，换我来保护你吧，我也想保护我最爱的人。等有一天我变成老太太的时候，我依然还是会庆幸自己爱上的人是你，跟着走完一辈子的人是你，因为全世界加起来都比不过一个你。”

凌初在她怀里微微一颤，伸出手环抱住她的腰身，久久没有说话。

这是坦白后的第一个拥抱，安思危的温柔让他贪恋得不舍得放开。

“凌初。”她轻轻叫他一声。

“我在。”

“我们结婚吧。”安思危说。

Chapter 20

这个世界上傻瓜不止他一个

冬日清晨，太阳起得最晚的季节，暗白的街道上行人裹紧外套步履匆匆，呼吸间都带着白茫茫的雾气。

申城是一座快节奏的城市，许多人背着梦想的包袱来到这里，可想要融入其中而不被淘汰往往很艰辛，因为这里有着最残酷的生存法则。

你不能走得比别人慢，一旦慢了可能就会失去一次好不容易升职的机会，工作上不小心松懈了，就会有无数虎视眈眈的人来替代你的位置。

尽管残酷，但这是一个非常好的时代，每个人都拼尽全力地在奋斗，每一个努力生活的人都被阳光照得闪闪发亮。

安思危很少有时间在这样一个清晨特意看一看这座城市。两边宽阔的街道被打扫得干干净净，早晨七点，上班族们匆匆赶往地铁开始新的一天的奋斗。

她穿过一条狭窄的小路，那边的早餐铺子前已排起了长长的队伍，有刚打完太极拳的大爷，也有正准备去买菜的阿婆，大家用方言聊着家长里短，亲切又热闹。

安思危看了一眼铺子的招牌，她打算一会儿买点带回去，凌初一定很久没有吃过了。走出小路，再过一条斑马线，脚步停在一家五星级酒店前。

冷风带着寒意呼呼地刮过，安思危拢了拢身上的大衣，走了进去。

富丽堂皇的大厅开足了暖气，外头跟里面真是成了两个世界。她径直往里边走去，那里有一处地方是专供客人闲聊喝茶的，而她要找的人已坐在了那儿，身旁还放了一个黑色的行李箱。她在位子上坐下，令对面的人愣了好一会儿。

“你是怎么找到我的？”

“我想在这座城市找一个人，不是那么难的事。”

梁兮冉沉默，她只见过安思危三次，对她的印象仍旧停留在前两次的平静和从容上。

不管是第一次她突然上前抱住凌初大喊“Surprise”，还是第二次她故意当着她的面把十年前的事情说出来，安思危的表情永远都淡定得很，仿佛只是一个看戏的人，始终没有将自己置身其中。

然而这一刻，她的突然出现却带给了梁兮冉从未有过的压迫感。虽然她看起来举手投足间还是那么的优雅，可是她的眼神变了，不再是好似一个局外人的淡漠的眼神。

“凌初把什么都告诉你了？”

“这与你没有关系。”

听见这一句，梁兮冉笑出了声：“你和他还真是一个语气。”

也许，相爱的人连说话时的语气都一模一样吧，虽然连他们自己可能都未发觉。安思危是个不喜欢浪费时间的人，简洁明了地说：“我来找你是想和你做个了结。”

“我们之间有什么需要了结的吗？”梁兮冉捧起热茶喝了一口，状似苦恼道：“和我有关系的人是凌初。”

“你指的关系是未婚妻吗？”她直言不讳地问。

梁兮冉看了看她，“未婚妻”三个字从她口中说出来怎么就跟笑话一样。

“我以为梁小姐至少是一个聪明人，至少是从前看不清但现在能看得清的聪明人，因为装傻是一件很累的事情。”

安思危挺直背脊，坐姿优雅，语速不疾不徐：“所以，梁小姐在这几年里扮演了这样一个角色，你快乐吗？”

她猛地一怔，将面前的茶杯推了一推，因为慌乱导致红茶溢出杯口，梁兮冉抽出一旁的纸巾擦了擦桌面，茶渍晕染上纯白的纸巾，她的动作由快到慢，然后停了下来。

“快乐吗？”她自言自语地反问，随后讽刺般地摇了摇头，“我一直告诉自己，他不喜欢我也没有关系，只要守在他身边的人是我，那就足够了。可人终究是最贪心的动物，我也想要他喜欢我啊，说什么没关系都是自欺欺人的。我以为时间久了，他总会有喜欢上我的一天，可我等啊等啊，还是没有等到。”

“我知道他有喜欢的人，我撞见过他偷偷拿着照片在看，那时候我真的好羡慕好羡慕照片上的女孩子，为什么只是对着照片就能让他笑得那么温柔，可他抬头一看到我，眼里却只有连掩饰都懒得掩饰的厌恶。”

梁兮冉又抽了一张干净的纸巾，包住刚才脏了的那一张，问：“你知道PTSD吗？”

这个问题先前宁越泽也问过，安思危回去后在网上查了很多关于PTSD的症状和案例，当了解得越多时，她就越心痛那个眼睁睁看着凌音遇害却什么都不能做的凌初，也根本无法原谅傅瑀对凌初的所作所为。

“实际上他的病情在住院期间得到了很好的治疗，症状有明显的减缓，但是凌伯母总是不放心，所以找到了我。而我为了能够留在凌初的身边，我一直在骗他的母亲，我说他的情绪还是很反复，我说他看起来很正常，但那些都是伪装的，凌伯母当然相信，因为我读的正是心理学专业，主攻的就是这一块。”

梁兮冉靠回椅背上，似在回想说：“他的母亲是一个非常、非常强势的女人，你没有见过你不知道，那时候的凌初根本无法与她抗衡。正是为了保护你吧，所以他不能回来找你，但是我真的没想到凌伯母会被逼疯。再怎么样也不能让自己的亲生父母一无所有，要说可怕，凌初比他的母亲还要可怕。”

“你错了。”安思危冷冷地打断她的回忆，“可怕的是你们，是你们以所谓的爱的名义剥夺了他的自由，令他像个犯人一样被囚禁着、监控着，可怕的是你们，想亲手毁了那么善良的一个人，所以对于你的遭遇和傅女士的被逼疯，我一点都不同情。”

只要一想到凌初这十年间是怎么活下来的，安思危的心疼得就好像被剪刀一刀刀划破后又被浸入了盐水里面，疼得她两眼发酸却还得拼命克制着快要崩溃的情绪。

这个世界所有的恶意仿佛全施加在了她最爱的人身上，对于他的母亲安思危永远都做不到原谅，但是她真心感恩每一个善待过他的人，比如细心照顾他的钟叔、张姨，对他说“你能活着真好”的周战，为他做心理治疗并肯定他的英国医生。

“不管怎么样，你也看见了，我坐今天的飞机回去。”梁兮冉拍了拍一旁的行李箱。

“没有‘不管怎么样’这五个字，你和我们之间必须有个了结。”

安思危目光冰冷，她说的每一个字都是将凌初完整地护在身后：“我喜欢把话说清楚，希望你也听得明白——从今往后不要再出现在我们面前了，我不欢迎你，所以玩阴魂不散的那套对我没用。你是学心理学的，你应该也揣测得到我现在的心思，对，我直说，我很讨厌你，因为你的出现会让他想起那个不愉快的过去。十年够长了，我不允许再有谁影响到他的正常生活，谁都不可以，即便是他的父母来这儿，我也是这个态度。”

梁兮冉突然笑了起来，笑得眼前都起了雾：“我以为这世上只有他那样一个傻瓜会苦苦等十年，说真的我很想看他出糗，想看他失望而归的样子。因为用脑子想想就知道根本不可能啊，他等得了不代表对方等得起，十年，没有哪一个女孩子会愿意等，何况还是在他不告而别的情况下。他应该被爱情狠狠掴一巴掌，看一看爱情到底是什么模样，可没想到这个世界上的傻瓜不止他一个。”

安思危站起身，视线向下看着她，简单地说了一句话：“因为我知道他会回来，因为他知道我会等他。”

她说得自信又从容，就像这十年间她不急不躁耐心地一天天等着。梁兮冉从来没有见过这么相信爱情的一个人，不知该说她是傻还是幸运。

“也希望你能放下你心中的偏执，为自己活着。”说完这句话，安思危转身离开，如她所言，一点都没有浪费时间地做了一个了结。

梁兮冉望着她逐渐走远的背影，眼泪无声地流了下来，她的假想也到了该收尾的时候了。亲眼所见才能输得心服口服，原来天底下还真有这样的爱情。

“两个傻瓜。”

安思危走出酒店，站在门口看着大街上新的一天。

冬日晚起的阳光已经苏醒，薄而透地照在她的身上。她松了松紧握的拳头，没留意指甲扣着掌心已经扣出一个个重重的印子来，她抬手揉了揉发酸的鼻子，深吸了一口气。

没事了，一切都过去了。

那个十年都过去了。

今天是全新的一天，以后的每一天她都会陪着他走下去，直到世界的尽头。

一个小时后，安思危回到凌初家，把刚买的早点放在桌上，洗了个手拧开卧室的门把，见他还在睡。

凌初睡眠不好，通常一晚上都睡不满四个小时，可昨天是安思危守着他睡的，竟让他一觉睡到了天亮。

正如当时医生所言，她才是能彻底治好他的那颗药。

安思危轻手轻脚地走进房里，微微拉开窗帘，阳光星星点点地跳跃到灰色的床单上。

她半蹲在床边，看着还未醒过来的凌初，轻轻用手拨了拨他的黑发。想到他为了让外公外婆喜欢，还特意把头发染黑了，心里头又酸又暖。

他总在无声地为她做着一切，完好无缺地将她护在身后，可每一次她都知道得太晚了。她不愿意再躲在他的身后，她也想为他披荆斩棘。

凌初动了动，半眯着眼睛醒过来看着她，下一秒，冲她笑了笑。清晨的阳光下，被他这么一笑，安思危忍不住摸了摸他的脸，小声感叹："你怎么可以帅得这么迷人。"

"嗯？"他的声音沙哑着。

安思危倾身在还迷糊的某人的唇上亲了一下，趴在他胸膛前甜甜地说："早啊，凌先生，凌太太为你准点报时，现在是早晨八点零七分。"

凌初刚睡醒，再加上这个甜甜的早安吻，令他的反应慢了一拍。不，他这哪是反应慢一拍两拍的事儿，他是直接傻了。因为自称"凌太太"的姑娘此刻正冲着他俏皮地笑着。

"凌太太？"安思危刚才这么叫自己的时候没觉得有什么不好意思的，可凌初哑哑的声线一叫，她顿时觉得害臊得不行，捂着脸直接埋到他胸膛里。

"凌太太怎么耳朵都红了？"

"别叫了……"

凌初这会儿已完全清醒过来，揉着她的头顶说："凌太太这么好听的称呼怎么可以不叫？"

她抬起脸看他："好听在哪里？"

"因为是我的凌太太。"凌先生说得一脸骄傲。

安思危笑眯眯地赖皮："我没说是哪个凌哦，也许是双木林的林呢？"

他双手枕在脑后，眼神宠溺地看着她：“昨天是哪个姑娘向我求婚来着？”

“哪个姑娘？”

“你这个姑娘。”

安思危装傻：“咦？我怎么没一点印象了？”

“没印象？”凌初扬眉道，“信不信我现在就拉着你去民政局登记？”

“凌先生，怕是你不行哟。”她直起身，给他丢下一个难题，“我的户口本早被我外婆藏起来了。”

他信心十足地摸了摸自己的头发：“外婆我搞得定，但是……”

“但是？”

“你先打我一下，狠狠地揍一下，我怀疑我还在做梦。”

安思危蜷起手指在他额头上弹了一下：“是梦吗？”

是梦吗？她的手指有温度，她的声音近在耳边，连她睡过的被子都还有着她的体香。真的不是在做梦，醒来就能看见她，伸一伸手就能抱住她。因为她的存在，让他从此不再是孤单一人面对这个世界。

凌初埋在她颈窝里，良久低声说：“谢谢你，愿意喜欢这样一个并不怎么样的我。”

“我觉得我的凌初很好，特别好，谁说他不好我非得跟谁急，你说自己不怎么样，我也跟你急。”

安思危佯装生气，板起脸来严肃地说：“我的凌初为了能和我在一起，从从来不好好考试的一个叛逆学生变成了老张眼中的一匹黑马，厉不厉害？我的凌初虽然叫‘恶霸凌’，可其实他是个正义又温暖的人，我知道他一次次地阻止了校园暴力的发生，厉不厉害？我的凌初唱歌又好听还会弹钢琴，你要出道，向璟满非得喊你做前辈，厉不厉害？”

满少人在家中坐，锅从天上来。凌初都能想象得到向璟满那副“你们竟然关着房门说我坏话”的表情，频频点头赞同：“这最后一点我肯定比他厉害，绝对的。”

安思危就像是一颗药效发挥得最快的胶囊，她能将凌初身体内所有因为那个过去而压抑着的情绪，全部清除得一干二净。

“我喜欢的人一定是这个世界上最厉害的，不然他怎么能找得到我。”

凌初笑：“是啊，不然我怎么能找得到你。”默了默，凌初眼底的墨色更深了一分，“怎么能找得到世界上唯一的你。”

下午，漆曜把凌初喊去凌氏开会，等会议结束后好奇地问他：“你知道你公司的员工都是怎么评价你的吗？”

“我对这个不感兴趣。”

“我学给你听。”漆曜清清嗓子，憋着声音说：“这个老板上任以后整天玩失踪，自己集团的事情不上心，就对一个搞设计的尚宇感兴趣，我们凌氏不会倒闭吧？”

换作以前，凌初肯定接口：“倒闭好啊，我就怕它倒闭不了。”

但现在，他摇了摇手指：“男人得赚钱养家。”

漆曜一听这话有点儿意思啊：“钱你赚得够多了，几辈子都花不光，但养家是什么意思？”

“字面意思。”

漆曜灵光一现：“我说你是不是向大嫂求婚了？”

不管漆曜的脑袋被开过几次光，他是无论如何都想不到其实是凌老板被求婚了。凌初沉思着在考虑事情，过了会儿问道：“你下周有没有时间？”

“老板尽管吩咐。”凌初低低地说了句话。

漆曜听了激动得拍大腿：“果真高手都在民间！”

凌初不放心地睨他一眼，就怕这个多嘴的家伙一不小心就会说漏嘴。

漆曜拍拍胸脯，只差对天发誓了，保证道：“你放心好了，我绝对给你办得妥妥的。”

两人下了电梯走进车库，漆曜懒得开车，他是那种凡事能蹭就蹭的人，蹭饭蹭车他都在行。

“回尚宇陪我大嫂？”

凌初点头：“嗯。”

“你这么黏人她倒不嫌你烦。”

凌初很想将这聒噪的家伙一脚踹下车：“你这种连女朋友都没有的人，最好少说话。”

车子驶出地库，漆曜寻思道：“梁兮冉那边你解决了？”

凌初“嗯”了一声：“她回英国了。”

“不会再来了？”

“不会。”

漆曜感叹：“她是我见过最难缠的女人，简直比狗皮膏药还厉害，她竟然能放弃你？”

“你大嫂去见了她。”虽然回来后安思危没有说起过，但凌初是知道的。

漆曜佩服得五体投地：“要说厉害，还是我大嫂厉害，单挑都不带怕的。”

碰上红灯，凌初的车靠右道停着，旁边是一个大商场，漆曜刚才还竖着大拇指说佩服佩服，这会儿往车窗外一看，嘿，巧了。

漆曜这张嘴，说谁谁就来。

此时，安思危正站在商场门口。她穿着灰色的长大衣，显得身形高挑，头发扎了个马尾，看上去像个大学生一样年轻。她低头看了看手表，似乎在等人。

“那不是我厉害的大嫂吗？”说完这句话漆曜就后悔了，因为安思危的身后突然出现了一个男孩子，也就大学生的年纪，个子高高的，从后蒙住安思危的眼睛，男生笑得一脸灿烂。

漆曜一个激灵，忽地意识到了什么，整个人匍匐在车窗上，挡住凌初的视线。他结巴道：“认……认错人了，那不是我大嫂。”

凌初眯了眯眼：“不是？”

“不是，真不是！我大嫂现在肯定在公司！”

凌初一手扒开漆曜挡着车窗的身子，就见安思危回过身好像在训那个男孩儿，他倒不在意，嬉皮笑脸地把自己戴着的帽子拿下来想给安思危戴，仿佛是怕她冻着耳朵。

安思危嫌弃地推开他，男孩大大咧咧地勾住她的肩膀，不知道说了什么，安思危终于笑了。

“完了……完了……”漆曜在心里哀号，这下真的完蛋了，他双手捂着脸弓着身子，没胆子往下看了。

然后，“嗖”的一声，跑车下一秒就窜了出去，向右打方向盘朝商场开了过去。

漆曜惊得差点半个人给飞出去，正想骂他是不是要吓死人，看了看凌初铁青的臭脸，还是忍住了。

车子戛然停在商场前，漆曜急忙朝着安思危做手势，意思是“快叫这小弟弟先逃，再不跑要出人命了”。

安思危没明白他拼命挥手是什么意思，像在赶什么东西一样，左看右看都看不懂。凌初开车门，漆曜抱头："完了，完了。"

小弟弟也不知道发生了什么情况，一只手还搭着安思危的肩膀，对她说："哇！这车好酷炫！"

接着，跑车的主人向他们走去，眼睛盯着男孩子的手，冷冷地开口："小朋友，你知道你碰的是谁的女朋友？"

"谁是小朋友？"他似乎很不服，侧重点全在"小朋友"三个字上，故而挺了挺胸膛道："我是男人。"

安思危扶额，终于明白过来漆曜的暗示。

"不过……你是谁？"

小弟弟可算是意识到不对劲了，但他觉得面前这男人看起来有点眼熟，好像在哪儿见过。刚才在车里隔得远看得不是很清楚，但现在凌初确定这就是个二十岁左右的毛头小子。

他如果和一个小朋友争风吃醋是不是太难看了，可那只搭在安思危的肩膀上的手怎么看着就那么碍眼。

吃醋狂魔简明扼要地说："她的男朋友。"

小弟弟侧过头看着安思危，惊讶地问："表姐，你什么时候有男朋友了？"

凌初："……"

漆曜："……"

"凌初，你忘了吗？"随即，她又看向还没反应过来的某个吃醋狂魔，"陈佳阳，我的小表弟，阳阳，你也忘了吗？"

凌初和陈佳阳面面相觑，两人皆是无语的表情。

漆曜惊魂未定，刚刚差点没被吓死，就怕吃醋狂魔直接二话不说上去就是一个过肩摔，但现在听着好像两人还是认识的，瞬间松了一大口气："原来是小表弟啊，还以为是……"

"是什么？"安思危问。

"没什么没什么，表弟好，是表弟最好了。"

陈佳阳呆愣了一分钟后可算反应过来了，他用极其夸张的口吻说："这么多年没见，我还以为你把我姐甩了。"

漆曜惊住，这是弟弟对上姐夫了？

十年前，陈佳阳还在读小学三年级，那时候的个头只到凌初的腰际，但现在上了大学的他已经完全长开了，一米八的身高也毫不逊色。

在所有的兄弟姐妹里面，他最喜欢表姐安思危，也和她最亲。一开始，陈佳阳特别崇拜凌初，可时间久了，安思危再没有提起过他，长大后的陈佳阳隐隐约约也察觉出了不对劲，还以为两人是分了手。

他琢磨了一圈后，觉得应该就是凌初喜新厌旧、见异思迁了，他就想，等再见到这个负心汉时一定要为表姐出口恶气。

这不，负心汉就站在他面前，还把头发染黑了，所以陈佳阳一开始没认出来。要知道那个时候的凌初可是挑染了很酷炫的银发。

但是，他俩不是分手了吗？怎么又在一起了？表姐万一又被这个负心汉骗了怎么办？

陈佳阳也不是个尿包，他心里怎么想的就怎么问："你跟我姐又复合了？"

见他这么护着安思危，凌初倒是笑了，还挺耐心地说："我跟你姐根本没分手。"

"那怎么一直不见你出现？"

"我和你姐异地恋。"

漆曜一脸"你骗鬼呢"的表情。

陈佳阳半信半疑："异地恋不靠谱，谁知道你在外面有没有别的女人？"

"阳阳。"小表弟越问越夸张，安思危扯了扯他的手臂，转移话题，"你不是叫我陪你买圣诞礼物吗？还买不买了？"

陈佳阳这时候哪还有什么心思购物，附在她耳边装作悄悄说的样子："姐，我帮你套他话呢，长得帅的人容易花心。"

凌初寻思着这话的意思，到底是夸他还是贬他。

"聊聊？"陈佳阳很爷们地挑了挑眉，示意凌初去旁边谈话。

这个小表弟一向很有勇气，十年前个子才那么点高就拦在安思危面前骂他是大坏蛋，今天还怀疑他在外面有别的女人，一副要替他表姐伸张正义的模样，倒是让凌初觉得很有意思。

他非常地给面子，毕竟安思危的表弟就是他的表弟，对于安思危的家人他能做到无限包容。

漆曜伸长脖子想听听两人在聊什么，无奈还是有点距离，他转向安思危，佩服地说："你表弟属于胆子大的。"

陈佳阳大概不知道他姐夫到底是个什么样的角色，没有人敢在他面前挑衅地挑眉说"聊聊"俩字，那无疑是在找死。

漆曜又说："大嫂你刚才不知道，真把我吓死了，凌老板吃起醋来那可是一坛子一坛子喝的。"

跟不要钱似的，他在车里都快被酸得窒息了。

安思危笑问："怎么这么巧？"

"就是这么巧，刚才说到你，你就出现了，更没想到还有个和你挺亲近的男生。"

"他们以前就见过。"安思危比了个手势，说："差不多也就在阳阳这么高的时候吧，现在他长大了，凌初认不出他来也正常。"

十年的时间，陈佳阳都从小学生一转眼变成了大男孩的模样，安思危在他的身上清清楚楚地看见了时间带来的各种变化，可是她和凌初之间好像依旧如那年初相识一般，庆幸时间没有将他们带走。

岁月只是拉长了思念的影子，却抹不去爱情该有的模样。

不知两人聊了什么，过了会儿陈佳阳搭着他这位姐夫的肩膀走来，已经完全是一副哥俩好的样子。安思危很想知道，三年级的陈佳阳可以被一台游戏机收买，那现在的陈佳阳又被什么收买了？

"你们聊什么了？"

小表弟略带神秘地说："男人间的秘密。"说完还特意看了眼凌初，"对吧，姐夫！"

凌初帅气地点了点头，两人摆明了不想告诉安思危。

漆曜有事先走了，姐姐、姐夫带着小表弟，陪他买完东西又吃过晚饭后，将他送回学校。也就一顿饭的工夫，陈佳阳已经彻底把凌初当成亲哥看待，简直崇拜得不行。

安思危实在好奇，回去后又忍不住问他："你到底和阳阳说什么了？怎么把他兴奋成这样？"

"其实也没什么。"凌初什么都不怕，可他怕老婆，不敢再卖关子，直接坦白道："我记得他喜欢玩游戏，以前说过想自己做一款游戏，我就问他现在还想不想。”

“然后呢？”

“然后，我说我有一家游戏公司，如果他还有这个梦想的话，我让他来做。”

难怪他乐成这个样子，陈佳阳学的就是游戏动漫设计专业，凌初给了他这么一个平台，他能不开心吗？果然，这个姐夫很了解怎么收买小表弟。

“你也太宠他了，阳阳才读大一，学到的东西还有限。”

凌初温柔地看着她：“我是宠你。”

因为宠着她，所以把她的家人也一并照顾着，尽自己的所能给到最好。

“而且，你也知道一个人的潜力有无限的可能，给他一个机会说不定就能激发他的潜力？”

“谢谢你。”安思危上前抱住他。

凌初拍拍她的头顶：“我们之间不用说谢。”

“我替阳阳谢谢你。”

“我会好好教他的，你的家人就是我的家人。”

凌初以前也说过类似的话，但那个时候他们都还年少，不是很懂这股牵绊的力量来自哪里。而现在，安思危产生了一种被岁月冲击的感觉，原来她和凌初不再只是恋人关系，他们似乎融为了一体，让爱情成就了一个家的存在。

安思危今天回自己住处拿了一些衣物过来，决定先搬来和凌初住在一起。她打开箱子，开始整理行李，凌初的视线落在一个粉色的透明文件袋上，安思危带的东西不多，大多都是衣服，所以这个文件袋尤为显眼。

凌初弯腰拿起看了看，并没有打开，只是好奇地问：“这里面有什么？”

她从衣帽间出来，说：“是你的东西。”

“我的东西？”

凌初打开文件袋，里头躺着一张高考志愿表，在第一志愿的空格里，是他刚劲有力的笔迹，写的是T大的建筑系。那时候高考还未改革，填报志愿的时间早于考试前，而当时的少年一定是非常的自信。

因为有了些年月，志愿表显得极具年代感，但是安思危保存得很好，纸张没有泛黄，看起来还跟新的一样，只是黑色的字体稍稍有点褪色。

凌初手里拿着这份志愿表，明明只是薄薄的一张纸，却因为跨越时空的关系让他觉得沉甸甸的，他哑着嗓子问：“怎么在你这里？”

“我问老张要来的。”

那是他们曾经拉钩约定过的梦想，安思危只想替他保存好。

“所以，你为了我放弃了你自己的医学梦。”

“现在也很好。”她微微一笑，“一切都是最好的安排，不是吗？”

凌初无声地抱紧她，这个世界上也只有这个傻姑娘才会那么珍视他的梦想，也只有她才会替他去走他未走完的路，完成他未完成的梦想。

“傻姑娘，傻傻的小安同学。”

“可你就喜欢傻傻的小安同学。”

“喜欢。”他说着喜欢的时候，将她抱得更紧了些，“自从这个傻傻的小安同学出现之后，我再也看不见别的人了。你不可替代，你无与伦比。”

她是他人生的死角，他永远都走不出去了。

这是安思危正式搬来的第一晚，洗过澡后凌初帮她吹干了头发，他还真的爱上了这份工作。安思危瞧他不容易，用微信发了个红包给他。

恶魔凌点开手机一看，直接笑傻了，笑得肩膀直颤抖：“十块钱？”

“犒赏你的，吹头发的小费。”

“不是，我看起来就这么好打发？”

安思危坐在梳妆桌前对着镜子擦眼霜，半眯着眼看他：“有红包给你就不错了。”

“不够塞牙缝。”

“嗯？”

凌初走到她身后，弯腰从后抱住她，呼吸间热气喷在她敏感的耳朵上：“最近吃素吃多了，今晚想开荤。”

安思危被他的呼吸挠得很痒，举着双手笑着推开他：“别闹。”

“凌太太，你忍心折磨你家凌先生吗？”

“这算折磨吗？”

“当然算，你要是再这么折磨下去，我怕是要——”

“要怎样？”

凌初一把将她打横抱起，安思危整个人一下子腾空，失去重心的她尖叫一声，随即被凌初抱上床压在身下，他声音又变哑了：“再这么折磨下去，我马上要变成禽兽了……凌太太。”

凌初吻了上去，安思危被他吻得意乱情迷，感觉自己都要烧着了。

在她的大脑神经彻底沦陷之前，安思危最后还争取了一点清醒，想着好奇怪，那次喝醉酒为什么没有今天这样的感觉?

不过，她没有机会再去思考这个问题了。

床边只留了一盏水晶台灯，暧昧的暖黄色光线洒了下来。

凌初抬起右手，直接把台灯关了。

Chapter 21

只用一辈子来爱她，太短了

经过这特别的一夜，她的身上被彻底盖上了“凌太太”的印章。

身体上起了微妙的变化，连带着心理上都有了一种不可思议的感觉，是那种被他完完全全拥有着的，身心都是属于彼此的奇妙感觉。

凌初睡得正香，一只手臂还横在安思危的腰间，就连睡觉的时候也要霸道地将她揽在怀里。

这是个一如既往美好宁静的清晨，可对于安思危而言，又和往常有些许不同。阳光透过白色的窗纱薄薄地洒进来，树枝上的小鸟清脆又欢快地叫着，仿佛是在喊他们起床。

安思危被自己的想象逗乐了，人生第一次有了翘班的冲动。完了，她心想以后会不会天天想赖床？

因为，太幸福太幸福了，幸福得心脏都快要爆炸了。

仔仔细细地看着他的脸，安思危心里低呼，怎么看都是全世界最帅的男人。

可明明高中的时候只觉得这人好讨厌，还扔她的书包。

上学的时候安思危从来不参与女孩子们讨论的男生帅不帅的话题，在她眼里男生都差不多长一个样子，也就高矮胖瘦有点区别，其他的不值得关注。

但是她是从什么时候真正注意到凌初的？

每次月考完放榜，她总是排在第一，而他永远霸占着榜尾的位置，两个人的名字之间隔着全年级几百个学生，仿佛隔着一条银河系的距离。而他从来不好好考试的原因正是为了让她帮他补习，少年以强烈的奋不顾身的姿态闯入她平静的生活中，也就注定了从此扎根于她的心尖上。

凌初的睫毛又黑又密，安思危一根根数着，指尖触碰到他的睫毛，某人倏地睁开了眼睛，吓了她一跳。

“醒了？”

“唔。”他把脸埋入她颈窝内，舒服地轻叹一声：“我梦见你了。”

安思危摸摸他的头发：“梦到什么了？”

凌初抬起头来，支起半个身子垂眸看她，唇边漾着笑：“梦见你给我生了个可爱的女儿。”

“……女儿？”

“和你一样漂亮。”

经他这么一说，安思危突然想起来，有些慌张地问：“我们……我们昨晚好像没做措施？”

凌初点点头，心情好极了，在她的额头上亲了亲，安抚道：“没关系，有了就生下来。”

“什么？”

“我连名字都想好了。”

安思危足足愣了一分钟，终于反应过来，伸手要揍他：“凌初，你太坏了！”

他翻身压住她，她那没有力量的小拳拳悉数落在他的背上，反倒像在给他捶背似的，安思危不解气，朝着他的肩膀重重地咬了一口，留下一排整齐的牙印，可对他来说只不过是有点痒而已。

安思危鼓着脸瞪他，控诉道：“你实在太坏了！你故意的对不对！”

凌初明白过来她的意思，失笑道：“不是我故意，而是家里没有。”

“你骗人！”

凌初摸摸她气鼓鼓的脸，这样的安思危真的好可爱啊，但为了表现真诚，他忍住笑意说：“我没骗你，而且我要是提前准备了就显得我有点图谋不轨，你说是不是？”

安思危坚定认为他是“故意”的，绝不能被他这么随随便便地糊弄住：“我说就你是狡辩，你本来就动机不纯，才骗我和你一起住。”

凌初宠溺地点了点她翘翘的鼻尖："我当然要和我老婆一起住，我要天天看见她，抱着她，把她宠上天。"

安思危傲娇地扭过头："谁是你老婆。"

"现在谁被我压着，谁就是我老婆。"

"……"这简直是大尾巴狼的口气！

她探出一只手拿过手机看了看时间，提醒道："老板，上班要迟到了。"

凌初将手机丢一边，笑得特别邪气："你老板今天准你假。"

这一屋子的春色，连外头树枝上的小鸟都害羞得飞走了，没脸看了。

周六是沈琴去福利院教小朋友弹钢琴的日子，自从眼睛恢复了以后，她每周都会过去。

今天安思危和凌初也去了那边，一走进福利院，当年的回忆扑面而来。就算过去这么久了，他们都还清晰地记得当年韩瑞和小朋友们一起打篮球，宁越泽教他们数学，甘棠负责小女孩们跳舞唱歌的情景。

那时的天蓝得像一汪海水。

凌初躺在草坪上钩着她的小指眼睛一眨不眨地看着她，似乎都想到了同一画面，两人默契地相视一笑。

沈琴从教室里出来，凌初赶忙起身，特别有礼貌地喊她："阿姨好。"

安思危心想，凌老板原来也会有紧张的时候，这会儿怎么不叫丈母娘了？

沈琴见着这位准女婿就欢喜："你们怎么过来了？"

安思危说："周末没事做就过来看看，需要我们帮忙吗？"

"孩子们上次还吵着要你教他们画画呢，你进去吧。"

沈琴有话要对凌初说，所以故意支开了女儿。

倒是巧了，凌初也正好有话想和沈琴说，他看着安思危被孩子们拥着的背影，没有半点隐瞒地说："阿姨，安安现在搬来和我一起住了。"

他从来没有在安思危面前这样叫过她，他总是喜欢连名带姓或者喊她小安同学，这是凌初第一次在她的家人面前这样唤她。

因为安思危身边的朋友不管是谁，哪怕是最要好的闺蜜都是喊她"思危"，但只有她的家人才会叫她"安安"。

沈琴听到他说两人住一起了，也并不惊讶，毕竟算是意料之中的事了。

“我这女儿一向独立惯了，她爸爸走得早，她从小没什么父爱，所以性格特别要强，脾气也有点倔，学习上从来没有让我操心过，她说每次都要考第一是为了让我去学校开家长会的时候最有面子。”

“她是个做任何事都有规划的孩子，但你是她的一个意外，一个美好的意外。”沈琴笑了笑，语气温柔，“那个时候我就想，我要是能看得见该多好，我就可以见一见能打动安安的男孩子是什么样的，因为能让我女儿喜欢的一定也是个特别优秀的孩子。”

“她读高三那段时间，虽然我的眼睛看不见，但是能感觉得到她变得快乐多了。我一直希望她除了学习之外，能有一个日后回忆起来会觉得美好的青春。可是高考过后，她又变回了从前的性子。我不知道你们之间发生了什么，但我也说了她脾气有点倔，之后她也再没有找过男朋友，现在想来，她是一直在等你回来。”

凌初和沈琴沿着走廊走到紫藤花架下，午后的阳光投射于窄窄的小道上，地上有着斑驳的光点。

“阿姨，我这次是专程来找您的，我想请您答应一件事。”

树影下，凌初一字一句说得掷地有声：“我要娶安思危。”

这六个字让沈琴眼里泛着泪花：“我没有什么别的心愿，就希望我的女儿能幸福。作为一个母亲的私心，我并不要求她找的人有多大的本事，或者要多么有钱有地位，比起对她好，那些都是无关紧要的。”

“我唯一的要求就是得对她好一辈子，实实在在的好，不要让她伤心，不要让她哭。可一辈子是很长的，一天都不能少，你有做到的信心吗？”

凌初的视线落在对面的教室里，安思危似乎感应到，回过身笑着向他挥了挥手。他望着她舍不得眨眼，低声说：“我唯一怕的是，一辈子太短了。”

只用一辈子来爱她，太短了。

没有海誓山盟也没有绝对的承诺的一句话，可是这句话却让沈琴知道，她的女儿将会是这世上最幸福的人。

到了上门这天，那个在商场上叱咤风云的凌老板却颇有些紧张，这个紧张的行为表现在他选衣服都选了近一个小时上。

安思危等得都快睡着了，耷拉着眼皮晃了晃脑袋清醒过来，瞅着镜子里还在纠结的他说：“这身衣服挺帅的，就这身吧。”

某人的表情看起来依然不太满意。

“就是去家里吃个饭而已，不用太隆重，你随便穿一身都很帅。”

他反对道：“不行，第一次上门必须要留下一个满分的好印象。”

凌初上次在外婆面前印象分扣得太厉害了，这次怎么着都得拿回一个高分，这对他来说无疑是背水一战。

就在前两天，他还上网特意搜索了一下这方面的相关注意事项，恨不得报个“女婿上门培训班”什么的。可惜没有哪个教育机构会开设这样的教学，如果有，他肯定第一个重金报名。

最后凌初还是做了一个令安思危崩溃的决定：这些衣服都不选了，他现在就要去买新的。安思危只得又陪着他去商场。在等他试衣的间隙，她本想从大衣口袋里拿手机出来玩会儿，没想到却摸出了一张身份证。

咦？怎么会在大衣兜里？想了好一会儿都没想起到底是怎么回事。

安思危已经全然忘了喝醉酒那天，自己是怎么拿着身份证举在凌初面前，说她可以随时随地去酒吧这件事。

为了怕证件掉了，她拿过一旁凌初的钱夹，准备塞进里头。当打开钱夹时，她怔住了。在一个镂空的位置处，里面放了一张大头贴，是那个时候甘棠吵着要拍，然后她和凌初两个人也拍了一张合照的大头贴。

唯一的一张，被他拿走后，原来一直藏在这里。大头贴里，少年勾着少女的肩膀，侧脸贴着她的头发，亲昵地附在她耳边说了什么，少女望着镜头笑靥如花，少年却只顾着看她。

仿佛穿越了时空，安思危清清楚楚地记得当时他低声说的那句话：“你笑起来很好看。”

在那个狭小拥挤的豆腐块似的空间里，旁边传来韩瑞和甘棠斗嘴的声音，两人谁都不让谁。

回想到这里，安思危的睫毛沾染了些雾气，这是他们的青春，是占据了他们整个人生篇幅中最美丽的年华。

她将大头贴重新塞回钱夹里，指腹温柔地摸了摸两人挨着彼此的画面。她并不知道，在离开前他唯一带走的东西就是这张大头贴，在那个难熬的十年里，照片中少女美好的笑颜，是身处黑暗中的他的唯一精神寄托。

凌初从试衣间里出来了，最后他还是选了一身稳妥的永远不会出错的黑色的高级定制西服。虽然他的凌太太说不用穿得那么隆重，但是他一定要表现出自己是一个积极有为、奋进优秀的年轻人，所以怎么可以穿得随便？

他是铁了心，做足了准备，这次一定要给两位老人留下无人可超越的完美好印象。而且凌老板特别适合穿西服，他就是个行走的衣架子，看起来一点都不像是外公讨厌的那种生意人，应该用某个领域的精英来形容他最为恰当。

特别是今天，他的身上少了睥睨天下、唯我独尊的气质，配上染回来的黑发后，竟然一身正气凛然。

安思危揉了揉眼睛，她怀疑自己是不是看花眼了。明明昨天这个男人还为了一份合同在凌氏大发雷霆放狠话，最后吓得对家大气都不敢出。

所以，这股军人般的正气凛然到底是从哪里来的？难道是为了今天上门，特地收敛了他自己“霸道总裁”的性子？

他走到安思危面前，不确定地问：“这身行不行？”

她侧身靠着沙发，曲起手臂托着下巴，将他从头看到脚，心里赞叹着实在太帅了，这时候真想学着不良少女朝他吹一记口哨。

安思危起身往前走了两步，伸手松了松他的领带，替他重新系好，眼含秋水地看着他：“我的‘恶霸凌’全世界第一帅。”

凌初是真的特别注重这次上门，为了让自己看起来不那么浮夸，跑车都被冷落在车库了，他规规矩矩地开了辆合适的轿车过去。

孟姨早就候在门口伸长着脖子等着他们了，当看见凌初时简直是惊为天人，孟姨一时半会儿愣是找不着任何的形容词来形容他，只想说这小伙儿长得也太英俊了吧。

凌初跟着安思危一起喊她孟姨，人俊嘴甜，让孟姨喜欢得不得了：“小凌啊，快进屋坐，外头冷，快进去吧。”

孟姨盯着凌初颀长挺拔的背影，寻思着真是搞不懂那个老太太了，这么好的年轻人她还挑剔个啥？

瞧老太太当时那副坚决反对的样子，害得孟姨先入为主地以为小伙子比起纪闵盛来肯定是要差一些的，现在才知道，人家要卖相有卖相，要气场有气场，孟姨活了大半辈子还没见过这么俊的小伙子！

这老太太就是太矫情了！这么好的小伙子都挑剔，是要让安安当老姑娘吗？孟姨跟着进屋了，寻思着万一老太太为难起这小伙子来，她至少也能帮着说说话。

今天庆幸的是，两个舅舅有事没能过来，起码不算是鸿门宴。凌初已经提前得到了沈琴的官方认证，刚才的表现似乎令孟姨也挺喜欢的，接下来就是攻下外公和外婆两座大山了。

安思危一只手挽着外公的臂弯，乖巧地介绍："外公，这是凌初，我男朋友。"

另一只手搂着外婆，甜甜地说："外婆，你见过的。"

外婆有些糊涂了，安安换男朋友了？她那天见的跟今天这位好像有点不太一样啊？再定睛看看，还是一样的朗眉星目、气宇轩昂，只不过是把头发染黑了。

凌初特别有礼貌地微微欠了欠身："外公，外婆，你们好。"

外公看这年轻人仪表非凡，又态度真诚，不浮夸也不油腻，和他家安安站在一起很是登对，满意地点点头："小凌，你好。"

染回黑发的凌初果真让外婆很快就接纳了，顿时觉得他仪表堂堂，俊得不得了，忙招呼道："小凌坐，别拘束，就当是自己家。"

孟姨看看老太太，这变得也太快了。

安思危拉着他在沙发上坐下，沈琴走过来笑着问："小初，你喜欢钓鱼吗？"

"……"凌初愣了一秒，马上反应过来，接上话："喜欢，我经常去钓鱼的。"

安思危送他一个"我才不信"的眼神。

"那正好，外公最喜欢钓鱼了，以后你有空了可以陪陪他。老爷子退休后没别的爱好，也就喜欢钓钓鱼，种些花花草草。"

沈琴这是在给自己女婿制造机会，凌初心领神会地道："我明天就可以陪外公去钓鱼。"

安思危扯了扯他的手臂，压低声音问："你明天不是有个重要会议要开吗？"

"延后。"

目前任何事情都没有比陪着老爷子钓鱼更要紧。

外婆羡慕地说："老头子，这下你开心了吧，有小凌陪着你钓鱼了。"

外公以前位高权重的时候严肃惯了，退位之后也常常不苟言笑，但听到凌初说他也喜欢钓鱼时，老爷子倒是挺高兴的，因为现在的年轻人最缺乏的就是耐心，做什么事都是三天打鱼两天晒网的，所以凌初的印象分一下子又被拉高了不少。

孟姨开始助攻："老太太您不是喜欢看音乐剧吗，小凌没事儿也可以陪您去看。"

外婆一听乐了，看向凌初，带着点儿期盼的口气问："小凌啊，你也喜欢看吗？"

某人不带半点考虑地说："喜欢，钓鱼和音乐剧我都喜欢。"

"这可真是好，后天有一场百老汇的音乐剧，我正愁没人陪我去看。"

老太太指了指在座几个人，像个小孩子一样好委屈地说："他们都不喜欢，都不爱看。"

"没事，以后我陪您去看。"

在娶小安同学的道路上，没有什么是能够难倒小凌的。

安思危："……"

这下哄得外婆高兴极了，看来小凌离祖辈的官方认证也不远了。

小笼包是第一次见到凌初，它是只特别骄傲且自带高贵属性的布偶猫，一般的人它都瞧不上，除非是长得帅的，但就算是纪闵盛它也是熟悉后才偶尔乐意亲近他。

可今天不一样了，它一见到凌初就放下了自己骄傲的猫魂，"喵呜喵呜"地围着他转，猫的矜持都不要了。果然长得帅就是有优势，不仅外公外婆喜欢他，就连小笼包都兴奋得不行。

安思危抱起它，它扒拉着爪子只想钻去凌初的怀里："它叫小笼包，就喜欢帅哥，你抱抱它。"

凌初想起很小的时候家里养过一只边境牧羊犬，那么小的凌音却喜欢大型犬，可有次它为了保护凌音咬伤了一个路人，结果就被送走了，家里不允许再养，凌音好伤心，哭了一个礼拜，天天念叨着它。

凌初抱过小笼包，它舒服地窝在他的怀里，肉垫搭着他的手背，碧蓝色的玻璃眼珠灵活地转动着，仿佛在炫耀它终于躺进帅哥的怀里啦。

"小凌，我听安安说了你们当时的事情。"

外公果然还惦记着算账呢。凌初喉结滑动，没想到外公会问起这个，便老老实实地点头。本来有说有笑的气氛突然间静谧了下来。

安思危记起外公那时候说过"我倒想看看是哪个臭小子不好好读书勾搭我外孙女"这句话来，生怕他找凌初算早恋的账，故意撒娇道："外公，这都多少年前的事了您怎么还提？我们先吃饭吧，我肚子饿了。”

外公喝了口茶，从位子上站了起来，依旧严肃地问：“当年是你追的我外孙女？”

“是。”凌初也礼貌地站起身来，直视着老爷子，坦白道：“我只追过一个女孩子，只和这个女孩子谈恋爱，这辈子要娶的人也只有她。”

孟姨感动得有想哭的冲动：“真是好，我们安安找到了一个好男人，现在这么专一的人好少了。”

外婆和沈琴也是欣慰得直点头。

老爷子不苟言笑的脸上终于露出了笑意，踱步走到两人面前，托起安思危的手覆在凌初的掌心上，郑重道：“我把我最宝贝的外孙女托付给你了。”

凌初握住她的手指，将这一生的温柔攥在自己的掌心里，指尖的温度贴着皮肤纹理传递到血管，一路流向跳动着的心脏处。

因为她，他才感受到活着真好这件事。

凌初字字清晰地说：“外公，您放心，就算天塌了都有我给她顶着。”

继这次顺顺利利的上门之后，凌初便火速得到了外公外婆的官方认证，所以这些天他的任务也是排得满当当的，不是和外公去钓鱼，就是陪着外婆去看音乐剧。

他还想得尤为周到，特地托人在日本专门定制了一支鱼竿送给外公。而外婆那边呢，凌初也是每次都为她准备了最佳的观看位置，这般细腻的心思、妥帖的照顾，哄得两位老人高兴得很，现在已完全把他当成亲孙子看待了。

所以，也就没安思危什么事儿了，叫他们回家吃饭也是直接打的凌初电话，末了再加一句“带上安安一起回来”。

凌初这么跟安思危说的时候，她正在厨房给他煮面，听见这句话后佯装不满：“我说，怎么回事儿？你给我解释解释，什么叫带上安安一起回来？我怎么就沦落到这种田地了？”

如今她在家中的地位都还不如小笼包来得受宠。

凌初上前捧住她气鼓鼓的小脸，“啵啵”亲了好几口，笑道：“宝贝儿，你这是吃谁的醋？”

“你的！”

“醋好吃吗？”

她洗干净番茄，切成小块，拿了片尝了口，皱眉说：“酸死了。”

“可我觉得你明明喜欢极了。”

好吧，安思危演不下去了，一秒破功笑了出来。

就外婆上次给的印象分，她其实都准备好了，怎么地都得走个九曲十八弯吧，可没想到不过是染回了头发而已，外婆就如此喜欢他了，连一向不怎么待见生意人的外公，都对凌初称赞有加。

等面条煮开的间隙，她靠在琉璃台边上，凌初围上来双手撑着台面，两人以这样的角度看着彼此。

“能让外公外婆这么快地喜欢你，该归功于头发的作用，还是……”安思危攀着他的颈项，手指穿过他柔软的黑发，狡黠一笑，“还是‘恶霸凌’的魅力？”

“你说呢？”

“我说？”

凌初俯身贴着她的脸，说：“我记得我头发那样与众不同的时候，你也很喜欢我。”

“……”原来他也知道自己与众不同？

安思危故作嫌弃地要推开他：“是谁死缠烂打的？要我帮你回忆一遍吗？”

他手指绕着她的发丝，一圈又一圈玩得不亦乐乎，接着还揪了一缕发梢在她颈间轻轻扫过：“你不承认？嗯？”

“承认什么？”安思危拍掉他的手，这发梢逗得她脖子痒痒的。

“承认你见我第一眼就喜欢我了。”

“有吗？我可不是花痴哦。”至少在凌初转班来之前，她还是个做什么都不会影响学习的清冷少女。

“但是我见你第一眼，就好像喜欢上你了。”

安思危给他挑出关键词来：“什么叫好像？你解释一下。”

面条已煮开，她掀开锅盖，拿了双筷子准备捞起。

凌初勾着她的腰从后拥住她，回忆道：“我从来没有过那样的感觉，应该说我不知道喜欢是什么感觉，可就只想每天在学校看见你。下了课后我会装作不经意地在走廊等着和你偶遇，但是越来越不满足于一天只见几次面，所以干脆转到你们班级来了，坐在你身后，好天天看到你。”

安思危是第一次听他说这些，根本不知道原来那个时候他竟有这么多的心理活动，难怪课间撞见他的概率一次比一次高。

那个时候少年总是懒洋洋地倚着栏杆，看见她时冷冷的眼神里总带着一点不确定想探究的情绪，而安思危若注意到的话也会看他一眼，她是少有能这样直视他的人。可当两人视线交汇时，她又是第一个别过眼去的人。

只是她移开视线时没有注意到，少年的眼神逐渐变柔，微抿的薄唇稍微向上扬了一点，他在笑。

热气腾腾的番茄鸡蛋挂面端上桌，夜里十一点了，他喊着饿想吃她煮的面条。安思危托腮不明白地问："采访你一下，凌总，为什么你不换换口味？你知道你已经连着五天夜宵都是吃的这个面了吗？"

凌老板任性地说："我喜欢，不想换。"

"你就吃不腻吗？"

面条飘起的缕缕热气挡着两人，凌初从她对面站起，隔着餐桌俯身笑着看她，邪气地问："我吃你会腻吗？"

"……"安思危没明白。

"不会。"他又坐回位子上，笑得更得劲了，"我天天早中晚吃都不会腻，对了，还得加个夜宵。"

安思危也不知道怎么就瞬间明白了他的意思，牙痒痒得很，只想扑上去咬死他。

"凌初，你是不是做定禽兽了！"

他吃得有点热，额上沁出汗珠，颇无辜地表示："我在说番茄鸡蛋挂面呀。"

"……"安思危咬牙点点头，"行，记住你说的。"

她使出最狠的一招来，倾身挑起他的下巴，声音绵软："今天你就一个人睡了，沙发也好客房也好，被子我会为你准备好的，只是我的床……"

他喉结滚动，墨色的眸子紧紧锁着她。

小魔女朝大佬轻轻吹了口气，带来她身上甜甜的花果香："你就别想上了。"

凌初眼里的笑意散开，他起身将她一把拽回怀里，让她的身体无缝隙的紧贴着自己，捏住她的下巴，满意地挑了挑眉道："凌太太，想不想了解一下，有一个词叫作'霸王硬上弓'。"

今晚的月色也是十分撩人。

临近圣诞节，韩瑞在群里提议大家一起找个地方聚一聚，熊贝她们也纷纷响应。大家讨论了半天去哪里玩，最后决定回到十八岁成人礼的地方。

平时这里只开放到下午五点就不让进了，也不知道他们用了什么办法，不但能进来，还能在晚上这个时间开派对。

凌初因为工作上有事要处理和宁越泽去了京城，本来是当天回来的，但那边因大雾取消了航班，只能等明天圣诞节再赶回来。安思危要等下了班过去，熊贝今天休息，早早地就和薛洁清来布置现场。

长条桌上摆满了她们准备的平安夜大餐，熊贝摆着餐具，不悦地发牢骚："男人果然都是不靠谱的，一到节日就开始各种出差。"

薛洁清说："明天陪你回来过圣诞节也是一样的。"

"不一样，我喜欢平安夜。"

"可京城现在大雾，飞不回来，你也飞不过去。"

熊贝垮着肩膀，整个人蔫蔫儿的。

漆曜拿起一块姜饼，毫无人性地一口把"圣诞老公公"的脑袋先咬掉，边吃边说："所以，谈恋爱是不是一件很麻烦的事儿，还不能漏过任何一个节日。从年头的情人节到年尾的跨年，这得过多少个节？"

郝静怀孕了，现在吃不得油腻的东西，就爱酸甜口味的，韩瑞拿了一盘子圣女果给他的小娇妻，炫耀地说："我还给我老婆过儿童节！"

熊贝对漆曜说："你看看咱们瑞哥，不嫌麻烦的男人就在这儿，你怎么就不学点儿好的？"

漆少爷是拒绝的："这个我可真的学不了，陪着过节还不是最难的事儿，最难的其实是要怎么给女孩子送礼物，还得不重样地送，还得有惊喜，这心思花得，想想就累得慌。"

韩瑞就没见过这么怕麻烦的人："所以你没有女朋友，活该。"

凌初回来不了这件事让安思危其实也有点小失落的，天天在一起的两个人突然临时有事分开一下，竟也让她不习惯了。

露天的草坪上，桌边围着烛光篝火还别有一番情调，这么美的平安夜如果他在该多好。熊贝举着手机正和宁越泽视频，说了几句话后，又将手机转向安思危的方向："要和你家凌初视频吗？"

安思危侧身拿过手机，靠在椅子上看着视频里的凌初，屏幕里的他依然清新俊逸，朗眉星目，眼角微扬正对着她笑。也就一天没见吧，刚才还只觉得有点小失落而已，可现在一见，竟然想他想得要命，只想钻进屏幕里抱住他。

“想我了？”

一听到他的声音，她身体内想念的细胞开始疯狂叫嚣了。

她拿着一颗蛋糕上的草莓，草莓上沾染了些许的奶油，她一边吃一边说：“有点儿想。”

他低声笑：“就一点儿？”这笑声充满了诱惑力。

“那就再多一点儿吧。”

“我给你买了礼物。”

“什么？”

“在飞来的途中。”

“嗯？”安思危没明白，“不是大雾吗？怎么飞回来？”

她刚问完，有一架黑色的无人机正朝着她的方向飞来，稳稳地停在她的脚前方。安思危愣住，随后四处张望了下，不知道这玩意儿是从哪里飞来的。

凌初忍俊不禁：“你打开看看。”

机身上绑着一个深蓝色的小盒子，安思危取了下来，没打开，先问：“这是你说的礼物？”

“你看看喜不喜欢。”

盒子的设计比较巧妙，需要两只手一左一右将它打开。然后，在打开的瞬间，一枚钻石戒指赫然出现于眼前。戒指做成了花骨朵的形状，外面一圈花瓣状的亮闪细钻，包裹着中间一颗亮得耀眼的大钻石，就连戒托都是镶着一颗颗的小钻石。

安思危的手指都开始微微颤抖，她想和他说话，却发现屏幕已经黑了。她又急急地拿自己的手机给他拨号，经过一秒空白的等待，听见了不远处专属于她的铃声响起。

安思危怔住，不敢置信地转过身，就见他正站在自己的身后，还是那样子对着她笑。

他穿着白色的高领毛衣，周身镀着一圈浅色的毛茸茸的光，不真实得像是从十年前穿越而来，昏暗的灯光下他的一棱一角都让人心弦颤抖。

他缓缓向她走去，安思危仍处于恍惚当中。

京城出差？大雾？平安夜？航班取消？

再看看其他人的反应，大家都是一脸心知肚明的表情。

熊贝还在对着宁越泽炫耀说：“看我演技好吧！我当初没考北影和中戏真是它们的一大损失！”

安思危的脑子还是混乱的，所以他根本没去京城？所以他们都在帮着一起演戏？

“小安同学。”凌初揉了揉她的头顶，掌心的温度给了她一些真实感。

安思危坐着，抬起脸望向他，还没反应过来是怎么回事。

凌初单膝跪地，执起她的手，一字一句清清楚楚地钻进她的心窝里：“安思危，嫁给我吧。”

Chapter 22

余生请多指教

天空中飘起了细雪，是今年的第一场雪。

凌初把求婚的日子选在今天也是有原因的，十年前的平安夜是两人第一次约会时间，虽然等了七个小时才等到姗姗来迟的少女，但是他等来的更是一个奇迹。

那天也下雪了，和今天一样，是初雪。

薄薄的雪花纷纷落下来，飘在凌初的白毛衣上，一下子就隐形了。

那一句“嫁给我吧”之后，他依然单膝跪地，等着安思危的回答。

她一动不动地看着他，时间都仿佛静止了，只有雪花在静悄悄地飘落着。

安思危伸手拂去他黑发上的几片雪花，指尖的温度一刹那就把它们融化了，她浅眸含笑，轻而坚定地说：“凌先生，凌太太说她愿意，余生请多指教。”

也许在更早的时候，安思危就已经做好了跟着凌初一辈子的决定。

在别人眼里，她这样义无反顾地等了十年又何尝不是一种坚守。

可她就是愿意为他坚守。

凌初取下戒指为她戴上，纤细的无名指上闪出一圈白晃晃的亮光来，戒指的尺寸刚刚好，是为她特别定制的。

“群演们”欢呼雀跃，这场戏演得并不容易，想要骗过安思危有点难，所以“凌导”早早就安排好了一切，就连演员韩瑞在群里提议平安夜上哪儿玩，大家还配合地各出主意，都是按照剧本流程来的。

求婚成功了，众人兴奋得不行，连声喊：“亲一个！亲一个！”

安思危笑吟吟地看着他，凌初伸手抓过一旁搁在椅背上的外套，衣服一抖罩于两人的头顶上。

韩瑞激动坏了，爬上椅子嗷嗷乱叫：“厉害啊凌初！没想到都十年了，你还不让我们看亲嘴啊！”

薛洁清怂恿漆曜：“你想不想看？想看就快去把衣服拉开。”

漆少爷缩了缩脖子：“想看，但我更不想死。”

这时候音乐正好放到了一首*Beautiful Love*，歌词里唱着：“这个世界随时都要崩塌，我没有其他的愿望，假如明天将消失了，趁现在我爱着，只想记得被你抱着温热的感受。”

衣服下透着几缕朦胧的光线，他们静静地凝视彼此，重现了十年前成人礼上的画面。

安思危眼前的雾气越来越重，眼泪“啪嗒”一声掉了下来。

她没有想过凌初会求婚，以现在的关系两个人之间应该不需要这样的仪式感了，可他故意联合朋友们把她骗来这里，在这个曾经他们举行过十八岁成人礼的地方向她求婚。

凌初左手扣着她的后颈，手指穿过她的发丝一下又一下安抚着她，倾身吻掉她脸上的眼泪，是涩涩的味道，他低声说：“老婆，乖，不哭。”

安思危声音哽咽：“我们以后是不是不会再分开了？”

“不会分开。”他抱紧她，没有比这更让他坚定的了，“我们会一直一直在一起，下辈子，下下辈子都在一起。”

“下辈子你怎么找我？”

“一生下来就找你。然后一到法定结婚年龄，我们就去领证。”

安思危想了想问：“那万一我成了男生，你成了女生呢？”

“……”凌初愣住，他还真的没有考虑过这个问题。

“那如果我是男生，我能不能先追两个漂亮小姑娘后，再来找你谈恋爱？”她竟然还用着商量的语气来问。

“安！思！危！”

凌初咬牙，不再给她说下去的机会，直接吻住她："没有如果，你想都别想。"

雪花还在稀稀落落地飘着，在属于他们的独特世界里，她来不及出声的笑全数被他吻走，温情地没于两人的唇齿间。

求婚成功后还有好多的事要做，拍婚纱照、领证、选日子、定酒席、试婚纱，光婚庆公司做的婚礼策划案都有好几份，安思危看得眼都花了，她觉得到领完证这一步就足够完美了。

熊贝在和她语音通话："怎么可以不办婚礼？不行，得轰轰烈烈地办！"

安思危在办公室里，打开邮箱里的策划书，终于深有体会："我总算明白为什么办一场婚礼很累人……"

"累啥？你选一个满意的方案出来，接下来就不用管了，你只管做一个漂漂亮亮的新娘就可以了。"熊贝声音清脆，话题一转问道，"对了，你知道凌初送给你的钻戒有多贵吗？"

安思危对钻石珠宝这类东西都没啥研究，还真的不知道价格，就直觉应该是挺贵的，因为真的很大一颗，她来上班都不会戴，实在是太高调了。

"起码五百万，你把一套学区房戴在手上了。"

"……"她难以置信，"要这么贵吗？"

"我可是拼命套了我家大律师的话才得到这个小秘密，你猜猜看钻石的故事，说出来我怕你会感动到哭。"

安思危摇了摇头，然后她才发现她们是语音不是视频，熊贝看不见她的样子，又才开口说："我猜不出。"

"你的生日不是 5 月 29 日吗，你能想到凌初有多用心，这颗钻石就是 5.29 克拉。"

安思危是真的不知道，凌初从来不说这些，但他做的每一件事只要是关于她的，那都是用尽真心的。

他其实真正想送她的是"5.29"这个数字，这才是最有意义的。

熊贝的笑声从手机里传来："哎，说真的，如果你是 12 月 31 过生日的话，我怀疑你会收到一颗比这再大一倍的钻戒。"

"……"所以她该庆幸自己是在五月尾出生吗？

齐娜来敲门，知会一声："老大，客户刚到，正在会议室等着。"

“好，我这就来。”安思危重新按亮手机，给凌初发了条微信过去：“老板，我们下班去看电影？”

某人回：“叫老公。”

安思危笑得眼眉弯弯。

凌初在收到这条微信的时候，正走在一条狭窄的弄堂里头。这边的房子非常老旧，又矮又挤，砖红色的墙面斑驳脱落，自行车随意地横着，让人不太好走路。

他走进弄堂深处，在一个号码牌前停下，接着从裤袋里摸出一包烟，随手敲出一根来，抿在唇间，点上。

然后回了一条微信过去，冷峻的面容终于有了一秒钟的柔情。

他现在很少抽烟了，特别是在安思危面前，基本不会抽。她倒不会说他，只是凌初不喜欢身上有着烟草味道去抱她。

这一片很安静，香烟夹在食指和中指间一点点燃尽，不远处传来走路的声音，随着来人越走越近，他将烟头掐灭丢进了垃圾桶内。

走来的平头男人穿着一件洗得发白的夹克衫，他的步子有些急，手里拎着塑料饭盒，看样子是还没吃饭。

他看了看凌初，注意到这个人与周边的环境格格不入，所以他小心翼翼又很谨慎地看了一眼，觉得应该不是找自己的，然后准备走入楼梯间。

“不记得我了？”凌初突然在他身后开口问。

男人狐疑地回过身：“我不认识你。”

男人眼神浑浊，他盯着凌初看了好一会儿，但依然想不起是谁。

“我们见过？”

这样看起来高高在上的人，也不是他能够认识到的。

“17 年前，那个仓库里，我们见过。”

“是你！”倪军猛地瞳孔睁大，他不敢置信，吓得声音都在哆嗦：“你……你就是那个跑走的小孩儿？”

那个时候凌初才十岁，过了这么久倪军认不出他也正常，只是怎么都没想到他会来找他。

今天是他出狱的第二天。

“知道你出狱了，所以来找你聊聊。”他的声音听不出是在威胁还是恐吓，抑或蕴含着其他的情绪。

倪军压根没想过还会再见到凌初，如今的模样和当年的印象根本无法重叠起来。十岁的小男孩在当时能有什么杀伤力，然而现在不同了，他不仅身高轻松碾压了倪军，周身更是透出一股令人畏惧的强者气息，仿佛只要一个不爽就能随时随地了结了他。

倪军以为他是来找自己算那些陈年旧账的，慌忙解释道：“你的妹妹不是我杀的。”

“我知道不是你杀的。”

“我……我只是当初参与了绑架你们，是曹平指使的，我以为他只要钱，没有想到还要你们的命，我是真的不知道，如果知道……”他说得急，想竭力撇清与这件事的干系。

“我要听的不是这些，我想知道真正的原因。”

曹平在将刀刺向凌音之前，说了这样一句话：“告诉凌致远，他的罪孽今天全都报应到了他女儿的身上。”

这句话梦魇般地纠缠了他整整十七年，凌初自始至终都忘不掉。

“你不知道？”倪军的表情看起来有些震惊。

他讽刺地扯了扯嘴角：“没有人告诉我。”

凌致远不会说，傅瑀更不会说，而曹平死了，唯一可能还知道真相的人就是在监狱中的倪军，所以凌初一直在等着这一天。

看出倪军的犹豫后，他问：“不想说？”

“事情都过去这么久了……”

“在我这里过不去。”凌初冷冷地打断他的话，“如果你不想说，我有一百种方法可以把你再送进去。”

倪军坐了 17 年牢，好不容易能够重获自由，他当然死都不想再回到那个不见天日的地方。

凌初也曾想过，等倪军出狱后要如何折磨他，虽然他不是主谋，但作为帮凶也是罪有应得。

可是他现在不可以这么做。

如果现在是孤身一人，他一定不会考虑这么多，但是他有了安思危，所以在做任何事之前都不能靠冲动来解决问题。

“我不想要你的命。”

凌初看了一眼旁边脏兮兮的红砖墙，上面画着的几个手牵手的小人儿，不知是哪个顽皮的小朋友用水彩笔画的。

这让他想起了凌音以前也曾画过类似的图案，虽然画得很丑，但是一家人在一起的画面特别的温馨。

他说：“我只想要一个真相。”

倪军拽紧手中的塑料袋，窸窸窣窣的声音暴露了他此时胆怯的心情。但是凌初给了他一条生路，只要他能把一切真相都说出来。

“曹平和凌致远是高中同学，你们凌氏集团最开始是做医疗器械起家的，而曹平是 XX 医院的外科主任。经销商和医生的这层关系有多敏感你也知道，经过曹平的搭桥牵线，医院和凌致远签订了高值医疗器械的购销合同，曹平从中拿取了一定的回扣。”

“两人的合作一直都没有出过什么问题，直到有一次外科手术，是曹平主刀，但原本是一台对他来说没问题的手术，结果做失败了，因为大出血，病人死在了手术台上。”

倪军看了看凌初面无表情的脸，壮着胆继续说下去：“家属认定这是一起医疗事故，要求医院给予巨额赔偿，当时闹得很厉害，都上了新闻，所以医院为了息事宁人就把曹平开除了。”

“然后他去找了凌致远，说是器械出了问题，但是凌致远不认账，说他是个疯子。后来曹平打听到消息，你们家把那一批次的器械从医院悄悄撤走了。”

“那两年凌致远生意做得风生水起，公司越开越大，医疗器械这块不再是他的重心，出了问题后顶多也就损失一点钱而已。但是曹平就不同了，这起事故完全断了他的职业生涯。”

凌初捏紧手中的打火机，抿着唇一言未发。

“他找过凌致远几次，但都被拒之门外了。他当时也确实过得很狼狈，人不像人，鬼不像鬼的。钱全都赔给了病人家属，老婆又和他离婚了，还带着孩子改嫁了，说真的，活得连条狗都不如。”

也许是因为站在风口冷，倪军缩着脖子直打哆嗦：“我觉得他是被逼得走投无路了，才会绑架你们兄妹俩。我也没想那么多，一时气不过就帮了他，以为他只是想要点钱，这点钱对于凌致远来说又算得了什么，曹平只要拿到钱自然会放了你们回去。我真的是这样认为的，没想到他……唉！”

倪军把该说的都说了，当初这样一个鲁莽又冲动的决定，也让他为此付出了惨痛代价。

凌初的下颌线条绷得紧紧的，眼神狠厉，周身泛着杀气，死命地盯着倪军，令他害怕得往后退了几步。

“我不该贪玩，我想和哥哥一起回家。”

凌初的耳边忽然响起凌音说的最后一句话。

她一定是怪自己贪玩才闯祸，她多想跟着哥哥回家啊，缠着他画完那张只画了一半，要送给幼儿园小胖的“自画像”。

凌初攥紧拳头，他的妹妹，才五岁的凌音，成了那起医疗事故的最后一个牺牲品。

如果他们的父亲没有规避责任，如果凌致远能给曹平一点希望，不至于将他逼得走投无路，就根本不会有这样的悲剧发生。

而他的凌音会幸福快乐地长大，现在也应该是个大姑娘了。就像所有正在读大学的女孩一样，肆意地享受最美好的青春，也会偷偷喜欢上某个男孩子，说不定都不好意思告诉哥哥。

可是，她永远地停留在了五岁的模样，再没有机会长大。

倪军扑通一声重重地跪了下来，打翻了饭盒，洒了一地，他抱头痛哭：“我想拦下曹平的，可是他动作太快，我没来得及，对于你妹妹的死，这些年我都非常非常的后悔。”

拐角处传来轻快的步子，有个梳着两个羊角辫的小女孩蹦蹦跳跳地跑过来，头上戴着小兔子耳罩，是不是小女孩都喜欢小兔子呢，这样的耳罩，凌音也有一个。

见她跑来，凌初伸手扶起横在弄堂中间的自行车，将它摆放规整，腾出了一个虽然窄但不会让她摔跤的空间来。

小女孩停下步子，仰起头费劲地看了看他，扬起一脸天真又灿烂的笑容：“谢谢大哥哥。”

讲不清是一种什么感觉，可是凌初的心一下子就酸得不行。

倪军仍跪在那里哭得一把鼻涕一把泪，凌初说过不要他的命，因为倪军的十条命都抵不上一个活着的凌音，要了也于事无补。

青天白日，他站得挺拔如松，眼神掠过倪军，停在小女孩一蹦一跳上楼的背影上，沉声道：“这是我最后一次见你。”

晚上，凌初陪着安思危去看了电影，散场后，两人走出观影厅，安思危挽住他的胳膊，搭乘电梯下去。

有个年轻妈妈推着婴儿车经过，将孩子抱了起来。白嫩嫩的小娃，眼睛又圆又大还亮，直盯着安思危看，“咿咿呀呀”说着婴儿的语言。

年轻妈妈顺着视线回头看了眼，冲安思危笑了笑：“我家小宝好像很喜欢你。”那小娃仿佛听懂了妈妈说的话，咧嘴笑得更开心了，露出几颗小米粒似的乳牙来，还向着安思危做出要抱抱的姿势。

年轻妈妈走了过去：“你们刚结婚吧？和你们说哦，我们家小宝很神奇的，他一般不要别人抱的，但是他见到我两个同事就要人家抱，你们猜怎么着，她们当月就怀孕了。”

安思危：“……”

“所以呀，我看小宝这么想要你抱，说不定你也有好孕。”

那小娃还真的一直在对着安思危笑，凌初在旁边说：“要不你抱抱？”

年轻妈妈倒是性格好得很：“抱一下吧，没事的，我们没那么讲究的。”

说着就将孩子搁进安思危怀里，她愣了下，怕摔了孩子赶紧抱住。

一股奇妙的感觉倏地流向她的心脏处，安思危也不知道是怎么了，眼眶都有点热热的，怀里这个温温软软的小身子，抬起一截胖胖的小手臂，贴着安思危的胸口，酥软得她的心都在颤抖。

这一刻，她突然好想给凌初生一个孩子，是属于两个人的宝宝。

年轻妈妈还要去买东西，推着婴儿车和他们道别。

凌初握住她的手，若有所思道：“我觉得儿子还是算了，生个小公主就好。”

“儿子也挺可爱呀，尽管会调皮一点。”

“调皮不是关键。”

安思危的大衣是敞开着的，凌初两手伸进去握住她纤细的腰肢，一本正经地说：“关键是儿子还会和我争宠，我要吃醋的。”

“……”做“恶霸凌”的儿子是得有多苦。

安思危一想也不对："那你以后变成'女儿奴'怎么办？我觉得非常有可能，你就是属于女儿长大了就会紧张得要死，学校里哪个男同学要是敢追求她，和她早恋，你一定会把人家揍死的那种爸爸！"

她甚至都能想象到某人怒发冲冠的那个精彩画面了。

"我怎么会是'女儿奴'呢？"

安思危哼了一声："你以后肯定就是。"

某人眼角带笑，抬高她的下巴宠溺地亲了亲："我明明就是个'老婆奴'啊。"

过了两天后，警察突然来到漆曜的会所，一开始漆少爷还以为是查他是否有违规经营的，也无所谓得很，反正他的生意做得堂堂正正，随便他们怎么查。

但结果是来找凌初的，而他正好在会所内。

"麻烦你和我们回一趟警局。"

凌初没说什么，警察既然能找来这里总有理由，倒是大大方方地上了警车。这可把漆曜急坏了，立刻给宁越泽打去电话，还好宁大律师人在申城，没去出差。

警局内。

警察问了一系列关于倪军的问题：是否认识他？何时认识的？最近一次见面是在什么时候？

凌初没回答，反问道："他怎么了？"

"死了。"

其中一个警察说："胸口被捅了好几刀，发现的时候失血过多抢救无效。"

凌初皱了皱眉，没再说任何的话。

直到宁越泽赶过来了解了情况后问："所以，死者是和我的当事人见面之后被杀害的？"

"是的，我们调了弄堂出入口的监控，按照法医估算的遇害时间，与凌先生走出弄堂口的时间是吻合的，而且死者在十七年前，曾绑架过凌先生和他的妹妹。"

宁越泽异常冷静："那也不能证明就是我的当事人杀害了死者。"

警察："所以我们现在也只是请凌先生过来配合一下调查，希望案情能尽快水落石出。"

宁越泽："我想和我的当事人单独说几句话。"

待警察走后，审讯室里陷入寂静。

“不是我杀的。”

“我知道。”宁越泽摘下眼镜，揉了揉眉心，又重新戴上，“你没那么傻，为了当年的事情去杀了倪军，你不会这么做。所以到底是谁想嫁祸给你？他的目的又是什么？”

凌初沉声：“没做过的事情，没有那么容易嫁祸。”

宁越泽毕竟是大律师，比起漆曜的紧张他淡定多了，看了看凌初：“你也觉得漏洞百出？”

“破绽太多了。”

“现在最紧要的是找到那把凶器，但我总觉得事情另有蹊跷。”宁越泽靠着椅背，手指在桌上有节奏地敲着，“你能大概猜到是谁吗？”

尚宇的地下停车场。

安思危开了一下午的方案会，扭了扭发酸的脖子，从包里掏出手机给凌初打电话，却连打了两个都是在关机中。

“奇怪，怎么会关机呢。”

她停下步子，想先给他发信息，丝毫没有留意到身后正逐渐靠近的身影。

出了警局后，手机收到未接来电提示，安思危在一小时前打来两个电话，因为关机凌初都没接到，他拨了回去，但那边一直占线。

这个点的话安思危应该已经回家了，他又打了家里的座机，也是没人接。

宁越泽开着车问：“怎么了？”

凌初眸色一沉：“先去尚宇吧。”

晚上七点多，设计部的人还在加班，原本打着哈欠的丁顺看见大老板突然出现在公司，一下子精神抖擞得很。

凌初看了眼安思危的办公室，灯关着，人不在。

他问丁顺：“你师父呢？”

“师父下班了啊，开完会就走了。”

“什么时候走的？”

丁顺看了眼电脑上的时间：“有一个多小时了吧。”

凌初没说什么，握着手机继续拨号过去，始终占线。

他觉得不对劲，安思危就算没回家去了别的地方，也不至于打不通电话。

他的心里隐隐升起一股不安感。

这时，宁越泽跨出电梯门走进办公区域，压低声音道："安思危的车在地下车库没开走。"

这股不安感一瞬间变得极为强烈，牢牢地笼罩着他，凌初边走边说："去监控室看看。"

执勤的保安将傍晚六点多的监控调出来，画面中出现了安思危的背影，她走着走着停了下来，拿着个手机在发消息。

接着，身后冒出了一个男人，不仅速度很快地捂住她的嘴，还在她的颈后敲打了一下。

男人瘸着右腿将她拖到一辆黑色的商务车上，似乎想起了什么，他还特意回过头去找监控摄像头的位置，然后挑衅地指了指昏迷中的安思危。

是张栎。

他走起路来一跛一跛的右腿，正是十年前被凌初打残的那一条。

在警局的时候宁越泽问"你能大概猜到是谁吗"，他第一时间想到的就是这个名字。

但是凌初并不确定，因为张栎还在不在这座城市都是个未知数。

然而现在知道了，他是故意在尚宇的地下车库将安思危劫走，故意对着监控探头无声地喊凌初的名字，他在向凌初发起挑战。

"砰"的一声，凌初将手边的一个玻璃杯狠狠捏爆，鲜血顺着指缝一滴滴淌下来，落在白色的大理石地上，令人触目惊心。

两个小保安吓坏了，结巴道："这是绑……绑架吗？"

他们在执勤的时候完全没注意到监控里的这一幕。谁能想到在尚宇这样的高级商务楼里，会出现绑架案？

其中一个保安说："怎……怎么办？我们要不报警吧？"

"先别报警。"

凌初面容铁青，眼神泛着杀意，拳头攥紧时鲜血还在止不住地流，他咬着牙关冷着声调说："不能冒任何的险，让我先想想。"

现在报警的话容易打草惊蛇，安思危的处境会变得极度危险，当初凌音就是这样被曹平杀了的，所以现在无论如何都不能轻举妄动。

两个小保安没什么经验，两人缩在一旁的角落害怕得不得了，看老板这架势仿佛是要去杀了那个绑架的人。

为了不把事情张扬出去，宁越泽先安抚两小保安：“全公司现在就你们俩知道这件事，如果你们还想继续在这里工作下去的话，暂时别让第三个人知道。毕竟这件事你们也有责任，是你们执勤不到位，没有及时发现，才让犯人有机可乘，懂我的意思吗？”

说是安抚，其实更多的是带有威胁和警告的意味。

小保安们瑟瑟发抖，急忙点头保证：“懂！我们懂！我们绝对不说出去！”

宁越泽又看向凌初，他垂着的指尖还在滴着血。宁越泽拿过桌上的一盒纸巾，抽了几张塞他手里。

“你准备怎么做？”

凌初擦了擦手，纸巾迅速被鲜血染红变得湿软，伤口看起来有点深，也许还有碎玻璃嵌着，但他连眉头都不皱一下，仿佛刚刚捏爆的不是玻璃杯而只是一块杏仁豆腐。

他嘴角绷直，眼睛定在监控画面里张栎挑衅的动作上，说：“掘地三尺我也要把他找出来，让他付出代价。”

安思危昏昏沉沉地睁开眼睛，脖颈酸痛得厉害，房间太暗，她不知道自己此刻在哪儿，只记得昏迷前最后一个片段，她被谁捂住了嘴巴。

绑架吗？安思危的脑中闪过这个可怕的念头。

随之她动了动身子，愕然发现自己的双手竟被手铐铐在一张铁床上，双脚也被布绳绑着，她根本难以动弹。

“啪！”有一束光瞬间打亮正对着她。

一时太刺眼，安思危侧过头闭上眼睛，等适应了光线之后，她才看清，自己此时被关在一个潮湿又冰冷的仓库里。这里什么都没有，只有正中间摆放着一张床，以及前方的打光灯。

有个男人从阴影处慢吞吞地走过来，他的右腿是瘸着的，所以走得很慢，直到走到光线里，他才停了下来，吃力地扶着右腿。

他看向安思危，语气多少有些期盼：“你还记得我吗？”

他很瘦，衣服穿在身上显得垮垮的。脸颊凹陷，眼窝也陷得深，皮肤是接近病态的白，以至于笑起来的时候露出一排猩红的牙龈，和以前白净清秀的样子截然不同，但安思危还是认出了他。

“张栎？”

他听见她叫自己的名字似乎很开心，脸上挂着笑：“十年了，你还记得我。”

安思危不知他的目的为何，但尽量不去刺激他，平静地问：“十年不见，你就用这样的方式和老同学打招呼？”

“我没办法。”他拖着不好走路的右腿往前几步，跟在学校里时一样，总是显得自己才是弱势一方，“我也是被逼的。”

“没有人逼你。”

“有，凌初，他逼我了。”

说到凌初时，张栎的情绪变得激烈了一些：“他一直在逼着我动手，当年是，现在也是！”

安思危摇了摇头：“不，当年是你叫他去实验室的，是你编了谎话，是你设下了圈套，是你自食其果。”

张栎闻之一阵大笑：“对，可你知道我为什么要这样做？是因为他实在太讨厌了，他的存在很碍眼你知道吗？我只不过是想激怒他，想让他动手打我，好让学校把他开除，但是我怎么知道他会发疯，那么愚蠢的谎话他都相信，他打废了我一条腿，是一条腿啊！”

张栎说到激动处，用力捶着没有知觉的右腿：“可他多幸运，顶着一个精神病的名头就没事了，什么事情他家里人都替他摆平了。”

“事后我被送去国外治疗，但治不好，瘸了。他们家不允许我回国，供我在那边读书，如果我回国，我爸妈就会破产，所以我们家也同样不希望我回来。”

张栎走到床前，俯视着安思危，他似乎很满意现下的这一切，说：“但我还有没做完的事情，我怎么能不回来？”

他坐了下来，随手敲了敲这张铁床，特别硬，硌得安思危后背发疼。

她重复他刚才的这句话：“没做完的事情？”

张栎的头发有点长，刘海遮住了眼睛，看不清此时他到底在想些什么。

“前两天凌初去见了一个人，你知道是谁吗？”

他看了看安思危的反应，继续说：“见了那个当年绑架他们兄妹俩的其中一个犯人，那人刚出狱。”

这件事凌初没有和安思危提起过，所以她并不清楚。

“他们见完面后，我就把那个人杀了，警察一定会怀疑凌初的杀人动机，也只有趁着他被带去警局的这段时间，我才有机会把你绑走。”

张栎撩起刘海，对着安思危缓缓露出一个扭曲至极的笑容：“为了这一天我等了太久了。只有把你抓住，我才能报复他，让他也体会一下什么叫作生不如死。”

安思危惊恐地看着这个昔日性格内向的男生，难以想象他现在竟然变得如此丧心病狂。

“你疯了。”

“我要疯也是被你们逼疯的！”

他歇斯底里地喊了一声，红着眼冲到她面前，双手按着她的肩膀，情绪激烈：“我初中就开始喜欢你了，你却一点都不知道，我想也没有关系，再等一等吧。可凭什么他就突然出现把你抢走，你本应该是属于我的，我才是那个喜欢你时间最久的人！”

张栎用手指摸了摸安思危的脸，语气带着欣喜，浑浊的眼里有着清晰可见的欲望：“都十年了，你看起来还是这么美，真的好美，他睡你的时候是不是很爽？”

“你简直就是一条疯狗。”安思危双手被铐着动弹不得，整个人被死死地控制住，张悦的手摸上她脸的时候，让她的胃里泛起一阵恶心。

他将她全身扫了一遍，诡异地笑了一下：“我总要送个见面礼给老同学。”

他说着拿出手机对着她。

与此同时，凌初的手机震了震，是张栎用安思危的手机给他发了一个视频。

视频里，安思危的嘴被胶布封着，张栎的手指隔着衣服沿着她的身体曲线游走，嘴里啧啧称赞：“那个时候就觉得你女朋友，哦不对，现在该叫老婆了，就觉得你老婆是女生当中最好看的，现在更证明我当初的眼光有多好，我要是把她睡了，此生估计就没遗憾了。”

张栎的脸探进视频里，嬉皮笑脸地说：“看看，我和你老婆也很配啊。”

然后又将镜头对向安思危，她的双手被铐在床前的铁柱子上，因为挣扎手腕皮肤泛起一圈红色的痕迹。她无助极了，眼角滑落下泪来，不知道下一秒这个疯子会做出什么变态的事情。

凌初死死握紧手机，猛地一拳砸在方向盘上，马路上响起一长串刺耳的鸣笛声。

“如果你报警的话，我就拍下你老婆的裸体发到网上去，让全世界的人，都好好欣赏一下凌氏集团老总的太太有多美。”

在视频结束前，张栎又报了一个地址：“你只能一个人来。”

方向盘一转，车子调了个头，飞驰电掣地行驶在大街上，消失在下一个拐角处。

车子停在偏远郊区的一处仓库前。

仓库正门被锁了，凌初绕到后面，卷帘门微微敞开了一点缝隙。他伸手一拉，映入眼帘的是张栎拿着把尖刀正抵着安思危的胸口处。这个画面太过熟悉，就算过去这么久，他还时常梦到当年凌音也是这样被曹平用刀插入心脏处。

安思危在看见他出现时，眼泪止不住地流下来。她本来不害怕，可是现在却怕凌初的出现，怕他为了保护自己而让张栎阴谋得逞。

她拼命地朝着凌初摇头，想叫他千万别进来，别上了这个疯子的当，可是她的嘴被封着不能说话。凌初不动声色地走了进去，再将卷帘门拉下，“哐啷”一声彻底隔绝了外界的光亮。

“老同学，十年没见了。”张栎在看见他时，眼睛闪出兴奋得几近变态的光亮。

凌初却只看着安思危，用眼神安抚着她，在告诉她，他来了，有他在。

“听说你们要结婚了？”张栎的嗓子有些发干，舔了舔干裂的嘴唇，“同学一场，请不请我喝喜酒？”

凌初手里拿着烟盒不紧不慢地敲出一支来，薄唇微抿，打火机在这个冰冷的仓库里窜起一束小火苗，他含着烟微微侧头点上，眯着眼将视线转向那个疯子，剑眉微扬，声调仿佛抹着一层寒冰：“如果你能活着出去的话。”

Chapter 23

她无所求，唯愿他一人安好

张栎拍手大笑，鼓掌的声音在空旷的仓库里响起回声："真不愧是凌初，都这个时候了，还那么有自信。"

凌初弹了弹烟灰，也不说话，就是看着他的眼神像在看着一个智障儿童拿把玩具刀玩耍的模样。这让张栎非常的难受，这不是他想要的局面，与他想象中的完全不一样。

想象中现在的凌初应该是发疯的样子，和十年前在实验室里一样，张栎想做那个控制全场的人，想彻底地激怒他、挑衅他，让他丧失所有的理智。

但是他却这样淡定，抽着烟面无表情地看过来，没有一丝紧迫感。

张栎的情绪因此开始变得烦躁起来，他憋着嗓子问："你为什么要这个态度？你不应该感谢我吗？"

凌初眉梢微动："感谢？"

"我替你杀了仇人，那个倪军，他绑架了你和你的妹妹，你不应该感谢我吗？"张栎举着手中的刀，示意凌初看过来，咧着嘴笑，"对，就是这把刀，我就是用这把刀替你捅死了他，整整四刀，每刀捅进心脏时都喷出好多的血，你妹妹死的时候是不是也这样？"

凌初丢掉手中的烟，脚跟一旋将它踩灭："我只知道一会儿你死的时候也会很壮观。"

“不不不，你不敢。”张栎将刀子对准安思危，笃定得很，“你不想救你老婆了？”

凌初眸色变暗，眼中的那头猎豹在蓄势待发。

张栎丝毫没有察觉，还在洋洋得意地挑衅着：“放过你老婆也可以，只要你跪下来求我，让我也断你一条腿，大家这笔账就两清了。安思危我可以毫发无伤地还给你，就看你愿不愿意了。”

安思危不希望凌初冲动，更不愿意看着他再犯十年前的错误，她喊不出话来心里急，拼命地朝他摇头。

“你劝他干什么？”张栎不乐意了，半蹲在安思危面前说，“这就到了考验真爱的时刻，他爱不爱你，你马上就知道了，他是全身而退保全自己，还是愿意为了救你什么都肯做，我在帮你考验他，不好吗？”

他是一个疯子，一个彻头彻尾的疯子。

凌初松了松领带，突然抬步走向他，张栎一怔，慌忙按住安思危，拿刀抵着她，试图想制止面前这个男人带有攻击性的靠近。

他警惕地问：“你想干什么？”

见凌初越走越近，他慌乱地喊：“你再走过来我就杀了安思危！”

电光火石间，凌初手里的打火机不知道什么时候飞了出去，直直地打上张栎握着刀的手。

他痛得松了手，刀摔落在地上发出清脆的响声，他反应过来急急地扑过去捡，刀却被凌初一脚踢开。

张栎的眼睛红得一下子跟充了血似的，他并不死心，突然从外套内侧口袋里又摸出一把小的匕首冲向安思危，谁都没有想到他还藏着另一把凶器，凌初挡在安思危的身前，手臂被张栎划开了一道口子，鲜血直接染上他的白衬衫。

安思危急得快疯了，满脸都是泪，只能眼睁睁地看着他被刺伤，什么都做不了。

张栎挥舞着匕首准备再次袭击，却被凌初擒住手，然后一拳砸上他的腹部，痛得他倒在地上，不由地弓起身子。

凌初继而揪住他的衣领，对准他的脸狠狠打上两拳，张栎嘴里吐出血来，整张脸被揍得鼻青眼肿，满脸是血。

如果刚刚没来得及挡在安思危面前，张栎的匕首绝对会刺中她的胸膛，这是让凌初最后怕的，他不能让安思危成为第二个凌音。

他死死掐住张栎的脖子，让那只举着刀乱挥舞的手对着他自己，刀架在脖子上，张栎吓得两腿发抖，就怕一不小心把他的脖子给抹了。

“别……别……”

凌初扯动唇角：“死到临头就怕了？”

锋利的刀刃抵着张栎的脖颈，已经微微出了一点暗红色的血，他怕得直接尿湿了裤子，带着哭腔嘶吼：“杀了我你也要偿命！”

脖子处传来的痛意在残酷的提醒张栎，一旦激怒眼前这个男人，不是缺胳膊少腿的事情，而是会死。

“我说过，不要拿安思危开玩笑，为什么过了十年你还是不长记性？”

哪怕张栎拿着刀举着枪直接冲到他面前，凌初都会敬他是条汉子，可每次他都不带记性，非要拿安思危做诱饵。但凡有点脑子的人都知道，碰谁都不能碰安思危，一根头发丝都不行。

“上次是断一条腿，这次呢？你想断哪里？”

凌初的视线落在他的右手上，这只猥琐的右手在视频里对着安思危做出了那么龌龊的事情。

远处传来警车的鸣笛声，张栎眉梢一喜，胆子也大了起来，说：“警察都要来了，你还能怎么样？”

凌初残忍地勾起唇角，眼里的豹子扑了上去在撕咬猎物，只要他稍稍把匕首往下一划，张栎必死无疑，但是……

他闭上眼深吸一口气，用他仅剩的理智在拼命拉回那头豹子，为了安思危他不能这么做。

他丢掉那把匕首，没什么表情地说：“今天神仙来都没用，哪只手碰的我老婆，就断哪只手。”

话音刚落，凌初揪住他的手臂，只听“咔嚓”一声，张栎立刻撕心裂肺地开始哀号。

警察冲了进来，将仓库团团围住。宁越泽心急如焚地赶过来，瞧见张栎在地上痛得满地打滚，当下松了一口气，还好还好，这条命还留着。

不管是残是废，只要他没死就行。

凌初从张栎口袋里拿出手铐钥匙，替安思危解开，因为长时间被铐着，她的手腕都印出了血迹。

握着她的手，他的心疼得都要碎了，紧紧地抱住她，反反复复地说着："对不起，对不起……"

凌初的声音抖得厉害，连抱着她的手都在颤抖，他是真的害怕安思危会像当初的凌音那样。他怕自己再次赶不及，他完全没有办法想象，如果失去她，他会怎么样。

安思危眼泪直掉，看见张栎划伤他的那一刹那，她从没有这么害怕过，满脑子只有一个念头，凌初绝不能出事。

她不能没有他，十年等得够久了，已经耗尽了她全部的力气。她绝对不能再失去他，一天、一分、一秒都不行。

刀刃太锋利，所以伤口有点深，还在渗着血，可凌初却浑然不觉，整颗心都吊在她身上，将她仔仔细细看了个遍，就怕她哪里疼了难受了。

在把刀反架在张栎脖子上的时候，只要想到他对安思危的所作所为，有那么几秒钟凌初是真的失了理智，差点就要了他的命。

"安安，安安！"

"舅舅？"

安思危懵了，只见舅舅命人将张栎铐起来带回警局，铁青着脸说："带回去好好审，还有前两天那件案子，一并审了！还有没有王法了，想杀人就杀人，想绑架就绑架，当我们公安局很闲就陪着他玩儿是吗？"

手下的人在想，这人是不是个傻子，居然绑架沈局长的外甥女，心还能不能再大点儿？

舅舅去京城大半个月了，最近太忙，一直都没有机会见一见外甥女的男朋友，却没想到初次见面竟然是在这样一个场合。

"吓坏了吧？没事就好。"舅舅怜爱地拍拍她的头，"还好有宁律师告诉我。"

安思危垂着头，小声央求："别让外公外婆知道，他们年纪大了，受不起惊吓。"

舅舅点头答应下来，然后看向凌初。他是知道他的，堂堂凌氏集团的老总，不久前才从英国回来，为人低调得很。

也许是和他小时候的经历有关，那件轰动全城的绑架凶杀案，当年舅舅也参与了调查，但今天就冲着他一个人单枪匹马能救出安思危，舅舅都对他刮目相看。

本来想问问他陪着老爷子钓鱼不无聊吗，但眼下也不是聊这些的时候，看他手臂受伤了，舅舅说："你俩赶紧先去医院吧，随后再来局里做个笔录。"

医院里，凌初想陪着安思危先做检查，但她不允许，还放下狠话："你再不让医生处理伤口，我今晚就不和你回家了。"

老婆大人生气了，大佬能怎么办，只好乖乖先去包扎伤口。

医生见到他时咋舌："这伤口有点深，你不疼吗？"

"不疼。"

真是个奇怪的男人。

安思危那边也没闲着，凌初不放心，一定要她做全身检查。

替她检查的女医生忽然问道："末次月经是什么时候？"

"我想想。"安思危眨巴着眼睛，努力回想她最后一次经期是什么时候。

"上个月几号来着？好像是月初。"这么一说，安思危才反应过来，"不会吧？推迟了半个月了？"

她的经期一向很准，基本不会推迟，但因为最近事情太多，她都没留意竟然推迟了这么久。

"医生，你看我需不需要喝中药调理一下？"安思危记得薛洁清以前也不准的，总是推迟，但喝了中药后把周期调得特别准。

"调理什么？"医生笑着问，"你怀孕了不知道吗？"

"虽然现在还只是一个胚胎，但前三个月尤为重要，平时不要太劳累，多注意休息，情绪方面也不宜激动悲伤，要开开心心的，你开心了肚子里的宝宝也能感受得到。"

医生顿了顿，继续说："也不用太紧张，怀孕不是生病，很多人一提怀孕就过度保护，太紧张了也不好。放松心情，以前做什么现在都能做，就是夫妻生活前三个月最好停一停，记得让你老公忍耐一下。"

凌初处理好手臂的伤口来找安思危，就见她靠在休息室的沙发上，闭着眼睛好像睡着了。

他轻手轻脚进门，走到她身边，俯身在她额上落下一吻。

安思危睁开眼睛，轻轻碰了碰他的手臂："还疼吗？"

他坐了下来，将她搂抱在怀里，嘴唇贴着她的耳朵说："老婆亲亲就不疼了。"

"'恶霸凌'是在撒娇吗？"

他吻住她，撬开她的唇齿，吮住她的舌尖，呢喃道："你老公急需补补血。"

只有这样吻着她，真切地感受到她的体温，他那颗悬着的心才肯一点点松懈下来。

安思危被吻得晕乎乎，勾着他的颈项气息不稳，推开他下一步的进攻："我回家给你炒猪肝补血。"

凌初拉过她继而又给了一个深吻，考虑到这里是医院，不舍得地抬起头说："猪肝哪有老婆好吃。"

安思危靠在他怀里微微喘着气，捏着他修长的手指把玩，好奇地问："你上次说给我们以后的女儿想了个名字？"

"想了。"

"叫什么？"

"叫凌安安。"

他炫耀："是不是很好听？"

安思危嫌弃地说："没有内涵的名字。"

大老板被老婆嫌弃了，委屈地说："怎么没有内涵了？这个名字一听就代表了我很爱我老婆。"

算了，起码还像个女孩儿的名字，安思危勉为其难地接受："行吧，那要是儿子呢？"

"我也想好了。"

"叫什么？"

他一脸得意："凌危不乱。"

凌老板对自己取的名字满意极了，自己真的是个天才。

"这总归有内涵了吧，还是个谐音成语。我跟你说，现在取四个字的名字特别洋气。"

安思危绝望了，一动不动地瘫在他怀里说："凌初，你最好希望我肚子里的是个女儿，凌安安没有内涵起码还不难听，要是儿子的话，别怪凌危不乱将来和你断了父子情。"

等等，凌初听得脑子有点乱。安思危说了一长串话，其中夹杂着"肚子""女儿”“父子情”，什么意思？

“不是，老婆，你说慢点儿，我没听明白。”

安思危坐起身，温柔地摸着他的头发，红了眼眶看着他说：“凌初，我们有宝宝了。”

安思危没怀孕前，凌初就恨不得把天天她捧在手心上宠着、疼着、呵护着，现在老婆怀孕后，他更是紧张得寸步不离，成了二十四小时最贴身的保镖。

可他毕竟是第一次当准爸爸，什么经验都没有，为了让安思危和肚子里的宝宝得到更好的照顾，他们俩搬去了沈家。这下可高兴坏外公外婆了，一家子人全都围着安思危转，热闹得很。

就这样堂堂凌氏老总暂时成了上门女婿。不过他高兴，一高兴就给整个集团上至高管下至保洁员每人多发了一笔额外奖金来庆祝，凌氏集团全体上下欢天喜地地盼着，老板未来生十个八个小孩才好！

凌初现在哪还有什么心思放在公司上，守着老婆成天笑得跟个二傻子似的，还喜欢贴着老婆的肚子，想听宝宝的声音。

安思危被逗得哭笑不得：“医生都说了，现在还只是个胚胎，没成型，你再怎么听也听不出什么来。”

凌初搓搓手期待地问：“那什么时候能在肚子里动？”

“差不多四个月左右吧。”

“四个月肚子会不会大一点？”他看看安思危消瘦的身板，怜惜地说，“老婆，人家怀孕都长胖，你怎么还这么瘦？”

安思危妊娠反应不大，胃口还行，就是嗜睡，老感觉特别困，一半的时间都在睡觉。她从没有过这么倦怠的时候，就觉得身子懒洋洋得很，只想在冬日的阳光下舒服又温暖地睡午觉。

凌初隔着睡衣摸了摸她的肚子，小腹还是平坦的，实在难以想象里面孕育着的是一个小生命。

她会在肚子里一天天长大，会伸出小手小脚，会有跳动着的心脏，好神奇，她或是他是与他们血脉相连的。

虽然还没见到这个孩子，但只是这样一想，凌初的心就软得一塌糊涂，因为安思危给了他一个完整的家。

他躺下拥她入怀，握着她的手指，声音低低的：“感觉像是在做梦。”

安思危侧过身，静静地看着他的眉眼，抬手抚过他的眉形，和十年前少年的样子重叠起来，她不由轻叹："时间说过得快，很快，说过得慢，也很慢。它从来不等我们，但我一直在等你。"

也不知为什么，只是一场年少的爱恋，就搭尽了所有的青春和时光。

安思危的眼前出现一幕幕曾经的画面，像是以前的那种老式电影一格一格地回放着。

第一次正面交锋，为了引起她的注意，他嚣张又跋扈。

体育馆里她被篮球砸中鼻子流血，他紧张地抱起她直奔医务室。

她做志愿者在马路站岗的时候，被混混纠缠，他及时出现教训了那人，还非得和她一起站马路。

为了和她约会，他在平安夜那天的电影院门口孤独地等了七个小时，她最后不忍心，还是奔向了他，雪夜里相拥的姿势也许是那晚最美的风景了吧。

还有十八岁的成人礼上，他站在香樟树下手托着衣服，与她在那个狭小的空间中偷偷亲吻。

原来，美好的回忆根本不会被时间冲洗得褪色，只会将画面牢牢地塑封在岁月里，就跟相片嵌在相框里一样，不会变旧。

这世上，唯你安能如初见。

在等待的十年里，她别无所求，唯愿他一人安好，仍像当年来时一样，卓荦不羁。

只是安思危不知道，当年少年走进教室将视线停留在她身上时，其实是想说："初初见你，已很欢喜。"

在凌初生日这天，两个人去领证了。

民政局是头一次去，凌初虽表面淡定，可内心很是激动澎湃，填写结婚登记表时非常认真，特别是最后签字的时候，感觉这辈子都没如此神圣过。

来之前外婆叮嘱两人带一些喜糖过去，凌初绕着整个大厅发了一圈。办事的工作人员就没见过长得这么俊的小伙子来发喜糖，简直是婚姻登记处史上最靓的一道风景线了。

接待他们的是个有点年纪的阿姨，她笑眯眯地接过喜糖，对凌初说："小伙子，你有眼光，老婆这么好看的。"

凌初心花怒放，眼神柔柔地望着安思危：“我老婆那肯定是最好看的。”

阿姨一边给他们办手续，一边闲聊着问：“你们谈恋爱谈多久了？现在的年轻人都流行什么闪婚，我昨天接待的一对小情侣，才认识了一个礼拜就来领证了。”

凌初扣住她的手，与她十指相握，安思危的脸上漾着笑：“我们，谈了十年了。”

“呀，那你们谈得挺早的。”阿姨做这工作结婚的离婚的看太多了，不禁感叹，“十年不容易，你们的感情还能这么好，真的是不容易。”

两人对看一眼，再不容易也过来了，再长的故事都写上了最美的尾声。

阿姨把两本结婚证递给他们，安思危伸手接过。阿姨拍了拍她的手，祝福道：“人生还有好多个十年，祝愿你们白头偕老，一直走下去。”

“谢谢您。”

安思危眼里含着泪，也不知是不是因为怀孕了的关系，心上的那根弦被拨一拨就很容易哭。

而且，今天还是带着肚子里的宝宝一起来领证，这样的感觉真的很奇妙，仿佛宝宝在见证着爸爸妈妈的爱情成果。

结婚证上，贴着两人头靠头的红底照。他们俩拍照都不爱笑，但这张照片上两人都笑得一脸灿烂，旁边还印着两个人的名字。

持证人：凌初。

持证人：安思危。

领完证，两人去吃了个午餐庆祝了一下，又在商场逛了逛母婴店。临近傍晚时，安思危说要去新房子看看。

江景壹号当时的设计方案一确定下来，工程便紧锣密鼓地跟上了。虽然面积大，但好在硬装方面改动的不多，施工方加班加点赶下来，终于在前段时间顺利完工了。

软装也是安思危自己设计的。大到桌椅沙发，小到一灯一摆件，都是她亲力亲为。一开始施工凌初还去看过两次，后来安思危说要保持神秘感就不许他去了。今天老婆大人终于肯揭开新房子的面纱，他赶紧驱车前往。

冬天夜长日短，六点多外头便已全黑，进了屋子，安思危拿过遥控器按了下，灯没亮，她“咦”了一声：“怎么不亮了呢？”

房里黑漆漆一片，但因为客厅有一大片落地窗正对着 H 江，能清楚地看到对面黄埔江上的游船缓缓开过，霓虹灯下的申城美轮美奂。

等他回过神来，身边的安思危不见了，刚还在这边抠着遥控器，怎么一眨眼就没影儿了？

突然，左手边出现一点光亮，随着越走越近，他看清安思危手里捧着一个蛋糕，蛋糕上面插着小支的烟火，在“呲呲”燃放。

她一边走来一边唱着生日歌：“祝你生日快乐，祝你生日快乐……祝你天天快乐，祝你永远快乐……”

和当年唱得一模一样。

她笑吟吟地捧着蛋糕站在他面前说：“生日快乐，我的小初。”

他一动不动地看着她，烛光摇曳在她的脸上，是这么温柔，温暖溢在他的心头。

他哑着声说：“跑调了。”

她眼眸含笑，可是语气坚定得很：“就算跑调，以后的每年我都还是要给你唱生日歌。”

当年，她也说了这样一模一样的话。

原来，他们都一直记得，记得自己曾经承诺过的话，也记得对方的每一字每一句。

“许个愿吧。”

“我的愿望都实现了。”

这辈子对他而言已别无所求。

安思危坚决表示：“不行，许了才能吹蜡烛。”

好吧，老婆最大，老婆说什么就是什么，他乖乖地闭上眼许愿，吹熄了蜡烛。

屋里黑了一秒后，突然间灯全亮，随着“嘭”的一声，从里屋窜出来一帮子人，欢乐地大喊：“Happy birthday（生日快乐）！”

宁越泽、熊贝、薛洁清、韩瑞、韩瑞的老婆、漆曜、陈佳阳都来了。

凌初：“……”

漆曜丢给安思危一个生日礼帽：“大嫂，给！”

安思危接过，踮起脚尖戴在凌初头上，他仍是一脸“到底发生了什么情况，谁能来告诉他”的迷茫表情。

漆曜：“惊不惊喜？意不意外？大嫂说把你骗过来给你过生日！”

陈佳阳：“姐夫，你好幸福！我实名制羡慕！”

熊贝：“恭喜凌大老板持证上岗第一天！”

薛洁清：“有了小宝宝的第一个生日，恭喜你们！”

韩瑞：“你说你们家的肯定是小公主，那我们这胎是儿子，所以为了肥水不流外人田，你看咱们两家要不要结个亲家什么的？”

凌初终于反应了过来，拒绝得非常冷酷：“不结，想都别想，门儿都没有。”

“嘿，我们家条件也不差，不会委屈小公主的，我儿子出生那也是富四代了好吗？”

“我女儿出生直接继承整个凌氏，她就是豪门，你儿子要是入赘我倒是可以考虑。”

韩瑞直接无言以对了，他从来没有想过自己儿子还要入赘这件事情，可怕的“女儿奴”！

大家全笑成一团，都在说他以后肯定很宠女儿，韩瑞这么想不开要把儿子给他做女婿，得多找虐。

凌初搂过安思危，发表生日感言：“女儿要宠，但老婆更得宠，我们家就是老婆最大。”

大佬的头上戴着生日帽，说真的有点可爱，漆曜还不停地给他拍照片，就准备着以后拿这个保命了。

凌初今天心情好，暂时先不管他，拉着安思危走到落地窗前，眉眼带笑看着她。

他明白安思危的用意，自从凌音出事以后他再没有热闹地过过生日，之前的十年里生日是什么他都忘了，可安思危就是定下要在今天去领证。

尽管她无法原谅傅瑀作为母亲却把所有的恨意强加于凌初身上，但是安思危依然感谢她把他带来这世上。

她才能遇见他、爱上他、嫁给他，与这个世界上唯一的他白头偕老地走下去。

安思危上前抱住凌初，贴着他的胸口说：“生日快乐，我和宝宝都爱你。”

Chapter 24

她是他年少时的救赎和奇迹

三月，春暖花开的季节，凌氏夫妇举行了婚礼。

良辰吉日是外公外婆定下的。凌初很尊敬长辈，没有执拗地一定要自己选婚礼的日子，长辈说哪天就是哪天。对他来说只要新娘是安思危，哪一天都一样。

仪式是在当年他们约会过的教堂举行，因为有着回忆，所以能在这个地方举行更有意义。但近几年教堂已经不承接婚礼的举办，不过终于还是为这对新人破例了一次。

说来也不过就半年的时间，去年的初秋她给薛洁清做了伴娘，今年的春分她却已经成了新娘。孕期已过了三个月，安思危的腰肢却依旧纤细，不说怀孕真没人看得出，丝毫不影响穿婚纱。

甘棠也从美国回来了，一见安思危就犯职业病，百般叮嘱："要顺产，能顺则顺。别看剖宫产方便，一刀切下去就完事儿，毕竟伤元气的。顺产对你身体好，恢复得也快，今天生明天就能下床了。"

化妆师正在给安思危卷头发，听说她已经怀孕，惊诧地说："凌太太，你的身材也太好了吧，一点儿都不显肚子。"

熊贝说："我们思危是随妈妈，瞧阿姨这身段多好，腰身可细了。"

化妆师感叹："阿姨真的气质好好，完全看不出年纪。"

沈琴从早晨开始就一直陪着安思危弄妆发，多么庆幸自己还能看得见女儿穿婚纱出嫁的样子，拉着她的手多少有些舍不得。

“我的女儿是真的长大了，你也要做妈妈了，可我还记得你牙牙学语蹒跚学步的时候，记得你第一天上幼儿园就得了一朵小红花，记得你将你获得的第一张‘三好学生’的奖状送给我，记得你成长的每一个瞬间，妈妈一直很骄傲，这辈子能有你做我的女儿。”

虽然安思危从小缺失了父爱，可记忆中母亲给了她双倍的爱，妈妈永远有一颗坚韧的心，她是那么温柔、那么善良的一个存在，陪伴她左右，守护着她成长。

安思危一下子红了眼眶，含着泪道：“妈，我舍不得你。”

薛洁清递过纸巾盒，沈琴怜惜地拭去她脸上的泪：“小初比我还疼你，我女儿找到了一个好归宿，把你交给他妈妈很放心。”

“来了！来了！”甘棠激动地指了指窗外喊，“新郎来了！”

熊贝过去一瞧，一列豪车整齐地堵在大门口：“真壮观！”

当熊贝又看见宁越泽作为伴郎团中的一员从车上下来时，两眼冒爱心，忍不住吹了一记口哨：“好帅！”随即她反应过来，不能被迷惑住，马上做好备战姿势，高喊一声：“姐妹们，堵门啊！”

就算到了这一天，凌初娶安思危还是依旧有难度的，特别是苦了他的伴郎团。漆曜头顶碗碟做俯卧撑，要求必须做满二十个，且碗碟还不能摔了，否则就闯不了关。众人激情四溢地在帮他计数，他低呼道：“这哪是做伴郎，这简直是来受罪的！”

但起码这还不算最难的。接下来还有调了迷之酱料的酒水给他们喝，几个大男人一起拉着手光着脚，在指压板上跳天鹅湖，以及做仰卧起坐时得在半分钟内咬住悬着的苹果才算过关，百般花样折磨着可怜的伴郎团，一轮下来大帅哥们一脸惨白，出生至今都还没被这么玩儿过，今天却把命都给了凌初。

向璟满也在其中。因为他是伴郎之一，大家疯狂地尖叫，举着手机录下他跳天鹅湖的样子。他咬牙发誓，这辈子他再也不会做第二次伴郎！

不过新郎也没太平，为了顺利接到新娘，他足足备了一箱子的红包，拼命往门缝里塞，恨不得一股脑地全倒进去，可伴娘团就是不给他开门。

凌大老板好想见老婆，隔着一道门可怜极了，熊贝的声音响起：“接下来新郎一边做俯卧撑，一边开始十问十答，要快速，不能思考，准备好了吗？”

伴郎团齐声喊："准备好了！"

熊贝："一、当新娘跟你要天上的星星时，你该怎么办？"

凌初："我就是老婆的小星星！"

众人："……"这回答厉害啊！

熊贝："二、第一次吵架的原因？"

凌初："没吵过，老婆说什么就是什么。"

熊贝："三、谁追的谁？"

凌初："我脸皮厚，是我死缠烂打追的老婆。"

熊贝："四、如果以后碰到前女友怎么办？"

凌初："没有前女友，只和老婆一个人谈过。"

熊贝："五、喜欢儿子还是女儿？"

凌初："喜欢老婆！"

熊贝："六、以后家里钱都归谁管？"

凌初："老婆管，全给老婆！"

熊贝："七、第一次见到新娘是在什么时候？什么地点？穿的什么衣服？"

凌初："高一开学典礼，老婆穿的校服，在台上演讲。"

熊贝："最后一个问题，说出一个让新娘开门的理由。"

凌初："老婆，我已经十四个小时二十三分钟零五秒没见到你了，我很想你。"

众人："……"服了！这情话说得溜啊！

终于，这扇门打开了，安思危穿着婚纱坐在床中央笑靥如花地望着他。那一刻，凌初都快窒息了，老婆穿婚纱怎么可以这么美！美到他现在就想把亲爱的老婆抱起来转圈圈！

大家全跟着挤进屋子，凌初单膝跪地，接过宁越泽手里的一份纸张，递给新娘，虔诚地说："谢谢你愿意嫁给我，我凌初何德何能，这辈子可以娶到你，所以我什么都不要，我只要你安思危。这辈子，下辈子，下下辈子，我都只要你。"

安思危接过翻开看了下，一时间没反应过来。

薛洁清问："写的是保证书吗？"

甘棠是知道内情的，作为发小她特别的骄傲，眨了眨眼说："是财产转让协议，我凌哥把名下所有的财产都转给了安思危，他一分钱都没留。"

他毫无保留地爱她，愿意什么都给她，这一生钱财名利在真爱面前又算得上什么。这世上，也只有她会傻乎乎无怨无悔地等了他十年。

这就是他们的爱情，爱得倔强，也爱得伟大。

安思危与他十指相扣，她知道凌初爱她，非常的爱她，可是当她拿着这份转让协议时，她才发现他对她的爱超出了她的想象，他居然可以爱到如此地步，没有给自己留一点退路。

她清澈的琥珀色眸子里涌出眼泪来，低声哽咽道："凌初，我不要其他的东西，等你是因为我爱你，嫁给你也是因为我爱你。"

"我的新娘子不能哭。"凌初倾身吻住她的眼泪，哑着声说："有你和宝宝陪着，这辈子我已经很知足了。"

她是他年少时的救赎和奇迹，更是他这一生愿意为之冒险的梦。

教堂里满当当地坐了好多人，张姨和钟叔来了，当年的班主任老张来了，纪闵盛也特意从美国飞了回来，大家都被请来参加婚礼。随着大门缓缓开启，伴着音乐声，安思危挽着舅舅的臂弯，一步一步走向她的新郎。凌初穿着纯白的西服，笔直地站在一片白色玫瑰的花海中，向她伸出手来

神父说完祷告词，问他们是否愿意。

两人都无比坚定又虔诚地说："我愿意。"

双方互戴上婚戒后，接过了作为伴郎伴娘陪在身边的熊贝和宁越泽递过来的小礼盒。他们将盒子打开，一枚音符耳钉，一根音符项链。安思危拿起耳钉，细细地给他戴在左耳上。凌初也同样为她戴上项链。两枚音符在灯光下相映生辉，它们象征着他们对爱情的执着和对彼此的守护。

然后，他掀起她的头纱，温柔地亲吻他的新娘。本来大家都还沉浸在这样的感动中时，墙上突然投影播放了一段视频，是韩瑞结婚时的某个片段。

只见视频中凌初单膝跪在地上，手里举着捧花，问："我这样的笨蛋，你要不要？"视频内外，皆是全场沸腾。

大家看得欢乐，凌氏夫妇却依旧在教堂里相拥着吻得忘情。

他在她耳边厮磨，低声呢喃着："我爱你。"

两个月后，凌初和安思危去了一趟母校御林中学。

因为他出钱给学校盖了一幢多媒体教学楼和一栋图书馆，包括里面所有的配件和物资，校方为了感谢他专程邀请凌初过去做演讲。

大礼堂内，底下乌压压挤满了学生。安思危在第一排坐下，肚子里的宝宝

快6个月大了，她的背影看起来依旧纤细，但正面瞧着的话已经看得出怀孕的样子。时间转瞬即逝，她想起去年校庆的时候在台上演讲，凌初就在台下看着，那会儿他们俩刚久别重逢，没想到现在却已经当了准爸爸准妈妈。

他在台上意气风发做演讲的样子令她好着迷，她当时的少年，经过时光的洗礼，原来已经变成这么出色的一个男人了。他的举手投足间都带着致命的魅力，也难怪吸引着身后的一群小女生在喊着“好帅好帅”。

演讲结束，到了自由提问的时间，在回答了一系列“如何理解什么是成功人士”之类的问题后，有个吊儿郎当的小男生站起来，举着手颇有点当年“恶霸凌”落拓不羁的样子，有点酷酷地开口：“我就问问，你还记得你的初恋吗？”

凌初望向小男生的方向，忽地扯了唇角笑起来：“当然，并且我的初恋对象现在是我的太太。”

台下鸦雀无声三秒后，一下子全体沸腾起来，小女生们止不住地在尖叫。

小男生显然一愣，他看了看身旁坐着的淡定少女，本来还挺嚣张的模样这会儿脸上不知怎的有点烫，他清了清嗓子又问：“我们这个年纪谈恋爱到底是不是错？”

凌初注意到他在看着边上的小女生，了然道：“我个人觉得不是错，因为这不是一件能用对错的标准来衡量的事情。但是你们懂爱情吗？肯定不懂，因为当时的我也不懂。”

“你们可以冒冒失失地去喜欢一个人，不懂爱情也没关系，但绝不建议你们带着玩玩的心态试图去接近对方，跟对方说喜欢，因为青春也是要被尊重的。”

他温柔缱绻的目光只望着安思危一人，回忆着：“我当年追求我太太的时候，也曾用错过方式，被她一度拒绝得很惨。虽然那会儿的我并不知道爱情究竟是什么，但我特别清楚一件事，那就是既然喜欢她就要认真对待，要尽可能地配得上她，要把自己变得更好，变成像她那么好的一个人，这样才不会辜负她对我的喜欢。”

安思危听得动容，她是第一次听凌初说这些话。原来当时的少年是带着这样的心情靠近她，站在她身边的。

“所以，喜欢一个人不是罪过，有喜欢的人就去勇敢地喜欢，认认真真地喜欢，努力地让自己变成更好的人，这样才能和她一起努力地往前走，一起定下未来的目标，这样的青春才值得，才没有被枉费。”

整个大礼堂掌声雷动，校方竟然也觉得讲的还挺有道理的，毕竟当年这俩学生，一个考了状元，一个成了商业精英。

谁说喜欢就一定是错呢？明明是为了变得更好。我喜欢你。多么心动的四个字，在最好的青春说给最好的你听，是我想都不敢想的幸运。

演讲完，凌初和校长在谈话，安思危一个人先离场。她慢悠悠地在校园里走着，这里的一花一木好像都不曾改变，仔细看看却又和从前不大一样了。

少年们在阳光下尽情地奔跑追逐，他们的身上有着令人无比怀念和心动的青春，就像栀子花般的颜色那么纯净美好。

踏上教学楼的阶梯，上课的铃声响起，同学们一窝蜂地挤进教室。

安思危来到高三一班，教室里空无一人，也许这节是体育课吧。

课桌椅已经换了一批，但是位子间的距离还是和从前一样，他们没有同桌，只有前后。那时凌初就坐在她身后，少年总是一副懒洋洋的样子，落日熔金下他的周身漂浮着一圈毛茸茸的微小颗粒，在忽明忽暗地闪着光。

安思危缓缓走了过去，坐在第五排第三张靠窗的位子上，静静地看着前方的黑板。片刻后，凌初寻了过来，也不知为什么，他就能猜得出她应该会在这里。

走进教室，长腿一迈站在讲台前，他双手插着裤袋漫不经心的姿态就跟当年来时一模一样。轻轻抬眼的瞬间，睥睨天下。

当时少年喉尖滚动，扫了一圈教室后，视线最后落在第五排第三张位子上。安思危正垂着头在看书，那样安静、美好。凌初回忆到这一幕，故意又模仿着当时的样子，说了一遍当时想说却没说出口的话。

“我叫凌初。”他对着她勾唇一笑，“那么，请多指教。”。

他站在讲台前，立如芝兰玉树，笑如朗月入怀。初夏的微风带着一缕缕清甜的花香拂过，午后的阳光就这么透过树叶的隙缝，星星点点地洒在安思危柔软的头发上，仿佛是在跳着一曲动人的华尔兹。

她笑弯了一双眸。

随后，凌初走下讲台，向她一步步走去，直到站在她面前，俯身拉起她的手，指尖温柔地蹭着她纤细白净的一片骨节。

“凌太太，我们回家吧。”声音暖暖地溢满她心窝。

<完>